아시아 베스트 컬렉션

물결의 비밀

일러두기

1. 이 책은 계간《아시아》10년 간 가장 의미 있고 좋다고 생각되는 단편 소설 12편을 모은 선집이다.
2. 각 작품의 해당 나라 인명과 지명은 해당 나라 언어 발음에 최대한 가깝게 표기하였다.
3. 본문 각주는 원문에는 없던 것으로 모두 옮긴이 주이다.

ASIA 아시아 베스트 컬렉션
Best Collection

아시아
문학선 **015**

물결의 비밀

바오 닌
프란시스코 시오닐 호세
리앙
남 까오
찻 껍찟띠
츠쯔젠
레 민 쿠에
마하스웨타 데비
유다 가쓰에
사다트 하산 만토
야샤르 케말
고팔 바라담

구수정 ㅣ 임 옥 ㅣ 김태성 ㅣ 하재홍 ㅣ 김영애
정영목 ㅣ 김석희 ㅣ 김경원 ㅣ 전승희 ㅣ 오은경 옮김

아시아

차례

지은이

바오 닌 Bảo Ninh 베트남

—

1952년 1월 베트남 중부 꽝빈 성 동허이 시 바오 닌 마을에서 태어났고, 두 살 때 하노이로 이주했다. 본명은 호앙 어우 프엉(Hoàng Ấu Phương). 바오 닌은 그의 필명이자 고향의 지명이다. 아버지는 훗날 국립국어원장을 지낸 언어학자였고, 어머니는 중학교 교사였다.

1969년 열일곱 살 나이로 쭈 반 안 고등학교를 졸업한 바오 닌은 인민군대에 자원입대, 3개월간 사격 등 군사훈련을 받고 10연대에 배치되었다. 곧바로 베트남 남부전선에 투입된 그는 첫 전투에서 동료 소대원들 대부분이 전사하는 바람에 5개월 만에 하사로 진급함과 동시에 소대장의 임무를 맡았다. 그 후 전쟁이 끝날 때까지 6년 동안 최전선에서 싸웠다. 베트남전쟁의 마지막 전투인 사이공 진공작전에도 투입되었다. 1975년 4월 30일, 남베트남 공수부대와 치열한 교전을 벌인 끝에 떤 선 녓 국제공항을 장악했을 때 살아남은 소대원은 그를 포함하여 단 두 명이었다. 이 전투와 함께 길고도 길었던 베트남전쟁은 끝났고, 그는 전사자 유해발굴단에 배치되어 8개월간 베트남 산하에 버려진 이루 헤아릴 수 없이 많은 전우들의 시신을 수습한 다음 전역했다. 하노이로 돌아와 불법적인 '식량 밀거래'를 하는 전역병들과 몰려다니며 황폐한 생활을 하던 그는 응우옌 주 문학학교에 입학하면서 글쓰기를 시작했다. 바오 닌의 첫 장편『전쟁의 슬픔』은 제목부터 논란의 대상이었는데, 우여곡절 끝에 1991년『사랑의 숙명』이라는 이름으로 출간되었다. 이 소설은 출간되자마자 베트남 문학계와 독자들로부터 뜨거운 환영과 찬사를 받았고, 베트남 문학 최초로 16개국 언어로 번역, 출간되었다.『전쟁의 슬픔』은 1991년 베트남 작가협회 최고작품상, 1995년 런던《인디펜던트》번역문학상, 1997년 덴마크 ALOA 외국문학상, 2011년 일본《일본경제신문》아시아문학상을 수상했다. 2011년 베트남교육연구원 '좋은 책 선정위원회'는 발행연도와 관계없이 당시 베트남에서 읽히고 있던 모든 책을 대상으로 하는 '가장 좋은 책'의 수상작으로『전쟁의 슬픔』을 선정했다. 그 밖의 작품으로 단편모음집『일곱 난장이들의 캠프』(1987),『교통마비 시간 동안의 횡설수설』(2005),『옛날이야기는 끝냅시다, 됐죠?』(2008) 등이 있다.

옮긴이

구수정

—

국립호찌민대학 베트남역사학과 박사과정을 수료했다.《사회평론》기자였으며,《한겨레21》전문위원으로 활동했다. 현재 베트남 사회적 기업〈아맙〉의 본부장을 맡고 있다.

물결의 비밀

바오 닌
Bảo Ninh

계간《아시아》1호 수록
이 작품은 베트남어로 쓰였고 구수정이 한역하였다.

강물은 시간처럼 흐르고, 시간처럼 강물 위에서는 또 얼마나 많은 일들이 일어났던가. 그 어느 때보다 밤이면 내 고향 강물은, 그 표면은 셀 수 없이 많은 신비한 반점들로, 내 생애 은밀한 비밀들로 반짝반짝 빛났다.

  그해 칠월 보름날 밤, 홍수로 물이 가득 찬 바로 그 순간, 미군의 일제 폭격이 우리 마을 앞을 지키던 제방을 겨냥했다. 폭격기의 굉음과 잇단 폭음이 멈추자 강물이 제방을 무너뜨리고 들판을 덮치는 소리가 천지를 진동시키며 요란하게 이어졌다.

  나는 경비초소에서 마을로 달려갔다. 그날 오후 아내의 해산 소식을 들었지만 나는 초소를 떠날 수가 없었다. 이제 하늘도 땅도 무너져버렸고, 내 머릿속에는 오로지 아내와 자식뿐이었다. 나는 내 평생의 힘을 모두 두 다리에 실었다. 뒤로는 대홍수가 내 발꿈치를 따라왔다.

  물은 이미 마을을 덮쳤다. 나는 집에 돌아가 가까스로 아내를 지붕 위로 끌어올릴 수 있었다. 우리 부부가 올라앉은 초가지붕이 시커먼 어둠 속으로 휩쓸려 떠내려갔다. 초가지붕이 막 조각나려 할 때, 신의 도움으로 마을 사당

앞 보리수나무 줄기에 걸렸다. 이미 한 무더기의 사람들이 나뭇가지마다 매달려 있었다. 아내와 나를 나무에 오르게 하려고 수많은 손들이 뻗어왔다. 아내는 갓난아이를 품에 끌어안고 한사코 내게는 주지 않았다.

"아들…… 아들인데…… 안심해요. 아들이니…… 내가 안고 있을게요. 당신은 찬찬치도 못하면서……."

많은 시간이 흘렀다. 비가 퍼붓고, 바람이 거셌다. 물이 더 불어나지는 않았지만, 물살은 더욱 급해졌다. 보리수나무 가지에는 더 많은 사람이 매달려 있었다. 나는 기진맥진했다. 한 손으로는 아내를 껴안고 있었고, 다른 손으로는 나뭇가지를 꽉 붙잡고 있었다. 아내는 흠뻑 젖어 바들바들 떨며 탈진해갔다.

아침이 가까워 올 즈음, 우리 부부가 매달린 나뭇가지 바로 아래에서 갑자기 물이 요동쳤다. 허우적거리며 거의 질식해가는 여인의 목소리가 들려왔다.

"살려주세요…… 살려…… 어이……."

귀신의 손처럼 차갑고 미끈거리는 손바닥 하나가 늘어진 내 다리를 스쳤다. 나는 급히 고개를 숙이며 손을 내밀었다. 그러나 여인의 손은 그대로 미끄러져 떨어져 물속으로 완전히 가라앉았다. 보리수 나뭇가지가 심하게 흔들리며 딱딱 부러지는 소리를 냈다. 아내가 깜짝 놀라 비명을 지르더니 "첨벙", 내 아들, 아직 얼굴도 보지 못한 갓난아이가 어미의 손에 들려 있던 비닐 포대에서 미끄러져 어두운 물속으로 떨어졌다.

"내 아기!"

아내가 고함을 지르며 바로 아이를 구하러 물속으로 뛰어들었다.

나도 따라서 뛰어들었다. 물은 차갑고, 진흙이 섞여 거무칙칙했고, 깊게 빨아들이며, 강하게 휘감겼다. 나는 아이를 붙잡아 황급히 끌어올려 아래로 뻗은 어떤 손에 건네주고는 다시 아내를 끌어내기 위해 잠수했다. 많은 사람들이 나를 도우려고 뛰어내렸다.

내가 깨어났을 때, 날은 이미 밝았고 비도 그쳐 있었다. 나는 사람들이 빼곡히 들어찬 구조선 위에 누워 있었다. 그날 밤, 나는 미친 듯이 코로 귀로 피를 내뿜으며 죽기살기로 사람 잡는 물과 싸웠지만 결국 지고 말았다. 나는 아내를 구하지 못했을 뿐만 아니라 그녀의 시신조차 찾을 수가 없었다. 군대의 거룻배가 다가왔을 때, 사람들은 나를 물에서 억지로 떼어내려 애를 썼다. 나는 기운이 다해 기절했다. 그리고 불행하게도 깨어났다. 눈물이 솟구치고 비통했다. 한 여자가 사람들을 밀치며 내게 다가와 위로의 말을 건넸다.

"그녀의 운명이 그런 거예요. 그만 하고 이제 맘을 다잡아야죠. 기운을 차려야 아이를 키울 것 아녜요. 하느님의 도움으로 당신이 아이를 구했어요. 맙소사, 세상에 첫울음을 건네자마자 어휴, 그 끔찍한 일을 다 겪었네. 이 아기를 좀 보세요. 그저 아무 일도 없었던 것 같네. 젖 먹고 실컷 주무시더니 오줌을 쌌네. 착한 것…… 어이구, 녀석 아주 흠뻑도 싸놓았네."

그녀는 아기를 어르며, 내 아이를 감싸고 있던 담요를 서서히 풀었다. 그리고 기저귀를 갈아주었다. 나는 그저 바라보았다. 순간 나는 까무러치게 놀라 현기증이 일었다. 나는 가까스로 터져 나오는 비명을 억눌렀다.

"내 아기……."

나는 담요로 아이를 감싸면서 울음을 터뜨렸다.

"내 아기!"

　그로부터 시간이 흐르고, 물도 흐르고, 나는 이제 나이가 들었고, 내 딸은 소녀가 되었다. 딸은 물의 아이다. 모든 사람이 그렇게 불렀다. 물에 빠진 아기를 아비가 구해낸 이야기는 마을 사람이면 누구나 알았다. 그러나 그 비밀은 아무도 몰랐다. 내 딸조차도 알 수 없었다. 단지 강물만이 안다.

　내가 둑에 나가 흐르는 강물을 바라보지 않은 날은 하루도 없었다. 내 아내, 내 아이, 그리고 이름 모를 여인이 늘 강바닥에서 나를 올려다보았다. 시간, 세월은 그렇게 흘렀고, 강물도 역사도 모두 변해간다. 그러나 내 생의 아픔은 수그러들지 않는다. 왜냐하면 그것은 말로는 다할 수 없는 아픔이기에…….

지은이

프란시스코 시오닐 호세 Francisco Sionil José 필리핀
—

1924년 필리핀 북서부 팡가시난의 로살레스에서 태어나 산토 토마스 대학교를 졸업했다. 의학을 전공하던 그는 자신의 문학적 재능을 한눈에 알아본 영어 교수 파즈 라토레나와 필리핀의 국민적 영웅 호세 리살의 작품에 영향을 받아 문학의 길로 들어섰다.

영어로 작품을 쓰며, 필리핀의 대표적인 대학신문 《바르시타리안》의 편집장을 시작으로 이후 여러 잡지를 두루 거치며 언론인으로도 활동했다. 그가 창간한 잡지 《솔리다리다드》는 마르코스 통치 기간 동안 폐간의 시련을 겪으면서도 큰 영향력을 행사했다. 마르코스 독재 치하에서 소설이 판금되고 연금을 당하는 등 많은 탄압을 받으면서도 그는 정열적으로 창작활동을 펼쳤다. 그의 많은 소설 작품 중 스페인, 미국, 일본의 식민지배와 마르코스의 독재로 이어진 격동의 필리핀 현대사를 다룬 다섯 권짜리 대작 『로살레스 사가』(1984), 전환기 필리핀을 배경으로 고급 매춘부의 생애를 그려낸 『에르미타』(1988)는 필리핀 문학의 고전이 되었다.

1959년 국제 펜클럽 필리핀 지부를 창설했고, 라몬 막사이사이상(1980)과 필리핀 국민 문학예술가상(2001)을 비롯하여, 프랑스 예술문학훈장 기사장(2000)과 칠레 파블로 네루다 탄생 100주년 기념상(2004) 등을 받았다.

옮긴이

임 옥
—

한국외국어대학교 독어과에서 학사학위를, 동 대학원에서 독어학 석사과정을 마치고 한국외국어대학교 독어과 강사를 지냈다. 하버드대학교 치과대학을 졸업하고 보스턴에서 치과를 경영하는 한편 통역과 번역 활동을 해오고 있다. 최근 몇 년 동안은 외신 전문 매체인 뉴스프로를 운영하며 영어와 독일어 기사 번역도 겸하고 있다.

∴ 02

불 위를 걷다

프란시스코 시오닐 호세

Francisco Sionil José

계간 《아시아》 3호 수록
이 작품은 영어로 쓰였고 임옥이 한역하였다.

알프레도 루이즈는 삼발레스 해안가 탈리에 있는 자신의 해변 별장이 좋았다. 더 크고 잘 꾸며진 바기오의 레가르다 소로에 위치한 별장보다 작기는 해도, 이 별장은 그가 가장 좋아하는 주말 휴식처였다. 수영을 하고 싶을 때면 그저 물속으로 몇 걸음 걸어 들어가기만 하면 될 정도로 해변에 바로 면해 있다는 사실이 무엇보다 좋았다. 게다가 삼발레스 앞바다에 이미 지나칠 정도로 많은 낚시꾼들이 몰리긴 했어도, 배를 타고 조금만 더 멀리 나가면 낚싯대를 드리우고 거의 낚이지 않는 물고기를 기다리며 하루 종일을 보낼 수도 있었다. 그에게 낚시란 거의 종교에 가까운 의식이어서 종종 낚시를 하며 조용한 가운데 온갖 어지러운 생각들, 특히 신경을 많이 써야 하는 정부나 정책에 대한 자신의 생각들을 정리하는 것이 보통이었다. 알프레도는 정부 관료는 아니다. 그는 국내에서 가장 성공적인 광고 회사의 소유자이다. 자신의 회사를 언급할 때면 '아마'라는 표현을 붙여 말함으로써 신중을 기하곤 했다. 그렇게 자신은 사업가들 특유의 과장된 허세를 부리지 않는다는 것을 표현했다.

해마다 몇 명씩은 정치와 관련된 고객들, 이를테면 국내 최고의 성직자나 사업가, 심지어는 정치인들도 특정 '이미지'를 만들어 유포하고자 그에게 오곤 했다. 그런 작업은 심사숙고를 요했고, 때문에 그는 60년대에 자신의 회사 '아이디어스'를 창업할 당시 이미 정치, 정략이 가지는 이중성뿐만 아니라 그 이중성이 실제로는 무엇을 의미하는지, 또 어떻게 하면 특정 정치인이 대중 혹은 사업가들에게 받아들여지도록 만들 수 있는지를 충분히 이해해야 했다.

막강한 권력을 가진 스페인계 혼혈가문 코벨로 집안의 세자르 코벨로도 그러한 고객들 중 한 사람이다. 그는 이제 사회의식을 지닌 자연주의자로 대중에게 인식되기를 원했다. 그러니 세자르를 위한 홍보 계획을 세워야 하는 것 또한 그의 당면과제가 되었다. 그는 일요일 하루 온종일을 낚시를 하며 보냈고, 중간 크기의 그루퍼[1]를 몇 마리 낚아서 평소에 즐기는 방식대로 검정콩을 넣고 찜을 해서 저녁식사로 먹은 뒤, 거의 자정 무렵까지 깨어 있다가 전화를 받았다. 그가 바기오나 탈리의 별장에서 주말 휴식을 취하는 동안에는 아무런 방해도 받고 싶어 하지 않는다는 것을 그의 사무실이나 집에서는 이미 모두들 알고 있는 터였다. 하지만 이번 일은 아주 중요한 전갈이었다. 회사의 가장 큰 외국 고객인 '울트라'의 사장이 싱가포르로 가는 길에 예정에 없이 마닐라에 들러 딱 하루만 머물게 되었다고 했다. "프레디가 그와 함께 월요일 아침식사를 할 수 있을지?" 마치 알프레도에게 선택의 여지가 있기나 한 듯이.

그는 세자르 코벨로의 홍보를 위해 작성하고 있던 메모 뭉치를 제쳐두고

---

1 농엇과 생선.

출발 준비를 서둘렀다. 마닐라에 새벽 세 시면 도착하겠고 잠시 눈을 붙이곤 아침 일곱 시 마닐라호텔 아침식사에 맑은 정신으로 시간 맞춰 갈 수 있을 듯 했다. 호텔로 곧장 가서 잠시 휴식을 취하는 편이 좋겠다고 잠정적 결론을 내렸다.

메르세데스 500 쿠프로 달리면 주행시간을 더 단축시킬 수 있을지도 모른다. 밤길 운전은 고속도로가 막히지 않는다는 게 큰 이점이다. 특히 올롱가포의 진입로는 밤이 아니면 언제나 차가 밀렸다.

발코니로 나서자 소금기가 섞인 부드러운 바람이 느껴졌고 보름달이 눈에 들어왔다. 마닐라에서라면 하늘 전체가 눈에 들어오는 교외로 나가지 않고서는 보름달이나 별을 전혀 볼 수가 없었다. 그가 살고 있는 마카티에도 네온사인과 가로등이 밤새도록 켜져 있곤 했다.

알프레도 루이스는 빠르고 강력한 자동차를 즐겼지만 수집가는 아니었다. 자신의 차고에 있는 세 대의 자동차만으로 부족함이 없었다. 메르세데스 500 쿠프, BMW 세단, 그리고 도요타 크라운, 이 세 대의 자동차는 어떤 차든 5년 이상을 몰지 않는 그의 기호에 따라 때가 되면 모두 자식들에게 넘겨줄 것이었다.

거실로 내려가며 흘낏 손목의 롤렉스시계를 보았다. 자정까지 20분이 남아 있었다. 관리인 돌포와 그의 아내가 차타는 곳까지 그를 따라왔다. 돌포의 아내 마르타는 첫 아기를 임신하여 몸이 무거웠다. "주님이 함께하시길." 그가 차의 시동을 걸고 가볍게 경사진 큰길을 따라 천천히 차를 몰아 내려가기 시작하자 그녀가 뒤에서 인사했다. 도로는 아직 비포장이었고 지난 우기 동안 모래가 일부 씻겨 내려가서 자갈길을 운전하는 것처럼 느껴졌다.

다른 이웃들은 지방 고속도로로 나가기까지 통과해야 하는 험한 시골길을 운전하기 좋게 랜드로버나 도요타 랜드크루저 같은 견고한 전륜구동차를 몰았으나, 그는 자신의 고급 쿠프를 고집했다. 차를 험하게 쓰는 걸 개의치 않았다. 차라는 것은 자신의 편안함과 편리함을 위해 존재할 뿐, 그 이상도 이하도 아니라는 생각이었다.

마침내 울퉁불퉁하고 험한 소로를 벗어나 아스팔트로 포장된 고속도로에 들어섰다. 이제는 기어를 5단으로 올릴 수 있었다. 미세한 진동도 없고 완벽에 가까운 방음이 되어 있어 거실에서 즐기듯 선명한 스테레오 음악을 즐길 수 있다는 것, 이것이야말로 초강력 대형 차량이 가진 장점이 아닐 수 없다. 보름달이 환하게 도로를 비추고 도로변의 집들은 적막하게 어둠에 싸여 있었다. 시골마을 사람들은 대개 일찍 잠자리에 들기 때문에 밤이 되면 마을 전체가 거의 생명이 소멸한 것처럼 느껴진다. 물론 이바 부근처럼 전기가 들어오는 곳엔 아직 가게가 열린 곳도 있고, 가게 안이나 길에 사람들이 간간이 보이기도 했다. 마을이 나오자 속도를 늦추었다가 마을을 지나고 나서 다시 속도를 내어 달렸다.

이제 완만하게 굽이지고 앞이 탁 트인 고속도로가 펼쳐졌고, 길 양쪽으로 자란 암녹색의 사탕수수는 마치 바다처럼 양쪽으로 갈라졌다. 그는 모세가 되어 사탕수수의 바다를 질주해 나아갔다. 그가 알기로 자신의 고객인 세자르 코벨로는 이 주변의 광대한 사탕수수 농장을 소유하고 있었다. 야간 운전은 항상 수월했다. 심지어 좁은 길이라 하더라도 반대쪽에서 다가오는 차량이 언제나 전조등 불빛으로 미리 예고를 해줄 것이므로 안심하고 속도를 낼 수 있었다. 라디오를 끄고 베토벤의 바이올린 협주곡 테이프를 틀자 곧 아이작 스턴의 바이올린 선율이 차 안에 가득했고, 그는 가락을 따라 조용히 콧노래를 부르기 시작했다. 그가 가장 좋아하는 곡이었다.

그러다가 '100킬로미터' 표지판 바로 근처에 이르러서 — 그러니 어떻게 잊을 수가 있을까? — 타이어가 터지는 요란한 폭발음이 바이올린의 선율을 밀어내며 차 안을 메웠다. 차가 미끄러지지는 않았다. 속도를 줄여야 한다는 것을 본능적으로 알아채고 그렇게 했다. 차가 오른쪽으로 기울어졌고, 터진 타이어가 덜컹거리며 길 가장자리를 따라갔다. 잡초가 자란 갓길로 차를 몬 다음 그는 차에서 내렸다. 오른쪽 뒤 타이어가 완전히 납작했다. 이 터진 타이어를 가지고 어떻게 마닐라까지 갈 수 있을까? 그렇게 오랫동안 운전을 했지만 타이어가 터져 직접 바꿔 끼느라 고생을 한 경험은 단 한 번뿐이었다. 그런 식의 일에 익숙하지 않아 고생을 할 수밖에 없었다. 그는 차 트렁크를 열었다. 달빛이 밝아 안에 있는 도구함, 오일통, 브레이크액, 여분의 타이어가 잘 보였다. 그는 타이어를 눌러보고 바람이 빠지지 않은 것을 확인하자 안도했다. 그런데 자동차 잭은 어디에 있을까? 트렁크에는 없었다. 그는 계기판 쪽으로 가서 손전등을 꺼내왔다. 운전사 페드링에게 손전등의 건전지를 항시 점검하고 계기판 쪽 도구함에 여분의 건전지를 비치해둘 것을 당부해왔다. 과연 여분의 건전지가 원래의 셀로판 포장지에 쌓인 채로 그 안에 들어 있었다.

열려 있는 트렁크로 돌아와 구석구석까지 손전등으로 비춰보았지만 잭은 보이지 않았다. 욕이 저절로 나왔다. 집에 도착하는 대로 페드링을 호되게 야단치리라. 이제 어떻게 한다? 주변은 온통 사탕수수밭이고 이 시간에 이곳으로 오는 차량은 거의 없다고 봐야 했다. 그는 차 옆에 서서 혹시나 누군가 지나가다 차를 세우고 그를 도와주지 않을까 기다렸다. 과연 얼마 지나지 않아 차 한 대가 하이 빔을 켠 채 다가왔으나 멈출 기미도 없이 스쳐 지나가버렸다. 손을 들고 흔들어댔으니 그를 보지 못했을 리는 없었다. 반대쪽 방향으로도 차가 두 대 더 지나갔다. 아무도 멈출 생각이 없는 듯했다.

그가 오른편의 사탕수수밭 쪽으로 몸을 돌리자, 돌연 사탕수수 잎 사이로 깜빡이는 불빛이 보였다. 키를 넘게 웃자란 사탕수수를 헤치며 불빛을 향해 걸어 잠시 후 좁은 길에 다다랐다. 그 길의 끝, 백 미터쯤 떨어진 빈터에 사람들이 모닥불을 둘러싸고 모여 있는 것이 보였다. 그들 중 아무도 그가 다가오는 것을 보지 못했고, 그들 한가운데로 들어설 때까지도 그의 존재를 의식하지 못하는 듯했다. 몇몇 여인네와 아이들도 끼어 있는 마을 사람들의 무리는 모두 마른 사탕수수 잎과 코코넛 잎을 모닥불을 향해 던지는 데 정신이 팔려 있는 듯했다.

"도움이 좀 필요한데요." 마침내 그가 제일 가까이에 있는, 얼굴에 주름이 가득한 노인네에게 말을 붙였다.

노인은 별 관심이 없는 얼굴로 그를 쳐다보았다. 다른 사람들도 넋이 나간 듯한 표정으로, 펄럭이며 밝은 빛으로 그들의 얼굴을 물들이는 모닥불을 응시하고 있을 뿐이었다. 그것은 단순한 모닥불이 아니었다. 꺼져가는 불길 아래로 빨갛게 달아오른 돌들이 일렬로 놓여 있는 것이 눈에 띄었다.

곧 불이 꺼졌다. 비를 든 한 남자가 달아오른 돌들에서 재를 쓸어내기 시작했고, 곧 재 없이 깨끗해진 빨간 돌들만 그곳에 남았다. 그러는 동안, 모여 섰던 남자들은 낭랑한 목소리로 무엇인가를 읊기 시작했는데 그로서는 무슨 뜻인지 알아들을 수가 없었다. 그가 너무도 잘 알고 있는 타갈로그어가 아닌 것은 분명했고, 전혀 들어보지도 못한 것으로 미루어 다른 필리핀 지방어들도 아닌 것 같았다. 그렇지만 때로 그가 분명히 알아들을 수 있는 라틴어, 가령 오라 프로 노비스[2] 같은 말이 몇 마디 섞여 나왔다. 노래가 다 끝나자 남자들이 열을 지어 달아오른 돌을 딛고 걷기 시작했는데, 달밤에 산책이라도 나온 듯 웃고 농담을 주고받으며 한쪽 끝에서 다른 쪽 끝까지 천천히 걸어갔다. 반대쪽 끝에 이르면 돌아서서 끊임없이 이어지는 다른 사람들의 행렬을 따라 다시 달아오른 돌 위를 걸어가기 시작했다. 그가 보기에 아무도 그 뜨거운 열기를 꺼리는 것 같지 않았다. 그 중 한 사람이 입은 긴 바지의 단이 타버릴 정도의 열기였는데도.

"이리 오세요." 그들이 그에게 말했다. "우리와 함께 걸으며 축제를 즐깁시다. 어서 오세요!"

어떻게 그렇게 쉽게, 또 그렇게 빨리 그들의 대열에 끼어들 수 있었는지 불가사의한 일이었다. 마치 무언가 마술적인 힘이 그를 마을 사람들의 대열 쪽으로 민 것 같았다. 그는 구두와 양말을 벗어버리고 주저 없이, 달아오른 돌 위로 올라섰다. 발바닥을 부드럽게 어루만지는 따뜻함 정도로 느껴지던 열기가 척추를 타고 머리끝까지 몸 전체로 퍼져 오르던 느낌을 평생 못 잊을 듯했

---

2   ora pro nobis: 우리를 위해 기도하소서.

다. 꿈을 꾸고 있는 거야, 그렇게 말했지만 꿈은 아니었다. 주변이 온통 열기에 둘러싸여 있고 그 독특한 따스함이 온몸에 퍼져 나가는 느낌만이 선명했다. 중간에 잠시 멈추어 서자 바지에 불이 붙었다는 걸 깨달을 수 있었고 몸을 구부려 불을 껐다. 여름용 모직 바지였는데 잠깐 동안 모직이 타는 냄새를 맡을 수 있었다. 불을 끈 다음 계속 걸어 맞은 편 끝까지 다다른 뒤 돌아섰다. 모두들 박수를 쳤다. 그도 해냈어, 그도 해냈어. 이제 그도 그들 중 하나였다.

그들이 진한 갈색 액체가 담긴 코코넛 사발을 내밀었다. 얼른 냄새를 맡아보니 와인 같았다. 사탕수수 술이라는 그들의 말을 듣고는, 그제야 일로카노 사람들이 사탕수수 액을 발효시켜 만든다던 곡주 바시를 기억해냈다. 일전에 한 번, 말레이트의 어떤 화랑에서 멸치와 함께 대접해 마신 적이 있다. 화랑 측에서야 물론 노동자 계층 흉내를 내려는 처사였으리라. 실은 적은 비용으로 손님접대를 하는 전략이기도 했다. 너무 많이 마시지 말라고 누군가 주의를 주었던 기억이 있다. 숙취가 심할 뿐더러 최소한 이틀은 온몸이 쑤시고 아플 거라고 했다.

술을 마셔보니 놀랍게도 아주 부드러워 마치 숙성한 몰트위스키처럼 느껴졌다. 한 잔을 더 마신 다음 곧 다시 운전을 해야 함을 기억하고 더 이상은 마시지 않았다.

바지 밑단을 내려다보니 양쪽 끝이 다 탔지만 더 이상 열기는 느껴지지 않았다. 아무려면 어때, 마닐라에 돌아가서 버리면 그만인걸.

그가 잭이 없다고 설명하자 마을 사람들이 그를 따라 길로 나왔다. 스무 명혹은 그보다 좀 많을까 싶은 사람들이 번쩍 차를 들고는 펑크 난 타이어를 빼내고 새 타이어를 갈아 끼워주었다.

그 고마움을 어떻게 다 말로 할 수 있을까? 그는 지갑을 꺼냈다. 거기엔 오백 페소짜리 지폐가 몇 장 들어 있었다. 그는 석 장을 꺼내 가장 가까이 있는 남자에게 내밀었다. "나눠가지세요." 그가 말했다.

모두 미소를 지으며 그를 바라보았고, 옆의 남자가 아주 정중하게, 그 돈은 받을 수 없으며 그가 손님으로 와주어 아주 즐거웠다고 말했다.

"다음번에 그런 파티가 있을 때 또 오겠습니다. 먹을 것과 위스키도 가져오지요."

"그러세요." 그들이 합창하듯 말했다. "꼭 또 오십시오."

동쪽 하늘이 밝아오기 시작할 무렵 그는 마닐라호텔에 도착했다. 차에서 지시한 대로 호텔방이 예약되어 있었고, 방에는 갈아입을 옷과 신문이 준비되어 있었다. 고객과의 대화에 필요할지 몰라서 신문을 준비시켰으나 이번 방문은 그저 사교적인 것이라고 확신했다.

도착하자마자 샤워부터 하고 침대에 드러누웠다. 피로해서 늘어지긴 했지만, 밤에 보았던 온갖 광경들, 불 위를 걷던 일, 그러는 동안 매순간 느꼈던 완벽한 희열의 기억들이 떠나지 않았다. 아무도 그의 말을 믿으려 하지 않겠지만 밑단이 타버린 바지가 아직 거기에 있었다. 그리고 아주 뜨겁다기보다 오히려 차갑게 느껴졌던 어떤 것이 발바닥을 문지르고 간지럽게 하던 감촉이 아직 그에게 남아 있었다.

자명종을 일곱 시에 맞추었다. 삼십 분이면 준비를 끝내고 일곱 시 반 아침

식사에 맞춰 갈 수 있겠지. 커피숍에 도착했을 때, 짐 컬런은 이미 그곳에 나와 있었다. 그는 입구에서 가장 멀리 떨어진 수영장이 잘 보이는 곳에 앉아 있었고, 수영장에는 비키니를 입은 예쁜 백인 아가씨 두 사람을 포함한 몇몇 호텔 손님들이 이른 아침 수영을 즐기고 있었다.

짐 컬런은 머리가 벗겨지기 시작했지만 운동선수처럼 잘 단련된 몸매를 지닌 오십대의 남자였다. 알프레도는 그가 매일 치는 테니스 덕분에 그런 몸매를 유지한다는 걸 알고 있었다. 그는 아마 그의 미국인 고객들 중 가장 큰 고객일 이 미국인이 무척 반가웠다. "짐, 도대체 하루도 안 되는 이 짧은 시간에 무얼 할 수 있겠나? 며칠 더 머물면서 골프라도 함께 치는 건 어떻겠나……."

짐 컬런이 자리에서 일어나 힘 있게 악수를 했다. "그럴 시간이 없네, 프레드. 그냥 들러 잠시 잡담이라도 나누면 좋겠다 싶었지."

한가하게 즐기자는 아침식사였지만 알프레도는 어젯밤의 이야기가 하고 싶어 도저히 참을 수가 없었다. 커피가 나오자마자 그는 더 이상 참지 못하고 이야기를 시작했다. "이 세상 일이라고 할 수 없는 일이 간밤에 일어났다네. 짐, 아마 믿기지 않을 거야. 나도 믿기가 어려운걸. 내 차가 고속도로에서 멈춰버렸는데, 사탕수수밭 한가운데서 불붙은 석탄 위를 걷는 사람들을 보았네! 그뿐이 아니라 나에게도 걸으라고 청하는 거야, 짐. 나도 불 위를 걸었네! 도저히 믿기지 않지만!"

짐 컬런은 믿을 수 없다는 듯 그를 바라보았다. "불 위를 걸었다니, 내가 제대로 들었나?"

"그렇다니까." 그가 열정적으로 대답했다. "지방 어디엔가 불 위를 걷는 사람들이 있다는 말을 들은 적이 있네. 대개 아주 먼 시골에 사는 사람들 말이야. 내가 그런 사람들을 만나게 되리라고는 상상도 못 해봤네. 더욱이 내가 불 위를 걷다니!"

"꿈이 아니었고?"

"아닐세." 알프레도 루이즈가 단호하게 말했다. "객실에 그때 입었던 바지가 있네. 불에 밑단이 탔거든. 오늘 아침 다시 확인했어. 꿈이 아니었다고, 짐."

그는 이 미국인 친구가 자신의 말을 믿지 않는다는 걸 알 수 있었고, 그래서 이 정도에서 그만 일상적인 화제로 돌아가는 편이 낫겠다고 생각했다. 또 어쩌면, 이 사람이 무슨 중요한 이야기가 있어 왔는지도 모르니까.

짐 컬런에게 특별하게 중요한 의논거리가 있는 것은 아니었다. 그는 그저 필리핀 정세가 어떻게 돌아가는지, 정부에 대한 가장 최근의 그리고 솔직한 평가가 어떠한지, 정책운영은 제대로 되어 가는지, 필리핀에 더 나은 투자거리가 있는지 등에 대한 그의 의견을 듣고 싶어 했다.

알프레도 루이즈는 늘 하던 대로, 좌경세력의 이론가들이 자주 언급해온 '내부적 갈등'이 비록 완전히 사라진 것은 아니지만, 많은 면에서 필리핀에 밝은 미래가 예상됨을 상세하게 설명하며 의례적인 답변을 늘어놓았다. 그렇지만 그의 정신은 말하고 있는 것과 무관하게 자신에게 일어났던 그 믿을 수 없는 일들로 자꾸만 되돌아가고 있었다. 불에 탄 바지라는 증거가 있지 않은가.

아침식사 후 짐 컬런을 포트 보니파시오로 안내하여 함께 골프를 쳤다. 그런 다음 집으로 돌아가 지난밤에 입었던 옷이 담긴 가방을 가정부에게 내주었다.

그는 곧바로 잠이 들었으며 한낮이 되어서야 잠에서 깼다. 꿈에서 그는 활활 타고 있는 불을 보았고, 그 불 속을 걷는 자신을 보았으며, 그가 입은 옷은 불에 타지 않았으나 자신의 내부에서 무엇인가가 타고 있는 느낌을 받았다. 옷을 벗고 몸을 바라보니 피부는 검게 물이 들고 몸 전체가 석탄이 되어 있었다.

그는 짐 컬런이 그의 이야기를 믿지 않은 것을 잘 알았고 친구들 중 어느 누구도 믿지 않을 것이었기 때문에 더 이상 아무에게도 그 이야기를 하지 않겠다고 결심했다. 아마도 처음부터 그에게만 보이도록 정해진 비밀의 계시일지도 모른다.

다음 주말, 이번에는 운전사와 함께 탈리로 돌아갔다. 햇볕이 밝은 청명한 아침이었고 아스팔트 도로는 티 없이 깨끗했으며 길 양쪽으로 늘어선 푸른 잎들이 눈부시게 빛났다. 사탕수수밭이 펼쳐지고 100킬로미터 표지판이 있는 바로 그 지점에 이르자 그는 운전사에게 차를 멈추라고 지시했다.

그는 차에서 내려 사탕수수밭을 찬찬히 살펴보았다. 사탕수수가 워낙 높이 자라 그 뒤로 아무것도 보이지 않았다. 혹 지난번 걸어갔던 샛길을 찾을 수 있을까 하여 길을 따라 걸어가 보았지만 사탕수수는 한 치의 틈도 없이 빽빽이 자라 있었다. 좀 더 아래로 내려가자 몇몇 농가가 보였고 그는 그 중 한 곳을 향해 걸어갔다.

돌연 마치 태양이 떠오르듯 선명하게, 그가 어릴 적 살았던 누에바 에시하

마을에 전해오던 이야기가 떠올랐다. 몇몇 사람들이 가지고 다니던 신비로운 능력을 가진 부적들, 담이나 높은 나무를 걸어 올라가거나 물속에 오랫동안 잠겨 있거나, 영혼을 불러들여 원수를 갚는 능력을 가진 부적, 그리고 바로 불타는 석탄 위를 걷거나 불을 손으로 잡는 능력을 가진 부적들에 대한 것이었다.

혹 오래된 이교 의식 같은 것에 그가 참여했던 것은 아니었을까? 그러면 그 사람들은 지금 어디에 있는 걸까?

주변으로 모여든 토종닭들에게 모이를 주며 마당을 쓸고 있는 한 노인이 그 집에 있었다. 머리가 허옇고 얼굴엔 주름이 가득했으며 허리는 굽어 있었다. 알프레도 루이즈가 다가가자 노인이 고개를 들었다. 그는 노인에게 타갈로그어로 인사를 한 다음, 지난주에 자신이 겪었던 아주 놀라운 일에 대해 혹 알고 계실지 모르겠다며 말을 건넸다. 그는 아무것도 보태지 않고 있는 그대로 이야기하기 시작했고 노인은 아무 말 없이 진지한 표정으로 그의 이야기를 들었다.

알프레도가 이야기를 마치자 노인은 낡은 걸상에 와 앉으라고 손짓을 하며 자신도 집 한쪽의 대나무 사다리 아랫단에 자리를 잡고 앉았다. 그런 다음 거의 속삭이듯 낮은 소리로 말했다. "같은 이야기를 전에도 한 번 들은 적이 있다오." 그런 뒤 입을 다물었다.

"그럼 그런 일이 실제로 일어났었단 말이지요?" 알프레도는 깜짝 놀라 물었다. "이 장소가 분명합니다. 100킬로미터 표지판이 있는 곳이었거든요. 내 차가 바로 거기에서 섰어요. 사탕수수밭 쪽으로 좁은 길이 나 있었고, 그 안

쪽엔 공터가 있었어요. 농가도 몇 채 있었고요! 그리고 그 사람들이 타이어 갈아 끼우는 것을 도와주었답니다. 스무 명도 더 되는 사람들이 내 차를 번쩍 들었어요!"

노인이 허옇게 센 머리를 가로저었다. "그렇소, 그래. 당신이 말한 것과 똑같은 일이 있었다오. 그렇지만 당신이 본 그 사람들은 이 세상 사람들이 아니오."

"내가 본 게 유령이란 말씀인가요?" 머리끝이 곤두서고 식은땀이 온몸을 타고 흐르는 걸 느끼며 물었다.

노인은 대답하지 않았다. 한참 후 그는 알프레도를 아주 진지한 얼굴로 바라보며 물었다. "기억력이 형편없어진 한 늙은이의 아주 오랜 옛날이야기를 한번 들어보시겠소?"

"그럼은요!"

노인은 진흙처럼 굳어진 바닥을 응시하고 있었다. "내가 어렸을 때, 우리 할아버지로부터 들은 이야기요." 노인이 이야기를 시작했다. "당시엔 이곳이 모두, 우리 주변의 이 모든 땅이 숲이었소. 우리 선조들은 일로코스에서 옮겨와 이곳을 개척하고 마을을 꾸몄지요. 그런데 이 지역을 관할하던 스페인 수도사가 이 땅이 자기 것이라고 주장하며 마을 사람들에게 높은 세금을 내도록 해 마을 사람들은 대단히 화가 났소. 그들은 아주 예쁜 열여섯 살 소녀였던 수도사의 딸을 납치했소. 수도사는 몹시 화가 났으나 자기 딸을 돌려주기만 한다면 다시는 세금을 물리지 않겠다고 마을 사람들에게 약속했지요. 마을 사람들은 그의 말을 따랐지만 그는 약속을 지키지 않았소. 대신에 군대를 불러 마을에 불을 지르고 불타는 마을에 있는 사람들을 모두 총으로 쏘아 죽였다오. 그 후 곧 수도사의 딸도 원인 모르게 갑자기 죽어버렸소. 그리고 얼마 지나지 않아 마을이 있던 이곳에 이상한 일들이 일어난다는 소문이 퍼지기 시작했다는군요. 마을 사람들이 불타는 석탄 위를 걷기도 하고 무언가를 마시는데 그게 술이 아니라 그 소녀의 피였다고도 하고. 아주 오랫동안 전해져 내려오는 이야기라오. 내가 어린 소년이었을 때 이곳은 이미 사탕수수밭이었소. 같은 이야기를 그때 한 동네 사람으로부터 들었지요. 정신이 이상하다는 말을 듣는 사람이었는데, 그가 불 속을 걸었는데도 전혀 뜨겁지 않았다고 마을 사람들에게 말했다오. 다시 불 속을 걷는 것을 보여주려고 시도했는데 불에 데는 바람에 그만 웃음거리가 되어버렸지요. 그리고 이제…….”

“이 농장이 코벨로 집안의 소유가 맞지요?” 세자르 코벨로는 투자회사와 보험회사도 가지고 있다. 이 땅의 일부도 그의 것이 아닐까?

“이곳뿐만이 아니지요. 눈으로 볼 수 있는 모든 땅이 그 집안 소유요.”

“그 사람들이 내게도 술을 주었습니다.” 알프레도는 코코넛 사발과 거기에 담겨 있던 자기가 마신 빨간 음료가 떠올랐다. 그것은 일로카노 사람들이 만드는 곡주와 비슷한 사탕수수 술이었을 것이다. 그러나 값비싼 캘리포니아산 포도주처럼 아주 부드러웠고 달콤했다.

“피.” 노인이 속삭이듯 말했다. “그것은 그 어린 소녀의 피라오. 이야기에 나온 것처럼. 자기네 집에서 타죽은 마을 사람들이 복수를 하는 것이지요. 오늘날까지도 그 복수가 계속되고 있어요.”

그는 이 말도 안 되는 이야기를 믿을 마음이 없었다. 20세기의 세상에, 이제 몇 년 만 더 있으면 21세기로 들어서는 이 마당에 아직도 이런 미신이 존재하다니. 아무리 배우지 못한 하층민들이라 하더라도 발전하는 국가와 보조를 맞추고 싶다면 사고방식부터 바꾸어야만 한다.

일요일 저녁, 낮잠을 너무 오래 자서 저녁 늦게 일어나는 바람에 월요일 아침 마닐라에서 있을 각 부서장들과의 회의에 맞춰 돌아갈 수 없게 되었다. 그는 연락을 취해 회의를 오후로 미루었다. 분명히 자명종을 맞춰놓았는데 왜 울리지 않았는지 도무지 모를 일이었다.

그날 밤 그는 아주 이상한 꿈을 꾸었다. 그가 사탕수수밭 한가운데 있는데 예쁘게 생긴 어린 소녀—열여섯 살이 채 되지 않은—가 그의 곁에 서서 빨갛게 달아오른 돌 위를 걷자고 졸랐다. 그는 전에 해본 적이 있으므로 자신이 있었고 그래서 아이의 손을 잡고 함께 불길 속으로 뛰어들었다.

곁에 있던 소녀가 돌연 불길에 휩싸여 옷도 머리도 온통 불에 타기 시작했고 그 역시 불에 타는 듯 느껴졌는데, 소녀는 환한 얼굴로 그에게 불 위로 올라가자고 말하는 듯했다.

돌 위에 발을 딛자, 발밑에 느껴지는 석탄이 지난번과는 전혀 달랐다. 석탄은 불타듯 뜨거웠고, 그의 발바닥에는 물집이 잡히기 시작했으며, 그가 내려서려고 하자 마치 조소하는 듯한 한 무리의 사람들이 양쪽에서 그를 압박해와 꼼짝도 할 수 없었다. 나는 이제 죽는 거야, 그는 쓰러지며 속으로 말했다.

그가 잠에서 깼을 때 햇볕이 방으로 비쳐들고 에어컨이 작동하는 소리가 희미하게 들렸다. 밖에서 운전사가 요리사와 이야기를 나누는 소리가 들리고, 길 건너편에서는 이웃집 사람이 크게 틀어놓은 고전음악 소리도 들려왔다. 원래는 밤에 마닐라로 돌아가는 길에 그 사탕수수밭에 다시 한 번 들르려고 했었다. 그렇지만 이미 보름달이 사라진 터라 다음에 보름달이 있을 때 들러보리라 생각했다.

자리에서 일어나 발을 바닥에 딛는 순간 예리한 통증이 발에서 느껴졌다. 오른발을 보니 물집이 가득했고 왼발도 마찬가지였다. 발에 생긴 물집들은 일 페소 동전만큼 커다랬고, 발뒤꿈치까지 온통 물집으로 뒤덮여 있었다. 두려운 마음으로 간밤의 꿈을 떠올렸다.

걸을 수가 없어 차를 타러 갈 때조차 사람들이 그를 들어 옮겨야 했다. 마닐라로 돌아가는 두 시간 동안 그는 간밤에 있었던 일을 곰곰 생각했다. 하고많은 사람 중에 왜 하필 나란 말인가? 특별히 나에게 전해야 하는 메시지가 무엇이었을까? 세자르 코벨로가 회사의 고객이고 함께 클럽에서 폴로를 하기는 했지만 그 집안을 잘 알지는 못했다. 그는 시골 출신이지만 농지 문제에 관심을 가져본 적도 없고, 아버지가 몇 헥타르의 농지를 소유했었지만 그가 대학에 들어갈 무렵 팔아버렸다. 비록 그가 모은 재산이 남보다 훨씬 많은 것은 사실이지만 지금 그가 소유한 모든 것, 그가 가진 모든 부는 여느 빵집 주인이나 마찬가지로 스스로 땀 흘려 일한 대가였다.

다행스럽게도 마닐라에 도착하기 전에 발의 물집이 모두 사라졌다. 그는 회사로 가서 곧장 자료실로 향했고 지난 일주일치 신문을 모두 가져오라고 지시했다. 거기서 어떤 단서를 발견하리라는 확신에 가까운 느낌이 있었다. 아니나 다를까, 세 주요 일간지의 월요일 아침 신문에 코벨로 집안 딸의 부고

가 실려 있었다. 그 소녀의 나이를 계산해보니 열여섯 살이었다.

그는 사교계의 칼럼을 쓰는 기고가로 오랜 친분이 있는 시오니 드 디오스에게 전화했다. "지난주에 죽은 코벨로 가의 딸, 그 애의 사인이 무언지 알아요?" 시오니는 언제나 그렇듯 명랑하고 경쾌하게 전화를 받았다. "오, 프레디, 당신도 그걸 궁금해 하시는군요. 최소한 마닐라 시민 절반은 그게 궁금할 거예요. 정말 사랑스러운 소녀였는데. 금발 머리에 가지런한 치아, 코벨로 집안의 여자들이 모두 미인인 건 잘 아시지요. 그런데 그냥 돌연 죽었다고 해요. 몸 아랫부분에 원인을 알 수 없는, 불에 탄 흔적이 있었대요. 집에서 한 발짝도 안 나갔다는데 아침에 죽은 채로 발견되었다는군요. 그게 다예요. 그건 그렇고, 언제 마카테에 있는 그 새로 생긴 이태리 음식점 카프리에 데리고 가줄 거예요? 그 음식점에 대해 들어봤지요?"

"당신이 원할 때 언제든지, 시오니. 시간이 날 때 언제든 전화만 해요."

사탕수수밭 언저리에 있던 그 노인의 오두막집이 눈에 선했다. 절대적인 빈곤이 곳곳에 드러나 있던 그 집, 노인과 이야기를 나누는 동안 좁은 방 안이 들여다보였다. 대나무 침상 하나 없었고 대나무를 댄 벽은 거의 무너져 내리고 있었다. 그 노인과 가족이 어떻게 먹고 살아왔을까? 노인 역시 말도 안 되는 혹독한 세금을 내며 살던 그 사라진 마을 사람들 중 하나임이 분명하다. 리잘[3]의 소설에 등장하는 카베상 테일즈가 자신이 개척해놓은 땅을 가로채 부당하게 세금을 징수한 수도사에게 반발하는 이야기가 스치듯 떠올랐다. 왜 이 나라의 역사는 바뀌지 않고 반복되고 있을까?

3 호세 리잘, 1861~96, 필리핀의 국민영웅으로 불리는 애국자이며 작가.

집에 전화를 걸었다. 가정부가 전화를 받았다. "코라, 지난주 내가 탈리에서 돌아 왔을 때 밑단이 불에 탄 바지가 있었는데, 그거 손대지 말아요. 알았지? 절대로 손대지 말아요……."

침묵.

그것은 꿈이나 상상 속에서 일어난 일이 아니었다. 그에게는 최소한 실제로 불 위를 걸었다는 부정할 수 없는 증거가 있다. "코라, 알아들었어요? 그 바지에 손대지 말아요."

가정부가 아주 조그맣고 겁먹은 소리로 대답했다. "정말 죄송해요. 바지를 보니 사장님이 다시 입으실 것 같지 않았어요. 온통 타버려서요. 쓰레기 치우는 사람이 왔기에 주어버렸어요. 밑 부분을 잘라버리면 훌륭한 반바지가 될 거라고 했죠."

지은이

리앙 李昂 대만

—

1952년 대만의 중부 장화 현 루깡에서 태어났다. 본명은 스수뚜안(施淑端). 조그만 포구도시 루깡은 창작의 기본 모티프를 형성하는데, 소설에서는 대개 루청(鹿城)이라고 표현된다. 연작소설『루청 이야기』는 이를 배경으로 다룬 대표적인 작품이다. 타이베이의 중국문화대학교 철학과를 졸업했고, 미국 오리건 주립대학교에서 연극학 석사 학위를 받았다. 훗날 문학평론가가 되는 큰언니 스수(施淑), 소설가가 되는 작은언니 스수칭(施叔青)의 영향을 받아 중학교 시절부터 소설을 쓰기 시작했다.

16세에 첫 단편「꽃피는 계절」이 신문문학상에 당선되면서 작가 생활을 시작했다. 1983년에 발표한 첫 장편소설『남편을 죽이다』는 백정에게 팔려간 여성이 성노리개 생활을 견디다 못해 남편을 토막 내 살해한다는 내용으로, 발표와 동시에 파란을 불러일으켰다. 하지만 대만의 가부장적 사회와 억압적 정치체제에 대한 이중의 비판이라는 함의와 그 문학성을 인정받아 영어와 한국어 등 십여 개 언어로 번역되는 등 특히 해외에서 널리 알려지게 된다. 이 작품으로 제1회《연합보》소설문학상 대상을 수상하면서 대만의 중요 현대작가 대열에 올라섰다. 다수의 작품이 여러 언어로 번역되었으며, 영화 및 텔레비전 시리즈로도 제작되었다. 2004년 리앙은 문학적 성과를 인정받아 프랑스 문화부로부터 '예술문학기사훈장'을 받았다. 1987년 계엄령이 해제된 이후에는 한편으로 40년 국민당 독재정권이 남긴 부정적 유산을 비판하는 내용의 소설을, 다른 한편으로 젠더와 성에 관한 사회적 통념을 타파하는 내용의 소설을 꾸준히 발표했다. 1990년대에 발표한『미로의 정원』(1990),『베이강의 향로에는 누구나 향을 꽂는다』(1997),『자서전: 소설』(2000),『눈에 보이는 귀신』(2003) 등은 모두 성과 정치의 영역에서 잔존하던 여러 가지 금기에 도전한 작품들로 좋은 평가를 받았다.

옮긴이

김태성

1959년 서울에서 출생하여 한국외국어대학교 중국어과를 졸업하고 동 대학원에서 타이완문학 연구로 박사 학위를 받았다. 중국학 연구공동체인 한성문화연구소(漢聲文化硏究所)를 운영하면서 한국외국어대학교 중국어대학에 출강하고 있으며 중국 문학 번역과 문학 교류 활동에 주력하고 있다.『노신의 마지막 10년』『굶주린 여자』『인민을 위해 복무하라』『목욕하는 여인들』『딩씨 마을의 꿈』『핸드폰』『눈에 보이는 귀신』『나와 아버지』『사람의 목소리는 빛보다 멀리 간다』『황인수기』『풍아송』『한자의 탄생』『말 한 마디 때문에』『만 마디를 대신하는 말 한 마디』등 100여 권의 중국 저작물을 한국어로 번역했다. 2015년 11월부터 2018년 11월까지 3년 동안 중국문화부가 주관하는 중국문화번역망(CCTSS)의 고문을 맡았다.

∴ 03

꽃피는 계절

리앙

李昂

계간 《아시아》 4호 수록
이 작품은 중국어로 쓰였고 김태성이 한역하였다.

사라져가는 내 빛나는 청춘의 마지막 시기에 일어난 아주 작은 사건이었다.

그때 나는 아주 젊었고, 젊음이란 아름답고 신비한, 꽃이 피는 계절이라 해야 옳았다. 하지만 내가 가진 거라곤 작은 서점에서 산 번역소설 몇 권과 꿈속에 종종 나타나는 백마 탄 왕자가 전부였다. 사건의 발단은 아주 간단했다. 심지어 재미없기까지 했다. 성탄절이 가까워진 12월 어느 날, 그달 중에서 가장 빛났다고 할 수 있는 아침이었다. 밝은 햇볕이 가볍고 부드럽게 내리쬐는 가운데 공기는 몹시 차갑고 건조했다. 침대에서 일어난 나는 후원으로 나가 햇볕이 어떻게 깊이 잠든 경치와 사물들을 깨우고 마음속에 충만한 감동을 불러일으키는지 관찰하고 있었다.

겨울날 더디게 떠오른 해가 이미 정원을 가득 비추고 있었다. 학교에 가야 했지만 그날 아침의 감동이 나를 깊이 흔들어 놓았다. 이런 감정으로 따분하게 학교 교실에 처박혀 있는 것은 대단히 힘들고 가치 없는 일이라는 생각이 들었다. 왜 나는 자신에게 휴가를 주지 못하는 거지? 아버지와 어머니는 모두 공장에 나가셨고, 내가 학교에 갔는지 안 갔는지 알 사람은 아무도 없었다.

나는 정원에 잠시 더 앉아 있었다. 햇볕이 따스하게 등을 타고 올라와 얇은 스웨터를 뚫고 몸 곳곳을 어루만졌다. 나는 나른한 몸으로 정원 주위를 가볍게 배회했다. 이때쯤 되면 내 상상 속에서는 언제나 아름답고 검은 두 눈이 숲 속에서 또는 꽃 더미 속에서 세심하게 나를 관찰하고 있었다. 약간 음울하고 비웃음을 띤 눈빛이었다. 나는 정원 곳곳을 빠르게 맴돌았지만 끝내 검은 눈의 정체를 찾아내지 못했다.

햇볕 아래 한가로이 앉아 있는 것은 다소 따분한 일이었다. 나는 집안으로 들어가 책 한 권을 꺼내 아무런 생각 없이 천천히 책장을 넘겼다. 책 속의 인물들이 햇볕 아래 가는 흙먼지처럼 공허하게 스쳐 지나갔다. 마지막 장을 넘기자 커다란 크리스마스트리 아래 왕자와 공주가 손을 잡고 행복한 미소를 짓고 있었다. 책장 한쪽 구석에 짧게 몇 구절이 적혀 있었다.

바람이 불어 나무에 매달린 풍령(風鈴) 장식을 흔든다.
왕자와 공주가 12월의 성탄 속에 있다.
자신들의 영원한 행복을 좇는다.

크리스마스! 이 한 마디를 가볍게 내뱉는 순간, 눈물이 눈언저리를 타고 흐르는 것이 느껴졌다. 비록 그들처럼 크리스마스를 보낼 수는 없겠지만 나도 크리스마스트리를 가질 수는 있었다. 나의 나무, 나는 금빛 방울로 크리스마스트리를 장식할 것이다.

나는 시장으로 내달렸다. 혼잡하게 밀려드는 인파를 뚫고 바닥에 늘어놓은 과일과 채소 다발을 넘어 한 모퉁이에서 꽃을 파는 꽃장수를 찾았다.

"나무 하나 주세요. 두세 자 정도 되는 걸로요."

"어떤 모양의 나무를 원하는데?"

"아무거나 상관없어요. 나뭇잎이 많기만 하면 돼요."

"알았다."

덩치 큰 여자가 갑자기 한 손으로 꽃장수의 옷섶을 움켜쥐고 뭐라고 몇 마디 재촉하는가 싶더니 어느새 인파 속으로 사라져버렸다. 나는 그저 파란 심줄이 튀어나온 여인의 팔과 묘당의 용을 받치고 있는 기둥을 방불케 하는 그녀의 다리를 보았을 뿐이다. 두 사람은 순식간에 굵기가 다른 무수한 다리들 사이로 사라져버렸다.

나는 그대로 서 있었다. 아침부터 지금까지 학교에 가지 않고 있다. 전부 이렇게 웃기는 일들뿐이다. 땡땡이, 왕자와 공주, 영문을 알 수 없이 자리를 떠난 꽃장수, 나를 에워싸고 있는 생화들, 생화 너머로 시끄럽게 밀려드는 인파들, 이 모든 것들이 이상하면서도 우스꽝스럽게 펼쳐지고 있다. 마치 짓궂은 장난을 즐기는 요정이 모든 질서를 어지럽혀놓은 것처럼.

꽃장수가 돌아왔다. 손으로는 자전거를 밀고 있었다.

"어서 타거라."

그가 말했다. 몹시 투박한 어투였다.

"어디로 가는데요?"

"나무 가지러 가야지."

어머나, 정말 신기한 꽃장수였다.

"누가 꽃을 가져가기라도 하면 어떡해요?"

"그럴 리 없어."

대답에 귀찮아하는 기색이 역력했다.

나는 자전거 뒷자리에 올라탔다. "됐어요." 내가 말했다.

그가 페달을 밟기 시작했다. 자전거는 흔들림 없이 천천히 움직였다. 마치 꽃을 사러 온 고객이 아니라 자신의 딸이라도 태우고 가는 것 같았다.

나는 놀리듯이 주위 사람들을 향해 미소를 지어 보였다. 나를 아는 사람들이 금니를 박아 넣은 입을 크게 벌리고 나를 바라본다면 기분이 어떨까! 나는 계속해서 미소를 지었다. 그러나 자전거가 소란한 인파를 벗어났을 때, 내 미소는 억지웃음으로 변해 있었다. 결국 나를 아는 사람, 소동을 일으킬 만한 사람은 하나도 만날 수 없었다. 실망한 나는 어색한 미소를 지어야 했다.

자전거는 평평한 아스팔트 도로를 지나 점점 교외를 향해 나아갔다. 고개를 들자 12월의 차가운 바람이 이마를 스치면서 내 머리칼을 마구 흔들어댔다. 나는 내가 아주 아름다우면서도 묘한 자세를 하고 있고, 한 쌍의 검고 아름다운 눈동자가 멀리서 나를 뚫어지게 응시하고 있을 것이라고 생각했다. 나는 내가 자신을 위해 지어낸 검은 눈동자의 이야기 속으로 빠져들고 있었다.

"아저씨네 화원이 어디 있는데요?"

주위엔 이미 행인들의 왕래가 뜸해졌다. 길가에 군데군데 사람 키보다 큰 사탕수수밭이 보이기 시작했다. 나는 그제야 정신을 차리고 약간 당황하며 이렇게 물었다.

"저 앞이야. 별로 멀지 않지."

꽃장수의 대답이었다.

"거의 다 왔겠네요!"

"그래, 다 왔어."

꽃장수의 침착한 말투는 결코 내 마음을 편하게 해주지 못했다. 게다가 사방의 황량한 풍경이 나로 하여금 뭔가 불길한 사건이 발생할지도 모른다는 느낌을 갖게 했다. 그가 자전거를 세운 다음 얼굴을 돌리고 교활한 웃음을 보이며 나를 끌고 사탕수수가 빽빽한 밭으로 들어갈 수도 있었다. 짙은 갈색으로 그을린 반질반질한 손으로 내 옷을 벗기고 순결하고 가녀린 내 몸을 만질지도 모를 일이었다. 갑자기 두려움과 혐오감이 밀려오면서 나는 자세를 고쳐 앉았다. 그렇게라도 하면 사고를 모면할 수 있을 것 같았다.

'뭔가 행동을 취해야만 해.' 나는 자신에게 이렇게 말했다. 그렇지 않으면 희생물이 되고 말 것이다. 나는 이렇게 젊다. 내 꽃피는 계절이 이대로 시들기에는 아직 너무 이르다.

맞은편에서 광주리를 두 개 든 농부가 한 명 걸어오고 있었다. 가장 먼저 머릿속에 떠오른 생각은 자전거에서 뛰어내리는 것이었다. 상처를 입더라도 최대한 빨리 나를 구해줄 수 있는 농부를 향해 달려가야 했다. 나는 잠시 머뭇거렸다. 넘어지는 것이 몹시 싫었기 때문이다. 그 짧은 순간 동안에도 자전거는 앞을 향해 얼마간 더 굴러갔고, 이미 농부와의 거리도 상당히 벌어졌다. 나는 여기서 생각을 멈출 수밖에 없었다.

나는 자전거 뒷자리에 그대로 앉은 채 장차 발생할지도 모를 사건을 잠자코 기다리기로 마음먹었다. 만일 꽃장수가 정말로 내게 손을 대려 한다면 그때 가서 도망치면 그만이었다. 나는 우리 학교에서 달리기가 가장 빨랐다. 이미 노년에 가까운 남자에게 내가 질 거라고는 생각지 않았다.

나는 마음을 편히 갖고 곧이어 펼쳐질 재미있는 연극을 상상하기 시작했다. 꽃장수는 더 이상 달리지 못하지만 나는 용감하고 힘센 숲의 여신처럼 빠른 속도로 달릴 수 있다. 심지어 나는 고개를 돌려 나를 사모하는 나이 든 사내를 향해 조소를 보낼 것이다. 이때 꽃장수는 어떤 얼굴을 하게 될까? 분명 정욕으로 가득 차 일그러진 얼굴을 하고 있을 것이다. 나는 이런 상상을 하고 있었다.

"아직 멀었나요?"

내가 조롱하는 듯한 어투로 목청을 높여 물었다.

"다 왔어."

꽃장수는 나를 향해 고개를 약간 돌리면서 위로하듯 웃어 보였다.

나는 햇볕에 검게 그을린 그의 옆얼굴 위로 높게 솟은 갈고리 코와 볼이 움푹 패여 얇은 입술이 아래로 처진 입을 보았다. 그의 이마는 높고 깨끗했지만 깊게 주름이 패여 있었다. 눈동자는 아직 검은 눈썹 아래 깊이 묻혀 태양을 향해 반짝이고 있는 것 같았다. 그의 얼굴에서는 추호의 정욕도 읽어낼 수 없었다. 그의 얼굴에서 느낄 수 있는 건 욕정이 사라진 노인들의 모습에서나 볼 수 있는 어둡고 무서운 느낌뿐이었다. 나는 약간 실망하고 있었다.

자전거가 거세게 한 번 튕겨졌다. 꽃장수는 재빨리 고개를 돌렸다. 나는 자전거 뒷부분이 뭔가에 부딪치는 것을 느끼면서 깜짝 놀라 재빨리 뛰어내렸다.

"너무 방심한 것 같군."

꽃장수가 혼잣말로 중얼거리면서 몸을 숙여 부딪쳐 찌그러진 핸들을 바로 잡으려 시도했다. 나는 한쪽에 그냥 서 있었다. 맨 처음 재미있었던 느낌이 다시 되살아났다. 정말 우스운 일이었다. 낯선 남자를 따라 좀처럼 와보지 않던 곳까지 온 데다, 옆에 서서 자전거 고치는 모습을 지켜보고 있으니 말이다. 마치 프랑스 영화에 나오는 소풍 나온 연인들의 모습 같기도 했다.

"그만두세요. 집으로 돌아가야겠어요." 나는 하마터면 이렇게 말할 뻔했다. 하지만 꽃장수의 침착하고 평안한 표정이 내게 새로운 믿음을 주었던 것 같다. 어쩌면 내가 노상 왔다 갔다 하는 동선 안에 있을 분이라는 사실이 주는 안도감 때문이었는지도 모른다.

"다시 타봐." 꽃장수는 이렇게 말하면서 다 고친 자전거에 올라탔다. 나는 다시 뒷자리에 올라탔다.

"탔어요."

내가 말했다.

조금씩 마음이 풀어지면서 다시 상상력이 회복되었다. 나는 어쩌면 꽃장수가 한때는 지식인이었으나(그의 앞이마가 내게 지식에 대한 일종의 확신을 주었다) 불행하게도 부정한 아내를 만났고, 아내가 다른 남자와 정분이 나 야반도주하자 마음에 너무나 큰 상처를 입고 그 뒤로 꽃을 키우는 일로 생계를 유지하게 된 것일지도 모른다는 생각을 하게 되었다. 지금 내가 가는 곳도 필시 그가 무수한 꽃을 정성껏 심고 가꾼 정원일 것이고, 그 한가운데에는 아주 작고 하얀 집도 한 채 있을 것이다. 집은 사방이 전부 담쟁이덩굴로 덮여 있고, 저녁 무렵이면 뭉게뭉게 연기가 피어오르는 굴뚝도 하나 있을 것이다.

내 상상을 확인하기 위해 나는 옆으로 고개를 돌려 힐긋 꽃장수를 쳐다보았다. 그러나 그의 평평한 등짝에서는 아무런 유추의 단서도 찾을 수 없었다.

나는 또 생각했다. 어쩌면 그는 지금 이 모습 그대로의 꽃장수에 지나지 않을지도 모른다. 게다가 비정상적인 심리를 지닌 사내인지도 모른다. 사람의 외모와 행동 사이에는 종종 커다란 괴리가 있곤 하니까. 이전에 나는 많은 사람들에게 존경을 한 몸에 받는 노인이 어린 초등학교 학생을 욕보였다는 얘기를 들은 적이 있었다.

갑자기 끼익, 소리와 함께 자전거가 멈춰 섰다. 나는 경각심을 완전히 놓지 않고 있었기 때문에 반사적으로 자전거 뒷자리에서 뛰어내렸다. 나는 뛸 자세를 취했다. 처음부터 확실한 우위를 차지해야만 했다. 그러지 않았다가는 이 바다와 같은 사탕수수밭에서 길을 잃고 자신을 잃을 수도 있기 때문이었다.

꽃장수는 자전거에서 내려 천천히 몸을 돌렸다. 이제 곧 행동을 시작하려나 봐. 나는 자신을 향해 이렇게 중얼거리며 한 걸음 뒤로 물러섰다. 허벅지가 가늘게 떨리기 시작했다. 내가 정말로 뛰어서 달아날 수 있을지 의문이었다. 내 마음속은 뭐라고 말할 수 없는 신기함과 흥분으로 출렁이고 있었다. 이제 시합이 시작될 순간이었다. 이건 평온한 무료함이 아니었다. 아주 자극적이고, 가만히 앉아서 마을에 하나밖에 없는 영화관의 프로가 바뀌기를 기다리는 공허하고 한가한 평소의 생활과는 완전히 다른 그런 일이었다.

"아무래도 지름길을 찾아야겠다."

꽃장수는 이렇게 말하면서 자전거를 끌고 앞장서서 흔적이 희미한 좁은 길로 들어서기 시작했다.

나는 심장이 안정적이면서도 냉담하게 박동하는 것을 느낄 수 있었다. 나는 흐느적거리는 걸음으로 그의 뒤를 따랐다. 왠지 몸이 마구 휘청거리는 것 같았다.

길은 갈수록 더 좁아져 자주 길 쪽으로 뻗어 있는 사탕수수 줄기를 걷어내야 통과할 수 있었다. 말라서 누렇게 변한 잎사귀들이 이미 튼실하게 익은 자줏빛 사탕수수 줄기 위로 늘어져 바람이 불 때마다 사삭, 소리를 냈다. 햇빛도 제대로 뚫고 들어오지 못하는 이 사탕수수밭에는 도처에 말라비틀어진 생명과 자줏빛 사탕수수 줄기가 옅은 햇빛 아래 사악한 기운을 만들고 있었다. 문득 지장왕(地藏王)의 묘당에 있는 신상의 얼굴이 떠올라 나도 모르게 몸을 떨었다.

방금 절망이 일으켰던 일종의 무력감이 새로운 두려움으로 대체되고 있었다. 나는 꽃장수와 대여섯 걸음의 거리를 유지하면서 언제라도 몸을 돌려 도망칠 준비를 갖췄다. 이전에 읽었던 신비한 이야기들이 사탕수수밭과 꽃장수에 대한 두려움과 뒤섞여 내 머릿속을 가득 채우고 있었다. 몇 걸음 앞에서 걷고 있는 꽃장수는 햇빛 아래서 점차 형태를 잃어 한 마리 자줏빛 털을 지닌 토끼로 변해갔다.

나는 이상한 환상을 지우려 애썼지만 뜻대로 되지 않았다. 우리가 사탕수수밭을 다 지나 작은 언덕을 오르면서야 비로소 털과 피를 가진 자줏빛 환상에서 벗어날 수 있었다.

언덕은 토질이 몽글고 연해 살짝 밟기만 해도 미끄러질 것 같아 나는 한걸음씩 조심스럽게 기어 올라가야 했다. 햇빛을 받은 얼굴에서 열이 나면서 토질이 더해주는 비현실과 산만함을 증발시켜주었다. 나는 누구에게서도 도움을 받을 수 없다는 두려움에 빠졌다. 주위에 의지할 수 있는 것이라곤 아무것도 없었다. 식물도 없었고 초록빛은 더더욱 없었다. 하늘은 청정한 쪽빛이었다. 구름 한 점 없이 파랗기만 한 하늘에는 바람조차 불지 않았다. 등 뒤는 온통 누런빛과 짙은 자줏빛으로 뒤덮인 사탕수수밭이었고 잿빛 모래가 주변을 뒤덮고 있었다. 나는 나를 도와줄 손을 갈망했다. 그것이 누구의 손이든, 나를 도와 이 함정에서 벗어나게 해주기만 하면 될 것이었다. 그러나 힘들게 자전거를 끄는 꽃장수의 그림자가 내 입을 열지 못하게 했다.

마침내 언덕 꼭대기에 다다르자 얼음물처럼 차갑고 거센 바람이 땀방울이 맺힌 얼굴 위로 거세게 불어 닥쳤다. 추위가 또다시 두려움을 안겨주었다. 나는 꽃장수와 멀찌감치 떨어진 곳에 앉아 쉬고 있었다. 이곳에 앉아 있자니 놀랍게도 내가 다니는 학교 건물의 한 자락이 그다지 멀지 않은 수풀 속에서, 바람에 흔들리는 나무들 사이로 보일 듯 말 듯 눈에 들어왔다. 팔을 들어 시계를 보니 열 시가 채 안 된 시각이었다. 지금쯤 아이들은 2교시 수업을 하고 있을 것이다. 이날 2교시 수업은 국어였다. 아직 신혼인 국어선생님은 오늘도 얼마나 부드러운 목소리로 수업을 진행하고 있을지 모를 일이었다. 정말 우스운 일이었다. 어째서 여자들은 결혼만 하면 부드러운 캐러멜 같은 달콤함을 주체하지 못하고 새롭게 갖게 된 느낌을 도처에 그대로 드러내는 것인지 우습기 그지없었다.

"내려가자!"

꽃장수가 다시 일어서며 말했다.

나는 두 발을 땅에 딛고 가볍게 앞으로 미끄러져 내려갔다. 흙 알갱이들이 너무 만질만질해 하마터면 미끄러져 넘어질 뻔했다. 나는 하는 수 없이 발을 재게 놀려서 아래를 향해 뛰어야 했다.

"이 길로 오지 말았어야 했어. 하지만 멀리 돌아갈 필요가 없으니 빠르긴 하지."

꽃장수는 혼자 중얼거리면서 자전거를 끌었다.

"어서 올라타."

그가 말했다.

나는 얼른 자전거에 올라탔다. 우리는 다시 앞을 향해 전진하기 시작했다. 길 양쪽에는 이미 사탕수수밭이 보이지 않았고, 대신 끝없이 막막한 논이 펼쳐졌다. 줄은 이미 다 뽑히고 몇 포기만 남아 시든 줄기를 물속에 담그고 있었다. 시든 식물들이 내게는 아주 익숙했다. 내 추측이 틀리지 않다면 이 길은 내가 다니는 학교로 통하는 게 분명했다. 그 작은 토지신 묘당을 돌아서기만 하면 학교 건물이 눈에 들어올 것이다.

아이들은 아직도 수업을 하고 있을 것이다. 만일 나도 교실에 앉아 있었다면 국어선생님의 배가 얼마나 불렀는지, 혹시 혼전에 임신을 한 것은 아닌지 속으로 셈을 하고 있을 것이 분명했다. 순간, 뇌리에 임신이라는 단어가 번뜩이며 스쳐지나갔다. 만일 나도 그렇게 된다면, 그때는 어떻게 해야 하나? 책에 나오는 여자처럼 몸을 망친 데 대해 하루 종일 우울해하다가 결국 자살하고 말 것인가? 아니면 낙태수술을 해야 할까? 아니야, 난 그럴 리 없어. 나는 자신을 향해 고개를 가로저었다. 나는 빠른 속도로 달리기 시작했다. 게다가 학교는 그리 멀지 않은 곳에 있었다.

어느새 학교 건물의 물탱크가 눈에 들어왔다. 마음속에 새로운 의심과 두려움이 일기 시작했다. 불행하게도 교문 입구에서 담임선생님을 만나기라도 하면 난 뭐라고 변명을 해야 하나? 하지만 그래도 좋을 것 같았다. 그러면 내가 완전한 결정을 내릴 수도 없고, 완전히 주도할 수도 없는 이 게임에서 몸을 뺄 수 있기 때문이다.

교문 앞에는 사람이 하나도 없었다. 나는 야릇한 불안과 기쁨을 동시에 느끼고 있었다. 어떻게 해야 좋을지 결정을 내리지 못하고 있는 사이에 교문은 또다시 등 뒤로 아득히 멀어져갔다.

"도대체 얼마나 더 가야 하나요?"

한참을 더 가다가 내가 힘들게 물었다.

"조금만 더 가면 저 앞에 모퉁이가 나와."

꽃장수는 여전히 편안한 어투로 말했다.

자전거는 점점 커다란 묘지를 향해 다가가고 있었다. 겹겹이 들어선 무덤들이 마치 풍성한 과일 같았다. 햇빛 아래로 묘비들이 신기하게 하얀 빛으로 내 눈을 찔러댔다. 내가 이리로 오게 될 줄을 왜 미처 생각하지 못했을까! 그가 나를 다 이용하고 나서 목 졸라 죽인 다음 이 황폐한 무덤들 사이에 버려두면 아무도 알지 못할 것이다. 나는 갑자기 한기를 느꼈다. 몸을 움직이다가 하마터면 한쪽 발이 받침에서 미끄러져 떨어질 뻔했다.

"저 앞에 있는 모퉁이만 돌면 돼."

꽃장수가 말했다. 마치 내가 불안해하고 있는 걸 눈치 채기라도 한 것 같았다.

모퉁이를 돌자 묘지는 내 오른쪽 뒤편으로 멀어져갔고, 나는 다시 기분이 좀 좋아졌다. 꽃장수는 자전거에서 내려 대나무로 엮은 문을 밀어젖혔다.

"바로 여기야. 들어와 봐."

그다지 크지 않은 화원에는 초록빛 식물들이 줄지어 심어져 있었다. 대부분 내가 이름을 모르는 꽃들이었다. 화원 전체를 통틀어 국화 몇 송이만 빈약한 모습으로 외롭게 꽃을 피우고 있었다. 나는 너무 슬퍼 눈물이 쏟아질 것만 같았다. 오는 길에 나는 줄곧 따스한 색깔의 꽃들이 만개한 작은 화원을 기대하고 있었다. 이미 크리스마스가 가까웠고 아직 겨울이긴 했지만 말이다.

꽃장수는 내게 작은 나무들을 몇 그루 가리켰다. 너무 작고 가냘픈 나무들이었다.

"저쪽에도 나무를 심어두었지. 가서 볼래?"

"좋아요."

그를 따라 또 다른 작은 화원으로 들어섰다. 그곳에서 나는 또 멀리 흩어져 있는 몇 기의 무덤들을 발견했다. 불길한 기운이 덮쳐왔다. 그제야 나는 이 좁은 화원이 매우 폐쇄적이라는 사실을 의식하게 되었다. 사방이 전부 선인장 비슷한 가시 달린 식물로 둘러싸여 있었다. 유일한 출구는 방금 들어오면서 지난 작은 문 하나뿐이었다. 나는 주위를 두리번거리며 도망칠 구멍을 찾아보았다. 마침내 한쪽 담벼락 구석에 괭이가 하나 비스듬하게 세워져 있는 것을 발견했다. 나는 그쪽에 있는 나무들을 구경하는 척하며 살금살금 티가 나지 않게 괭이를 향해 다가갔다.

"여기 이 나무들은 정말 좋은 것들이야."

꽃장수는 어느새 내 등 뒤에 와 있었다.

나는 최대한 빨리 이곳을 벗어나야겠다는 생각에 손이 가는 대로 나무 하나를 가리켰다. 꽃장수는 몸을 숙여 나무를 파내기 시작했다. 나는 괭이를 잡을 수 있는 곳까지 뒷걸음질 치다가 걸음을 멈췄다. 두려움 속에서도 야릇한 호기심이 솟구쳐 올라왔다. 나는 곧 벌어지게 될 한바탕 격렬한 전투를 상상하고 있었다.

꽃장수가 갑자기 몸을 펴는 순간, 나는 괭이 손잡이를 꽉 움켜쥐고 앞으로 조금 끌어당겼다. 꽃장수는 아무런 눈치도 채지 못하고 몸을 일으켜 허리를 한 번 쭉 펴더니 다시 몸을 굽혔다. 괭이 손잡이가 내 손에서 미끄러지면서 내 등 뒤에 있는 식물 위로 쓰러졌다. 소리는 그다지 크지 않았다.

"다 됐다." 그가 말했다. 그는 파낸 나무를 잘 싼 다음 출입문으로 향했다. 나도 다시 그를 따라 밖으로 나왔다.

대나무 문을 나선 나는 다시 큰길로 들어서서 몇 걸음 걸어 모퉁이를 돌았다. 또다시 무수한 무덤들이 눈에 들어왔다. 나는 작은 나무를 손에 꼭 쥐고 다리에 힘을 주어 달리기 시작했다. 무덤에서 아주 멀리 벗어나서야 나는 발길을 멈추고 가쁜 숨을 몰아쉬었다.

결국 모든 것이 이렇게 재미없게 되고 말았다. 아무런 일도 일어나지 않았던 것이다. 하지만 내가 정말로 무슨 일이 일어나기를 갈망했던 것인지 나 자신도 분명하게 알 수 없었다. 아직 먼 길을 걸어가야 한다는 생각에 작은 나무를 질질 끌면서 나는 마지못해 걸음을 옮겼다. 한발 한발, 걸음은 갈수록 느려졌다.

지은이

남 까오 Nam cao 베트남

—

1915년 베트남 하남 성 리년 현의 가난한 농부 집안에서 태어났다. 본명은 쩐 흐우 찌. 집안에서는 그만이 유일하게 고등학교까지 다닐 수 있었다. 졸업 후 사이공으로 가 양복점에서 일하는 한편, 본격적으로 문학 창작에도 매달렸다. 일본의 침략으로 베트남 전국이 일본군을 위한 쌀 생산기지로 전락하자 그 역시 극심한 생활고에 시달렸다. 그 기간 중 자식 한 명이 사망하는 불행을 겪었다. 1943년까지 구국문화회에 가입하여 활동했다. 이로 인하여 항시적인 감시 대상이었다. 1945년 8월에는 고향에서 공산당 주도의 전국적인 봉기에 참여했다. 해방 직후 베트남 북부의 여러 언론사에서 기자로 근무했고, 1948년 공산당에 입당했다.

그는 1936년에 등단한 이후 시, 단편·장편 소설, 희곡, 수기 등 다양한 장르의 글을 써서 베트남문학사에 굵은 족적을 남겼다. 주로 가난한 민중과 지식인을 주인공으로 내세워 지배계급의 탐욕과 허위를 신랄하게 비판하는 단편소설들을 많이 발표했다. 특히 1941년 발표한 중편소설 「지 패오」로 문학적으로 커다란 명성을 얻었다. 이밖에도 주요작품으로 「늙은 학」 「남겨진 삶」 「샴페인을 더듬어 찾기」 「닳은 강」 「숲에서」 「두 눈」 등이 있다. 15년간의 문단생활을 뒤로 하고 1951년 점령지 닌빈에서 혁명 활동을 수행하던 중 매복 공격을 받고 전사했다. 1996년 제1회 문학예술 부문 호치민상을 수상했다.

옮긴이

하재홍

—

경원대학교 국어국문학과 졸업했으며, 호치민인문사회과학대 베트남문학과 박사과정을 수료했다. 하노이대학 한국어과 강사, 서울대 교육종합연구원 객원연구원을 지냈다. 옮긴 책으로 『그대 아직 살아있다면』 『끝없는 벌판』 『전쟁의 슬픔』 『낮에도 꿈꾸는 자가 있다』(공저)가 있고, 지은 책으로 베트남어 교재 『엄마 아빠와 함께 배우는 베트남어』(공저)와 문화교양서 『유네스코와 함께 떠나는 다문화속담여행』(공저)가 있다.

∴ 04

지 패오

남 까오
Nam cao

계간《아시아》32호 수록
이 작품은 베트남어로 쓰였고 하재홍이 한역하였다.

놈이 욕을 지껄이면서 걸어간다. 언제나 그렇듯, 술을 마시고 나면 욕이 튀어나온다. 우선은 하늘에 대고 욕을 해대기 시작한다. 무슨 상관이랴? 하늘이 뭐 누구네 집 아무개의 것인가? 놈은 이제 세상에 대해 욕을 해댄다. 그래봤자 별 수 없다. 세상은 모두의 것이기도 하지만 어느 누구의 것도 아니다. 이젠 스스로에게 화가 치밀어서, 놈은 부다이 마을 모두에 욕을 퍼붓는다. 그 순간 역시나 다들 생각한다. "저놈이 분명 나를 욕하는 건 아닐 거야!" 아무도 맞장구를 치지 않는다. 제기랄, 정말 열 받는다! 아! 그럼 정말 열 받는다. 열 받아 죽겠다. 그래서 놈은 이제껏 단 한 번도 놈과 욕을 주고받은 적이 없는 아무에게 욕을 해대야만 했다. 그럼에도 역시 그 누구도 대꾸가 없다. 염병할! 그렇다면, 술만 아깝게 마셔댄 것인가? 그렇다면 상황이 더 비참해진 것인가? 어떤 니미럴 자식이 놈을 세상에 낳아서 이렇게까지 비참하게 만드는지 모르겠다. 아차! 그렇지, 놈은 계속 그렇게 이 욕에서 저 욕으로 욕을 이어갈 뿐이다. 놈은 계속해서 자기를 낳은, 지 패오란 녀석을 낳은 어떤 죽일 놈의 자식을 향해 욕을 해댄다! 놈은 이를 빠드득빠드득 갈면서 지 패오란 녀석을 낳은 어떤 자식을 향해 욕을 해댄다. 하지만 지 패오를 낳은 자식이 누군지 알 수가 있나? 하늘이 알까? 놈도 모른다. 부다이 마을을 통틀어서도 역시 아무도 모른다.

*

어느 날 새벽 뱀장어 통발을 놓으러 가던 사내가 버려진 벽돌 가마 옆을 지나다 놈을 발견했다. 놈은 누더기 치마폭 속에 창백한 낯빛으로 벌거벗은 채 쌓여있었다. 사내는 놈을 주어다가 맹인 과부에게 가져다주었다. 맹인 과부는 놈을 다시 자식 없는 맷돌장이에게 팔아넘겼다. 그러다 맷돌장이가 죽자 놈은 이 집 저 집을 처량하게 떠돌았다. 스무 살이 되던 해 놈은 끼엔 촌장 집에서 머슴살이를 하게 되었다. 지금 끼엔 노인은 마을의 실력자다. 촌장의 셋째 부인은 당시 젊은 나이임에도 불구하고 자주 몸이 아프다며 놈을 몇 번인가 방으로 불러들여서는, 다리를 주무르고 배를 문지르고 등을 두드리게 했다. 동네사람들은 촌장이 관직에 나가서는 동네 모두가 두려워할 만한 권세를 행사하지만, 집으로 돌아와서는 젊은 셋째 부인을 무서워한다고 수군거렸다. 셋째 부인은 풍만한 몸매에 분홍 빰의 미색인데, 촌장은 자주 허리가 아팠다. 허리 병에 걸린 사내는 흔히 부인을 무서워할 수밖에 없지만, 그는 또한 질투의 화신이었다. 동네사람들은 촌장이 그 튼튼한 머슴 놈을 질투하지만 셋째 부인이 무서워 감히 말도 못 꺼낸다고 수군거렸다. 어떤 이는 그 머슴 놈이, 집안의 권한을 모두 쥐고 있는 셋째 부인의 신임을 얻어서 많은 돈과 쌀을 훔쳐낸다고 수군거렸다. 동네사람 모두가 저마다 생각대로 수군거렸다. 하지만 어디 제대로 내막을 알 수 있는가. 단지 아는 것은 어느 날 지 패오가 관원들에게 붙들려 압송되었다는 것이고, 얼마 후 어떤 감옥에 갇혔다는 얘기만 듣게 되었을 뿐이다. 감옥에서 몇 년을 살았는지 알 수 없지만, 한칠팔 년 정도를 흔적 없이 사라졌다가 어느 날 놈은 당당하게 돌아왔다. 이번에 돌아온 놈의 모습은 예전과는 완전히 딴판이어서 처음엔 어느 누구도 놈이 누구인지 알아보지 못했다. 아주 불량배처럼 보였다. 빡빡머리에, 새하얗게 간·이빨, 겁이 날 정도로 시커먼 얼굴, 사람들을 노려보는 두 눈은 끔찍하게 소름이 끼쳤다! 놈은 금빛 윗도리에 검은 명주 바지[1]를 입고 있었다. 열어젖힌 가슴팍에는 곤봉을 쥔 장군, 용과 봉황 문신이 가득 새겨져 있었고, 양쪽 팔 또한 마찬가지였다. 죽고 싶을 만큼 소름이 끼쳤다!

놈은 돌아온 둘째 날 점심부터 해가 저물 때까지 내내 시장에서 개고기에 술을 마셨다. 그리고는 고주망태가 되어서, 술병을 들고 끼엔 양반의 집으로 갔다. 대문 앞에서 "야 이 개똥아 소똥아[2]" 하고 나서 욕을 퍼부었다. 끼엔 양반은 마침 집에 없었다. 놈의 흉악한 태도에, 첫째 부인은 둘째 부인에게 미루고, 둘째 부인은 셋째 부인을 떠밀고, 셋째 부인은 넷째 부인을 시켜 밖을 나가보라고 했다. 하지만 결국 그 어떤 부인도 놈에게 마땅한 몇 마디 말을 감히 던지지 못했다. 지독히 막무가내인 놈에게 걸려든 상황인데, 놈은 술까

---

1 검은 명주 바지는 여성들만 입는 옷이다.
2 부모들이 어린 자식에게 지어주는 별칭. 베트남의 옛 전통으로, 마귀의 질투에 의한 액운을 피하라는 의미로 일부러 좋지 않은 별칭을 지어주곤 했다.

지 취한 데다가 손에는 병도 들려 있었다. 한데, 그 순간 집에는 여자들밖에 없었다……. 상황을 모면하려면 그저 문을 단단히 걸어 잠근 채 놈이 무슨 짓을 하든 내버려 두는 수밖에 없었다. 놈이 지껄여대는 욕지거리가 귀청을 때렸다. 욕지거리를 내뱉는 대로 잠자코 들어야 했다! 그래서 단지 세 마리 사나운 개가 나서서 술에 취한 놈과 시끄러운 소리를 주고받았다……!

정말로 소란스러웠다. 동네사람들도 귀청이 찢어지는 상황을 감내해야 했다. 하지만 아마도 속으로는 그들도 고소해 했을 것이다. 예로부터 지금까지 그들은 항상 끼엔 양반의 첫째 부인, 둘째 부인, 셋째 부인, 넷째 부인에게서 욕을 먹어야만 했는데, 지금 비로소 다른 사람이 끼엔 양반집 전체를 향해 뱉어내는 욕지거리 소리를 듣게 된 것이다. 욕을 해야 속이 후련한 걸 어쩌랴! 덕분에 씹을 거리가 생긴 걸 어쩌랴! 그들은 서로 얘기를 주고받았다. "이번에는 끼엔 양반 부자라도 감히 얼굴을 들고 다니지 못할 게야! 저 집안 조상의 무덤도 속이 뒤집힐 걸?" 한편 아주 착한 이는 말했다. "다행히 촌장은 집에 없는 모양이군." 여기에서 말하는 촌장은 끄엉 촌장이다. 끼엔 양반의 아들인 끄엉은 권세 부리기 좋아하는 것으로 악명이 높았다. 동네사람들을 한낱 지푸라기처럼 쓰레기처럼 여겼다. 끄엉 촌장이 집에 있는지 알아보아야 한다! 과연 그들의 말은 틀리지 않았다! 역시, 고함소리가 길가에서 울려 퍼졌다. "너 지금 무슨 지랄발광을 하는 거야? 어미 아비도 없는 새끼가! 너 무슨 지랄발광을 하는 거냐고!" 그렇게 터져 나온 소리! 그 질타의 소리는 바로 끄엉 촌장의 소리였다. 끄엉 촌장이 돌아왔다! 끄엉 촌장이 돌아온 것이다! 그 사실을 알아야 한다……. 아하! 따귀를 갈기는 소리가 크게 터졌다. 오! 이

건 또 뭐지? 서로 주먹질과 발길질을 해대는 소리가 들려왔다. "아이고 뼈가 부러졌네. 뼈가 부러졌어. 아이고 아이고." 하는 소리와 함께 싸움은 싱겁게 끝났다. 돌연 눈앞에 '번쩍' 불이 켜진 이상 당연히 싸움을 그만두어야 했다. 놈이 문기둥에 병을 쳐서 깨뜨렸다. 오, 놈이 소리를 질러댔다! 놈이 욕을 하면서 동네사람들을 불러댔다. 마치 누군가가 자신의 목을 베기라도 하는 것처럼. 오, 놈이 소리를 질러댔다!

"아이고, 동네사람들! 저 좀 살려 주세요……. 아이고, 동네사람들! 끼엔 놈의 자식새끼가 저를 찔러 죽이려 들어요! 끄엉 촌장새끼가 저를 찔러죽여요, 동네사람들 아이고 아이고……."

동네사람들은 지 패오가 땅바닥을 뒹굴며 소리를 질러대면서 병조각으로 얼굴을 긋고 있는 모습을 보았다. 피가 범벅으로 흘러 소름이 끼쳤다. 개 몇 마리가 놈의 주위로 달려와서 사납게 짖어댔다. 끄엉 촌장은 약간 상기된 얼굴로, 놈을 엷게 비웃으며 가만히 서서 바라보았다. 흠! 어쩔 셈이지? 계속 죽치고 누워있을 작정인가! 실제로 놈은 이곳에 와서 드러누울 작정이었다!

사람들이 한가득 몰려들어 구경을 했다. 주위의 그늘진 골목들마다 사람들이 가득 몰려 있었다! 마치 시장바닥처럼 아주 소란스러웠다. 끼엔 양반의 첫째 부인, 둘째 부인, 셋째 부인, 넷째 부인이 끄엉 촌장 덕에 맘 놓고 집밖으로 나와서는 거만한 표정으로 욕지거리를 또 보태주었다. 사실, 그 부인들은 대체 지 패오가 무슨 일을 벌이는지 직접 보고 싶었던 것이다. 지 패오는 작정을 하고 끼엔 양반에게 화를 입히려 했다…….

그런데 드디어 저기, 끼엔 양반이 돌아왔다. 그는 언성을 크게 높이며 사람들에게 물었다. "무슨 일로 이렇게 한가득 모여들 있는 거야?" 여기에서 "문안드립니다, 어르신", 저기에서 "문안드립니다, 어르신", 사람들이 주춤주춤 물러서면서 공손하게 인사를 했다. 지 패오는 갑몸을 길게 늘어뜨리고, 미동도 없이 거의 시체처럼 누워서 신음소리를 토해냈다.

대충 살펴보니, 좋지 않은 일이 벌어졌다는 것을 알 수 있었다. 촌장을 하고 나서 지방관리 일을 하고 지금은 자식에게 촌장 자리를 물려준 그는, 이런 정도야 전혀 낯선 일이 아니었다. 끼엔 양반은 자신에게 잘 보이고자 지 패오를 향해 거드름을 피우고 있는 부인들에게 고함을 질렀다.

"부인들은 어서 집으로 들어가시오. 아녀자들이 이런 번잡한 일에 뭘 안다고 끼어들어요?"

그런 다음 끼엔 양반은 동네사람들을 향해 돌아서서 온화한 목소리로 말했다.

"다들 집으로 돌아가요! 뭐 볼 게 있다고 이렇게들 모여 계세요?"

동네사람들은 아무도 대꾸 한 마디 없이 슬금슬금 집으로 돌아갔다. 끼엔 양반의 말에 수긍해서 돌아간 이들도 있고, 자신의 안위를 생각해서 돌아간 이들도 있었다. 본래 시골 사람들은 번잡한 일에 엮이는 것을 싫어한다. 누가 아둔하게 자리를 계속 지키고 서 있을 것인가. 나중에 증인이라도 되라고 불러댄다면 어쩔 것인가. 결국 지 패오와 끼엔 양반 부자만 자리에 남았다. 끼엔 양반은 비로소 지 패오에게 다가가 놈의 몸을 가볍게 흔들며 말했다.

"지 패오야! 왜 이런 짓을 하는 거야?"

지 패오는 실눈을 뜨고 신음을 토했다.

"나는 그저 당신들하고 같이 죽고 싶을 뿐이야. 나 혼자 뒈져버리면 내가 감옥에 얼마나 오래 갇혀서 고생했는지 아무도 몰라줄 거 아냐?"

끼엔 양반은 엷게 웃었다, 하지만 웃음소리는 크게 울려 퍼졌다. 마을 사람들은 끼엔 양반이 단지 웃음으로 사람을 상대한다고들 말했다.

"자네가 말을 아주 재밌게 하는구먼! 아니, 누가 무슨 일을 저질렀기에 자네가 죽는다는 거지? 사람 목숨이 어디 개구리 목숨 같은 건가? 아이고, 많이 취했구먼, 그래."

끼엔 양반은 목소리를 바꾸어서 친근하게 물었다.

"언제 돌아온 거야? 왜 우리 집에 놀러오지 않았어? 집에 들어가서 목이나 좀 축이자고."

지 패오가 미동도 하지 않자, 끼엔 양반은 더 적극적으로 청했다.

"자, 일어나. 집에 들어가서 물이라도 우선 한 잔 하자고. 문제가 뭐든지 우리 서로 좋게좋게 말로 해결해 보자고. 해결이 가능한 일인데 이렇게 요란을 떨어버리면, 나들 잘 알지도 못하면서 욕부터 해댄다니까."

그리고는 지 패오를 부축하면서 불평을 늘어놓았다.

"아이고 힘들어! 내가 집에 있었다면 이런 일이 생기지 않았을 텐데 말이야. 자, 우리 서로 말로 풀어 보자고. 어떻게든 해결이 되겠지. 다들 어른이니까, 얘기 한 번만 해보면 금방 해결이 될 거야. 저 성질만 불같고 앞뒤 생각 없는 끄엉 녀석 때문에 골치를 썩었구먼 그래. 뭐야 저 자식, 자네와 친척이나 마찬가지인데 말이야."

지 패오는 자신이 어떻게 끄엉과 친척이 된다는 건지 알 수 없었지만, 마음은 조금 풀어지게 되었다. 지 패오는 거동이 힘들다는 자세와 표정을 최대한 지어내며 자리에 일어나 앉았다. 끼엔 양반은 자신이 이겼다고 생각하고, 끄엉을 향해 한쪽 눈을 한 번 깜빡인 다음 고함을 질렀다.

"끄엉, 너 이놈! 여기에서 뭐해? 네 놈의 죄는 죽어도 싸. 당장 집에 들어가서 물 좀 끓이라고 해, 어서!"

지엔 양반은 지 패오를 직접 일으켜 세우고, 집으로 어서 들어가자고 재촉했다. 지 패오는 거부할 수 없었다. 놈은 마치 절름발이처럼 최대한 발을 절뚝이면서 걸었다. 술기운이 약해지고 있어서, 더 이상 큰 소리로 욕지거리를 뱉을 수도 없었다. 놈은 더 이상 흥을 느끼지 못했다. 달콤한 몇 마디 말에 마음이 누그러졌다. 게다가 주위에 둘러섰던 사람들이 모두 다 돌아가 버리지 않았는가. 놈은 이제 혼자라고 느꼈다. 그런 생각이 들자 마음속 본래의 두려움이 깨어났다. 머나먼 옛날부터 가지고 있었던 두려움, 그것을 잠재우고 오늘 정말로 대담한 일을 벌인 것이다. 대담하지 않고서야 어찌 감히 끼엔 양반 부자와 시비를 붙겠는가. 4대에 걸쳐서 촌장을 한 집안이지 않은가. 그런 생각을 하니, 놈은 자기 스스로가 대단하게 느껴졌다. 놈이 이 마을의 어떤 양반과 감히 시비를 붙은 것인가? 소속 패거리도 없고, 일가친척도 없고, 형제도 없고, 부모 역시 없건만…… 오, 그렇건만 감히 혼자 힘으로 촌장, 지방관, 마을의 부유한 유지와 맞부딪친 것이다. 마을 원로회의 우두머리이자, 현[3] 원로회의 우두머리이며, 박 끼[4]의 인민대표로, 그 명성이 수많은 현에 자자하게

---

3 베트남의 행정단위로 우리나라의 군에 해당한다.

4 프랑스 식민지 시절에 베트남은 북부, 중부, 남부 셋으로 나뉘어 분할통치를 받았다. 북부를 박 끼 또는 통킹이라 불렀으며, 중부는 중 끼 또는 안남, 남부는 남 끼 또는 코친차이나라 불렀다. 오늘날에는 지역 색을 상징하는 부정적인 의미로 쓰인다.

퍼져 있는 인물이다. 물어보라, 이 고을의 이천여 장정들 중에서 어떤 이가 이런 일을 벌일 수 있는가? 만약 이런 일을 벌인다면 죽음조차 순순히 감수해야 할 것이다. 그렇건만 죽임도 당하지 않았고, 끼엔 양반이 직접 요란스런 불을 끄고 놈에게 살갑게 대했다. 그리고 목을 축이라며 놈을 집안으로 청했다. 그렇게 대해주지 않아도 마음 뿌듯할 것인데, 놈은 살가운 대접까지 받으며 집으로 들어가게 된 것이다.

하지만 놈은 돌연 꺼림칙한 생각이 들었다. 어디 이 늙은 여우가 놈을 속여서 집으로 끌어들인 다음 어떤 술수를 부릴지 어찌 알겠는가? 오, 정말 그렇다. 정말 그렇게 할 수 있는 것이다. 자, 만약 그가 놈 앞에 쟁반과 솥 등을 가져다놓고, 목에 금은 장식을 걸어놓은 다음에 부인들을 시켜 큰 소리를 질러대며 동네사람들을 부르게 하고, 그 다음엔 다시 놈을 밧줄로 묶어서 실컷 두들겨 패며 꾸짖고, 강도라고 비난을 퍼부어대면 어쩌란 말인가? 이 끼엔 양반이라 자는 일생동안 권력을 이용해시 재물을 강탈했다. 그리고 그 비열한 수법에 한줌 쌀겨 같은 가련한 백성들은 그 기세를 견뎌낼 도리가 없었다. 호랑이 아가리 속으로 들어가는 바보짓은 그만두고 그 자리에 그대로 서서 버티거나 아니면 땅바닥을 뒹굴면서 소리를 질러보면 어떨까. 하지만 다시 생각해보니 소리를 질러대 봐야 어떤 국물도 얻을 게 없었다. 마을 사람들은 이미 끼엔 양반에게 한소리를 듣고 방금 다들 집으로 돌아갔다. 더 이상 아무리 땅바닥을 뒹굴면서 소리를 질러봐야 집밖으로 나올 사람은 없다. 게다가 지금은 술기운도 약해졌다. 설사 깨진 병으로 얼굴을 몇 번 더 그어본다고 해봤자 고통만 뒤따를 뿐이다. 관두자. 그저 안으로 들어가자! 들어가자면 들어가자. 더 이상 고민해서 뭘 어쩌겠나. 어차피 머리통을 깨자고 하면 바깥보다는 끼엔 양반 집 한가운데서 머리통을 깨는 게 낫다. 어쩔 도리가 없다. 끼엔 양반이 돌변해서 사달이 벌어지게 되더라도 다시 감옥에 들어가면 그만이다. 감옥은 이제 지 패오에게 평범한 일처럼 되었다. 됐다. 그저 들어가자……

막상 집안으로 들어가니, 지 패오가 두려워했던 것들은 단지 기우에 불과했다. 끼엔 양반은 실제로 놈과 문제를 해결하고자 하는 생각이 있었다. 끼엔 양반이 아무 때나 비열한 술수를 쓰는 것은 아니다. 그는 일생을 실로 교활하게 살았다. 그가 가장 무서워하는 사람은 영웅처럼 행세하는 자였다. 그리고 두 번째로 무서워하는 사람은 목숨을 걸고 덤벼드는 밑바닥 인생이었다. 지 패오는 영웅이 아니지만 무모한 놈이다. 무모한 놈과 누가 맞서고 싶겠는가! 어떻게 하면 저 뱀을 부드럽게 달래서 똬리를 풀 수 있을 것인가? 무릇 관리라는 업보는 무엇이든 모조리 모가지를 틀어쥐고 굴복시키려고만 한다면, 자기 자신도 필경 오래 눌러 살지 못하고 집을 팔아 떠나게 되는 수밖에 없다. 끼엔 양반은 아들인 끄엉 촌장에게도 항상 그렇게 일렀다. 무식하게 힘자랑만 하는 끄엉이 촌장 노릇을 계속할 수 있는 것은 아버지 덕이었다. 아버지가 죽고 나면 촌장 자리를 차지하려는 자들이 끄엉이 땅 속에 들어갈 때까지 그냥 내버려두지 않을 것이다.

지방관을 한다는 게 말처럼 쉬운 게 아니다. 부[5]하고도 멀고 성[6]하고도 먼 이 고을에 장정 이천이 넘으니 먹고 사는 문제만 얘기하자면 그다지 어려울

5 베트남의 행정단위로 우리나라의 현에 해당한다.
6 베트남의 행정단위로 우리나라의 도에 해당한다.

게 없다. 하지만 촌장 자리를 차지하고 가만히 앉아만 있어서는 수탈거리가 저절로 생기지 않는다. 어느 해던가 풍수쟁이가 이 마을을 지나다가 마을의 지세에 대해 "물고기 떼가 먹이를 다툰다"고 했다. 그런 지세이다 보니 마을의 연장자들은 단지 먹이를 다투는 물고기 떼에 불과했다. 먹이는 맛있는데, 무리 다섯에 먹이 일곱이라, 어떤 무리든 서로 나머지를 먹고자 다투었다. 겉으로는 다들 서로 친절했다. 하지만 실제 속마음은 서로 망하기만을 바랐다. 언제든 서로 머리에 올라타고 목을 누르려고 했다. 지금 여기에서 사고를 치고 있는 지 패오가 그 어떤 놈의 사주를 받고 온 건 아닌지 어찌 알겠는가? 만약 끼엔 양반이 화를 참지 않고 일을 크게 만들어버리면 나중에 돈으로 수습해야 하는 경우도 생길 수 있다. 관리라는 업보는 상대가 머리카락이 있을 때에라야 머리채를 잡아채는 것이지, 빡빡머리라면 잡아챌 수도 없는 것이다. 지 패오를 감옥에 쳐 넣는 것은 쉬운 일이다. 그러나 감옥에 처넣어도, 언센가는 석방되는 날이 있다. 그러면 그때 지 패오가 자기를 그냥 편안히 두겠는가? 끼엔 양반은 남 토 놈의 사건을, 아직은 잊어서는 안 된다.

남 토는 본래 소대가리의 혹 같은 놈이었다. 끼엔 양반이 촌장을 맡은 지 며칠 되지 않았을 때 한 번 노골적으로 대들었다. 끼엔 촌장은 그에 응당한 조치를 취하려고 이제나 저제나 때를 기다리다가, 얼마간의 시간이 흐른 후 놈을 강도 사건으로 엮어서 감옥에 처넣었다. 끼엔 촌장은 은밀히 손을 써서 남 토가 감옥에 들어갈 정도의 꿍꿍이를 만들었다. 놈이 다시는 마을에 감히 얼굴을 들고 들어오지 못하게 하기 위해서였다. 끼엔 촌장은 눈앞의 대못을 빼낸 것 같아 속이 흐뭇했다. 그런데 뜻하지 않은 어느 날 저녁, 끼엔 촌장이 집에서 혼자 앉아 서류를 정리하고 있을 때, 남 토가 칼을 어깨에 걸머지고 달려들었다. 놈은 문을 막고 서서 말했다. "만약 소리를 지른다면 지금 당장 당신을 찔러 죽여 버리겠어." 놈이 탈옥을 해서 끼엔 촌장의 집에 쳐들어온 것이었다. 놈은 자신이 멀리 도망갈 수 있도록 선량한 사람임을 증명하는 패찰과 함께 은화 백 동[7]을 요구했다. 놈이 다시 얘기했다. "내 말을 들어주면 그냥 떠날 것이고, 만약 들어주지 않는다면 당신을 찔러 죽일 거야. 밖으로 나가고 싶으면 나가 봐. 하지만 처자식과 오래 살고 싶으면 내 말을 들어주는 게 좋을 거야."

끼엔 촌장은 당연히 말을 들어줄 수밖에 없었다. 남 토는 그 이후로 종적을 감추었다. 다시는 눈앞에 나타나지 않았다. 하지만 세월의 법칙이란 젊은이가 늙은이의 대를 잇는 것이다. 언제가 되어야 불량배들이 사라질까. 남 토가 가고 나니, 이번엔 군인 쪽이 어디선가 나타났다. 군에 가기 전에는 대거리를 전혀 할 줄 모르던 녀석이었다. 오죽했으면 사람들이 놈을 흙덩어리[8]라 부를 정도였다. 어느 누군가가 "이걸 어떻게 할 거야?"라고 물으면 놈은 그저 "알아서 할 것"이라고 대답했다. 고함 소리 한 번으로 바지에 오줌을 지렸다. 세금 일 동을 내라고 하면 이 동 넘게 냈다. 처자식도 놈을 어이없는 눈길로 바라볼 지경이었다. 사람들이 괴롭혀도 감히 대들지 못하고 역시 아무 말 없이 집에 돌아가서는 아내에게 분풀이를 했다. 삶의 습관이 너무나도 바보 같고 착했다. 그 어디도 아닌 바로 이곳에서 이미 바보가 된 그는, 마냥 참기만 한

---

7 베트남의 화폐 단위.

8 순박하다는 의미.

결과 아예 더 이상 머리를 처들 수 없을 만큼 짓눌렀다. 놈은 일 년 내내 등짝이 휘도록 일했지만 언제나 똥구멍이 찢어지도록 가난했다. 먹을 것 한 덩어리를 얻으려고 일했지만 그것조차 제대로 간수하지 못했다. 누구든 그를 만나면 먹을 것을 달라고 해서 **빼앗아** 먹었다. 어느 누가 달라고 해도 놈은 순순히 떼어주고 나서 저는 허기를 견뎠다. 사는 꼴이 하도 답답해서, 놈은 결국 군에 입대했다. 그런데 놈은 날이 갈수록 점점 더 불쌍한 처지가 되었다! 화를 겉으로 드러내지만 않는다면 아내와의 관계는 유지할 수 있다. 비록 때때로 아내가 바깥에 나가 다른 남자와 바람을 피우더라도 모른 척만 한다면 여전히 그녀는 놈의 아내인 것이다. 화를 겉으로 드러내는 순간 놈은 아내를 잃을 수밖에 없다. 집에 있는 아내는 여전히 젊고 자식이 둘밖에 없다. 눈매가 칼같이 날카롭고 두 **뺨**이 붉은 그녀는 남편이 홀연 집을 비우는 일이 생기자 눈앞의 외로움을 견딜 수 없었다.

그녀의 집은 마을 길 가까운 곳에 있다. 부순찰대장이 노름을 하고 밤에 집으로 가다가 역시나 잠시 들르고, 순찰대장이 역시나 잠시 들르고, 동네의 젊은이도 역시나 더듬어 건너오고, 심지어 촌장 집에서 일생동안 종노릇하는 새치 가득한 늙은이까지 역시나 갖은 꾐수를 만들어서 엉금엉금 찾아들었다. 그녀는 어느새 마을의 크고 작은 유력자들이 즐기는 공짜 유곽의 노리개가 되었다. 끼엔 촌장은 그때 세 명의 부인이 있었지만 역시나 하늘이 준 기회를 버리지 않았다. 버리지 않는 정도가 아니라 이익을 얻는 기회로 삼았다. 그녀가 남편의 월급을 받으러 가거나 우편환을 받으러 갈 때는 촌장의 신분증명이 필요했다. 그 어느 촌장도 동네사람들의 생계를 책임지지 않았음에도 신분증명을 해주는 권한은 갖고 있었다. 그래서 동네사람들은 끼엔 촌장에게 밥값 술값뿐만 아니라 차비도 주고 때로 성에 머무는 숙박비도 줘야 했다.

그런 식으로 촌장에게 바치고 나면 월급 몇 동이 금세 사라지고, 그녀의 아이들은 다음날 단지 사탕 몇 개만 빨게 될 뿐이었다. 아무리 후하게 친다 해도 반 저이[9] 떡과 반 조[10] 떡 몇 개만 먹게 될 뿐이었다. 그녀가 받아든, 젊은 군인이 한 달 동안 고생한 대가는 바짝 오그라들고 말아서, 그저 달마다 한 번씩 촌장을 즐겁게 접대하는 것에 그칠 뿐이었다.

사태가 그렇게 돌아가니 놈도 가정을 지키는 일에 신물이 난 건지 병정 삼년 만기를 채우고도 집에 돌아오지 않았다. 그런데 제대일이 지난 얼마 후에, 쩐 반 쪽이라는 자를 붙잡아서 호송하라는 소환장이 마을로 날아들었다. 끼엔 촌장은 그 자는 유민 부류에 속하는 자로 아직 마을에 돌아오지 않았다고 상부에 신고했다. 그런데 신고한 다음날 놈이 집에 돌아왔다. 끼엔 촌장은 종의 손에 소환장을 들려 보내서 놈을 오라고 했다. 놈이 곧바로 왔다. 부인과 두 아이가 함께 왔다. 촌장이 말 한 마디도 꺼내기 전에 놈이 먼저 돼지 잡는 칼을 흔들며 위협적으로 말했다. "노인장, 아무것도 숨기지 않겠소. 나는 살인강도 수배를 받은 몸이오. 만약 나를 불쌍히 여기지 않고 호송시킨다면 내 처자식은 굶어죽을 것이오. 하지만 호송시키지 않는다 해도 처자식은 역시 죽을 도리밖에 없소. 차라리 내가 여기서 처자식을 찔러 죽일 것이니 나를 잡아서 감옥에 처넣으시오." 놈의 부릅뜬 눈은 붉게 충혈 되어 있었고, 놈의 칼

[9] 속에 녹두 등을 넣고 만든 찹쌀떡.
[10] 고기로 만든 베트남식 햄.

날은 반짝반짝 빛났다. 놈에게서 서늘한 한기가 느껴졌다. 놈은 얼마든지 사람을 죽일 수 있을 것 같았다. 그리고 단지 처자식만 죽일 것 같지 않았다. 놈이 대담하게 처자식을 죽일 작정을 했을 때 더 이상 다른 사람의 목을 마다할 까닭이 없지 않은가? 끼엔 촌장은 잠시 생각에 잠겼다가 놈에게 그냥 집으로 돌아가라고 일렀다. 노인은 궁리했다. 아무도 모르게 자신이 놈의 사건을 덮어버리고, 소환장이 날아올 때마다 쪽이라는 자가 아직 돌아오지 않았다고 진술하면 된다. 그렇게 하면 놈은 계속 자신의 고향 한복판에서 살게 되는 것이다. 마을 사람들은 이제 놈의 아내가 아주 건전하게, 정절을 지키며, 놈을 열심히 보살피는 것을 보게 되었다. 순찰대장과 부순찰대장은 속으로 생각했다. 남편이 있는 여자가 바람을 피웠으면 마땅히 죗값을 치러야하는 건데…… 군인 쪽만 빼놓고 마을 사람들은 누구나 서로에게 친절했다. 쪽은 이제 고집불통이 되었다. 놈은 밭을 일구어 살면서 아무에게도 세를 내지 않았나. 놈에게 세금 독촉을 하면 욕을 했다. 빚을 갚으라고 요구하면 칼을 휘둘렀다. 놈과 사달이 벌어지면 촌장이 범법자를 고의로 숨긴 것이 드러나기에 촌장은 계속 뒷수습을 해야 했다. 그렇건만 놈은 촌장이란 존재를 여전히 마음에 들어 하지 않았다. 하루는 어떠한 생각을 품었는지 모르지만 칼을 어깨에 걸머지고 끼엔 촌장을 찾아가 면전에 대고 말했다.

"내가 군복무를 할 때, 집에 백 번 넘게 돈을 부쳤소. 여편네가 돈을 어떻게 썼는지, 어떤 놈에게 돈을 주었는지 모르겠지만, 어쨌거나 지금 단 일 동도 남아있지 않소. 그래서 내가 물었더니 여편네가 답하기를, 집에는 여자 혼자인지라 돈을 간수 하고 있을 수가 없어서 돈이 생길 때마다 촌장에게 모두 맡졌다고 했소. 나는 여편네가 거짓말을 하고 있는 게 아닌가 두려워서 집에다 꽁꽁 묶어놓았소. 지금 내가 여기에 와서 어르신에게 말씀드리고자 하는 것은, 우리 집에 얼마나 돈을 주어서 아이들을 보살폈는지 계산을 한번 해보자는 것이오. 일 동이라도 부족하면 나는 그들을 가만 두지 않을 것이오."

끼엔 촌장은 군인 쪽이 말한 '그들' 속에 자기 자신도 포함될 수 있다고 느꼈다. 촌장은 가볍게 웃으면서 말했다.

"이보게, 젊은 군인 양반. 자네 부인은 내게 돈을 맡긴 적이 전혀 없어."

놈이 눈을 크게 부라리며 고함을 질렀다.

"그렇다면 다른 어떤 놈이 먹어치웠다는 것이오?"

끼엔 촌장이 재빨리 답했다.

"그렇지만 자네 계산에 돈이 부족한 게 있다면 내게 말하게. 자네 부인이 돈을 이미 다 써버린 상태라면 죽인다고 해서 돈이 다시 나오겠나? 험한 꼴을 벌여서 죄를 또 지으면 뭐할 거야."

촌장은 상자를 열어서 놈에게 은동전 오 동을 던졌다. 놈이 주워들고는 상냥하게 "감사합니다. 어르신."하며 절을 했다. 그리고는 칼을 어깨에 메고 집으로 돌아갔다. 그날부터 놈은 끼엔 촌장을 상냥하게 대했다. 촌장은 놈을 수족으로 부렸다. 끼엔 촌장은 수시로 놈에게 돈을 주어야 했다. 놈이 죽은 작년까지 계속 그렇게 했다……

그런데 올해는 지 패오가 나타났다. 흙처럼 착한 녀석 - 본디 불쌍한 놈이
다. 끼엔 촌장은 자신의 셋째 부인의 허벅지를 주무르면서 벌벌 떨던 놈의 모
습을 본 적이 있다! 그랬던 놈이 돌연 나타났다. 사람의 피를 비린내 하나 느
끼지 않고 벌컥벌컥 들이킬 듯한 잔인한 모습을 하고 말이다. 줄을 오래 당기
고 있으면 끊어지는 법이다.[11] 부다이 마을의 유지들은 생각했다. 마을을 버
리고 떠날 만큼 아래 것들을 견딜 수 없게 억누르는 것은 어리석은 짓이라고.
열 놈이 마을을 버리고 떠나면, 돌아온 놈들 중 아홉 놈은 왈짜 패거리의 모
습을 하고 있었다. 어느 먼 지방을 떠돌면서 거친 성격을 배워서 돌아온 것이
다. 그래서 현명한 양반들은 아랫것들을 단지 반 정도만 손아귀에 쥐고 주물
렀다. 은밀하게 아랫것들을 강물로 밀어 넣은 다음에 은혜를 갚으라고 하면
서 다시 건져내는 식이나. 탁사와 의사를 때려 부순 다음에 손해배상으로 오
동을 요구하고, 그렇게 해놓고는 네 궁핍한 몰골이 너무 안쓰럽다며 다시 돌
려주는 식이다. 물론 사람의 면상에 따라 달리 대했다. 부자에, 아름다운 부
인이 있고, 자식이 많은 놈들은 관리를 무서워하는 놈들이다. 그런 놈들은 쉽
게 손아귀에 틀어쥘 수 있다. 반대로 사고무친이라 죽이기에도 쉬운 놈들, 그
러나 죽인다 한들 뼈다귀밖에 없는 놈들과는 문제를 만들어봐야 좋을 게 없
다. 오히려 반대쪽 패거리에게 시빗거리만 줄 뿐이다.

어느 마을이나 패거리가 많다. 패거리는 유력자를 중심으로 모인다. 끼엔

11 요구가 지나치면 결국 망가진다는 뜻의 베트남 속담.

양반의 패거리, 따오 양반의 패거리, 사 담 양반의 패거리, 팔 똥 양반의 패거리……. 각각의 패거리는 서로 아랫것들을 착취하기 위해 비밀리에 이합집산을 하고, 또 상대 패거리를 접수하기 위해 빈틈을 노린다. 마을 유지들은 또한 생각했다. 고향 마을에서 착하고 순박한 주민들은 단지 자기들을 먹여 살리기 위해서 있는 힘을 다해 일하는 것이라고. 그럼에도 마을 유지들은 그런 순박한 주민들보다 밑바닥 인생들에게 더 많이 더 자주 은밀하게 재물을 나누어준다. 놈들이 언제든 사람을 칼로 찌르고, 심지어 마을 유지들까지 찌를 수 있기 때문이다.

끼엔 양반은 탄식을 좋아하는 사람이 아니다. 탄식은 누구에게도 이익이 되지 못한다. 납세 연령에 있는 주민들은 평생 그토록 착취를 당하는데, 착취를 당하는 그 순간에 탄식 말고는 그 어떤 것도 할 줄 모른다. 그래서 평생 착취를 당하는 것이다. 끼엔 양반이야 탄식할 필요가 없다. 그는 잇속 없는 놈들도 부려먹을 줄 안다. 끼엔 양반은 속으로 궁리한다. 그렇지, 소대가리 같은 녀석이 있지? 소대가리 같은 녀석이 없다면 누구를 이용해서 소대가리 같은 녀석들을 처리할까? 끼엔 양반의 세력은 다른 세력을 위협할 수 있다.

끼엔 양반이 가진 가장 큰 능력은 사람을 때로 부드럽게 때로 딱딱하게 다룰 줄 안다는 것이고, 또한 죽음도 두려워하지 않고 감옥에 가는 것도 두려워하지 않는 겁 없는 녀석들까지 써먹을 줄 안다는 것이다. 그 녀석들이 바로 무슨 일이든 처리할 수 있는 녀석들이다. 필요할 때 그들에게 술값 몇 푼만 쥐어주면 그들의 손으로, 자신의 말을 듣지 않는 그 어느 누구에게라도 해를 입힐 수 있다. 그들은 상대가 완고하거나 힘이 세다면 거짓으로 꾀어내어 집에 불을 지르거나 칼침을 놓거나 한다. 어리숙한 사람에겐 술병을 던지거나, 시비를 건 다음에 바닥을 뒹굴면서 온 동네사람들을 불러대거나 한다. 그들이 그렇게 사달을 만들어야 끼엔 양반은 비로소 먹을거리가 생긴다. 만약 그런 게 없이 분수에 만족하는 순박한 주민들로부터 단순히 세금만 빼먹는 것으로는 자리보전조차 어렵다. 세금을 일 년에 한 번 거둬들이는 정도로 그친다면 촌장 자리를 유지하기 위해 뇌물로 써야 하는 돈 삼사 천을 보충할 수 없다. 부모를 판다 해도 턱없이 모자랄 뿐이다.

그런 까닭에 그날 밤 집에 돌아온 끼엔 양반은 지 패오를 지극하게 대접했다. 놈에게 아무런 비난도 퍼붓지 않고, 오히려 닭을 잡고 술을 사주었다. 그리고 집에 가서 술 담배를 더 하라고 돈까지 쥐어 주었다. 돈, 무슨 일을 할 것인가? 놈은 갈지자로 비틀거리며 웃었다. 놈은 세 푼까지 필요하지 않았다. 감옥에 있을 때 놈은 담배를 만드는 몇 가지 법을 배웠다. 그저 한줌의 이파리면, 놈의 일굴은 편안해졌다. 그래서 돈은 단지 술을 마시기 위해 쓸 뿐이다…….

*

놈은 사흘 동안 술을 퍼마시고 나서, 나흘째 되는 날에 눈을 부릅뜨고 술집 노파에게 말했다.

"오늘은 내가 돈이 없거든, 자네가 내게 한 병을 팔아야겠어. 저녁에 내가 돈을 가져와서 계산할게."

술집 노파가 주저했다. 그러자 놈이 성냥갑을 꺼내어 노파의 오두막 지붕에 성냥불을 붙였다. 노파가 깜짝 놀라 크게 비명을 지르면서 방금 타기 시작한 불길을 급하게 껐다. 그리고 삐죽거리며 울면서 술병을 건네주었다. 놈은 성난 얼굴을 한 채 손가락으로 노파의 얼굴을 가리키며 말했다.

"자네 집안 종자들은 간단하게 끝내는 것을 좋아하지 않나! 내가 사겠다고 했지, 어디 그냥 달라고 했나! 자네는 내가 떼어먹을 거라 생각한 게지? 자네가 동네사람 모두에게 물어봐. 내가 언제 어느 누구에게서 돈을 떼어먹은 적이 있는지 말이야. 나는 돈이 부족하지 않아! 촌장 양반에게 맡겨놓은 돈이 있다고. 오늘 오후에 그 돈을 가져와서 계산할 거야."

노파는 옷섶으로 콧물을 닦으면서 말했다.

"저희들은 감히 입씨름을 벌일 수밖에 없어요. 장사 밑천이 너무나 적다보니 그래요."

놈이 고함을 질렀다.

"장사 밑천이 적어도 오늘 저녁이면 내가 계산을 할 거잖아. 자네는 지금 당장 죽고 싶은가보지?"

놈은 술병을 들고 나갔다. 강가의 묘지로 갔다. 예전부터 지금까지 놈은 갈 집이 없었기 때문이다. 길을 지나면서 놈은 어떤 집의 파란 바나나 네 개를 비틀어 땄다. 그리고 식료품 가게에서 소금 한줌을 집어왔다. 놈은 파란 바나나를 소금에 찍어 먹고 술을 마시면서 정말 맛있다고 느꼈다. 놈은 술이라면 무엇하고 마시든 맛있다고 느낀다.

다 마신 다음 놈은 입을 닦았다. 술에 취해 비틀거리며 끼엔 양반 집으로 향했다. 누구를 만나든 놈은 말했다. 끼엔 양반 집에 가서 빚을 받을 거야! 놈이 마당으로 들어서는 것을 보자마자 끼엔 양반은 놈이 시비를 걸러 왔다는 것을 알아차렸다. 눈은 풀려 있고, 두 다리는 비틀거리고, 상처 입은 입술은 부들부들 떨고 있었다. 다만 다행인 것은 놈의 손에 술병이 들려 있지 않다는 것이다. 끼엔 양반이 위엄 있는 목소리로 물었다.

"지 패오군, 어디에 가시나?"

놈이 큰 목소리로 인사를 했다.

"안녕하십니까, 어르신. 아뢰겠습니다······. 제가 어르신 문전에 찾아온 것은 어르신께 한 가지 부탁이 있어섭니다."

놈은 횡설수설 불분명한 말투였다. 그러나 자세만큼은 바르게 했다. 놈은 머리를 긁고 귀를 긁으면서 장황하게 말을 이었다.

"어르신께 아룁니다. 어르신께서 저를 잡아서 감옥에 보낸 날부터 저는 감옥에 있는 걸 좋아하게 되었습니다. 제가 감히 거짓말을 아뢴다면 하늘이 벌을 내릴 것입니다. 정말로 감옥에 있는 게 너무 행복했었다고 아룁니다. 감옥에서는 먹을 밥이 있었는데, 지금은 마을에 돌아왔지만 송곳 하나 꽂을 땅이 없습니다. 먹을 것을 구하기 위해 할 수 있는 일이 아무 것도 없습니다. 어르신께 아룁니다. 제가 어르신께 부탁하는 것은 어르신께서 저를 다시 감옥에 보내주시길······."

끼엔 양반이 고함을 질렀다. 그가 고함을 지르기 시작하는 건 상대가 정신을 차리도록 하기 위해서다.

"이 친구가 또다시 곤드레만드레 취했군!"

놈은 끼엔 양반 가까이 달려가서 엎드렸다. 눈을 들고 손도 반쯤 들어 올리면서 말했다.

"아니올시다. 실은 취하지 않았습니다. 제가 어르신께 감옥에 보내달라고 말씀드렸는데 만약 안 된다면…… 안 된다면…… 어르신……."

놈은 무언가를 찾기 위해 있는 주머니를 다 뒤졌다. 놈이 꺼내 보인 것은 작은 칼이었다. 작지만 아주 날카로운 것이었다. 놈이 이를 갈며 계속 말을 했다.

"예, 만약 안 된다면 제가 서너 놈을 찔러 죽일까 합니다. 그러면 어르신께서 저를 붙잡아서 현청으로 호송하십시오."

놈은 절을 했다. 그리고는 앉아서 나무탁자 모서리를 칼로 천천히 깎았다. 끼엔 양반이 껄껄 웃었다. 그의 웃음은 조조의 웃음보다 더 교만한 웃음이었다. 그는 일어서서 놈의 어깨를 다독이며 말했다.

"자네 고집이 정말 세군. 그런데 말이지, 지 패오, 자네에겐 사람을 찌르는 일이 전혀 어려운 일이 아닌 거지? 따오 양반이 내게 오십 동의 빚이 있네. 자네가 가서 내 대신 빚을 받아주게. 받아주면 당연히 자네 몫의 밭이 생길 거야."

따오 양반은 마을의 유력자다. 따오 양반의 패거리가 강해서 끼엔 양반의 패거리와 충돌할 때가 종종 있는데, 보통은 끼엔 양반이 참아야 했다. 왜냐하면 따오 양반은 연금도 많은 퇴역군인인데다 인맥도 넓었고, 게다가 말솜씨도 좋았기 때문이다. 따오 양반이 끼엔 양반으로부터 오십 동을 빌린 지 오래되었지만, 지금은 돌연 감사의 마음을 접고서 돈을 갚지 않을 구실을 만들어냈다. 그 돈은 끼엔 양반의 아들인 끄엉을 촌장으로 만들기 위한 찻값으로 계산한다는 것이다. 끼엔 양반은 목구멍을 찔린 것처럼 열이 받았다. 하지만 어떻게 해야 할지 이제까지 방법을 찾지 못했다. 왜냐하면 그의 수족이었던 군인 쪽만이 겨우 따오 패거리들과 상대가 가능했는데, 작년에 그만 죽어버렸기 때문이다. 지금 끼엔 양반은 비로소 군인 쪽을 대신할 수 있는 지 패오를 만난 것이다. 끼엔 양반은 지 패오에게 격려의 말을 건네 보았다. 만약 놈이 따오 양반과 일을 처리해줄 수 있다면 정말 좋다. 만약 따오 양반이 놈을 처리한다 해도 끼엔 양반으로선 손해 볼 것이 없다. 어떤 쪽이든 그에게는 이익이 되었다.

지 패오는 끼엔 양반의 요구를 곧바로 받아들였다! 놈은 즉각 따오 양반 집으로 갔다. 그리고 언성을 한껏 높여서 골목 앞에서부터 다짜고짜 욕을 해댔다. 만약 다른 날 같았으면 살인이 났을 것이다. 따오 패거리 역시 사람을 찌르고 벨 수 있다. 따오 패거리는 싸움에서 아직까지 항복을 해본 적이 없다. 그런데 따오 양반의 삶에 행운이 따른 것인지, 지 패오의 삶에 행운이 따른 것인지, 그날 따오 양반은 병이 깊어서 침대에 누워 있었다. 자신의 몸을 일으켜 세울 힘조차 없었다. 아마도 따오 양반은 지 패오가 자신에게 욕을 했다는 사실조차 몰랐을 것이다. 따오 양반의 부인은 지 패오가 술 냄새를 풍기는 것을 보고서, 빚의 자초지종도 분명히 알고 있기에 남편 몰래 오십 동을 하인을 통해 지 패오에게 건넸다. 여자는 본래 평화를 사랑하기에 일이 평안해지기를 바랄 뿐이다. '무엇 때문에 거부감 주는 일을 벌여서 사달을 만드나.' 따오 양반의 부인은 생각했다. 남편이 지금 아프고…… 남편의 빚이 분명하고…… 그리고 오십 동이 자신의 집에서는 얼마 되지 않은 돈이며, 난잡한 일이 자칫 더 잘못되어 오십 동의 서너 배씩 쓰게 되는 일만은 막아야 했다.

그 결과 지 패오는 한껏 교만한 자세를 뽐내며 끼엔 양반에게 돌아왔다. 놈은 자신의 위세가 한 등급 더 올라선 듯 느꼈다. 놈은 자만했다. "이 마을의 영웅 중에 어떤 놈이 나만큼 되겠어!" 끼엔 양반은 자신이 적게 이겼으니, 마을회의에 채무서류를 만들어 갈 필요가 없구나 생각했다. 끼엔 양반은 새로운 수족에게 오 동을 주었다.

"지 패오, 이 오십 동이 모두 자네 것이야. 그러나 만약 자네가 다 가져가면 사흘이면 다 써버릴 거야. 그러니까 이것만 가져가서 술 사먹도록 하고 나머지는 내가 밭 한 쪽을 자네에게 파는 걸로 하지. 밭도 땅도 없으면 어떻게 먹고 살겠나?"

지 패오는 "예, 예"하고 돌아갔다. 며칠 후에, 끼엔 양반은 끄엉 촌장에게 예전에 마을 사람에게 세를 주었던 강변의 밭 오 싸오[12]를 놈에게 주라고 일렀다. 지 패오에게 갑자기 집이 생겼다. 그때 놈은 스물일곱인가 스물여덟이었다.

*

지금 놈은 나이가 없는 사람이 되었다. 서른여덟인가 서른아홉인가? 마흔인가 아니면 마흔이 넘었나? 놈의 얼굴은 젊지도 늙지도 않았다. 놈은 더 이

---

12 1 싸오= 360㎡

상 사람의 얼굴이 아니었다. 놈은 이상한 동물의 얼굴을 하고 있었다. 동물의 얼굴을 보고 어떻게 나이를 알 수 있는가? 놈의 얼굴은 누리끼리한데 또한 잿빛을 띠었다. 얼굴엔 가로 세로 무질서한 흉터가 수도 없이 많았다. 동네사람들을 불러대며 얼마나 많이 병조각으로 얼굴에 흉터를 냈던가? 얼마나, 몇 번이나, 놈이 그걸 어떻게 다 기억해낼 수 있을까? 남들이 시키는 대로 놈이 얼마나 많이 협박을 일삼고, 부서뜨리고, 찌르고, 베고, 모해하고 그랬던가! 그런 일들이 바로 놈의 인생이었다.

놈도 역시 자신의 인생에서 얼마나 많은 긴 세월이 흘러갔는지 전혀 모른다. 왜냐하면 놈에겐 생년을 기록한 카드조차 없었고, 마을의 인명장부에도 놈은 여전히 유민계층으로 신고 된 상태에서 오랜 세월 동안 마을로 돌아오지 않은 것으로 해놓았기 때문이다. 놈이 희미하게 기억하는 것은 스무 살쯤 되었을 때 감옥에 갔었다는 것뿐이다. 그리고 한 스물다섯인가 되었을 때부터는 나이를 알지 못했다. 왜냐하면 그때부터 놈에게는 날과 달이 따로 없었기 때문이다. 왜냐하면 그때부터 놈은 언제나 취해 있었기 때문이다. 놈의 취기는 이전의 취기에서 다음번의 취기로 넘어가는 것이어서 언제나 길게 취한 상태였다. 놈은 취한 상태에서 밥을 먹었고, 취한 상태에서 잠을 잤고, 취한 상태에서 잠에서 깼다. 머리를 깨고 얼굴을 긋고 욕을 쏟아내고 위협을 하는 것도 취한 상태에서 했고, 취한 상태에서 술을 마셨고, 그렇게 또 취하고 하염없이 취했다. 아직 놈은 술이 깨지 않았기에 아마도 정신을 차리지 못했을 것이며, 단지 떠올릴 수 있는 건 놈이 이 세상에 살아있다는 사실이다.

아마도 놈이 역시나 모르고 있는 사실은 놈이 부다이 마을의 사나운 귀신으로 불린다는 것이다. 놈은 마을 사람들에게 수없이 많은 기괴한 행동을 저질렀다. 놈이 어디 알까? 자기가 얼마나 많은 일을 망가뜨렸고, 얼마나 많은 평안하고 즐거운 풍경을 으스러뜨렸고, 얼마나 많은 행복을 파괴했고, 얼마나 많은 선량한 사람들의 눈에서 피눈물이 나게 만들었는가를! 놈이 어디 알까? 취한 상태에서 저지른 그 모든 일들을, 취중에 남들이 시키는 대로 무슨 일이든지 다했다는 것을! 마을 사람 모두가 놈을 무서워하고, 놈이 지나갈 때마다 놈의 얼굴을 피한다는 것을!

그렇게 놈은 무언가 이유도 없이 무작정 욕을 해대는 것이었고, 술을 다 마시고 나면 그저 욕을 해대는 것이었다. 술 취한 사람이 부르는 노래처럼 놈은 욕을 했다. 가령 놈이 노래를 알았다면 아마도 놈은 욕을 할 필요가 없었을 것이다. 놈에게 고통이자 놈의 몸에도 고통인 건 놈이 노래를 모른다는 것이다. 그래서 놈은 욕을 하고, 역시나 오늘 오후처럼 놈은 욕을 한다……

놈은 하늘에 대고 세상에 대고 욕을 한다. 놈은 부다이 마을 전체에 대고 욕을 한다. 놈은 놈과 욕을 주고받은 적이 없는 모두에게 욕을 한다. 그러나 어느 누가 그럴까마는 놈은 놈을 낳은 그 어떤 자식에게 화가 치밀어 욕을 한다. 욕을 할수록 대상이 아예 필요가 없다! 그러다가 혼자서는 욕을 주고받을 수 없다는 사실에 또 화가 치민다. 혼자서 욕을 주고받을 수 있다면 무슨 시빗거리가 더 필요할까! 그렇다면 분명 열을 받을 만한 어떤 동기가 있어야 한다. 놈이 용맹스럽게 복수할 만한 아주 정당한 동기가 있어야 한다. 그렇다, 놈은 반드시 복수를 해야 한다. 아무에게나 복수를 해야 한다. 놈은 기필코 그 어떤 집이든 아무 집이나 들어가야만 한다. 놈은 아무 골목이든 들어가서 박살을 내고 집에 불을 지르고 또는 땅을 구르면서 마을 사람들을 불러내야 한다. 그렇다, 놈은 맞닥뜨리는 아무 골목이나 들어가야 한다……. 아, 저기 저기다, 어서 빨리…….

그런데 달이 떴다, 둥근 보름달이 떴다. 달빛이 길 위에 순백색으로 흘렀다. 오, 이게 뭐지, 달 밝은 길 위에 까맣게 흔들리는 건 뭐지? 왼쪽으로 기운 그것은 모였다가 길게 퍼지면서, 길을 군데군데 갈라놓았다. 지 패오의 발 아래로 그것이 정신없이 움직였다. 지 패오는 멈춰 서서 그것을 바라보다 돌연 허리를 구부리며 웃었다. 놈은 배를 잡고 웃었다, 김 빠지게 웃었다. 만약 놈이 계속 욕을 해댄다면 쉽게 들릴 것이다! 길가에 비뚤어진 물체는 놈의 그림자다. 그래서 놈은 웃었다, 그러다가 놈은 복수를 잊었다. 놈은 첫 번째 골목을 그냥 지나쳤다.

지금은 뜨 랑 노인의 집 앞, 수염 듬성듬성한 제사장 노인의 집 앞 골목에 이르렀다. 지 패오의 머릿속에 돌연 한 생각이 떠올랐다. 여기에 들려서 노인네의 악기를 부셔버려야지. 왜냐하면 이 노인이 제사장을 겸해서 돼지 거세하는 일을 하기 때문이었다. 노인의 악기 소리는 돼지 우는 소리보다 듣기 싫었다. 그런데 집안에 들어가니 노인이 술을 마시고 있었다. 노인은 마당 한가운데서 술을 마셨다. 술을 마시면서 수염을 쓰다듬고 머리를 흔들었다. 지 패오의 눈에 노인의 모습이 재미있게 보였다. 놈의 눈엔 술 마시는 사람 누구나가 재미있게 보인다.

돌연 놈은 목이 말랐다. 아이고, 왜 이렇게 목이 마르지! 목구멍이 타들어갈듯이 목이 말랐다……. 망설임 없이 놈은 노인에게 다가가서 술병을 집어

들었다. 목을 쳐들고 단숨에 주둥이 속으로 술을 털어 넣었다. 노인은 털 뽑은 닭 모가지를 내밀며 눈을 부릅뜨고 쳐다볼 뿐 아무 말도 없었다. 혀가 꼬부라져 있으니 어떻게 말을 할 수 있겠는가? 노인은 이미 술병의 3분의 2를 마신 상태였다. 나머지 3분의 1은 지 패오가 단숨에 마셔버렸다. 놈은 단숨에 마시고 나서, 한 번 카 소리를 낸 다음, 더 마시고 싶다는 듯 입맛을 쩝쩝 다셨다. 그리고 놈은 노인의 듬성듬성한 수염을 잡아채서 달빛에 비추며 웃었다. 노인도 따라 웃었다. 둘 다 술에 취해 웃었다. 마치 한 쌍의 정신 나간 친구들 같았다. 뜨 랑 노인은 집안으로 들어가서 술을 두 병 더 가지고 나왔다. 노인이 지 패오에게 더 마시라고, 마음껏 취하라고, 더 이상 아무 것도 필요 없을 만큼 취하라고 권했다. 아무 염려 말고 그저 계속 마시라고 했다.

노인의 부인은 죽은 지 칠팔 년이 되었다. 노인의 딸은 사생아를 배어 노인을 버리고 떠났다. 노인은 혼자 산다. 거추장스러운 처자식이 더 이상 없기에 노인은 언제든 마시고 싶으면 마신다. 그저 마신다! 그저 마시고, 달나라 궁전에서 길 잃고 내려온 친구와 더불어 그저 마신다! 정말 엄청나게 마신다. 술로 오줌을 쌀 만큼 마셔야 비로소 성에 차는 것이다. 술을 참아서 뭐하나? 부자라고, 고상하다고, 더 잘 사는 노부부하더라도 죽으면 아무도 '무덤이 커다란 노인'이라 부르지 않는다! 노인은 오십 년 넘게 살았어도 아직 무덤이 커다란 노인을 본 적이 없다. 단지 흙무덤이 있을 뿐이다. 누구나 죽으면 역시 무덤이 된다. 취해서 죽어도 무덤이 된다, 무슨 걱정이랴? 그저 취하자!

지 패오는 이렇게까지 흡족한 적이 없었다! 놈은 어째서 오늘에야 이 노인네와 앉아서 술을 마시게 된 건지 이상한 생각이 들었다. 둘 다 술을 아주 많이 마셨다. 정말 아주 많이 마셨다. 그 둘이 충분히 마실 수 있도록 부다이 마을 사람 전부가 술을 먹지 말아야 할 것 같은 착각이 들었다.

두 병을 다 마셨을 때 뜨 랑 노인은 마당으로 기어갔다. 노인은 게처럼 기어가서 지 패오에게 물었다. 사람들은 무슨 방법으로 일어설까? 지 패오는 고개를 돌려 노인을 바라보며, 노인의 듬성듬성한 수염을 몇 번 만졌다. 그리고는 노인을 그 상태로 놓아두고 비틀거리며 집을 나섰다. 놈은 걸어가면서 가슴을 열어젖히고 몸을 긁었다. 놈은 가슴을 긁은 다음에 목을 긁고 귀 뒤를 긁고 머리를 긁었다. 놈은 길 한가운데 멈춰 서서 여기저기를 긁었다. 다리를 들어 올리고 긁었다.

놈은 너무 갑갑하고, 너무 가려워, 문득 자기 집 근처의 강가를 떠올렸다. 놈의 밭은 작은 개울가 근처에 있는데, 개울물이 잔잔하고 맑았다. 강가 전체에 딸기를 심어놓았다. 바람이 부드러운 줄기들을 요동치게 하고, 딸기 잎사귀들을 서로 휘감기게 만들었다. 놈은 밭 전부에 바나나를 심었고, 밭모퉁이에 작은 오두막을 지어놓았다. 오늘 같은 달밤이면, 밭은 마치 옷자락이 강가에 물드는 것처럼 검은 바나나 그림자가 어지럽게 펼쳐졌다. 그리고 바나나 잎사귀들은 하늘을 올려다보고 누워서 시원한 푸른 달을 흥겹게 취했다. 마치 물에 젖은 듯, 때때로 바람에 흔들리고 몸부림치면서 마치 흥에 겨운 듯 펄럭거렸다.

지 패오는 호기심 어린 눈으로 바나나 잎사귀들을 바라보면서 밭으로 내려갔다. 그러나 놈은 허름한 오두막으로 들어가지 않고 곧바로 강가로 갔다. 놈은 가려움을 없애고자 강물에 첨벙 뛰어들어 목욕을 한 다음 곧바로 밭에서 잠을 잘 생각이었다. 오두막 속은 숨을 쉴 수 없을 만큼 답답했다. 놈은 머리통이 깨져도 죽지 않는 몸인데다가, 안개바람이 불어오니 바깥에서 잘만했다……. 강가에 이르렀을 때 사람이 있는 것 같아 놈은 걸음을 멈췄다. 실제로 사람이 있어서, 놈은 넋을 놓고 바라보았다.

놈은 바나나무에 등을 기대고 앉아 두 개의 물동이 사이를 바라보았다. 여자가 큰 대자로 앉아 있었다. 여자였다. 놈이 그렇게 알아차린 건 긴 머리카락이 벗은 어깨와 가슴으로 흘러내리고 있었기 때문이다……. 여자는 두 팔을 아래로 늘어뜨리고, 입을 달을 향해 벌린 채로 잠을 자고 있었다. 혹은 죽은 건지도 몰랐다. 두 발은 놈의 눈앞에 길게 뻗어 있었다. 헐렁헐렁한 검은 치마가 옆으로 젖혀져 있었다……. 여자가 자면서 몸부림을 친 까닭에, 이엠[13]도 허물어져 늑골이 다 드러났다.

모든 것들이 달빛 아래 펼쳐졌다. 슬픔에 잠긴 달이 아마도 낮에는 하얗지 않았던 것들을 하얗게 만들고, 모든 것들을 아름답게 만들었다. 지 패오는 저절로 입 안 가득 침이 고이는 것을 느꼈다. 아주 많은 침이 고였지만 목은 오히려 말랐다. 놈은 침을 꼴깍 삼켰다. 몸 전체에 무언가 들뜬 기운이 퍼지는 것을 느꼈다. 돌연 놈은 몸을 떨었다. 오, 왜 이런 것일까? 당연히 저 곤경에 처한 여자가, 놈의 집 바로 가까이에서 잠자는, 몸을 대자로 펼치고 잠을 자고 있는 저 우둔한 여자가 몸을 떨어야 하는 게 맞지 않나.

하지만 그 여자는 티 너였다. 마치 전설속의 멍청한 여자들, 마귀가 귀신의 얼굴을 보고 못생겼다 비웃을 것 같은 그런 여자였다. 그녀의 얼굴은 실로 조

---

13 베트남 전통 여성의복의 일종으로 상체를 가리는 옷.

물주의 장난이었다. 사람들이 가로가 세로보다 더 길다고 여길 만큼 이목구비의 길이가 짧았다. 그렇건만 움푹 파인 두 볼은 정말로 재앙이었다. 만약 볼이 부풀어 오른다면 그녀의 얼굴은 돼지 얼굴과 같다. 목 위의 얼굴은 웬만한 사람들이 상상하는 것 이상으로 더 많은 특징을 가지고 있다. 코는 길이가 짧으면서도 커다랗고 또한 붉은색이었다. 왕 오렌지 껍질처럼 까칠한 코가 입술을 아래쪽으로 밀어 붙이려고 콧구멍을 길게 벌리고 있었다. 입술 또한 코에 뒤지지 않으려고 위쪽으로 커지기 위해 한껏 애쓰는 모양새였다. 아마도 너무 애써서인지 실금이 가 있었다. 그렇건만 그녀는 구장잎[14]을 씹어서, 두꺼운 두 입술이 한 번 더 두껍게 덮였다. 다행스럽게 구장잎 씹은 물로 넘쳐 있어서, 회색의 구장잎 덩어리 색깔을 가렸다. 그런데다가 아주 커다란 이빨들이 앞으로 튀어나와 있는데, 그것들은 마치 못생긴 얼굴에만 기여할 수 있는 균형을 고려한 듯했다. 그렇건만 그녀는 항상 얼이 빠져 있었다. 그것은 옥황상제의 매우 공평하고 특별한 호의였다. 그녀가 만약 통찰력을 갖고 있었다면 그녀는 첫 번째 거울을 산 이후부터 곧바로 비참해졌을 것이다. 게다가 그녀는 가난하다. 만약 그 반대라면, 최소한 한 명의 남자가 비참해질 것이다. 그리고 그녀는 나병 집안의 혈통을 갖고 있다. 이것은 어떤 사내도 망설일 필요가 없게 만든다. 사람들은 역겨운 동물을 피하듯 그녀를 피했다.

서른 살이 넘었지만 그녀는 아직 결혼을 하지 못했다. 이 부다이 마을에서 사람들은 대개 여덟 살 이후 결연을 맺는다. 그리고 때때로 열다섯 이후부터 자식을 갖는다. 아무도 첫 아이를 낳는 데 스물 살까지 기다리지 않는다. 그

14 씹는담배의 원료.

러한 상황이건만 사람들은 티 너가 남편이 없다고 놀린다. 그리고 그녀는 일가친척도 거의 없다. 그녀 곁에는 그녀처럼 결혼을 하지 않은 나이 많은 고모가 있다. 하늘의 운명이 그렇게 정해져서, 아무도 이 세상에 홀로 살게 두지는 않는다. 그 고모는 고용한 여자를 시켜 바나나와 구장잎을 배에 싣고서 하이퐁에 가고, 때때로 혼가이, 껌파에 가서 장사를 하도록 했다. 그리고 티 너는 마을의 자질구레한 일을 하면서 산다. 고모와 티 너는 지 패오의 밭에서 방죽 넘어있는 대나무집에 함께 산다. 놈은 강가에 살고, 두 여자는 마을 안에 산다. 아마도 바로 그래서 티 너가 마을 사람 모두가 무서워하는 지 패오를 무서워하지 않는 것이리라. 오래 친하게 지내게 되면 자연스레 익숙해지게 되는데, 익숙해지면 무서움을 느끼는 게 드물다. 사람들이 동물원 구경을 하면서 흔히 얘기하기를 호랑이와 표범이 고양이처럼 순하다고 한다. 게다가 그녀라면 놈을 무서워할 이유가 어디에 있나? 사람들은 못생기고 가난하고 우둔한 이를 두려워하지 않는데, 티 너에게는 오로지 그 세 가지 밖에 없다……. 이에 더하여 지 패오 역시 아주 가끔 집에 있고, 놈이 집에 있을 때는 순하다는 것이다. 잘 때는 어느 누가 악할 수가 있는가? 놈이 집에 오는 것은 단지 잠을 잘 때뿐이었다.

어느 날 티 너 역시 놈의 집과 밭을 두세 번 지나갔는데, 강으로 가는 샛길이 놈의 밭을 지나서 나 있기 때문이었다. 예전에는 마을 사람 모두가 빨래나 멱을 감거나 물을 기를 때 그 샛길을 이용했다. 그러나 놈이 거기에 온 이후로는 점점 발길을 끊다가, 더 먼 다른 길을 찾았다. 오로지 티 너만이 그 길을 계속 다녔다. 그녀는 이미 얘기했듯이 항상 얼이 빠진 인간이었고, 또한 다른 사람과 똑같이 행동하는 걸 좋아하지 않았다. 몸을 과신했거나 자신의 용감 무쌍함과 고집 센 것을 과신했을 수도 있고, 아마도 단지 습관을 버리는 것이 쉽지 않았을 수도 있다. 어쨌거나 그녀는 자신이 계속 그 샛길을 다닌다 해 도 여전히 아무 일도 일어나지 않는다는 것을 깨닫게 되었다. 그러고 나서 익 숙해졌다. 지 패오가 잘 때 그녀가 놈의 집에 들어가서 땔감나무의 불을 빌린 적도 있고, 발 마사지를 위해 놈에게 약간의 술을 빌린 적도 있는데, 놈은 잠 에 취해 곤한 잠을 이어가려고 투덜거리면서 말하기를, 집 귀퉁이에 있으니 까 퍼 가고 싶을 만큼 퍼 가라고 했다. 그때 그녀는 놀랐다. '왜 사람들이 놈 을 그렇게 소름끼쳐 하는 거지?'

그날 오후에 티 너는 평소와 같이 강에 물을 길러갔다. 그런데 그날 오후 달이 평소보다 유난히 밝고, 달빛이 강물에 퍼져서, 강 물결이 얼마나 많은 금물결을 이루는지 알게 되었다. 그 흔들리는 금물결들이 아름답게 보였다. 그런데 오래 바라보노라니 눈이 피곤해졌다. 바람이 후궁이 부쳐주는 부채처 럼 시원했다. 티 너는 하품을 했다. 그리고 눈꺼풀이 점점 무거워지다가 완전 히 감겼다. 그녀는 본시 고칠 수 없는 버릇이 있다. 장소가 어디든지 지금 무 슨 일을 하러 가는지 상관없이 돌연 자고 싶어지는 것이다. 고모가 말하기를, 그녀가 속이 없어서 그렇다고 했다. 하품을 한 번 하고 나서 그녀는 속으로 생각했다. 천천히 물을 긷자. 물동이를 여기에 내려놓고 앉아서 쉬자. 왜냐면 점심부터 지금까지 쉬지 않고 밭일을 했기 때문이다. 그리고 몇 번인가 이렇 게 시원한 장소에 있을 때, 피부와 살을 떨게 만드는 살랑 바람이 기분을 아 주 좋게 만들어 주었기 때문이다. 바람이 후궁의 부채처럼 시원했다. 그녀는 옷을 벗고 바나나나무 밑동에 기대고 앉아서, 아무것도 감추지 않은 자세로 잠이 들었다.

그녀는 결코 어떤 것이 외설스러운 것인지를 모른다. 속이 없는 인간으로, 그렇게 자신과 동떨어진 이야기에 대해서는 전혀 생각할 줄 모른다. 게다가 여기는 아무도 없지 않은가. 지 패오가 어디로 돌아오든, 놈이 돌아올 때는 역시 고주망태로 취한 상태로 길 중간부터 잠에 절기 시작해서 집에 도착하자마자 즉시 잠의 나락으로 완전히 곯아떨어질 것이 뻔했다. 놈이 여기로 나와서 무엇을 하겠나? 나온다면 무슨 일이 벌어질까? 그녀는 놈이 그녀를 범할 수 있다는 것을 아주 간단한 이유 때문에 전혀 생각하지 않았다. 그녀는 아직까지 누구도 그녀를 범하는 것을 겪어보지 못했기 때문이다. 실제로 그녀는 그런 따위 일에 대해 많은 생각을 하지 않았다. 그녀의 머릿속에는 이미 잠의 검은 그림자가 가득 번졌다. 그녀는 더 이상 자리에 앉지 않고는 버틸 수가 없었다.

잠깐 동안 앉아서 생각하기는 했다. '만약 계속 앉아 있는다면 잠을 자게 될 거야.' 그런데 그녀는 순식간에 잠에 빠져 들고 있었다. 그러면서 그녀는 생각했다. '잠들면 어떻게 하지? 집에 가봐야 역시 잠을 자게 될 뿐이야. 여기서 바로 잠을 자는 거나 차이가 없어. 고모는 물건을 팔러 멀리 나갔으니 며칠 후에나 돌아와.' 그녀는 시원함을 즐기며 계속 앉아 있었다. 그렇게 그녀는 잠이 들었다. 그녀는 단잠에 취했다.

지 패오는 여전히 취한 눈으로 바라보면서 덜덜 떨었다. 돌연 놈은 살금살금 걸어서 티 너 곁으로 다가갔다. 마을로 돌아온 이후로 놈이 처음으로 살금

살금 걷는 셈이었다. 우선, 놈은 두 개의 물동이를 멀리 치워 놓았다. 그런 다음 갈비뼈가 다 드러난 그녀 곁에 조용히 가 앉았다……

어느 순간 티 너가 깜짝 소스라쳤다. 티 너가 단지 소스라치는 정도였을 때 놈은 이미 그녀를 꽉 붙잡고 있었다……. 그녀는 풀려나려고 몸부림을 쳤다. 눈을 떠서 정신을 차리는 순간 그녀는 상대가 지 패오인 걸 알았다. 그녀는 숨을 크게 쉬면서 놈과 몸싸움을 벌이며 헐떡거렸다. "아…… 놔 줘…… 내가 소리칠 거야……. 내가 마을 사람들을 부를 거야……. 놔 줘. 내가 지금 당장 마을 사람들을 부를 거야!" 놈은 피식 웃었다. 어째서 그녀가 마을 사람들을 부르지? 놈은 오로지 자신만이 마을 사람들을 부를 수 있는 것이라고 여겼다.

사람들이 놈의 행패에 대해 소리를 질러야 하건만, 오히려 놈이 돌연 소리를 지르고 마을 사람들을 불렀다. 놈은 마치 칼에 찔리기라도 한 듯 소리를 질러댔다. 소리를 지르면서 여자의 몸을 아래로 눌렀다. 티 너는 두 눈을 부릅뜨고 멍하니 바라보았다. 티 너는 경악했다. 어째서 놈이 마을 사람들을 부르는 거야? 놈은 마을 사람을 부르는 것을 멈추지 않았다. 한 가지 다행인 것은 이곳 주변의 사람들 누구도 놈의 소리를 이상하게 여기지 않는다는 것이다. 그리고 놈이 마을 사람들을 부르면 아무도 모습을 드러낼 필요를 느끼지 않았다. 그들은 불평을 하며 욕을 한 마디 한 다음 다시 잠에 빠져 들었다. 놈이 마을 사람들을 부르는 것은 마치 다른 사람들이 심심할 때 콧노래를 부르는 것과 같았다. 놈에 대한 답은 단지 마을의 개들이 시끄럽게 짖어대는 것뿐이었다.

티 너는 돌연 웃음을 터뜨렸다. 티 너는 저주를 퍼부으면서 놈의 등을 손으로 때렸다. 그러나 그것은 사랑의 매였다, 왜냐하면 때린 후에 그 손으로 놈의 등을 아래로 당겼기 때문이다. 그리고 그들은 서로 웃었다…….

지금 그들은 서로 곁에서 함께 자고 있다……. 어린 아이가 젖을 배부르게 먹은 후처럼 잠이 들었다. 사람들은 사랑을 나눈 후에 잠에 취한다. 그들은 여태껏 잠이라곤 자보지 못했던 것처럼 실컷 잠을 잤다……. 달은 여전히 깨어 있고 여전히 맑았다……. 달빛이 강물 위에 흩뿌려져 너울대고 있다. 물결은 수많은 금빛으로 일렁인다. 그러나 새벽이 되었을 때, 돌연 지 패오는 땅을 한 손으로 짚고서 몸을 반쯤 일으켰다. 놈은 속이 울렁거리고 마치 사흘을 굶은 듯 손발이 녹초가 된 것을 느꼈다. 그렇지만 배는 많이 부풀어 올랐다, 배가 약간 아픈 듯 했다. 이제는 아픈 듯한 정도가 아니라 진짜로 배가 너무 아팠다. 정말 아팠다. 꿈틀대는 모든 순간 아주 지독하게 아팠다! 놈은 그저 몸을 둥글게 말았다. 아, 그런데 날씨가 차가웠다. 바람이 불면 깜짝 놀랐다. 바람이 불 때마다 놈은 몸을 길게 펴려고 했다. 놈은 일어서고 싶었다. 머리가 왜 이리도 무거운지 다리까지 부들부들 떨렸다. 놈의 눈앞이 흐려졌다. 배는 뒤틀렸다. 몸은 쥐어짜는 것처럼 아팠다. 놈은 구역질을 했다. 서너 번 구역질을 했다. 계속 구역질을 했다. 토하면 좀 편해질 텐데. 놈은 손가락을 입안으로 집어넣었다. 구역질을 크게 한 번 했다. 장이 뒤집히는 듯했다. 그러나 침만 나올 뿐이다. 놈은 잠시 쉰 다음에 다시 손을 입안에 집어넣었다. 이번에는 토할 수 있었다. 세상에! 단숨에, 한 번에, 우웩 소리와 함께 토할 수 있었다. 뱃속의 모든 걸 토했다. 여자가 일어나야만 할 정도였다. 그녀는 일어나 앉아서 어리둥절한 눈으로 바라보았다. 그 우둔한 머리는 시간이 꽤 걸려서야 기억을 해냈고, 다시 꽤 시간이 지나서야 상황을 파악하게 되었다.

지금 지 패오는 구토를 끝냈다. 놈은 너무도 지쳤다. 다시 땅바닥에서 몸부림을 쳤다. 두 눈이 경직된 채로 신음했다. 놈은 나지막이 신음할 수 있을 정도의 힘밖에 남아있지 않았다. 토사물 더미로부터 어떤 냄새가 풍겨났는데 술 냄새가 스쳤다. 그 냄새에 놈은 돌연 몸을 떨었다.

티 너가 가까이 다가왔다. 손을 놈의 가슴에 댔다. (그녀는 지금에야 비로소 생각을 끝냈다). 그녀가 놈에게 물었다.

"할 만큼 다 토했어요?"

놈은 뒤집혀진 눈으로 그녀를 바라보았다. 한 번 본 다음에 곧바로 경직되었다.

"집으로 들어가요."

놈은 고개를 끄덕이는 듯 몸짓을 했다. 그러나 머리는 조금도 움직이지 않았다. 단지 눈꺼풀이 조금 움직였을 뿐이다.

"그럼 일어나요."

그러나 놈이 어찌 일어날 수 있나. 그녀는 놈의 겨드랑이에 팔을 넣고 어깨를 부축해서 놈이 일어나도록 도와주었다. 그리고는 놈을 당겨 일으켰다. 놈은 그녀의 목에서 비틀거렸다. 둘은 비틀거리면서 오두막으로 돌아갔다.

침대는 없고, 있는 건 단지 긴 대나무 탁자뿐이었다. 그녀는 놈을 눕혀놓고, 찢어진 모든 담요 쪼가리들을 주워 모아서 놈을 덮어주었다. 놈은 신음을 멈추었다. 그녀도 실눈을 감고 잠을 자려 했다. 하지만 집안에 모기가 너무 많았다. 모기들이 그녀가 옷을 밭에다 잊어먹고 왔다는 것을 상기시켰다. 그녀는 밭으로 나갔다. 두 개의 물동이가 그녀가 물을 길러 왔다는 것을 상기시켰다. 그녀는 옷을 열심히 주워 입고 물을 긴 다음에 물동이 두 개를 들고 집으로 돌아갔다.

달이 아직 가라앉지 않았다. 아직 밤중인지 모르겠다. 그녀는 침대에 올라가 잠에 들려고 했다. 그러자 어젯밤의 이상한 일이 생각났다. 그녀는 웃었다. 그녀는 졸리지 않았다. 그녀는 계속 이리 뒤척 저리 뒤척 뒹굴었다.

지 패오가 눈을 떴을 때 날은 밝은 지 이미 오래였다. 태양이 분명 높이 떴을 것이다. 바깥의 햇볕이 분명 쨍쨍할 것이다. 그저 밖에서 새들이 지저귀는 소리를 듣는 것만으로도 충분했다. 그러나 습기 찬 오두막 속은 여전히 어두웠다. 오두막 속에선 점심 무렵이 오후 같고, 밤인가 해도 바깥은 여전히 밝았다. 하지만 지 패오는 그런 것을 느낀 적이 없다. 아직까지 술에서 깬 적이 없기 때문이다.

그러나 지금은 정신이 맑게 깨어 있었다. 놈은 마치 정신을 차린 듯이 우울했다, 놈은 입안이 쓰다고 느꼈다. 마음은 아련하게 심란했다. 몸은 녹초가 되었고, 손발은 들어 올릴 수가 없었다. 몸이 또 술을 요구하는 걸까, 놈은 몸을 약간 떨었다. 속이 다시금 약간 울렁거렸다. 놈이 술을 무서워한다는 것은 아픈 사람이 밥을 무서워하는 것과 마찬가지다. 저기 바깥에 새들이 지저귀는 소리가 너무 즐겁다! 시장에 가는 사람들의 웃음소리도 들린다. 투망을 치는 배의 젊은 친구가 노를 저으며 물고기를 쫓고 있다. 그 익숙한 소리들은 어느 날이나 있지 않았나. 그러나 오늘 놈은 비로소 듣고 느꼈다……. 아아,

슬프다!

"오늘 옷감을 얼마나 팔았어?"

"세 푼이 안 돼요."

"그러면 별 소득이 없지!"

"열심히 물레를 돌려야 오 푼짜리 천을 만들 수 있어요."

"정말 그래. 그렇게 해야 하는데 놀고만 있으니."

지 패오는 어떤 한 아주머니가 옷감을 팔러 남딘에 다녀오는 다른 아주머니에게 묻는 것이리라 추측했다. 놈은 감개무량했고 슬픔을 느꼈다. 그런 얘깃거리들이 놈에게는 뭔가 아득히 먼 얘기들로 여겨졌기 때문이다. 놈도 작은 가정을 꾸리고 싶었던 시절이 있었던 것 같다. 남편은 논밭을 갈고, 아내는 옷감을 짜고, 밑천 삼아 돼지 한 마리를 키우리라. 가능하다면 서너 싸오의 밭을 사서 일구리라.

정신이 든 지 패오는 자신이 늙었음에도 여전히 고독하다고 느꼈다. 사는 것이 슬펐다! 어떤 이유로 그런 것인가? 놈이 이미 늙어버린 것일까? 마흔 초반……. 어쨌든 삶을 새로 시작할 수 있는 나이가 아니다. 놈은 이미 삶의 고개 저편으로 넘어가 있었다. 놈 같은 사람들은 수많은 독소를 견디고, 아직까지 병에 걸리진 않았지만 한 번 병에 걸리면 몸이 이미 많이 망가졌음을 알리는 신호라고 부를 수 있는 힘겨운 위협을 받았다. 그것은 추운 날씨를 알려주는 늦가을의 비바람 같은 것이다. 겨울이 다가왔다는 뜻이다. 지 패오는 자신의 노년을 보고 있는 듯했다. 가난하고 아프고 고독한……. 고독이 가난하고 아픈 것보다 더 무섭다.

다행스럽게 티 너가 들어왔다. 만약 그녀가 들어오지 않았다면, 놈은 미완성의 생각을 영원히 계속했을 것이다. 그러면 울어버렸을 것이다. 그녀가 광주리를 옆에 끼고 들어왔다. 그 안에는 뚜껑을 덮은 어떤 솥이 있었다. 아직 뜨거운 파죽이 담긴 솥이었다. 지난 밤, 그녀는 잠시 잠을 뒤척이면서 놈을 생각했다. 저 무모한 녀석에 대해 얘기해보자면 불쌍한 놈일 뿐이었다. 혼자 아파서 웅크리고 누워있는 것보다 불쌍한 게 어디에 있을까. 만약 지난밤에 그녀가 없었다면 놈은 죽었을 것이다. 그녀는 한 사람의 목숨을 구했다고 뿌듯해했다. 그녀는 놈을 사랑한다고 느꼈다. 그것은 은혜를 베푸는 사람의 사랑의 마음이었다. 그러나 역시 은혜를 받는 사람의 사랑의 마음이기도 했다. 티 너와 같은 사람일수록 잊을 수가 없다. 그래서 그녀는 생각했다. 내가 놈을 지금 버린다면 너무 야박한 일이다. 어쨌든 같이 잠자리를 하지 않았나! 마치 '부부'처럼 잠자리를 같이 하지 않았나. '부부'라는 말에 조금 부끄러웠지만 좋은 느낌이 들었다. 그것은 비참한 인생이 은밀하게 바라는 소망이 아니겠는가. 아니면 육체의 쾌락이 그녀가 아직까지 알지 못했던 성정을 깨운 것일까?

단지 알 수 있는 것은 그녀가 지 패오를 만나고 싶다는 것이다. 놈을 만나서 간밤의 일을 상기하면 아주 우스울 것이다! 끔찍해라! 그런데 사람으로서 어디 감정 표현이 그렇게도 없을 수 있단 말인가! 사람들은 자리에 함께 앉으면 금세 친해지고, 청개구리처럼 남들이 작게 얘기하는 것도 다시 더 크게 만든다. 그런데 다시 얘기하기에는 역시 우둔한 것이다. 하늘이 때려도 죽지 않을 놈이, 누가 무서워서 새삼 말을 꺼내겠는가. 하지만 얘기할 말한 가치가 있다. 어젯밤 벌어진 일에 대해 정말 알아야 한다. 하지만 오늘은 몸이 녹초가 됐으니, 우선은 놈이 조금이라도 뭘 먹어야만 한다. 지금 그렇게 아프다면 파죽을 먹어야 한다. 땀을 흘리고 나면 몸이 금세 가벼워질 테니까……. 그래서 날이 밝자마자 그녀는 쌀을 구하러 뛰어갔다. 파는 다행히 그녀의 집에 남아 있었다. 그녀는 끓인 것을 광주리에 담아서 지 패오에게 가져왔다.

놈은 너무도 놀랐다. 놀라움의 감정이 다하자 눈이 젖는 듯했다. 왜냐하면 난생 처음 한 여자가 놈을 위해 무언가를 해준 것이기 때문이다. 예전부터 지금까지 누가 놈에게 그냥 무언가를 준 적이 없었다. 놈이 위협을 해서 받거나 강제로 빼앗았을 뿐이다. 놈은 반드시 다른 사람이 두려움을 느끼도록 만들어야 했다. 놈은 김이 나는 죽그릇을 보면서 처량해졌다. 티 너는 그저 놈을 훔쳐보았다. 그리고 호탕하게 웃었다. 그녀의 모습이 매력적으로 보였다. 사랑이 매력을 만들어주었다. 놈은 기쁘기도 하고 슬프기도 했다. 그리고 한 가지 더, 후회의 마음이 이는 것도 같았다. 충분히 그럴 수 있다. 사람들은 흔히 악한 일을 더 이상 할 수 있는 충분한 힘이 되지 않을 때 죄악에 대해 후회한다. 티 너가 놈에게 뜨거울 때 먹으라고 재촉했다. 놈은 죽 그릇을 잡고 입으로 가져갔다. 세상에 죽이 이렇게 향기로울 수가! 단지 김이 코로 밀려드는 것만으로도 몸을 가뿐하게 만들었다. 놈은 죽을 한 모금 마시면서 느꼈다. 일생 동안 파죽을 먹어보지 않은 사람은 죽이 정말 맛있다는 것을 모를 거야. 그러나 어찌하여 놈이 이제야 죽 맛을 보게 된 것인가?

놈은 스스로 묻고 스스로 답했다. 어디 누가 죽을 만들어 줬어야지? 그리고 누가 먹도록 해 줬어야지! 놈의 삶은 이제까지 '여자'의 손길로 보살핌을 받은 적이 없다. 놈은 '셋째 마나님'을 떠올렸다. 그 악마는 종종 놈을 붙잡아서 다리를 주무르게 하고, 더 위를 주무르게 하고, 점점 더 위를 주무르게 했다. 그 마나님은 어떡하면 만족을 느낄 수 있을까 생각한 것이지 놈을 사랑한 게 아니다. 그때 놈은 스무 살이었다. 스무 살 사내의 몸은 돌이 아니며, 또한 그 저 고깃덩어리도 아니다. 사람들은 무언가를 싫어하면 그것을 경멸한다. 게 다가 여자가 불러 들여서 다리를 주무르게 하다니! 놈은 좋은 것보다 치욕이 컸다. 더구나 무섭기까지 했다. 실제로 셋째 마나님이 놈에게 정당하지 않은 일을 자꾸 시킨다는 것을 첫째 마나님의 아들이 알고 나서부터는 놈은 오들 오들 떨면서 일을 했다. 하지 않으면 안 되었다. 집안의 모든 일이 마나님의 권한이었다. 놈은 어떤 흑심도 품지 않았다! 마나님이 성을 낼 정도였다. 마 나님은 멀리 엉뚱한 곳을 주무르는 것을 싫어했다. 반드시 원하는 그곳을 주 무르게 했다. 마나님은 놈에게 말했다. "이런 숙맥 같은 놈! 무슨 스무 살 먹 은 사내놈이 그렇게 늙은이 같아!" 놈은 여전히 이해할 수 없는 척 했다. 마 나님은 음탕하게 말했다. "내가 너를 부른 게 단지 다리나 주무르라는 것 같 아?" 마나님은 놈을 어찌할까 바라보다가 놈의 얼굴에 대고 호되게 야단을 쳤다. 놈은 치욕을 느낄 뿐이었다. 그게 무슨 사랑놀이인가. 아니다. 놈은 아 직 어떤 여자로부터 사랑을 받아본 적이 없다. 그래서 티 너의 파죽 그릇은 놈에게 많은 생각을 하게 만들었다. 놈도 친구를 만들 수 있다. 왜 여태 적만 만들었던가?

죽 한 그릇을 다 마시고나자, 티 너는 죽 그릇을 공손히 받아서 한 그릇을 더 펐다. 놈은 자신이 얼마나 많은 땀으로 흠뻑 젖었는지 느낄 수 있었다. 땀이 머리에서부터 방울방울 커다랗게 얼굴로 흘러내렸다. 놈은 옷깃으로 쓱 한 번 닦은 다음, 콧등을 한 번 닦고, 웃음을 지어보이며 다시 죽을 먹었다. 먹을수록 땀이 많이 흘러내렸다. 티 너는 놈을 바라보면서 고개를 가로저으며 동정했다. 놈의 마음은 어린애가 된 듯했다. 놈은 엄마에게 하듯 그녀에게 어리광을 부리고 싶었다. 아니, 어떻게 놈이 이렇게 착해졌나. 어느 누가 감히 그가 제 머리를 깨고 얼굴에 상처를 내고 사람을 찌르고 베는 지 패오라고 말할 수 있겠는가? 그것이 놈의 본성이었다. 평범한 일상이 막혀 있었나? 아니면 몸의 병이 생리를 완전하게 바꾸어놓고 마음도 바꾸어버렸나?

연약한 사람들은 자주 순한 모습을 보인다. 악해지고 싶으면, 반드시 힘이 센 놈이어야 한다. 놈이 어디 더 이상 힘이 있는가. 놈이 깊이 생각하고 걱정할 때가 있다. 예전부터 지금까지 놈은 단지 강탈하거나 협박하는 방법으로 살았다. 만약 힘이 더 이상 없는데 협박하고 강탈하려 한다면 어떻게 될까? 물론 놈은 이제 힘보다는 무모한 행동으로 상대를 다룰 줄 안다. 그러나 놈이 희미하게 느끼는 것은 언젠가 때가 되면 더 이상 무모한 행동도 통하지 않게 된다는 것이다. 그때가 비로소 위험한 것이다! 세상에! 놈이 선량하기를 원한다. 놈이 모든 사람들과 화합을 하고 싶어 한다! 티 너가 놈을 위해 길을 열어줄 것이다. 그녀가 놈하고 평안하게 살 수 있다면 다른 사람이라고 그리 못하겠는가. 그들은 놈이 아무에게도 해를 끼치지 않을 수 있다고 느끼게 될 것이다. 그들은 선량한 사람들의 동등하고 우애 넘치는 사회 속으로 놈이 들어왔다고 여기게 될 것이다…… 놈은 마치 탐색하듯이 고민스럽게 티 너를 바라보았다. 그녀도 여전히 침묵하면서 조심스럽게 웃었다, 놈의 몸이 자연스레

가벼워졌다. 놈이 그녀에게 말했다.

"이렇게 계속 있으니 좋아?"

그녀는 대답하지 않았다. 그러나 그녀의 붉은 코가 점점 벌어졌다. 놈은 그것을 보고 역시 못생긴 게 아니라고 생각했다. 놈은 일부러 바람둥이 같은 표정과 목소리로 그녀에게 말했다.

"자네 여기로 와서 나와 한 집에서 즐겁게 사는 게 어때?"

그녀가 놈을 흘겨보았다. 아주 못생긴 사람도 사랑할 때는 눈을 흘긴다. 놈은 흡족한 듯 깔깔 웃었다. 정신이 맑았을 때 놈이 웃는 표정은 정말 순했다. 티 너의 마음도 아주 흡족했다. 몇 그릇의 죽을 먹은 후라 놈의 몸에 생기가 돌았다. 놈은 마음이 아주 즐거웠다. 놈은 티 너를 꼬집어서 그녀의 몸이 위로 꿈틀대게 만들었다. 그리고 놈은 웃었다. 놈이 말했다.

"자네 어젯밤을 아직 기억하는가?"

그녀는 놈을 한 번 가볍게 쳤다. 농담하고 싶지 않은 모습이었다. 어째서 그렇게 부끄러운가. 못생겼어도 부끄러움을 타면 역시나 사랑스럽다. 놈은 까르르 웃었다. 그리고 그녀를 더욱 부끄럽게 만들고 싶어 했다. 놈은 그녀의 허벅지를 정말 아프게 꼬집었다. 이번에는 그녀가 몸을 꿈틀댈 뿐만 아니었다. 울부짖는 소리를 냈다. 그녀는 놈의 목을 끌어안고 뒤로 밀어 넘어뜨렸다. 그들은 서로 사랑을 표시했다. 입맞춤을 할 필요도 없었다. 누가 입을 맞추겠는가. 큰 가뭄이 든 논바닥 가장자리처럼 입술이 갈라져 있고, 얼굴은 도마처럼 가로세로로 맞추어져 있거늘. 게다가, 더더욱 평범한 백성다운 사랑의 방식으로, 그들은 꼬집어대거나 서로 등을 어루만지거나…… 몇 가지 알고 있는 실질적인 것들이 중요했다…….

　그들은 아주 잘 어울리는 한 쌍이 될 것이다. 그들도 역시 그것을 느꼈다. 그리고 반드시 결혼을 할 것이다. 그렇게 닷새 동안 그녀는 돈을 벌러 갈 때를 제외하고 놈의 집에 밤낮으로 있었다. 놈은 더 이상 술을 두려워하지 않았다. 정말 조금만 마시려고 노력했다. 돈을 아끼기 위해, 특히 정신을 차려서 서로 사랑을 나누기 위해서 그랬다. 여자는 누룩 없는 술과 같았다. 하지만 역시 사람을 취하게 만든다. 놈은 그녀에게 아주 취했다. 그러나 그녀는 우둔한 사람이었다. 그렇게 여섯째 날이 되었을 때 그녀의 머릿속에 갑자기 떠오른 것은 이 세상에 자신과 살던 고모가 한 분 계시다는 것이었다. 그 고모가 오늘 중으로 돌아올 것이다. 그녀는 속으로 생각했다. 고모에게 먼저 물어봐야 하니까 사랑을 잠시 멈추자.

　그녀의 물음을 듣고, 그 늙은 여자는 웃음을 터뜨렸다. 고모는 티 너가 농담을 하는 거라 여겼다. 그러다 문득 떠오른 것은 티 너가 본래 우둔한 사람이라는 것이다. 고모는 돌연 당황하며 펄쩍 뛰었다. 고모는 집안의 치욕이라 생각했다. 아마도 고모는 자기 신세를 한탄한 것인지도 몰랐다. 고모는 남편도 없는 자신의 기나긴 삶에 대해 생각했다. 고모는 아주 비통함을 느꼈다. 아주 억울했다. 누구에게 억울한 것인지는 알 수 없었다. 그러고 나서 그 억울함을 곧바로 티 너에게 떠넘겼다! 덕행을 가진 여자의 눈으로 보기에 티 너는 왜 그렇게 음탕한 것인지! 정말 타락한 행동이었다. 서른이 넘었는데, 아직 일생을 다한 게 아니다. 서른이 넘었는데……. 어떻게 남편을 얻을 수 있겠는가. 삶이 남편을 얻을 수 있게 허락하겠는가! 그래! 그런데 얻는다면 누굴 얻는다는 것인가? 남자들은 모두 다 죽어버렸는가. 어째서 아비도 없는 놈에게 무모하게 뛰어들었는가. 그런 놈도 사내놈이라고, 직업이라고 낯짝을 베고 고의로 심통을 부리는 놈을 어찌하여 짝으로 구하는가. 세상에! 수치이고 치욕이다! 아이고, 우리 조상님이여! 고모는 마치 정신 나간 어린 아이처럼 큰 소리로 울었다. 고모는 아직 일생을 다 살지 않은 서른 넘은 조카의 얼굴에 손가락질을 했다. 고모는 그녀에게 말했다.

"지금의 나이까지 참았으면 충분히 참을 수 있다. 어느 누가 지 패오 같은 녀석하고 결혼을 한단 말이냐!"

티 너는 그런 소리를 듣고 속이 뒤집어졌다. 그러나 그녀는 고모의 말을 어떻게 반박해야 할지 알 수가 없었다. 그 사람은 그렇게 말할 권리가 있다. 그 사람은 쉰 살이 넘었어도 남편을 구할 수 없기 때문이다. 티 너는 어떻게 반박해야 할까. 그런데 반박할 말을 찾지 못한다면 아주 사납게 화가 날 뿐이다. 그녀는 아주 열이 받았다! 너무도 열이 받았다! 그녀는 그 화를 다른 한 사람에게 전가할 필요가 있었다. 그녀는 정신없이 애인의 집으로 달려갔다. 그녀는 술을 마시고 있는 지 패오를 보았다. 놈은 술을 마시면서 그녀에게 집에 너무 오래 있다가 왔다고 욕을 하며 투덜거렸다. 놈은 기다리는 게 익숙하지 않았다. 기다려야 했기에 놈은 슬픔을 덜기 위해 술을 마셨다. 술이 들어가면 욕을 해야 한다. 입에 붙은 것이다. 그러나 그녀가 무엇을 했다고 놈이 욕을 하나? 그리고 놈이 무슨 권한이 있어서 그녀에게 욕을 하는가? 오, 그녀가 미쳐버렸다! 그녀는 발로 땅을 꽝꽝 밟으면서, 정신이 나간 듯 펄쩍펄쩍 뛰었다. 놈은 너무 재미있어서 머리를 흔들며 웃었다. 아니, 그런데 도리어 웃다니! 놈은 그녀를 조롱했다. 세상에! 그녀는 미쳐버렸다. 세상에나 세상에나! 허리에 손을 얹고, 얼굴을 찡그리고, 위대한 입을 크게 벌리고서, 놈의 얼굴에 고모가 한 모든 말을 쏟아 부었다. 놈은 잠시 생각에 잠기더니 이해가 되는 듯했다. 놈은 돌연 당황했다. 언뜻 한 가지가 스쳐 지났다. 놈은 파죽 냄새를 느끼고 빨아들이는 듯한 행동을 했다. 놈은 그저 주저앉아서 어리둥절해하며 아무 말도 하지 않았다. 그녀는 화를 다 쏟아냈다. 그녀의 붉은 코가 기이하게 내려갔다가 부풀었다. 그녀는 아주 흡족했다. 그녀는 엉덩이를 흔들며 집으로 돌아갔다.

놈이 깜짝 놀라 자리에서 일어나며 불렀다. 누가 되돌아오고 싶을까! 더 이상 어떤 번잡한 일을 만들고 싶겠나? 놈이 그녀를 쫓아가서 손을 잡았다. 그녀가 손을 뿌리쳤다. 그리고 한 번 더 밀쳤다. 놈이 마당으로 넘어져 뒹굴었다. 땅을 구른다면 놈은 소리를 질러야한다. 언제나 그랬다. 놈은 깨어진 벽돌조각을 주워서 머리를 내리쳤다. 그러나 놈은 아직 많이 취하시 않은 듯했다. 놈은 생각했다. 여기서 머리를 깨봐야 그저 손해일 뿐이다. 여기에서 머리를 깨고 누워서 누구에게 심통을 부리는가? 놈은 직접 저 속물 같은 티 너의 집으로 가야만 한다. 집안의 모두를 찔러 죽이러 가야 한다. 가서 그 집의 늙은이를 찔러 죽여야 한다. 만약 찌를 수 없다면 그때 자신의 머리를 깨서 동네사람들을 부르면 된다. 머리를 깨고 싶으면 아주 취하도록 마셔야 한다. 술이 없으면 무엇으로 피가 흐르게 만들 것인가? 한 병을 더 마셔야 한다. 그래서 놈은 마셨다. 그러나 너무 열이 받았다. 술을 마실수록 정신이 말짱해졌다. 정신이 말짱해진 그는 아이고, 너무도 슬펐다! 술 냄새가 코를 찌르지 않았다. 놈의 코에는 계속 파죽 냄새가 감돌았다. 놈은 얼굴을 파묻고 하염없이 울었다. 그리고 다시 마셨다. 그리고 다시 또 마셨다. 놈은 허리에 칼을 차고 나갔다. 놈은 중얼거렸다. "내가 그를 죽여 버려야 해." 그러나 놈은 길을 곧바로 가로질러갔다. 무엇이 그를 티 너 집 쪽으로 꺾어 들어가는 것을 까먹게 했나? 미친놈들과 술에 취한 놈들은 결코 그들이 처음 나갈 때 하려 했던 일을 하지 않는다.

하늘은 아주 쨍쨍했다. 그래서 길에는 사람이 없었다. 놈은 계속 갔다, 계속 욕을 하면서 계속 '그'를 죽이겠다고 위협하면서, 그렇게 계속 갔다. 지금끼엔 양반집의 골목길에 다다랐다. 놈은 돌진하듯 뛰어 들어갔다. 사람들 모두가 들에 일하러 가고 집안이 텅 비어 있었다. 단지 끼엔 양반만 드러누워서 대낮 휴식을 취하고 있었다. 놈의 목소리를 듣자 끼엔 양반은 짜증이 일었다! 실제로 끼엔 양반은 짜증이 났다. 왜냐하면 머리에 두통이 약간 있었기 때문이다. 끼엔 양반은 지금 상큼한 손길로 머리에 안마를 받고 싶었다. 끼엔 양반은 넷째 마누라가 너무 오래 나가 있지 않기만을 바랐다. 그렇게 오래 나가 있으면 어디에 간 건지 알 수가 없지 않은가? 그 마누라는 어찌 여전히 그리 젊은가! 거의 마흔에 가까웠으나 여전히 토실토실하게 보인다. 게다가 점점 더 토실토실해져 가고 있지 않은가! 끼엔 양반은 올해 예순이 넘었다. 늙고 허약해져서, 생각하면 할수록 비통했다. 그렇다면 그 마누라가 같이 늙어만 준다면 그만이다. 그런데 그 마누라는 오히려 계속 젊어지고, 계속 토실토실해지고, 계속 스무 살처럼 예뻐지고 왜 그리 다정스러운지! 바라보기에는 좋은데 이상하게도 화가 치솟는다. 마치 이빨이 거의 다 빠졌을 때 질긴 소고기를 씹는 것과 무엇이 다른가. 그 마누라의 눈은, 그 마누라의 입은 매력적이나 아주 음탕해 보인다! 숨을 약간만 불어넣어도 까르르 웃고, 실눈을 뜨고, 볼은 분홍색이 된다.

그래서 젊은 녀석들이 싫어진다. 모자관계도 아니면서 그녀는 어디에서나 젊은 사내놈들과 농담을 주고받는다. 싱거운 농담을 하고, 단지 저속한 얘기를 나누면서, 어디에서 누구를 만나든 역시 웃는다! 자신의 지위에 대해서는 전혀 생각하지 않는다. 사람이 어찌 그리 무심한가! 이상하게도 화가 난다! 끼엔 양반은 모든 젊은 사내들을 감옥에 보내고 싶었다……. 그렇게 할 때가 있었다. 현명한 마음을 가졌어도 질투심이 솟구칠 때에는 냉정할 수 없었다. 특히 지 패오처럼 단지 술값을 요구하러 오는 녀석을 볼 때 그렇다. 그럼에도 불구하고, 끼엔 양반은 역시 항상 오 하오[15]를 준비해두고 있었다. 그놈을 빨리 쫓아내기 위해 돈을 준비해두는 게 더 나았다. 그러나 준비해두고도, 끼엔 양반은 역시 놈을 가뿐하게 하기 위해 심하게 꾸짖어야만 했다.

"지 패오냐? 술을 적당히 마시고 다녀야지, 내가 창고도 아니고 말이야."

그리고 땅바닥에 오 하오를 던지면서 끼엔 양반은 놈에게 일렀다.

"가지고 썩 꺼져버려. 좀 편안히 살자. 그리고 일해서 먹어야지, 계속 남에게 달라고만 할 건가?"

놈은 눈을 부릅뜨고 노인의 얼굴을 손으로 가리켰다.

"내가 이깟 오 하오를 받으러 온 게 아니다."

놈이 사납게 구는 것을 보고 끼엔 양반은 목소리를 부드럽게 할 수밖에 없

15 베트남의 옛날 동전 단위.

었다.

"됐어, 가져가. 더 이상 없어."

놈이 거만하게 얼굴을 쳐들었다. 아주 거만했다.

"내가 돈을 달라는 게 아니라고 했잖아."

"잘했어! 오늘 자네가 돈을 달라는 게 아니란 걸 처음 봤네. 그러면 뭐가 필요한 건가?"

놈이 위풍당당하게 말했다.

"나는 선량한 사람이 되고 싶어!"

끼엔 양반이 하하 웃었다.

"오호, 무슨 생각을 하는 거야! 나는 단지 이 세상을 위한 선량한 사람이 필요해."

놈이 고개를 가로저었다.

"안 돼! 누가 내게 선량한 마음을 주나? 어떻게 해야 이 얼굴의 병 자국 흉터를 없앨 수 있을까? 나는 더 이상 선량한 사람일 수 없어. 알아! 오로지 한 가지 방법……. 알아! 오로지 한 가지 방법은…… 이거야 알아?"

놈은 칼을 꺼내서 돌진했다. 끼엔 양반은 앉은 자세에서 몸을 꿈틀했다. 지 패오가 벌써 칼로 쑤셨다. 끼엔 양반은 고작 비명을 한 번 지를 수 있을 뿐이었다. 지 패오는 거듭해서 끼엔 양반을 찌르면서 아주 큰 소리로 마을 사람들을 불렀다. 놈이 마을 사람들을 불렀다. 사람들은 결코 급하게 오지 않았다. 그래서 사람들이 왔을 때는 놈도 역시 아주 많은 피를 흘리면서 몸을 팔딱거리며 몸부림치고 있었다. 놈의 눈은 크게 뒤집혀 있었다. 놈은 무슨 말을 하고 싶다는 듯 입을 뻐끔거렸다. 그러나 소리가 되어 나오지 않았다. 놈의 목에서는 이따금 피가 흘러나오고 있었다.

*

부다이 마을 사람 모두가 소란스러워졌다. 그들은 그 예기치 않은 사건에 대해 아주 많은 얘기를 나누었다. 많은 사람들이 남몰래 기뻐했다. 얼굴에 즐거움을 드러내는 이도 적지 않았다. 멀리 동떨어진 얘기를 하는 사람도 있었다. "하늘에도 눈이 달린 거 같아!" 어떤 사람은 노골적으로 말했다. "그 두 놈이 함께 죽어버렸으니 누구도 애석해하지 않지! 정말 분명한 건 그것들이 서로를 죽였다는 거야. 어디 다른 사람의 손이 필요한 게 아니었어." 가장 기뻐하는 자들은 마을의 유지들이었다. 그들은 안부를 물으러 몰려왔다. 그러나 사실은 흡족한 마음과 흥분한 눈으로 끄엉 촌장을 바라보기 위해서였다. 따오 패거리는 사건을 숨길 필요가 없어서, 곧바로 시장 통으로 달려가 많은 사람들의 눈앞에서 떠들어댔다. "아비가 죽었으니, 아들놈은 사람들이 진흙을 먹이는 걸 피하지 못할 게야." 누구도 '사람들'이 바로 그 따오 양반이라는 것을 이해하지 못했다. 젊은 무리들은 나지막이 수군거렸다. "그 늙은이가 죽었으니 우리 형제들이 축하의 자리를 가져야지. 사람들이 이런 진리를 안다면 회의가 생기겠지." 그들은 입맛을 다시며 말했다. "대나무가 늙으면 새순이 나온다. 놈이 죽어도 여전히 다른 놈이 있다. 그러니 우리는 역시 조금의 이익도 없다고……."

티 너의 고모는 조카의 얼굴을 직접 가리키며 불평했다.

"네 인생의 복이 그런 거야. 애야, 지 패오를 끌어안고 올 수도 없잖아."

그녀는 웃으면서 말을 둘러댔다.

"어제 진술서를 만들었대요. 끄엉 촌장이 거의 백 동이나 썼다는 말이 어디선가 들리더군요. 사람도 잃고 재산도 잃고."

그녀는 속으로 생각했다.

'어째서 놈이 흙처럼 순한 때가 있었던 걸까.'

그리고 놈과 함께 잠자리를 했을 때를 떠올렸다. 그녀는 고모를 훔쳐보고 재빨리 제 배를 내려다보았다.

'어리석은 말이지만, 만약 내가 임신을 했다면, 지금 놈이 죽고 없는데, 어떻게 먹고 살지?'

돌연 그녀의 눈앞에 버려진 벽돌 가마가 흘깃 스쳐 지나갔다. 마을에서도 멀고, 지나는 사람 하나 없는…….

지은이

찻 껍찟띠 Chart Korbjitti 태국

—

1954년 방콕 남부의 해안도시 싸뭇싸컨에서 태어났다. 방콕의 퍼창 예술전
문대학 판화과를 졸업한 후 잡지사 예술부서에서 일했다. 1979년 단편「패배
자」가 태국작가협회 우수단편으로 선정된 이후 전업작가의 길로 나섰다. 주
요 작품으로 단편집『승리의 길』(1979), 『호신용 칼』(1984), 『그래도 도시는 안
녕하다』(1989) 등과 중편『막다른 골목』, 『개 같은 인생』, 『수상에게 올리는 보
고서』(1996), 장편『무지에 의한 단죄』(1981), 『미친 개』(1988) 등이 있다. 특히
『무지에 의한 단죄』는 1981년 '올해의 작품'으로 선정되었고, 1982년에는
동남아작가상을 수상했다. 이 작품은 2004년에 영화로도 만들어졌다. 1993
년에는 장편소설『세월』로 두 번째 동남아작가상을 수상했다.
기본적으로 태국 사회에 대한 신랄한 풍자와 비판을 주제로 삼는 그의 소설에
는 흔히 가난한 집 아이, 마약 중독자, 양로원에 방치된 노인 등 스스로 운명
과 맞서 싸우기에는 힘이 부치는 인간들이 주인공으로 등장한다. 이 소수자들
은 결국 당대 태국 사회의 건강성을 판정하는 리트머스 시험지와 같은 역할을
한다. 작가는 현재 빡청에서 농사를 짓는 한편, 자신의 전공을 살려 가죽제품
의 제작과 판매도 병행한다. 그는 그 판매이익금으로 직접 자신의 책을 인쇄
하기 때문에, 현재 그의 책은 서점에서 책값이 가장 싼 편에 속한다.

옮긴이

김영애

—

한국외국어대학교에서 태국어를 전공했으며 동 대학원에서 지역학 석사 학위
(태국 외교)를 취득했다. 이후 태국의 쭐라롱껀대학교 대학원으로 유학을 떠나
국제관계학과에서 공부하면서 태국 역사와 문학에 관심을 가지게 되었다. 귀
국한 후 전공을 바꾸어 성신여자대학교 대학원 국어국문과에서 비교문학으로
박사 학위를 취득했다. 한국외국어대학교 태국어과 교수로 봉직하다가 정년
퇴직했다. 현재 한국외국어대학교 명예교수로 재직 중이며, 번역과 다문화에
관계된 일을 하고 있다. 저서로는『태국사』가, 공저로는『일제하의 동남아』
『아시아 아프리카 문학의 이해』가, 역서로는『짬렁, 내 삶의 이야기』『쿤창과
쿤팬의 이야기』『라덴 란다이』등이 있으며 기타 다수의 논문이 있다. 태국
정부로부터 태국 문화를 진흥한 공로로 훈장을 받았다.

발로 하는 얼굴마사지

찻 껍찟띠
Chart Korbjitti

계간《아시아》 33호 수록
이 작품은 태국어로 쓰였고 김영애가 한역하였다.

1

"내 앞에 와서 그렇게 죽을상을 하지 말게. 아마 자네도 전에 마사지를 받아 보았을 거야. 자네 나이에, 자네 같은 삶을 살아온 남성이 여태 단 한 번도 마사지를 받아 본 적이 없다고 대답하려면 다른 거짓말을 하는 게 나을 걸세. 예를 들자면…… 그래, 비행기를 타고 호주에 가서 룰렛 게임을 해본 적이 없다고 하면 더 그럴듯하지."

피칫[1] 부수상이 지갑을 꺼내면서 웃었다.

"한 번 해봐. 자넬 아들처럼 사랑하니까 말해주는 거네. 하지만 비밀이야. 우리 내각 각료 중 많은 분들이 그 마사지를 받았다는 걸…… 알겠나? 그분들 모두 효험을 봤다네. 그러니 너무 많이 생각하지 말고 마음을 정하게. 마사지 한 번 받으러 가는 셈 치게. 그냥 마사지 받는 거야. 처음에는 아마 부끄럽고 황당하겠지만 이내 아무렇지도 않게 된다네. 여기 마사지사의 명함이

1   정복하다, 제압하다, 이기다, 승리하다.

있네. 가서 내가 보내서 왔다고 하게."

피탁타이 밤룽랏[2] 차관은 피칫 부수상에게 받은 명함을 찬찬히 들여다보았다.

또 띤보란[3]

발바닥으로 마사지를 합니다. (24시간 운영)

전화 03-4257000

차관은 부수상의 집무실에서 나가면서 방금 받은 명함을 지갑에 끼워 넣었다. 피칫 부수상은 피탁타이 차관의 움직임을 따라 시선을 옮겼다. 그리고 그 캄보디아인 마사지사, 또 띤보란의 모습을 떠올렸다. 마사지를 받은 후 4년이라는 세월 동안 피칫 부수상은 그를 만나지 않았다. 4년 동안이나 마사지사를 다시 만날 필요가 전혀 없었던 것이다.

2

한밤중이 되었다.

피탁타이 차관은 아직 잠자리에 들지 않았다. 그는 쌜탬 남버완을 혼자서

2 피탁: 수호하다, 보호하다/타이: 태국, 태국인/밤룽: 육성하다/랏: 국가
3 또: 크다, 거대하다/띤: 발(비속어)/보란: 옛날의, 구식의

마시고 있었다. 그러면서 깊이 생각했다.

그렇다, 그도 전에 마사지를 여러 번 받아 본 적이 있다. 그는 그 사실을 있는 그대로 인정했다. 향유마사지, 발마사지, 얼굴마사지도 받아 봤다. 마사지란 마사지는 다 받아 봤다. 그 자신도 마사지가 신체의 긴장을 이완시키고 풀어주는 방법의 하나라는 것을 잘 알고 있다. 그러나 그런 마사지는 들어보지 못했다. 정신 나간 사람들이 하는 짓이 아닐까? 누군지도 모르는 사람이 발바닥으로 얼굴을 마사지하다니. 그 사람의 발은 평생 무엇을 밟으며 지금까지 왔을까? 이런 생각을 하는 것만으로도 피탁타이 차관은 소름이 끼쳤다. 온몸의 털이 다 곤두서는 것을 느꼈다. 게다가 더욱 더 중요한 것은 단 한 번도 누구의 발에 얼굴이 짓밟혀 본 적이 없다는 점이었다. 이건 피탁타이 차관의 명예에 관한 일로, 결코 용납할 수 없는 일이었다. 그는 정치투쟁이라는 무대에서 늘 명예를 지켜야 한다고 생각해 왔다. 그렇지 않으면 그 사람은 개나 다름없다고 공공연하게 말해오지 않았던가?

하지만 이번 문제는 그를 거의 일주일 동안 먹지도 자지도 못하게 만들었다. 누구랑 마주쳐도 감히 얼굴을 들어 눈을 마주칠 용기가 나지 않았다. 매번 몸을 움츠리고 숨기에 바빴다. 특히 기자들만 만나면 더 했다. 지금은 그동안 지켜 온 명예 중 그 어느 하나도 그런 그를 치료할 수 없는 지경에 놓여 있었다. 그래, 해 보자. 부수상이 소개한 것처럼 정말 효험이 있다면 해 봐야 한다. 해 볼 마음의 준비가 다 되었다. 그는 딱 한 번만 하는 것은 그리 부끄러운 일이 아니라고 스스로에게 최면을 걸며 위안했다. 명예는 먹을 수 없는 거라고 그는 결론을 냈다. 이 말은 피칫 부수상, 또는 빠칫[4]이 전에 한 말이다. 그런데도 피탁타이 차관은 결론내리는 것을 아직 주저하고 있다. 그는 걱정이 되었다. 이번 치료법이 빠칫이 그를 놀리는 거라면, 또 그가 그렇게 치료한 사실을 다른 사람에게 이야기한다면 어떻게 얼굴을 들고 다닐 수 있을까?

호주 구조공학박사가 촌구석에 사는 마사지사의 발바닥으로 얼굴마사지를 받았다. 이 이야기는 누가 알던 간에 정말 부끄럽고 망신스러운 일이 아닐 수 없다. 그렇게 되면 그는 내각에서 어릿광대로 전락할 지도 모른다. 그의 실수만을 노리고 있는 야당의 귀에까지 들어간다면 쉽게 끝날 이야기가 절대로 아니다. 야당 인사들은 호시탐탐 기회를 노려 자신들의 만족감을 위해 항상 상대편의 얼굴을 엉망으로 망가뜨릴 준비가 되어 있는 사람들이다. 그들은 상대방을 망신시킬 기회만 노리고 있다. 예를 들자면 #＾%$*!! 장관 또는 $$+*#~#!!! 장관 등이 그렇게 망신을 당했다. 자신도 그렇게 되리라고는 절대로 생각하고 싶지 않다. 만일 야당이 자신의 비밀스러운 일을 알아내서 국민들에게 '차관의 발뒤꿈치 같은 얼굴'이라고 공공연하게 폭로해버린다면, 그가 형제자매라고 말하는 국민들에게 얼마나 부끄러운 일이 되겠는가? 국민들에게 뭐라고 변명할 것인가? 피탁타이 차관은 이 문제에 대해 이리저리 생각하고 또 생각했다. 그럼에도 뾰족한 방도가 떠오르지 않고 사방팔방이 온통 깜깜하기만 했다. 결국 그는 자기 잇속이나 차리기로 했다. 빠칫은 항상 자기에게 애정을 쏟으며 친자식처럼 돌봐 주고 있는 분일뿐더러 자기가 정계

---

4 직역하면 '칫 아빠', 부수상의 별칭.

에 입문하도록 이끌어 주신 분이고, 또 의회에서 영예로운 지금의 차관 자리에 앉도록 다른 계파와 협상해 주신 은혜로운 분이 아닌가? 그러므로 자기가 이와 같은 위기에 처해 있을 때 아마 우롱하지는 않을 거라고 결론지었다.

피탁타이 차관은 혼자 이리저리 집안을 거닐며 술을 마셨다. 그리고 골똘히 생각하고 또 했다. 마침내 새벽 2시 45분에 쑤린, 깝충⁵으로 가기로 결정했다. 기사와 단 둘이서만 갔다.

3

또 마사지사의 이력에 대해 정확하게 알고 있는 사람은 없다. 그 마을에 살고 있는 사람들이 알고 있는 정도만 세상에 알려져 있다. 또는 어렸을 적에 아주 평범한 소년에 불과했다. 그는 태국의 쑤린과 인접한 캄보디아 작은 마을에서 성장했다. 그의 '또'라는 이름은 다른 아이들보다 유난히 큰 머리 때문이 아니면 또래 남자애들보다 큰 발 때문에 붙여졌을 것이다. 물론 확인할 길은 없다. 지금은 그 이름의 유래를 포함하여 그가 마을에서 사라졌던 기간에 무엇을 했느냐 하는 것에 대해서 아무도 관심을 갖지 않는다. 마을 사람들과 환자들은 모두 그를 '또 마사지사', '또 마사지사님', 혹은 '또 마사지사 어른'이라고 부른다. 어느 누구도 그의 경력이나 전에 어떤 일을 하던 인물이었는가에 대해서 알려고 하지 않는다.

5   태국 동남부의 한 지역.

"할머니가 아시는 대로 또 마사지사의 이력에 대해 말씀해 주세요." 대화하던 상대방 노파가 입을 다물고 오랫동안 침묵을 지키자 필자[6]가 물었다.

"내가 아직 시집을 안 갔을 때 이 마을에 오래 살던 분에게서 들은 건데, 싸와이라는 여자가 자기 조상들과 마찬가지로 사람을 잡아먹는 귀신이었대. 그 여자는 마을 끄트머리에 있는 산 속에서 혼자 살며 아무하고도 어울리지 않았다고 해. 캄보디아가 망하고 난지 얼마 안 되어 그 여자는 어린애 하나를 안고 마을에 들어와 사람들에게 자기가 안고 있는 아이가 누구의 아이냐고 물었대. 아이를 잃어버린 사람이 없는 걸 알자 그 여자는 산 근처에서 그 아이를 주웠다고 말하고 산속으로 들어갔다지, 아마…….."

어떤 마을 사람은 그 아이가 캄보디아인의 아이인데, 태국 국경에다 버리고 갔을 거라고 했다. 그 당시 수십만 명에 달하는 캄보디아 사람들이 떠돌아다니다가 죽어갔기 때문이다. 싸와이가 그 어린아이를 안고 마을을 떠난 후, 마을 사람들은 아무도 그 아이를 보지 못했다. 귀신인 싸와이가 그 불운한 아이를 잡아먹었다는 소문만 무성했다. 귀신의 검은 마법을 두려워했기 때문에 그 아이에 대해 관심을 가지고 묻는 사람은 아무도 없었다. 뿐만 아니라 그 어린애가 그 마을 사람의 아이가 아니었기 때문에 오래지 않아서 모두 그 아이를 까맣게 잊어버렸다.

그런데 어느 날부턴가 바로 그 아이가 자라서 마을로 들어와 또래 아이들과 함께 맨발로 뛰어 놀았다.[7] 어린애의 천성이 그렇듯이 시간이 지남에 따라

6 이 소설에 등장하는 기자.

7 당시는 시골 아이들은 물론 어른도 맨발로 지냈다.

그 아이는 마을 아이들과 친구가 되었다. 마을 아이들은 그 아이가 산 속에서 귀신 싸와이와 같이 산다는 사실에 대해 전혀 관심을 갖지 않았다. 집에서 싸와이가 그 아이를 뭐라고 부르는 지에 대해서도 관심이 없었다. 마을 아이들은 누가 시키지도 않았는데 그 애의 큰 발을 보고 보이는 대로 '아이또'[8]라고 불렀다. 아마 그 애가 자기 집에서 마을까지, 매일 5km나 되는 거리를 맨발로 왕복했기 때문에 발이 컸을 것이다. 마을의 어른들도 아이들을 따라 그 아이를 '또'라고 불렀다.

모두 또를 귀여워했다. 또는 말을 또랑또랑하게 잘 했고 영리했다. 많은 사람들이 그 아이 머리가 다른 애들보다 크기 때문에 뇌가 더 크고 더 똑똑한 거라고 생각했다. 또는 마을 어느 누구보다 머리가 큰 애였다. 학교에 다니며 소년단 옷을 입어야 했을 때 머리가 하도 커서 선생님용 모자도 그 아이는 쓸 수가 없었다. 소년단 모자를 쓰지 못한 유일한 학생이었다. 어느 날 군에서 높은 사람이 차를 타고 학교에 방문하더니 오후에 그 머리 큰 애를 네리고 갔다고 당시 현장을 목격한 사람이 말했다. 그 날 비가 몹시 많이 내렸는데 때 아니게 폭풍도 휘몰아쳤다고 한다. 그렇게 또는 마을을 떠나 다시는 마을로 돌아오지 않았다. 마을 사람들 대부분이 또를 잊었다. 또가 어디로 가서 무엇을 하는지, 죽었는지 살았는지, 운이 어땠는지 목숨을 지탱하고 있는지 전혀 궁금해 하지 않았다.

그러던 어느 날 싸와이가 죽자 또가 그 마을에 모습을 나타냈다. 여러 사람들이 또가 싸와이의 대를 이어 '귀신'이 될 것이라고 입을 모았다. 싸와이가

8 큰 놈.

죽지 않고 목숨을 부지하고 있었던 것은 또가 오기를 기다렸기 때문이라고 했다. 또도 이 사실을 잘 알고 있었으므로 이 마을로 돌아올 수밖에 없는 거라고 했다. 싸와이가 사망하고 또는 그녀가 살던 산에 정착했다.

얼마 안 있어 나라에서 공무원이 나와 또가 사는 지역의 땅을 측량하고, 그 땅에 해당하는 토지문서를 또에게 발행했다. 또가 어디서 어떻게 부자가 되었는지 아무도 몰랐다. 또가 자기가 살 집을 짓는 돈의 출처 역시 마을 사람들은 상상조차 할 수 없었다. 군에서 나온 높은 사람이 그를 데리고 간 후, 그가 어떤 일을 하게 되었는지도 몰랐다. 또가 무슨 장사를 했기에 그렇게 빨리 부자가 될 수 있었냐는 마을 사람 모두가 가슴에 품고 있는 의문이었다. 하지만 아무도 용기를 내어 묻는 사람이 없었다. 이번에 귀향한 또는 예전에 뛰어다니던 소년 또가 아니었기 때문이었다. 동네사람들이 귀여워했던 영리한 또가 아니었다. 그는 서른 살이 넘은 청년으로 성장해 있었고, 태도 또한 중후하고 다소 침울하여 다른 사람들과 실없이 말을 섞지 않았다. 어렸을 적에 같이 뛰어놀던 친구와도 거리를 두었다. 예전에 싸와이가 초라한 오두막에 칩거하고 있었던 것처럼 그도 조용히 자기 집에만 있었다.

다른 점이 있다면 또는 혼자가 아니라는 것이었다. 저택에는 그의 시중을 들어주는 사람이 있었고 수위도 있었으며 운전기사도 있었다. 필요한 것은 모두 갖추고 있었다. 처음에 동네사람들은 그가 불법적인 거래를 할 거라고 생각했다. 마약을 팔지도 모르고 국경에서 벌어질 수 있는 암거래를 할지 모른다고 생각했다. 그러나 주민들은 이러한 생각을 곧 그만두었다. 어느 날 경찰차를 앞세워 호위를 받으며 유리창을 검은 색으로 코팅한 검정색 벤츠가 마을에 와서 또 의사[9]의 집으로 가려면 어떻게 가느냐고 물었기 때문이었다. 그렇게 마을 사람들은 또의 직업이 의사라는 것을 알게 되었다. 그러나 그때까지만 해도 또가 무슨 병을 고치는 의사인지는 몰랐다. 제각기 그가 요술을 사용하는 의사이거나 귀신을 부리는 마법사이거나 마약을 써서 사람을 홀리는 무당, 점쟁이일 거라고 추측했다. 혹은 마술 주문을 배운 귀신일지도 모른다고 생각했다. 그가 마을에서 사라진 이후 캄보디아로 가서 마법을 공부했고 이제는 마법을 다 익혀서 돌아온 것이라고 상상했다.

하지만 마을 사람들의 이러한 믿음은 그들 뜻대로 밝혀지지 않았다. 동네 사람 하나가 원인 모를 병에 걸려 큰 병원의 의사조차도 병의 원인을 밝히지 못했을 때, 환자의 친인척들은 그가 귀신병에 걸렸다고 의견을 모으고 귀신을 쫓아내 병을 고쳐 볼 요량으로 또에게 찾아갔으나 허탕만 쳤던 것이다. 저택에서 시중드는 사람이 자기가 모시고 있는 또 어르신은 귀신병이나 다른 일반적인 병을 고치는 의사가 아니고, 아주 특별한 경우의 병만을 치료한다고 일러주었다. 그것은 어떤 특수한 계층의 특별한 인물만이 앓고 있는 병이라면서, 또 어르신이 고칠 수 있는 병은 이 마을 사람들은 한 번도 걸린 적이 없는 병이라고 했다. 그 말을 듣고 동네사람들은 또가 고칠 수 있는 그 특별한 병이 무엇인지 계속 궁금해 했지만 쉽게 알 수 없었다.

"내가 아는 건 이게 다야. 믿거나 말거나 자네 마음이야." 띱 노파가 필자에게 말했다.

---

9   태국에서는 안마사, 마사지사, 점쟁이, 의사 등을 모두 '머' (의사)라고 줄여 부른다.

4

의식을 하는 방안으로 첫발을 디디자마자 피탁타이 밤룽랏 차관은 온몸에 이상한 전율이 좍 퍼지는 것을 느꼈다. 심장이 마구 뛰었다. 방안은 냉방기에서 나오는 찬 공기로 선뜻함이 느껴질 정도였으나, 오히려 그의 이마에는 작은 땀방울들이 송글송글 솟아났다. 피탁타이 차관은 손수건을 꺼내 얼굴에 난 땀을 닦았다. 그 땀이 더러운 먼지로 변하는 게 아닌가 걱정도 들었다. 청년이 된 이래 그는 매우 신경을 써서 얼굴을 관리했다. 잠자리에 들기 전에 매일 밤마다 크림을 가지고 정성을 들여 꼼꼼히 얼굴을 닦아냈다. 그래서 그의 얼굴은 하얗고 투명했다. 나이보다 어려 보였다. 현재 42살이지만 그 나이를 곧이듣는 사람이 없을 정도였다. 피탁타이 차관은 만나는 사람에게 좋은 인상을 주는 첫 번째 문이 바로 얼굴이라고 믿었다. 그래서 얼굴을 특별히 관리하는 것이었다.

"이 양탄자 위에 앉아서 어르신을 기다리세요. 어르신께서 기도를 마치시고 곧 오셔서 치료해 주실 것입니다." 흰옷을 입고 머리를 틀어 올린 청년이 양탄자를 가리키며 앉으라는 손짓을 했다. 피탁타이 차관은 방 분위기에 하도 놀라고 어리둥절해서 얼른 양탄자 위에 앉지 못했다.

"어서 앉으세요. 여기 오신 분은 모두 이 양탄자 위에 앉습니다. 의식을 하는 양탄자입니다. 어서 앉으세요. 일어나서 이 양탄자 밖으로 나가지 마세요." 청년의 말투는 마치 이곳에서 지켜야 하는 규칙으로 들렸다.

피탁타이 차관은 내키지 않았지만 어쩔 수 없이 앉았다. 흰옷을 입은 청년은 그에게 절을 하더니 몸을 돌려 문 쪽으로 향했다. 방을 나가면서 청년은 문을 꼭 닫았다. 의식을 하는 방안에는 피탁타이 차관 한 사람만 남았다. 마른 똥냄새가 스멀스멀 콧속으로 들어왔다. 그는 고개를 숙여 자기가 앉아있는 양탄자를 찬찬히 살폈다. 이 양탄자는 한때 아주 하얗고 깨끗한 양탄자였겠지만, 지금은 양탄자 털에 진한 노란색 자국이 군데군데, 검은색 딱지가 위에서 뿌린 것처럼 여기저기 떨어져 말라붙어 있었다. 양탄자 위의 더러운 자국은 의식용으로 사용된 이후 한 번도 세탁을 하지 않았다는 증거였다. 회색 대리석 위에 깔려 있는 양탄자는 폭이 약 4피트, 길이는 1미터를 좀 넘을 것 같았다.

피탁타이 차관은 클래식한 모양새를 한 의자용 나무탁상을 마주보고 양탄자 한가운데 앉아 있었다. 탁상은 손때가 묻어 오래된 물건이라는 사실을 역력히 보여주었다. 탁상의 오른쪽에는 창과 칼 같은 무기가 꽂혀 있었다. 마치 코끼리 등에 올라타고 전쟁터에 나가던 고대 부사의 유품 같았다. 탁상 뒤에는 크고 작은 크메르 신상 나무조각품들을 진열해 놓은 '또무'[10]가 있었는데, 모셔져 있는 일군의 신상을 보면서 그는 경외감을 느꼈다. 그 옆에는 아주 하얗고 모양이 휜 거대한 코끼리 상아들이 높이에 따라 쌍으로 진열되어 있었다. 그 앞에는 커다랗고 검은 항아리가 윤기를 빛내면서 턱 버티고 있었다. 항아리의 좁은 주둥이는 붉은 천으로 덮여, 절에서 스님들이 사용하는 법사 싸이씬으로 묶여 있었다. 그 항아리 옆에는 성수를 떠내는 데 사용되는 대접모양의 그릇, 칸이 있고 그 안에 촛농방울이 잔뜩 떨어져 있었다. 또무 앞

10 크기가 다른 여러 개의 탁자를 크기에 맞춰 만든 일종의 제단.

에 있는 의자 아래에는 커다란 호랑이 가죽이 기다랗게 깔려 있었고 그 가죽의 양 가장자리에는 뼈가 쌓여 있었다. 피탁타이 차관은 그 뼈가 어쩌면 사람의 뼈일 지도 모른다고 생각했다. 하지만 감히 일어서서 확인해 볼 수는 없었다. 또무 위에 놓여 있는 향과 촛불의 희미한 빛에 모든 물건들이 어슴푸레하게 보였다. 또무 뒤에는 핏빛에 가까운 붉은색 휘장이 있었다.

방안의 분위기에 피탁타이 차관은 자신이 안전하지 못할 거라는 느낌이 들었다. 마른 똥냄새가 계속 그를 괴롭혔다. 그는 차관이 되기까지의 과거를 꼼꼼히 더듬어 봐도 이렇게 왜소해진 느낌을 받은 적이 없었다. 그의 과거는 명예, 존엄, 덕행으로 가득했다. 어디를 가도 늘 당당했고 반갑게 인사를 하며 맞아주는 사람들뿐이었다. 그러나 오늘은 그 반대였다. 두려움에 가슴을 졸이고 똥냄새를 맡으며 홀로 앉아 있었다.

붉은 휘장이 걷히는 소리가 났다. 피탁타이 차관은 소리가 난 쪽으로 고개를 돌렸다. 장막에서 모습을 드러낸 물체는 멀리서 보아도 머리가 엄청나게 컸다. 상의를 입고 있지 않아서 그의 검고 윤이 반들반들 나는 피부가 잘 보였다. 아래는 붉은 색 천을 둘렀는데, 태국 고대 남성들이 입었던 것처럼 천의 양 끝을 모아 접은 후 한 끝을 양 가랑이 사이로 빼서 꽁무니에 고정하고 있었다. 네모난 얼굴, 짙은 눈썹, 빈랑 잎을 씹는 빨간 입. 그가 느릿느릿하고 무거운 발소리를 내며 다가왔다. 피탁타이 차관은 이 인물이 흰옷을 입은 청년이 말한 마사지사일 거라고 생각해서 그를 향해 미소를 지었다. 그러나 그는 냉담했다. 차관의 미소에 응하기커녕 도리어 그에게 화가 난 듯 얼굴을 잔뜩 찌푸리고 있었다. 그는 차관이 앉아 있는 쪽으로 걸어와서 탁상에 앉을 때까지 한순간도 차관에게서 눈을 떼지 않았다.

"뭔가 힘든 일이 있어 왔군."

"네, 그렇습니다." 피탁타이 차관은 작은 소리로 대답했다.

"처음이지? 체포될 처지에 놓인 게 처음이지?"

그 인물은 목구멍 속에서 웃음소리를 내더니 타구에 씹던 빈랑 잎을 뱉었다. 차관은 고개를 떨군 채 대답을 못했다.

"당신 같은 사람들은 다 똑같지. 뭔가 감당하기 어려운 일이 있어야 여기로 오거든. 뭐, 당신 입장을 이해하지. 도와주겠네. 의식을 시작하도록 하지. 오늘 밤에 다른 손님이 오게 돼 있어서 난 쉴 틈이 없어. 당신 같은 사람을 치료할 때 내가 얼마나 많은 힘을 소진하는지 아나? 이리 오게. 가까이 와서 내발에 세 번 절을 하게."

차관은 다가가서 고개를 숙여 그의 발을 보고 시키는 대로 해야 할지 말지 잠시 주저했다. 여태까지 살아오면서 부모님의 발에만 절을 했지 다른 사람에게 한 적은 없었다.

"괜찮아. 치료하기 싫으면 나가도 되네. 난 내 발에 절하도록 억지로 시키지 않아. 여기 온 사람은 모두 내 발에 절을 해야 되네. 어떤가? 싫으면 나가게." 전혀 감정을 드러내지 않고 마사지사는 목구멍에서 흐흐 소리를 냈다.

현재 처해 있는 어려움을 생각해서 피탁타이 차관은 또 마사지사의 발에 절했다. 마사지사의 발톱은 한 번도 안 깎은 것처럼 새까맣고 길었다. 차관이 자기 발에 이마를 맞대며 절을 하는 모습을 보며 마사자사는 짧은 웃음소리를 냈다.

"당신 같은 사람은 지켜야 할 체면이나 명예가 없네. 있다면, 다른 사람을 속여 자기를 지키는 것만 있지. 이제 절을 했으니 여기 눕게. 이 양탄자 위에 길게 쭉 펴고 눕게."

마사지사의 손아귀 속으로 떨어진 것 같다고 피탁타이 차관은 생각했다. 그는 순순히 양탄자 위에 반듯이 누웠다. 마사지사는 일어나서 목구멍에서 크메르어로 된 주문을 웅얼거렸다. 차관은 누워서 마사지사가 주문을 다 외울 때까지 마사지사를 바라보았다. 겁에 질렸다.

"이 부분이 중요해. 정성스럽게 기도를 하게. 절대로 눈을 감으면 안 되네." 그러면서 마사지사가 천천히 발을 바닥에서 뗴었다.

피탁타이 차관은 마사지사의 그 커다란 발이 자기 얼굴 위에서 어른대더니 얼굴 전체를 가리는 과정을 지켜보았다. 마사지사의 발은 차관의 얼굴보다 컸다. 그래서 그는 아무 것도 볼 수 없었다. 마사지사의 목소리만 들렸다.

"자네 얼굴은 정말 부드럽군." 마사지사는 발에 힘을 주고 차관의 얼굴 여기저기를 짓밟으며 마사지했다. "내가 자네 얼굴을 철면피로 만들어 주겠네. 뻔뻔하고 살갗이 두꺼워져서 앞으로는 부끄러움을 모르게 될 거야. 얼굴이 내 발 뒤꿈치처럼 될 걸세. 도시사람들이 뭐라 해도 자넨 흔들리지 않을 걸세. 마치 내 발이 땅바닥을 덮고 있는 온갖 뾰족한 사물과 나무나 덩굴의 가시들에 끄떡도 안 하는 것처럼. 자네 얼굴이 그렇게 되기 바라네. 내 발바닥 가죽처럼 되기 바라네. 옴…… 이젠 눈을 감아도 되네."

피탁타이 차관은 눈을 감았다. 마사지사가 읽는 경소리와 함께 얼굴 전체를 비비는 발소리가 크게 들렸다. 마사지사의 발이 그의 코를 세게 눌러서 숨을 쉴 수 없기도 했다. 그가 숨을 쉬려고 입을 벌릴 때마다 마사지사의 발뒤꿈치가 입안으로 들어와 이빨까지 짓이기듯 밟았다. 발뒤꿈치 때가 그의 입안에 떨어졌다. 이윽고 피탁타이 차관은 얼굴이 뜨거워졌다가 따뜻해지면서 편안해짐을 느꼈다.

마치 환상의 세계에 빠져 있는 듯, 불에 닿은 듯한 뜨거움과 시원함이 오락가락했다. 그 환상 속에서 그의 마음을 짓누르고 있던 문제가 서서히 사라져 갔다. 마침내 지난번에 일어났던 골치 아픈 문제가 전혀 일어나지도 않은 것처럼 인식되었다. 피탁타이 차관은 이 변화가 마사지사의 발의 힘 덕분이라고 진정으로 믿었다. 그는 자신이 단 한 번의 실수나 오점이 없는 새로운 차관이라고 생각했다. 자기 얼굴을 짓누르며 뭉개고 있는 발바닥에서 나는 냄새는 이제 갓 지어진 밥에서 나는 냄새처럼 구수했다. 피탁타이 차관은 발 냄새를 흠뻑 들이마셨다. 마사지사의 경 읽는 소리가 점점 잦아지다가 마침내 멈췄다. 피탁디이 차관은 자기 얼굴에서 마사지사의 빌 무게가 사라졌음을 깨달았다.

"됐네. 이젠 눈을 뜨게. 끝났네."

피탁타이 차관은 눈을 떴다. 마사지사가 땀을 흠뻑 흘린 채 탁상 위에 앉아 있는 모습을 보았다. 매우 지쳐 보였다.

"일어나 앉게. 저기로 가서 성수가 든 그릇, 칸을 가지고 오게." 마사지사의 말투가 한결 부드럽게 들렸다.

피탁타이 차관은 마치 자신이 마사지사의 제자라도 되는 양 시키는 대로 선선히 응했다. 그는 칸을 들고 왔다.

"칸을 이리 주고 여기에 고개를 숙이고 머리를 대게."

마사지사는 경을 외우면서 그의 머리에 칸에 든 성수를 부었다. 경 외우기가 끝나자 마사지사는 칸을 옆에 놓고 타구를 집어 들더니 빈랑 잎을 씹을 때 입속에 고였던 침을 뱉었다.

"됐네. 의식이 모두 끝났네."

마사지사가 아무 말 하지 않았는데도 피탁타이 차관은 마사지사의 발에 대고 절을 했다.

"이제는 그 골치 아픈 문제가 사라졌나?"

"사라졌습니다. 한 점도 남지 않고 다 사라졌습니다."

마사지사는 흡족한 듯 웃었다. "앞으로 자네는 철면피가 될 걸세. 뭐든 쉽게 잊을 걸세. 다른 사람과 약속하는 것도 두려워할 필요가 없네. 자네는 자네도 모르는 사이에 그 약속을 잊을 테니까. 내가 자네에게 걸어둔 주문은 단 한 번의 실수에 한정되네. 만일 또 다른 문제가 생기면 자넨 다시 여기 와서 의식을 해야 하네. 자네가 문제를 다시 일으키지 않으면 올 필요가 없고. 다시는 문제를 일으키지 않도록 자네에게 일러주겠네. 나를 찾아오는 당신 같은 사람들은 나중에 또 나를 찾아오기도 하지만 영원한 주문의식을 하고 간 사람들만은 오지 않네." 마사지사가 큰 소리로 웃었다.

"영원한 주문도 있다고요?"

"있지. 자네 같은 사람은 아직 필요하지 않네. 더 큰 위치에 있는 사람들이지. 더 높은 데 있는 사람들이 하는 거야. 그들은 용감하고 대범해야 그 지위에 오르고, 또 그 일을 하는 거라네. 의식을 하면 반드시 효험을 보지. 단 한 번의 마사지에 얼굴이 평생 두꺼운 철면피가 되지. 골치 아픈 문제가 해결되었으니 다시는 휩쓸리지 말게."

아주 짧은 의식으로도 이렇게 변했는데, 영원한 주문은 어떤 힘을 가졌는지 피탁타이 차관은 갑자기 궁금해졌다.

"어려운가요? 평생 가는 주문이."

"내게는 어렵지 않지. 하지만 자네들은 어렵지. 저기 보이는 무또 앞에 있는 검은 항아리가 보이지?"

"네, 보입니다."

"그게 바로 죽은 귀신의 뼈가 들어있는 항아리라네. 할머니가 모아두고 내게 의식을 하게 해 준 거야. 귀신의 뼈를 물에 녹여 자네 같은 사람들의 얼굴에 끼얹고 발바닥으로 힘껏 마사지하는 거지. 중요한 것은 반드시 죽은 귀신의 뼈라야 하는 거지. 자네는 지금 한 의식으로 족하네. 높은 지위에 오르면 그때 와서 다시 하게. 지금은 그 의식을 해도 지낸 그 의식의 덕을 제대로 보지 못하네. 그 의식은 정말 냄새가 고약하네. 우선 이번 짧은 의식으로 만족하게." 마사지사는 뭐가 그리 우스운지 껄껄 대며 웃었다.

"이젠 나가 보게. 난 좀 쉬어야겠네."

5

필자는 피탁타이 밤룽랏 차관이 탄 자동차가 마을 끄트머리에서 빠져나와 삼거리로 향하는 것을 보았다. 필자는 삼거리에서 큰길로 나가는 길목에 차를 숨겨놓고 차관의 행동을 지켜보고 있었다.

"어! 저기 차가 오고 있으니 얼른 시동을 걸어두어요." 필자가 기사에게 말했다.

차관의 차는 서두르지 않고 느긋한 속도로 달리다가 필자가 타고 있는 차와 나란히 멈췄다. 기사가 문을 열고 내리더니 차관에게 문을 열어주었다.

피탁타이 차관은 웃으면서 필자에게 다가왔다. 필자는 차관의 달라진 행동에 대해 놀랐다. 필자가 피탁타이 차관을 따라 다니며 취재를 하는 동안 차관은 늘 피했다. 꼭 만나야 할 때도 마치 적을 만난 듯 차관은 화가 잔뜩 난 얼굴이었다. 필자는 웃음을 띤 얼굴로 차문을 열고 내렸다.

"어때요? 눈은 좀 붙였어요? 어제 밤부터 나를 따라와서 여기 있었으니……." 피탁타이 차관이 친근하게 물었다.

"아직 못 잤지요. 피탁타이 차관님은 이 근처에서 뭘 하셨나요?"

"마사지사를 보러 왔어요. 요새 긴장해서 그런지 머리도 아프고, 등도 아프고 해서요. 궁금한 게 있으면 물어요. 시간이 많지 않아요."

"그러세요?" 필자가 생각지도 못한 반응이었다. 예상했던 것보다 일이 술술 풀렸다.

"그러니 어서 물어보세요. 당신 신문이 내가 인터뷰하는 첫 번째 신문이 될 거요." 차관은 친절하게 웃었다.

"그 문제 말입니다. 넛째 오물정수처리장에 얽힌 부정부패건 말입니다."

"어, 그 문제 말이군요?" 차관은 가볍게 웃었다.

"솔직하게 말하지요. 이 문제에 대해 나는 가만히 있지 않을 것입니다. 증거를 찾고 있어요. 현재 프런트 데스크 직원이 내 이름을 도용해 입찰자들에게 참여를 권했다는 사실을 인정했어요. 이게 바로 문제를 일으킨 거예요. 내일 아침이면 정부에서 문제가 해결됐다고 발표할 겁니다. 앞길이 창창한 내 정치생명이 이 문제로 끝날 거라는 소문은 유감입니다. 그따위 문제로 일을 망치지 않을 겁니다. 내게도 명예가 있잖습니까. 날 믿어줘요."

"차관님 기사의 예금계좌는요? 예금이 팔백만 바트가 늘었다는데요. 차관님은 어떻게 설명하시겠어요?" 필자는 이것이야말로 중요한 문제라고 생각했다.

"어휴! 그게 무슨 문제라고. 내 돈인데, 그 돈이 어디서 나왔는지 당신들도 잘 알고 있을 거예요."

"모르겠습니다, 차관님."

"내가 도박을 해요. 주말마다 비행기 타고 호주에 깁니다. 차관이 하는 일은 국회의원이 하는 일보다 훨씬 힘들고 긴장 되지요. 그래서 긴장을 풀 기회를 찾은 거예요. 도박을 해서 돈을 좀 딴 걸 아내가 알게 되어 기사이름으로 저금을 해서 모아 두었어요. 필요하면 찾아 쓰려고요. 돈은 입금된 곳과 빠져 나간 곳이 있으니까 필요하면 조사해 봐요." 피탁타이 차관은 밝은 낯으로 아무렇지도 않다는 듯 말했다. 이렇게 둘러대면서 차관은 자신의 말이 진실이라고 느꼈다.

"궁금하면 나랑 같이 가서 알아봐도 돼요. 비용은 내가 낼 테니 기자님은 그냥 몸만 가요. 내가 어디서 도박을 했는지를 알아보고 귀국해서 그대로 쓰세요. 또 물어볼 문제가 있나요?”

필자는 말문이 막혔다. 차관의 답변이 이렇게 간단명료할 줄은 미처 예상치 못했다. 필자는 무엇을 질문해야 좋을지 몰랐다.

“없습니다.”

“내일 내가 정부청사에서 공식적인 발표를 한다고 다른 기자들에게도 말하세요. 어! 그리고 시간이 나면 우리 집에 와인 한 잔 하러 오세요. 집에 호주산 좋은 와인이 제법 있어요. 한 번 시간을 내요. 우리 친하게 지내요. 그리고 앞으로 서로 도우면서 살아요.”

차관은 차에 오르기 전에 웃는 얼굴로 손을 내밀어 필자에게 악수를 청했다. 차관의 기사는 차관을 대신해 자동차 문을 닫고 난 후 차에 오르더니 운전을 하고 가 버렸다.

6

방콕으로 오는 내내 피탁타이 차관은 자신의 얼굴을 어루만졌다. 피부가 더 매끄럽고 두꺼워진 듯했다. 그는 마음속으로 마사지사에게 빌었다. 내일 공식적인 발표를 할 때까지 만이라도 두껍고 질긴 얼굴을 유지할 수 있게 해 달라고…….

지은이

츠쯔젠 遲子建 ^{중국}

—

1964년 헤이룽장 성 모허 출생. 대흥안령사범학교를 거쳐 베이징사범대학과 루쉰문학원 등에서 수학했다. 루쉰문학상, 빙신산문상, 쫭중원문학상, 마오둔 문학상 등 권위 있는 문학상을 두루 수상하며 중국의 대표작가로 두각을 나타내고 있다. 『안개, 달, 외양간』(1996), 『맑은 물로 여행의 피로를 씻어내다』(2000), 『세상의 모든 밤』(2007)으로 루쉰문학상을 세 번이나 수상했다. 이 점에서는 현재까지 중국에서 유일무이한 작가이다. 오스트레일리아가 주관하는 '제임스 조이스 창작기금'의 수혜 작가로 선정되기도 했다. 1983년 대흥안령 사범학교 재학 중 북방문학을 통해 작품 활동을 시작한 이래 40여 편이 넘는 작품을 발표했다.
주요작품으로 장편소설 『괴뢰만주국』(2000), 『어얼구나강의 오른쪽』(2008), 『백설 까마귀』(2010) 등과 소설집 『북극촌 동화』(1986), 『황계백주』(2011) 등이 있다. 한족이면서도 소수민족의 삶까지 작품의 주요 소재로 삼는 그녀는 대담하고 놀라운 중국의 이야기꾼으로 세계적인 주목을 받고 있다.

옮긴이

김태성

—

1959년 서울에서 출생하여 한국외국어대학교 중국어과를 졸업하고 동 대학원에서 타이완문학 연구로 박사 학위를 받았다. 중국학 연구공동체인 한성문화연구소(漢聲文化硏究所)를 운영하면서 한국외국어대학교 중국어대학에 출강하고 있으며 중국 문학 번역과 문학 교류 활동에 주력하고 있다. 『노신의 마지막 10년』 『굶주린 여자』 『인민을 위해 복무하라』 『목욕하는 여인들』 『딩씨 마을의 꿈』 『핸드폰』 『눈에 보이는 귀신』 『나와 아버지』 『사람의 목소리는 빛보다 멀리 간다』 『황인수기』 『풍아송』 『한자의 탄생』 『말 한 마디 때문에』 『만 마디를 대신하는 말 한 마디』 등 100여 권의 중국 저작물을 한국어로 번역했다. 2015년 11월부터 2018년 11월까지 3년 동안 중국문화부가 주관하는 중국문화번역망(CCTSS)의 고문을 맡았다.

돼지기름 한 항아리

츠쯔젠
遲子建

계간《아시아》 22호 수록
이 작품은 중국어로 쓰였고 김태성이 한역하였다.

1956년의 일이다. 나는 서른 남짓이었고 이미 세 아이의 엄마였다. 큰아이 둘은 사내아이로 하나는 아홉 살, 하나는 여섯 살이었다. 막내는 계집애로 세 살이라 아직 품에 안아주어야 했다.

그 해 초여름 어느 날, 내가 허위안(河源)의 친정에서 돼지를 먹이고 있을 때 향 우체부가 다가와 편지를 한 통 건네주었다. 남편 라오판(老潘)이 써 보낸 깃이었다. 조직에서 가족들을 위한 생활비도 지급하기 때문에 임업노동자들은 가족들을 동반할 수 있다는 것이었다. 그는 내게 집안에 있는 물건들을 다 처분하고 나서 아이들을 데리고 자신이 있는 곳으로 오라고 했다.

라오판은 어려서부터 아버지, 어머니가 없었다. 동생이 하나 있긴 했지만 역시 허위안에 있었다. 당시 집에는 돈이 될 만한 물건이 없었다. 나는 요이불과 베개, 창문커튼, 탁자와 의자, 솥단지, 물바가지, 기름등 따위를 전부 그에게 넘겨주었다. 돼지는 팔아서 여비로 쓰기로 했다. 집은 비스듬히 기울어진 두 칸짜리 토방이라 처분하기가 쉽지 않았다. 한창 다급해하고 있을 때 마을의 훠따옌(霍大眼)이 찾아왔다. 훠따옌은 백정으로 집이 아주 부유한 편이었다. 그는 내게 이 집을 돼지 도살장으로 사용하고 싶다고 말하면서 집을 돼지기름과 바꾸면 안 되겠느냐고 물었다. 내가 잠시 주저하는 것을 보고서 그는 라오판이 있는 따싱안령(大興安嶺)에 관해서는 자신도 들은 바가 있다며, 한 해의 절반이 겨울이고 소금물에 삶은 황두(黃豆) 말고는 다른 음식이 없고 생선이나 고기는 구경도 하기 어렵다고 말했다. 그의 이 한 마디에 마음이 동한 나는 그를 따라가 돼지기름 한 항아리를 받아 왔다.

설청색 항아리였다. 위에 기름이 덮여 있어 반질반질 윤이 났다. 안에 무엇이 들어 있는지는 몰라도 겉모양만 보고도 나는 한 눈에 마음에 들었다. 내가 전에 보았던 항아리들은 하나같이 자주색이 아니면 강황(姜黃)색이라 거무튀튀했다. 튼튼하고 실용적이긴 했지만 애착이 가지 않았다. 하지만 이 항아리는 천성적으로 혼을 사로잡는 힘을 지니고 있었다. 색깔이 좋고 광택이 날 뿐만 아니라 모양도 무척 아름다웠다. 높이는 한 자 정도 됐고 폭은 두 뼘 정도였다. 배 부분이 약간 튀어나와 있는 것이 마치 임신한지 너덧 달쯤 되는 여인의 배 같았다. 입구 부분은 연한 노란색으로 마치 금목걸이를 한 것 같아 길상의 기운이 넘쳤다. 나는 항아리 안에 돼지기름이 들어 있는지 확인해보지도 않고 휘따옌에게 기꺼이 집이랑 바꾸겠다고 말했다.

그러고는 항아리 뚜껑을 열어 진한 기름향기를 맡아보았다. 새로 짜낸 돼지기름에서만 이런 향기를 낼 수 있었다. 다시 자세히 살펴보니 기껏해야 반쯤 차 있을 것이라는 나의 상상과는 달리 뜻밖에도 기름이 항아리 가득 채워져 있었다. 돼지기름 한 항아리는 적게 잡아도 스무 근은 족히 될 것 같았다. 돼지기름은 눈처럼 희고 더할 수 없이 부드러웠다. 하지만 나는 휘따옌이 위에만 좋은 기름을 띄워놓고 아래는 기름찌꺼기로 가득 채워놓았을 지도 모른다는 생각에 덜컥 겁이 났다. 얼른 수수 작대기를 하나 찾아다 허실을 확인해보고 싶었다. 내가 수수 작대기를 돼지기름 속에 쑤셔 넣는 순간, 옆에서 보고 있던 휘따옌이 한숨을 내쉬었다. 나는 작대기를 천천히 쑤셔 넣었다. 작대기는 미세한 저항도 없이 맨 밑바닥까지 아주 부드럽게 미끄러져 들어갔다. 다른 이물질이 섞여 있지 않다는 사실을 설명해주기에 충분했다. 내가 수수 작대기를 빼내자 휘따옌이 말했다.

"이 항아리에 든 기름은 새로 짠 겁니다. 돼지 두 마리에서 짜낸 기름이라고요."

그러면서 그는 이 기름을 남들에게 나눠주지 말라고 당부했다. 한두 숟가락 떠주는 것도 안 되고 전부 나만 먹어야 한다는 것이었다. 이 항아리에 든 돼지기름은 특별히 나만을 위해 준비한 것이기 때문이라고 했다. 그러면서 잘 알지 못하는 사람에게 이 돼지기름을 먹이는 깃은 자신의 성의를 짓밟는 것이라고 했다. 나는 잘 알겠다고 대답하고는 항아리를 받아 마당을 나섰다.

나는 아이 셋을 데리고 길을 나섰다. 큰애는 이미 나를 도울 수 있는 나이였다. 나는 큰애에게 밥그릇 네 개와 젓가락 한 묶음, 좁쌀 다섯 근, 뚜껑이 달린 알루미늄 단지 등을 등에 지게 했다. 둘째아이도 그냥 내버려두지 않았다. 둘째아이는 장아찌 단지 두 개와 옥수수 병 하나를 들었다. 나는 버드나무 가지로 아주 커다란 버들가지 삼태기를 하나 짜서는 아이들 옷을 전부 그 안에 담았다. 그런 다음 셋째를 그 위에 앉게 했다. 이리하여 나는 옷과 아이를 한꺼번에 등에 지게 되었다. 품에는 바로 그 돼지기름 항아리를 안고 있었다.

때는 칠월이라 한창 우기였다. 출발할 때쯤 시동생이 기름 먹인 종이우산을 보내주었다. 나는 우산을 버들가지 삼태기에 꽂아두었다. 삼태기 안에서 셋째는 심심할 때마다 삼태기를 사탕수수로 여기고는 쉴 새 없이 갉아먹었다.

우리는 먼저 허위안에서 두 시간이나 마차를 달려 린광(林光) 기차역에 도착했다. 기차역에서 세 시간을 더 기다려 해가 저물 무렵이 되어서야 넌강(嫩江)으로 가는 기차를 탈 수 있었다. 당시 북방 지역으로 가는 기차는 전부 석탄을 때는 소형 기차뿐이었다. 기차는 방금 진흙에서 뒹굴다 나온 당나귀마냥 먼지가 폴폴 날렸다. 소형 기차의 좌석은 모두 이인용이었고 열차 안에는 사람들이 그다지 많지 않았다. 내가 아들딸을 데리고 탄 것을 보고는 다른 여행객들이 내가 등에 진 삼태기를 내리는 것을 부축해주기도 하고 아이들 손에 있던 물건들을 건네받는 것을 거들어주기도 했다.

우리가 미처 자리를 잡고 앉기도 전에 열차는 학질을 앓기라도 하는 것처럼 덜컹거리며 출발했다. 열차가 학질에 걸린 것은 괜찮았지만, 통로에 서 있던 둘째아이가 휘청하면서 넘어져 머리를 좌석 모퉁이에 부딪쳐 금세 퍼렇게 멍이 들고 말았다. 아이는 아픔을 참지 못하고 엉엉 울어댔다. 순간 나는 만에 하나 둘째아이가 머리가 아니라 눈을 부딪쳐 눈이 멀기라도 했다면 무슨 낯으로 남편을 볼 수 있었을까 하는 생각에 덜컥 겁이 났다.

나는 돼지기름 항아리를 다탁 밑에 내려놓았다. 열차가 플랫폼에 다가설 때는 둘째아이처럼 돼지기름 항아리가 흔들려 넘어질까 두려워 얼른 허리를 굽혀 감싸 안았다.

아이 셋을 데리고 집을 나선다는 것은 정말 쉬운 일이 아니었다. 한 녀석이 배가 고프다고 보채면 금세 또 한 녀석이 대변이나 소변이 마렵다고 칭얼댔고, 또 잠시 후에는 또 다른 녀석이 춥다고 보챘다. 나는 아이들에게 먹을 것을 챙겨주고, 화장실에 데리고 가고, 삼태기를 헤집어 옷을 꺼내주느라 도무지 정신을 차릴 틈이 없었다. 날이 어두워지고 객실 안의 등이 꺼지자 아이들은 종일 뒤척이느라 피곤했는지 큰애는 차창에 기대어, 둘째아이는 좌석에 드러누워, 셋째는 내 품에 안겨 잠이 들었다. 나는 잠깐이라도 졸았다가 그 사이에 물건이나 아이들을 잃을까 두려워 도저히 잠을 잘 수가 없었다. 하룻밤을 꼬박 새우고 날이 밝아서야, 우리는 넌강에 도착했다.

라오판이 편지에 적어준 대로 나는 장거리 여객터미널을 찾아갔다. 헤이허(黑河)로 가는 버스는 사흘에 한 대 꼴로 운행되고 있었다. 표 값이 비싼데다 공교롭게도 우리가 도착했을 때는 버스가 막 출발한 뒤였기 때문에 이틀을 더 기다려야 했다. 나는 여관비가 걱정되어 그냥 값싼 목판 화물차 차표를 사서 그날 오후에 곧장 출발했다.

목판 화물차란 다름 아닌 지붕이 없는 화물차였다. 짐칸의 사방이 높이 팔십 센티미터 정도의 목판으로 둘러싸여 있어 마치 돼지우리의 울타리 같아 보였다. 차 안에는 서른 명 정도가 타고 있었다. 하나같이 헤이허로 가는 사람들이었다. 차 바닥에는 건초가 깔려 있어 모두들 건초 위에 앉아 있었다. 차 앞쪽은 자리가 비교적 좋고 고정되어 있어서 운행 중에 차체가 심하게 흔들리는 것을 덜 느낄 수 있었다. 때문에 사람들은 내가 아이를 셋이나 데리고 있는 것을 보고는 나더러 앞쪽에 가서 앉으라고 권해주었다. 나는 돼지기름 항아리가 흔들려 깨지기라도 할까 두려워 항아리를 두 다리 사이에 고정시켜

놓았다. 팔로는 아이를 안고 다리로는 항아리를 붙들고 있는 모습에 사람들 모두 웃음을 금치 못했다. 남자 하나가 작은 소리로 옆에 여자에게 속삭였다.

"저 여자 지금 남자 생각을 하고 있는 게 틀림없어. 항아리를 가랑이 사이에 꽂고 있잖아."

내가 두 사람을 향해 눈을 흘기자 그들은 서둘러 항아리가 참 예쁘다며 너스레를 떨었다.

목판 화물차를 탈 때 가장 두려운 것은 뜨거운 땡볕이 아니라 바로 비였다. 비가 내리면 모두들 커다란 방수포를 펼쳐 머리에 받치고는 한데 모여앉아 비를 피해야 했다. 천둥번개를 동반하는 소나기는 한바탕 후다닥 내리고 나면 금세 멈추기 때문에 크게 문제될 것이 없었지만 큰 비를 만나게 되면 정말 큰일이었다. 길이 진흙탕으로 변해 차가 앞으로 나갈 수 없게 되면 하는 수 없이 도중에 있는 객잔에 차를 세워야 하기 때문이었다.

우리가 넌강을 출발했을 때는 하늘이 그런대로 괜찮더니 두어 시간을 달린 뒤부터 갑자기 흐려지기 시작했다. 노면이 울퉁불퉁한데다 운전기사마저 운전을 험하게 해 사람들은 뼈마디가 다 욱신거릴 정도였다. 차가 심하게 요동을 칠 때면 그 많은 사람들이 일제히 창자가 내려앉아 끊어질 것 같다며 고래고래 소리를 질러댔다. 점점 먹구름이 몰려와 하늘이 어두워지고 천둥번개가 내리치더니 우리가 얼른 커다란 방수포를 끌어당겨 채 펼치기도 전에 후두둑 빗방울이 떨어지기 시작했다. 차 앞쪽 자리에 앉아있던 나도 방수포를 머리에 얹은 채 아이들까지 살펴야 했기 때문에 돼지기름 항아리는 일찌감치 한쪽으로 밀어 두어야 했다. 내게 남는 손이 부족하다는 것이 원망스럽기 짝이 없었다. 손이 두 개만 더 나 있었더라면 얼마나 좋을까 하는 생각이 들었다.

비는 점점 더 거세지고 차는 갈수록 느려져만 갔다. 방수포는 주룩주룩 요란한 소리를 내고 있었다. 빗방울 소리가 마치 머리 위로 비가 내리는 것이 아니라 하늘에서 강이 흘러내리는 것처럼 느껴졌다. 방수포 아래서도 사람들은 서로 몸을 비비며 왁자지껄 떠들어댔다. 어떤 여자는 등 뒤에 있는 남자가 자기 엉덩이를 받치고 있다고 화를 냈고, 또 어떤 여자는 자기 남편이 너무 가까이 붙어 있어 입 냄새를 참기 어렵다고 툴툴거렸다. 여기저기서 쉬지 않고 온갖 불평이 터져 나왔다. 여자들만 이렇게 떠들어댄 것이 아니라 가축들도 그랬다. 닭 한 마리가 든 바구니를 가지고 온 사람이 있는가 하면 돼지 두 마리를 마대에 넣어 가져 온 사람도 있었다. 닭은 비좁은 바구니 안에서 목을 움츠린 채 꼬꼬댁 하고 울어댔고 돼지는 마대 안에서 거칠게 몸을 비틀어댔다. 이리 저리 뛰면서 헤집고 있었다. 돼지 새끼가 마대를 헤집고 밖으로 거의 다 나와서는 돼지기름 항아리 가까이 다가오는 것을 보고는 큰애가 발을 내밀어 한 대 걷어찼다. 이를 본 돼지 주인이 버럭 화를 내면서 큰애한테 욕을 해댔다.

"돼지가 뭘 몰라서 그러는 걸 가지고 왜 그래? 설마 너도 돼지라서 그러는 거야?"

큰애는 나이는 어리지만 입은 매서워 조리 있게 또박또박 말대꾸를 해댔다.

"돼지는 사람이 아니라서 뭘 모른다고 하지만, 아저씨는 사람이면서 왜 그렇게 사리분별을 못하시는 건데요?"

큰애의 이 한 마디에 방수포 아래 있던 사람들 모두 한바탕 웃음을 터뜨렸다.

저녁 무렵이 되어 차는 마침내 라오과령(老鴰嶺)에 있는 한 객잔 앞에 정차했다. 방수포로 가리긴 했지만 워낙 비가 거세게 내린 데다 방수포 언저리에 앉아 있어서인지 등 부분이 완전히 젖어 있었다. 내가 항아리를 품에 안고 객잔 안으로 들어서는 순간 객잔 주인은 한눈에 항아리를 마음에 들어 했다. 대체 그 항아리가 어디서 가져온 골동품이냐는 객잔 주인의 물음에 나는 그저 돼지기름 항아리에 지나지 않는다고 대답했다. 그는 쯧쯧 혀를 차면서 항아리를 쓰다듬고 또 쓰다듬었다. 이런 모습을 본 그의 아내가 버럭 화를 내며 말했다.

"항아리를 그만큼 자세히 들여다봤으면 그만이지, 언제까지 쓰다듬고 있을 거예요?"

객잔 주인이 말을 받았다.

"항아리가 여자 가슴도 아닌데 못 만질 이유가 뭐야?"

그러면서 내게 물었다.

"값이 얼마나 나가는 물건인지 모르겠지만 기름이 든 채로 항아리를 내게 팔면 안 되겠소?"

나는 돼지기름 항아리가 그동안 살던 두 칸짜리 토방과 맞바꾼 것인 데다 무척 맘에 드는 물건이라 팔 생각이 없다고 말했다. 객잔 주인이 나를 향해 흰자위가 드러나도록 눈을 부라렸지만 그의 아내는 오히려 나를 향해 살가운 눈짓을 해보였다.

우리는 라오과령에서 날이 개기를 기다렸다. 잠깐 멈춰 기다린다는 것이 어느새 사흘이 지나갔다. 객잔의 침대는 전부 판자로 된 것뿐이었다. 위아래

두 층으로 되어 있어 한 층에 스무 명 남짓 누울 수 있었다. 대게 남자들이 위층 침대에서 자고 여자와 아이들은 아래층을 썼다. 사람이 많다 보니 이불이 부족해 두 사람이 한 장씩 덮고 자야 했다. 조금이라도 돈을 아낄 요량으로 나와 아이들은 객잔에서 밥을 먹지 않고 집에서 가져온 옥수수떡과 장아찌를 먹었다. 비가 와서 날씨가 추워지자 나는 한기가 들어 아이들이 감기에 걸리지나 않을까 하는 걱정에 주인집 부엌을 빌려 가져온 단지에 좁쌀죽을 끓였다. 부엌으로 들어서자 객잔 주인은 나를 붙잡고 늘어지면서 그 돼지기름 항아리를 사고 싶은데 얼마면 되겠냐며 성가시게 굴었다. 그러면서 자기 마누라한테는 말하지 말라고 했다. 나는 자기 마누라와 뜻이 맞지 않는 이 남자가 성가신 나머지, 내게 금으로 된 산을 준다 해도 이 항아리와는 절대 바꾸지 않을 거라고 단호하게 말했다. 객잔 주인은 화를 내면서 내가 죽 끓이는 데 쓴 땔감 값을 내놓으라고 했다. 내가 말했다.

"그 돈 몇 푼 쥐었다가 손을 데지 않을 자신 있으면 받아가 보라고요."

그가 나를 노려보며 소리를 질렀다.

"당신 같이 고집불통인 여자야말로 돈을 손에 쥐고 있다가 손바닥을 데어 봐야 돼!"

객잔에 든 사람들은 침상에서 잠을 자면서 물건들은 전부 바닥에 쌓아놓아야 했다. 물론 잠을 자는 사람들이 방에 놔둘 수 있는 물건은 전부 죽은 물건들이었다. 사람들이 가지고 온 새끼돼지나 닭 같은 생물들은 전부 마구간에 묶어 두어야 했다. 일반적으로 객잔을 운영하는 집들은 말을 키우지 않는 집이 없었다. 아이들은 마구간에서 노는 걸 좋아했다. 라오과령을 떠나기 바로 전날, 나는 마구간으로 둘째와 막내를 찾으러 갔다. 마구간에서 말에게 먹이를 주던 객잔 주인이 말 몇 마리를 가리키며 말했다.

"말해 봐요. 마음에 드는 말이 있으면 끌고 갈 수 있게 해드릴 테니까!"

내가 물었다.

"어째서 그 항아리여야 하는 건가요?"

객잔 주인이 말했다.

"좋은 물건과 좋은 여자는 같은 거요. 한 번 보고 나면 잊을 수 없게 되거든! 난 좋은 여자한테 장가들 복이 없었던 사람이니까 곁에 좋은 항아리라도 두고서 마음속으로 좋은 여자랑 산다고 생각하려 했던 거요!"

이런 대화를 그의 아내가 들었으리라고 누가 생각이나 했을까? 마구간 바닥에는 건초가 깔려 있어 누구도 그녀가 들어오는 소리를 듣지 못했다. 이 여자는 정말로 고집이 셌다. 그녀는 말 한 마디 하지 않고 말을 묶어두는 기둥을 향해 돌진해 머리를 부딪쳤다. 그 자리에서 의식을 잃은 여자는 관자놀이 부위가 찢어져 선혈이 줄줄 흘러나왔다. 쥐를 잡아 가지고 놀던 아이들 모두 놀라서 어쩔 줄을 몰라 했다.

그날 밤 비가 멈추고 달이 모습을 드러냈다. 이튿날 새벽, 닭이 울기도 전에 운전기사는 서둘러 출발해야 한다고 소리를 질러댔다. 돼지기름 항아리를 안고 차에 오르려는 순간, 나는 객잔 주인의 아내가 차 옆에 서 있는 모습을 보았다. 상처가 난 이마에 반창고를 붙이고 있는 그녀의 얼굴색은 잿빛이었다. 그녀는 나를 보자마자 동생이라고 부르더니 얼른 다가와 쿵 하는 소리와 함께 내 앞에 무릎을 꿇고 앉았다. 그러고는 내게 그 항아리를 두고 가달라고 사정하는 것이었다. 그녀는 밤새 생각한 끝에 깨달은 것이지만, 이 남자의 신변에 살아 있는 물건이든 죽은 물건이든 간에 그를 즐겁게 해주는 것이 없다면, 저승에서 사는 것이나 다름없다고 말했다. 앞으로 줄곧 침울한 표정만 짓고 있을 남편의 얼굴을 보고 싶지 않다는 것이 그녀의 하소연이었다. 말을 마친 그녀는 결국 울음을 터뜨렸다. 내가 어찌 해야 좋을지 몰라 머뭇거리고 있는 차에 운전기사가 객잔 주인을 찾아 데리고 왔다. 객잔 주인은 자기 아내가 자신에게 항아리를 구해주기 위해 무릎까지 꿇고 간청하는 것을 보고는 크게 감동했다. 그가 자기 아내를 부축해 일으키며 말했다.

"사흘이나 비가 내려서 바닥에 습기가 많단 말이오. 게다가 당신은 관절염도 앓고 있잖아. 이렇게 무릎을 꿇고 있다가는 병난단 말이오. 벌을 사서 받을 생각이오? 정 그렇게 무릎을 꿇고 싶거든 밤에 내 배 위에서 꿇구려. 거긴 아주 따뜻할 테니까."

그의 이 한 마디에 주위에서 구경하고 있던 사람들 모두 한바탕 웃음을 터뜨렸다. 객잔 주인이 내게 말했다.

"보기 좋은 물건은 항상 화를 불러오지. 우린 그런 물건에 관심 없으니까 어서 빨리 가지고 가시구려."

입으로는 이렇게 말했지만 여전히 항아리를 쳐다보고 있는 그의 눈빛에는 아쉬운 기색이 역력했다.

우리가 라오과령의 객잔을 떠날 무렵에는 붉은 해가 떠오르고 있었다. 객잔 주인은 아내를 부축하여 안으로 들어갔다. 내 눈시울이 촉촉해졌다. 이 항아리를 집과 헛되이 바꾼 게 아니라는 생각이 들었다. 이 항아리는 정말 귀중한

보배였다. 사람들 모두 그들 부부의 화목한 모습을 보고는 덩달아 기분이 좋아졌다. 남자들은 휘파람을 불고 여자들은 콧노래를 불렀다. 작은 새들도 덩달아 지저귀니 허공에서 끊임없이 흥겨운 새소리가 들려왔다. 누군가 말했다.

"지금 객잔에는 손님이 없을 테니 객잔 주인은 방에 들어가자마자 곧장 바지를 벗고 자기 마누라더러 뱃가죽 위에 무릎을 꿇으라고 할 거야!"

모두들 큰 소리로 웃어댔다. 우리 둘째아이가 물었다.

"뱃가죽은 그렇게 말랑말랑한데 어떻게 사람이 올라가 무릎을 꿇을 수 있겠어요?"

수염이 노란 사내 하나가 말했다.

"남자 몸에는 줄이 하나 달려 있어서 그걸로 여자를 묶어둘 수 있지. 한 번에 한 사람씩 묶을 수 있거든. 그러니 무릎을 꿇을 수 있지."

모두들 더 큰 소리로 웃어댔다. 둘째아이는 매사에 끝까지 캐묻는 버릇이 있었다. 둘째가 또 물었다.

"그 줄이 어디 달려 있는데요? 빨리 말해주세요."

우리는 가는 내내 웃었다. 오후로 접어들 무렵 차는 차오안허(潮安河)에 멈춰 섰다. 우리는 작은 가게에 들러서 간단하게 요기를 하고는 곧바로 가던 길을 재촉했고, 해가 떨어질 무렵에 헤이허에 도착했다.

헤이허는 내가 평생 가본 곳 중에서 가장 큰 도시로 헤이룽강(黑龍江)이 시내 주변을 흐르고 있었다. 시내에는 높은 건물도 있고 반들반들 잘 닦인 도로 위로 지프차도 달리고 있었다. 거리에는 자전거를 탄 사람들도 많아 이 도시는 매우 부유한 동네라는 생각이 들었다. 어떤 여자들은 치마 차림으로 다리를 드러내고 있어 이 도시가 무척 개방적인 곳으로 느껴졌다. 여객터미널이 부두 바로 옆에 있어 차가 멈춰 서기도 전에 나는 부두에 정박 중인 여객선과 화물선들을 볼 수 있었다.

모허(漠河) 상류로 가는 배는 매주 두 차례 왕복했다. 한 번은 큰 배로 운행했고 한 번은 작은 배로 운행했다. 그곳 사람들은 큰 배를 대룡객(大龍客)이라고 부르고 작은 배를 소룡객(小龍客)이라 불렀다. 우리가 도착한 때는 오전에 소룡객이 막 떠난 직후였다. 대룡객은 이틀 후에나 출항할 예정이었다. 나는 기꺼이 헤이허에서 이틀을 머물 생각이었다. 이번에 라오판이 있는 곳으로 가게 되면 곧장 따산(大山) 안으로 깊이 들어가 앞으로 몇 년 몇 월에 다시 밖으로 나오게 될지 단정할 수 없다는 생각에, 머릿속에 좋은 경치를 조금이라도 더 많이 담아두었다가 한가할 때마다 되새기고 싶었다.

배표를 사고 나서 아이들을 데리고 상점을 돌아다니다가 남색 견직물 스무 자와 꽃무늬 화포 다섯 자를 샀다. 설을 쇨 때 아이들에게 새 옷을 지어 입혀줄 생각이었다. 헤이허 맞은편 기슭이 바로 소련이라 그런지 어떤 상점에서는 소련제 목도리도 팔았다. 무늬와 색깔, 재질이 모두 훌륭하고 값도 그리 비싸지 않아 내 것도 하나 샀다. 이것들 말고도 비누 몇 개와 양초 몇 봉지를 더 샀다. 기본적으로 수중에 있는 돈을 다 쓴 셈이었다. 배에 오를 때 호주머니에 남아 있는 돈이라고는 겨우 육 위안에 불과했다. 하지만 당시에는 이 정도 돈도 아주 유용하게 쓰였다. 우리 모자 넷이 배 위에서 밥 한 끼를 먹는 데 일 위안이면 충분했다.

대룡객은 소룡객보다 느린데다 물을 거슬러 올라가기 때문에 하루면 도착할 거리를 꼬박 이틀을 항행해야 했다. 배는 목판 화물차보다 훨씬 더 유쾌하고 편안했다. 그리고 시원했다. 낮에는 아이들을 데리고 선미에 서서 산수풍경을 바라보면서 강 갈매기를 구경했다. 배의 요리사가 물고기를 잡는 것도 구경했다. 당시는 물고기가 많이 나는 때라 그물을 던져놓고 반시간 정도 지나 그물을 거두면 적어도 세숫대야 하나는 채우고도 남을 정도로 많은 물고기가 잡혔다. 너무나 즐겁게 놀아서인지 아이들은 배에서 내릴 때가 되자 몹시 아쉬워하며 내리기를 주저했다.

우리가 배를 내린 곳은 카이쿠캉(開庫康)이라는 곳이었다. 어떤 사람은 이런 이름을 일부러 잘못 읽어 카이쿠당(開袴襠)[1]이라고 말하기도 했다. 라오판이 있는 샤오차허(小岔河) 임업경영소는 카이쿠캉에서도 오십 리 남짓 떨어진 곳에 있었다. 배에서 내리자마자 깡마르고 키가 큰 젊은이 하나가 다가와서는 내게 판형님의 형수님 아니냐고 물었다. 내가 그렇다고 대답하자 젊은이는 자기 이름은 추이따린(崔大林)이며 판소장님이 시켜서 마중을 나왔다고 설명했다. 벌써 일주일이나 우릴 기다렸다고 했다. 나는 그에게 찾아오는 길이 순탄치 않아서 라오과령에서 비를 만나 사흘을 지체했고 헤이허에서 대롱객을 기다리느라 이틀을 더 지체하느라 그랬다고 말해주었다. 젊은이는 자신도 그러리라고 생각했다면서 만일 이번 배에도 오지 않았으면 더는 못 기다리고 임장으로 돌아갔어야 했다고 말했다. 내가 품에 안고 있던 돼지기름 항아리를 받아주면서 추이따린이 말했다.

"판형수님, 정말 대단하시네요. 아이들 셋을 데리고 기차에 배까지 갈아타

1 열린 바짓가랑이.

시면서 이런 항아리까지 들고 오시다니 말입니다!"

추이따린이라는 이 청년에 대한 나의 첫인상은 눈치가 빠른데다 말을 아주 잘한다는 것이었다. 그는 임장에서 통신원으로 일하고 있다고 했다.

추이따린의 뒤를 따라 객점으로 가면서 속으로 라오판이 소장이 되었다니 여기서 일을 아주 잘하고 있었구나 하는 생각이 들었다. 하지만 그는 편지에서 그런 내색을 한 글자도 내비치지 않았었다. 그는 좋은 일이건 나쁜 일이건 아내에게 말하는 걸 좋아하지 않는 사람이었다.

대룡객은 카이쿠캉에 정박한지 이십분 정도가 지나 곧바로 출발했다. 아직도 선착장 세 곳을 더 거쳐야 종점에 도착할 수 있기 때문이었다. 우리는 카이쿠캉에서 하루를 묵은 다음 이튿날 아침 일찍 길을 떠났다.

추이따린은 멜대를 하나 준비해 두 개의 광주리를 어깨에 졌다. 그는 둘째 아이를 앞쪽 광주리 안에 태운 다음 남자아이는 씩씩하니까 햇빛을 무서워해선 안 된다고 말해주었다. 막내는 뒤쪽 광주리에 태웠다. 그러면서 자기 몸이 그늘이 되어 서늘하기 때문에 광주리에서 햇볕을 많이 쐬지는 않을 거라고 했다. 그는 또 우리가 가지고 온 물건들을 두 광주리에 잘 나누어 담았다. 그가 멜대를 어깨에 지고 앞장을 섰고 나와 큰애는 그의 뒤를 쫓아갔다. 돼지기름 항아리는 내가 등에 메는 채롱에 넣어 어깨에 멨다. 품에 안을 때보다 힘이 훨씬 더 들었다.

손발이 가벼운 상태로 오십 리를 걷는다 해도 반나절이 더 걸릴 텐데, 하물며 우리는 어깨에 멜대를 메고 등에 채롱을 진 채 숲 속의 좁은 길을 걸어야 했으니 오죽했겠는가. 추이따린이 아무리 힘이 좋다 해도 반시간마다 한 번씩 쉬면서 짐을 고쳐 메고 숨을 몰아쉬어야 했다. 그가 걸음을 멈출 때마다 큰애는 아직 멀었냐고 투정하듯 물었다. 그럴 때마다 추이따린은 연신 다 왔다고, 저 앞에 있는 산만 넘어가면 곧 도착하게 된다고 둘러댔다. 산에는 나무가 정말 많았다. 굵기가 물통만 한 낙엽송과 사발만 한 자작나무를 어디서나 볼 수 있었다. 숲 속에는 작은 새들도 많아서 쨕쨕 지저귀는 소리가 무척 듣기 좋았다. 목이 마르면 우리는 샘물을 떠마셨고 배가 고프면 카이쿠캉의 객점에서 산 볶은 쌀을 먹었다. 숲속에는 야생화도 많았다. 막내는 뒤쪽 광주리에 탄 채 아무 때나 손을 뻗어 붉은 백합과 흰 작약, 자줏빛 국화 할 것 없이 맘대로 잡아당겨 주저 없이 입안으로 쑤셔 넣었다. 나는 이름 모를 꽃들이 혹시 딸애에게 독이 될까 두려워 백합만 먹게 했다. 막내의 입에서 꽃향기가 나서 그런지 나비와 꿀벌들이 막내의 입 가장자리로 날아와 맴돌았다. 막내는 으앙 하고 울음을 터뜨리고는 고사리 같은 손을 휘둘러 나비와 벌을 쫓아냈다.

숲속에서 사람을 가장 짜증나게 하는 것을 말하자면 단연 모기와 눈에놀이 그리고 피부에 달라붙어 마구 물어대는 작은 벌레들이었다. 하나같이 사람의 피를 빠는 곤충들이었다. 우리는 길을 걷고 있었기 때문에 이런 벌레들에게 잘 물리지 않았지만 광주리에 타고 있던 둘째와 막내는 벌레에 물리고 쏘였다. 정오가 되어 둘째아이의 왼쪽 눈 눈꺼풀을 눈에놀이가 물어 눈에 띄게 부어오른 것을 발견했다. 한 쪽 눈은 크고 한 쪽 눈은 작아 보였다. 막내 역시 모기에 목과 팔을 여러 군데 물려 여기 저기 발갛게 부어 있었다. 나는 너무나 마음이 아파 속으로 라오판에 대한 원망을 삭일 수가 없었다. 내가 아이 셋을 데리고 이곳까지 오는 길이 이렇게 고생스럽다는 것을 미처 생각하지 못하고, 겨우 사람 하나를 보내 마중하게 한 것을 보면 정말로 마음이 모진 사람이라는 생각을 떨칠 수가 없었다. 그곳에 도착하면 절대로 그와 한 이불을 덮지 않을 것이고 아예 거들떠보지도 않겠다고 마음먹었다.

오후가 되도록 질질 끌려가다시피 걷고 있는데 갑자기 빽빽한 수풀 속 깊은 곳에서 말발굽 소리가 들려왔다. 추이따린이 멜대를 땅바닥에 내려놓으면서 내게 말했다.

"오르촌(鄂倫春)족[2] 사람들이 사냥을 하고 있는 걸 거예요."

아니나 다를까 얼마 후 고동색 말 한 필이 숲 속에서 뛰쳐나왔다. 말 위에는 엽총을 차고 천으로 된 두루마기를 입은 오르촌족 사람이 타고 있었다. 우리를 보자 그는 곧장 말에서 뛰어내려 추이따린에게 어디로 가는 길이냐고 물었다. 추이따린이 샤오차허 경영소로 간다고 대답하자 오르촌족 사람은 우리를 말에 태워 데려다 주겠다고 했다. 내가 추이따린에게 멜대를 풀어 광주리를 말 등에 매달라고 했지만 추이따린은 자신은 괜찮으니 사양하지 말고 어서 큰애와 함께 말에 타라고 권했다. 담력이 약한 큰애는 말에 타려고 하질 않았다. 나 역시 한 번도 말에 타 본 적은 없었지만 말을 보니 그런대로 온순해 보여 마음이 놓였다. 나는 피곤해서 더는 못 걸을 지경이었는데 말을 보니 구세주를 만난 것 같은 기분이라고 말하면서 등에 돼지기름 단지를 멘 채 기세 좋게 말 등에 올라탔다. 처음 얼마간은 몸이 몇 번 휘청거리기도 했지만 조금 가다보니 이내 적응이 됐다. 처음에는 오르촌족 사람이 나를 위해 말을

2 중국 내몽고로부터 동북 따씽안령의 산림에 사는 소수 민족.

끌어 주었지만, 나중에 내가 안정적으로 말을 타고 있는 것을 보고는 말을 끄
는 대신 추이따린의 멜대를 빼앗아 자기 어깨에 메면서 그에게 좀 쉬라고 말
했다. 오르촌족 사람의 마음 씀씀이는 정말 편안했다.

　산속 길은 울퉁불퉁한 법이었다. 이런 길을 걷다가 또 직접 말을 타기까지
했으니 이제는 말에서 떨어지는 일만 남은 셈이었다. 한 시간 남짓 편안하
게 말을 타고 가다가 우리는 푸른 바위가 드러나 있는 버드나무 수풀을 지나
게 되었다. 말이 돌멩이에 발이 걸려 한쪽으로 기울게 되리라고는 상상도 못
했던 나는 말에서 떨어지고 말았다. 땅에 떨어졌지만 그다지 큰 상처 없이 팔
꿈치와 무릎의 살갗이 약간 벗겨진 정도였다. 문제는 애꿎게도 돼지기름 항
아리가 산산조각 나버린 것이었다. 오는 길 내내 항아리를 안고 왔는데 목적
지에 거의 와서 깨져버렸다는 생각을 하니 울음이 터져 나왔다. 새하얀 돼지
기름이 너무나 아까웠다. 더욱 마음을 아프게 하는 것은 그토록 예쁜 항아리
였다. 이렇게 될 줄 진즉 알았더라면 차라리 라오과령 객잔에 두고 오는 것이
나을 뻔 했다. 울고 있는 내 모습을 보면서 추이따린이 위로하며 말했다.

　"항아리의 깨진 조각을 잘 걷어내면 돼지기름은 먹을 수 있을 거예요."

　그는 어디선가 기름을 담을 만한 물건도 가지고 왔다. 급한 대로 깡통과 밥
그릇에 덥석덥석 돼지기름을 그러모으는 것이었다. 용기들이 전부 가득 차
자 나는 시동생이 보내준 기름종이 우산을 펼쳐 남은 돼지기름을 그 안에 쓸
어 모았다. 멀쩡하던 돼지기름에 풀이 잔뜩 묻은 데다 개미들이 왔다 갔다 하
는 광경을 보고 있는 내 가슴이 얼마나 쓰렸는지 말로 다 표현할 수 없었다.
하지만 나는 무슨 일이든 오래 마음에 담아두는 성격이 아니었다. 항아리가

너무 예뻐서 박복한 것이라고, 그래서 깨져버린 것이라고 치부해버리기로 했다.

나는 누가 뭐라고 해도 다시는 말을 탈 엄두가 나지 않았다. 오르촌족 사람은 미안한 마음에 큰애에게 자기가 안아줄 테니 함께 말을 타고 가자고 했다. 큰애는 놀란 표정으로 연신 걸어갈 수 있다고 말했다. 오르촌족 사람이 둘째와 셋째가 들어가 있는 광주리를 말 위에 실으려고 하자 두 아이들 역시 으앙하고 울음을 터뜨리며 말에 타고 싶지 않다고 했다. 아이들도 나처럼 말에서 떨어지게 될까봐 겁이 났던 것이다. 결국 말 등에 실린 것은 채롱에 메고 있던 돼지기름뿐이었다. 그릇들이 서로 부딪쳐 깨질 것을 염려한 오르촌족 사람은 싱싱한 풀을 베어다가 깡통과 그릇 그리고 반쯤 펼쳐진 기름종이 우산 사이에 끼워 넣었다. 이렇게 길을 걸으면서 그는 반시간마다 추이따린과 교대하여 멜대를 멨다.

우리가 이렇게 가다가 멈추기를 반복하는 사이에 해는 지고 달이 떴다. 산토끼들은 굴로 돌아가고 눈이 부리부리한 부엉이가 나타났다. 저녁 여덟 시가 넘어서야 우리는 샤오차허 경영소에 도착했다. 광주리 안에 들어가 있던 둘째와 셋째는 이미 잠이 들어 있었다. 라오판은 나를 보더니 속으로 우스운 생각이 들었는지 두 명이나 되는 전우가 나타나 멜대를 대신 메어준 것을 보면 어지간히 복이 많은 것 같다고 농담하듯 말했다.

당시 경영소에는 일곱, 여덟 동의 집이 있고 서른 명이 넘는 노동자들이 일하고 있었다. 그 가운데 일고여덟 명만 식솔을 거느리고 있었고 우리보다 얼마간 먼저 도착해 있었다. 우리가 살 집은 널빤지로 막고 석회를 발라 지은 것으로 아주 오래된 건물이었다. 라오판은 이 집이 위만주국(僞滿洲國) 당시 금광국(金礦局)이 남겨두고 간 건물이라고 말했다. 내가 말을 받았다.

"그렇다면 유심히 살펴봐야겠네요. 언젠가 땅을 파다가 그 빌어먹을 금을 캐게 될지도 모르니까요!"

오르촌족 사람은 우리를 데려다주고는 곧장 말에 올라타 가 버렸다. 자고 가라고 그를 붙잡지 않는 라오판이 몹시 미웠다. 라오판이 말했다.

"저 사람들은 집안에서 자는 데 익숙하지 않아. 숲속에서 자는 걸 더 좋아한다고. 당신이 자고 가라고 붙잡았어도 그냥 갔을 거란 말이야."

나는 뼈마디가 다 부서질 것처럼 쑤시고 아파 아이들을 재워놓고 뜨거운 물에 발을 담그고 온돌에 몸을 녹였다. 라오판을 보지 못한지 거의 두 해가 다 되어 갔다. 가슴에 억울한 마음이 가득했다. 돼지기름 항아리가 깨지던 순간에는 저녁에 남편을 혼내줘야겠다는 생각을 했었다. 그러나 남편을 보는 순간 모질게 굴지 못했을 뿐만 아니라 사뭇 살갑게 구는 모습을 보면서 결국 함께 자기로 마음먹었다.

겨우 하루 이틀밖에 안 됐는데도 아이들은 샤오차허에 익숙해지기 시작했다. 라오판은 연말에 노동자들이 더 필요하게 될 거라면서, 그때가 되면 조직에서 교사도 한 명 파견해 줄 것이라고 말했다. 그렇게 되면 큰애도 학교에 다닐 수 있게 될 것이었다. 그렇지 못할 경우 큰애는 제 나이에 학교에 다니지 못하고 따산에서 허송세월하는 수밖에 없었다.

나는 깡통과 밥그릇 그리고 종이우산에 담겨 있던 돼지기름을 숟가락으로 긁어내 세숫대야로 옮겨 놓고서 이걸로 음식을 했다. 당시 샤오차허에는 개간한 땅이 많지 않은 데다 채소 종자도 모자라 남자들은 겨우 연한 콩꼬투리와 감자만 파종해놓은 터였다. 집안에 남아있는 우리 여자들은 산 속에서 사냥을 하는 오르촌족 사람들을 찾아가 산나물을 알아보는 방법을 배웠다. 미나리와 여로, 어수리 같은 산채를 뜯어다가 이번에는 우리가 보란 듯이 남자들에게 음식을 해주었다. 남자들은 아주 맛있게 먹었고 산에 올라가 나무를 벨 때 더욱 힘이 솟았다.

산나물은 돼지기름으로 조리하는 것이 제격이었다. 산나물은 기름을 아주 잘 먹었다. 때로는 음식을 먹을 때 개미가 들어가 있는 걸 발견하기도 했다. 돼지기름을 바람에 말릴 때 미끄러져 들어갔다가 빠져나오지 못한 개미들이었다. 개미들은 구복을 채우기 위해서라면 두려울 것이 없다는 말이 거짓이 아니었는지 그 작은 목숨을 잃어가면서도 돼지기름 속으로 파고들었던 것이다. 라오판은 개미를 집어내고도 버리지 않았다. 개미의 몸 전체에 기름이 배어 있어 버리기에 아깝다며 개미까지 같이 먹어치우는 것이었다. 샤오치허에 온 지 두 달이 채 안 돼서 나는 임신을 했다. 돼지기름 덕분이었는지 이번 임신은 유난히 티가 났다. 가을에 버섯을 수확할 무렵에는 누구든지 내가 아이를 가진 것을 알아볼 수 있을 정도였다. 남자들이 라오판에게 짓궂은 농담을 건넸다.

"라오판, 형수님이 온 지 두 달밖에 안 됐는데도 형님의 씨가 싹 틔웠네요. 정말 대단한 능력이십니다."

라오판은 웃으면서 대꾸했다.

"이게 다 그 돼지기름 안에 들어있던 개미 덕분일세. 개미를 먹고 나니까 정말 힘이 샘솟더라니까."

시월이 되자 따싱안령은 곧 겨울로 접어들었다. 시월의 눈은 정말 대단했다. 한 차례 또 한 차례 쉬지 않고 내렸다. 하늘도 땅도 전부 하얗게 변했다. 천지가 하얗게 변해서인지 나무와 사람은 전부 검정빛으로 두드러져 보였다. 남자들은 벌목을 했지만 여자들도 한가로이 쉬지 않았다. 아이들을 데리고 밥을 하거나 산에 올라가 땔감을 주워야 했다. 녹나무나 소나무에 관솔과 옹이가 붙어있는 것을 발견할 때면 우리는 바로 톱으로 잘게 잘라 불쏘시개로 사용했다. 여자들은 또 관솔과 옹이를 큰 가마솥에 넣고 물을 좀 부은 다음 하루 종일 불을 떼 기름을 짜냈다. 이렇게 짜낸 기름은 호박(琥珀)과 비슷했고 등불을 켜는 데 사용할 수 있었다. 이러한 등기름이 내뿜는 연기에는 솔향기가 짙게 배어 있어 냄새가 좋았다. 이렇게 모두들 송진기름을 짜낼 즈음 나는 해산이 다가오고 있었다. 1957년 4월이었다.

남방이었더라면 밀 보리 싹에 파랗게 물이 올랐을 때이지만 샤오차허에는 여전히 큰 눈이 내리고 있었고 헤이룽강 역시 꽁꽁 얼어붙어 있었다. 이곳에도 위생소가 하나 있기는 했지만 한 명밖에 없는 의사는 겨우 두통이나 발열 같은 증상을 처치하고 작은 외상을 치료할 수 있는 수준이었다. 큰 병을 만나면 곧바로 사색이 되어 눈썰매를 준비해 들것으로 환자를 카이쿠캉으로 이송하곤 했다.

당시 여자들이 가장 두려워하는 것은 다름 아닌 난산이었다. 이런 곳에서는 사람들이 아이를 아주 쉽게 낳았다. 이치대로 말하자면 나도 이미 아이를 셋이나 낳았기 때문에 크게 걱정할 필요는 없었다. 그러나 이번 아기는 너무 컸다. 방구들 전체를 굴러다닐 정도로 아팠는데도 아기는 나오지 않았다. 다행히 해질 무렵이라 남자들이 산에서 돌아왔다. 위생소의 의사는 내 상태를 보더니 겁이 났는지 라오판에게 어서 빨리 방법을 강구하여 나를 데리고 산을 내려가라고 했다. 카이쿠캉으로 간다 해도 빠른 말로 세 시간은 족히 가야 했는데 더구나 나는 말을 탈 수도 없었다. 이때 추이따린이 말했다.

"아니면 차라리 강을 건너가보지요. 소련에는 병원이 아주 좋다더라고요."

그 시절에는 뤄구허(洛古河)나 마룬(馬倫), 오우푸(鷗浦) 같은 헤이룽강 국경선 연안의 마을에 큰 병원에 갈 수 없는 위급한 환자가 생길 경우 가린다나 우수명 같은 가까운 소련 마을을 찾곤 했다. 국경을 마음대로 건너는 것은 허락되지 않았고 소련 경내 쪽에는 초소도 설치되어 있었다. 하지만 초소의 병사들도 국경을 통과하려는 사람이 환자인 것을 확인하면 쉽게 입국시켜주었다. 라오판은 당원인데다 경영소의 간부였기 때문에, 이치대로 하자면 나와 아이가 죽든 살든 카이쿠캉으로 데리고 가는 것이 차후에 번거로움을 피할 수 있는 방법이었다. 하지만 라오판은 역시 라오판이었다. 그는 조금도 주저하지 않고 즉시 사람들에게 말이 끄는 눈썰매와 들것을 준비하라고 지시한 다음, 추이따린에게 말을 몰게 하여 나를 솜이불 두 채에 똘똘 말아 소련으로 데리고 갔다.

그곳은 소련 말로 '리에바 마을'이라고 불리는 작은 촌락이었다. '리에바'는 '빵'이라는 뜻이었다. 소련 사람들은 리에바를 즐겨 먹었다. 여름철에 강변에 나가면 강 건너편에서 날아오는 구수한 빵 굽는 냄새를 맡을 수 있었다. 당시엔 헤이룽강이 아직 얼어 있었기 때문에 나룻배를 구해야 하는 번거로움을 덜 수 있었다. 우리가 썰매로 국경선을 넘자마자 소련 경내 초소에 있던 병사 두 명이 총을 받쳐 들고 달려왔다. 러시아어를 할 줄 아는 사람이 아무도 없는 상황에서 라오판은 썰매에 누워 있는 나를 가리키면서 내 커다란 배를 툭툭 치고는 고개를 가로저었다. 소련 병사들은 곧장 난산 산모라는 것을 알아듣고서는 고개를 끄덕였다. 두 병사들 가운데 한 명이 우리를 병원까지 안내해주었다.

병원은 비록 규모는 작았지만 시설은 완벽하게 갖춰져 있었다. 진료하는 사람은 수염이 하얗게 샌 나이 많은 남자 의사였다. 그는 내 몸 상태를 보자마자 먼저 주사를 한 대 놔주고는 곧바로 제왕절개 수술에 들어갔다. 이내 응애 하는 울음소리와 함께 토실토실한 사내아이가 나왔다. 아이는 체중이 거의 5킬로그램이나 나갔기 때문에 쉽게 해산할 수 없었던 것이다. 라오판은 모자가 다 무사한 것을 보고는 의사에게 힘주어 읍을 했다. 너무 서둘러 나오는 바람에 우리는 선물 같은 것을 준비해오지 못했다. 라오판은 차고 있던 손목시계를 풀러 의사에게 건넸다. 의사는 빙긋이 웃으면서 시계를 다시 그의 손목에 채워 주었다. 라오판은 뒤로 돌아서 온몸을 뒤진 끝에 담배 반 갑과 돈 2위안을 찾아냈다. 돈은 인민폐라 그에게 주어도 쓸모가 없었다. 라오판은 담배만 의사에게 건넸다. 의사는 나를 가리키면서 손을 내저었다. 환자 앞이라 담배를 피울 수 없다는 뜻이었다.

수술을 했기 때문에 그날은 집으로 돌아갈 수 없어서 우리는 그 마을에 이틀을 더 머물렀다. 소련 의사는 우리에게 먹을 것과 마실 것을 대접해 주었고 말먹이도 제공해주었다. 병원에 있는 여자 간호사는 내게 계란과 빵을 가져다주고 아기에게 파란색 바탕에 붉은 꽃무늬가 있는 솜 옷 한 벌도 선물해주었다. 아주 예쁜 옷이었다. 떠날 때가 되자 나는 헤어지기가 너무 섭섭해 여자 간호사에게 뽀뽀를 해주고 또 수술을 해준 남자 의사에게도 뽀뽀를 해주는 것으로 인사를 대신했다. 초소의 병사들은 우리 일행 가운데 누구도 알아볼 수 없는 종이를 한 장 내밀면서 라오판에게 서명을 하고 지장을 찍으라고 했다.

샤오차허의 임장으로 돌아온 직후, 라오판은 곧장 카이쿠캉으로 갔다. 소장직을 사퇴하기 위해서였다. 그는 자신이 조직과 기율을 무시하고 아내가 무사히 출산할 수 있도록 하기 위해 국경을 넘은 만큼, 소장의 직위에 부적격이라고 말했다. 하지만 조직에서는 그에게 구두 경고만 내렸을 뿐 처벌하지는 않았다. 카이쿠캉에서 매우 기쁜 마음으로 돌아온 그는 희탕(喜糖)[3]을 두 근이나 사다가 샤오차허의 모든 사람들에게 몇 알씩 나눠주었다. 아이가 소련에서 태어났다는 의미로 우리는 호적에 올릴 아이의 이름을 '쑤셩(蘇生)'이라고 지었고 아명(兒名)은 '마이(螞蟻)[4]'라고 지어주었다. 라오판은 돼지기름에 섞여 있던 개미의 자양분이 없었더라면 자신의 정액이 그렇게 왕성하지 못했을 것이고 내가 아이를 자연분만하지 못하게 되는 일도 일어나지 않았을 것이라고 말했다.

쑤셩은 네 아이들 가운데 가장 예뻤다. 넓은 이마와 짙은 눈썹은 라오판을 닮았고 높은 콧날과 위로 약간 들린 입술은 나를 닮았다. 눈은 나도 라오판도

3 혼례를 비롯하여 좋은 일이 있을 때 기쁨을 함께 나누기 위해 이웃들에게 돌리는 사탕.

4 개미.

닮지 않아 크지도 작지도 않았지만 아주 까맣게 빛나고 있었다. 라오판은 쑤 셩의 눈이 개미를 닮았다고 하면서 개미의 눈은 그다지 빛나지는 않는다고 말했다. 샤오차허의 사람들 모두 쑤셩을 좋아하여 귀골을 가지고 태어났다고 들 말했다. 사람들은 아이를 호적상의 이름으로 부르지 않고 주로 아명으로 부르는 것을 좋아했다.

마이가 네 살 되던 해에 추이따린이 결혼을 했다. 샤오차허에 피부가 희고 깨끗한 여교사가 부임해 왔다. 이름은 청잉(程英)으로 양저우(揚州) 사람이었 다. 강남 지방의 물과 토양이 좋아서인지 그녀는 아름다운 데다 재능도 출중 했다. 허리가 버들가지처럼 가늘었고 맵시 있는 눈썹과 고운 눈을 갖고 있었 다. 길게 땋아 늘어뜨린 머리는 흑마처럼 반짝거리면서 어깨 뒤로 찰랑거려 뭇 사내들의 가슴을 뛰게 만들었다. 세 사람이 그녀 뒤꽁무니를 쫓아다니며 열심히 구애를 했다. 한 사람은 카이쿠캉의 초등학교 교사였고 또 한 사람은 샤오차허 임장의 기술자였다. 그리고 또 다른 한 사람이 바로 추이따린이었 다. 결국 그녀가 추이따린에게 시집을 가기로 했다. 이에 대해 사람들은 청잉 이 추이따린의 집안에 조상대대로 전해져 내려오는 에메랄드가 박힌 금반지 에 반한 것이라고들 말했다.

그 지역에는 혼인 전야에 '압상(壓床)'을 하는 풍속이 있었다. '압상'이란 동자(童子)를 하나 구해 신랑과 하룻밤 같이 자게 하는 것이었다. 이렇게 해야 만 신혼의 침상이 깨끗해진다고 믿었다. 추이따린과 청잉 모두 마이를 좋아 해서 마이가 압상을 하게 되었다. 일반적으로 네 살배기 아이라면 부모의 품 을 떠나기 싫어하는 법이지만 우리가 마이에게 추이 삼촌이랑 하룻밤 자고 오라고 하자 마이는 무척 즐거워하면서 순순히 승낙했다. 추이따린의 품에 안겨 가면서 마이가 다시 물었다.

"나 추이 삼촌이랑 자는 거야 아니면 청잉 이모랑 자는 거야?"

나와 라오판은 큰 소리로 웃으면서 이렇게 대답했다.

"네가 청잉 이모랑 자려고 하면 추이 삼촌이 네 엉덩이를 때릴 거야!"

마이는 압상을 제대로 치러내지 못했다. 추이따린은 아이가 갑자기 배탈이 나서 밤새 끙끙거렸다고 했다. 날이 밝자 복통은 멎어 있었다. 라오판이 마이를 데려올 때 아이의 배는 이미 아무렇지도 않았다. 마이는 또 추이따린이 압상한 대가로 2위안을 주었다면서 라오판에게 자신이 집에 돈을 벌어다주었다고 말했다.

추이따린의 혼례에는 샤오차허 임장 사람들이 전부 참석하여 대성황을 이루었다. 그날은 여름하고도 일요일이었다. 우리는 집 밖에 천막을 치고 부뚜막을 세웠다. 여자들은 일고여덟 가지의 음식을 장만했고 남자들은 술을 마셨다. 아이들은 희탕을 빨아먹으면서 놀았다. 모두들 저녁까지 실컷 웃고 떠들며 즐겼다. 젊은이들은 또다시 동방으로 몰려가 날이 밝을 때까지 신랑신부를 놀리고 들볶았다.

우리는 혼례 때 신부 손에 끼워져 있는 반지를 보았다. 과연 금반지에 마름모꼴의 에메랄드가 박혀 있었다. 한 번만 봐도 잊기 어려운 보석이었다. 불순물이라고는 조금도 섞이지 않고 투명하게 맑아 정말 사람을 취하게 만드는 초록빛이었다! 우리 여자들은 청잉의 손을 끌어다가 반지를 구경하면서 쯧쯧 감탄의 혀를 차면서 몹시 부러워했다. 어떤 사람은 그 반지가 웬만한 집 한 채 값이라고 말했고 또 어떤 사람은 화물차 한 대 분량의 홍송(紅松)과 맞먹을 거라고 말했다. 좋은 말 다섯 필에 상당할 것이라는 사람도 있고 면 천 장에 해당할 것이라고 말하는 사람도 있었다. 우리는 생각해 낼 수 있는 좋은 물건을 전부 동원하여 반지와 비교해보았다. 그때부터 우리가 청잉을 보았다고 하면 그것은 곧 그녀의 손가락에 끼고 있는 에메랄드를 보았다는 뜻이었다. 그녀가 분필을 들고 칠판에 글씨를 쓸 때마다 학생들은 글씨가 반짝반짝 빛난다고 말했다. 겨울이 되자 그녀의 반지에 있는 그 초록색 물건만 봐도 사람들의 마음이 설레었다. 그녀의 손가락 끝에 봄이 숨어있는 것 같았다.

아이들은 샤오차허에서 하루가 다르게 잘 자랐고 임장에도 사람들이 갈수록 늘어갔다. 샤오차허 학교에도 남자 선생님 한 분이 더 증원되었다. 그는 독신이었다. 사람들은 모두들 그와 청잉이 함께 일하는 것을 추이따린이 몹시 기분 나쁘게 생각한다고 말했다.

정말 이상하게도 청잉은 결혼한 지 몇 년이 지났는데도 아이를 갖지 못했다. 그녀는 아주 건강해 보였기 때문에 아이를 낳아서 키우지 못할 이유가 없을 것 같았다. 이에 사람들은 추이따린에게 문제가 있는 것이라고 수군대기 시작했다. 어느 해 봄날, 두 사람이 함께 청잉의 친정집엘 다녀오더니 크고 작은 보따리에 한약을 가득 챙겨 가지고 돌아왔다. 그때 이후로 추이따린의 집에서는 늘 탕약 냄새가 풍겨 나왔다. 우리는 그 탕약이 불임증 치료제일 거라고 추측했다. 하지만 누가 먹는지는 알아낼 방법이 없었고 물어보는 것 또한 마땅치 않았다.

산속의 나날은 느리다면 아주 느렸지만 또 빠르다면 무척 빨랐다. 눈 깜짝

할 사이에 내 귀밑머리가 하얗게 새어 있었고 라오판 역시 기력이 예전 같지 않았다. 마이가 태어난 뒤로도 나는 두 번이나 임신을 했지만 두 번 다 태아가 제대로 자리를 잡지 못했다. 첫 번째 아이는 석 달 만에 유산되었고 둘째 아이는 태어나기는 했었다. 여자아이였는데 체중이 겨우 2킬로그램 정도였고 젖이 나오질 않아서 아이에게 양젖을 먹이는 수밖에 없었다. 아이는 너무 허약해 하루가 멀다 하고 아프더니 세 살이 되던 해에 심한 고열로 목숨을 잃고 말았다. 그 일이 있고난 뒤에 나는 라오판에게 우리 나이도 이제 쉰으로 접어들고 있는 데다 아이가 넷씩이나 있으니 다시는 아이를 갖지 말자고 말했다. 라오판이 말했다.

"아이를 더 낳지 않는 것이 본전이라도 챙기는 일인 것 같소. 우리가 마지막에 너무 힘을 들였나보구려!"

그 마지막이란 당연히 그가 너무도 아끼고 사랑하는 마이를 가리키는 말이었다.

문화대혁명 이전에 큰애는 일을 시작했다. 샤오차허 임장에서 검측원으로 근무하게 된 것이다. 둘째는 공부를 좋아해서 우리는 아이를 카이쿠캉으로 보내 중학교에 다니게 했다. 막내딸은 샤오차허에서 초등학교를 다녔지만 교과서를 들었다 하면 졸기 시작하는 데다 머리회전도 빠르지 못했다. 청잉은 다른 학생들은 단어 하나를 외우는 데 3분이나 5이면 되는데, 우리 막내딸은 하루에 한 글자도 제대로 못 외운다면서 5학년인데도 교과서를 한 번에 이어서 읽지도 못한다고 걱정했다. 하지만 이 아이는 손으로 하는 일에서만큼은 아주 능수능란했다. 커튼도 만들 줄 알고 뜨개질도 잘했으며, 심지어 옷도 재단할 수 있었다. 나는 여자아이가 이 정도면 시집가는 데는 아무 문제도 없다고 생각했다. 가장 마음을 놓을 수 있는 아이는 바로 마이였다. 마이는 학교 공부도 뛰어났고 부지런한 데다 성격도 아주 온순했다. 학교에서는 겨울마다 난로에 불을 피우는데 마이가 있는 교실의 난로는 항상 그 애가 피웠다. 마이는 매일 날이 새기도 전에 교실로 가서 난로에 불을 피웠다. 수업이 시작될 즈음이면 교실 안은 항상 따뜻했다.

문화대혁명이 시작되면서 중국과 소련의 관계에 긴장이 고조되었다. 내가 소련의 리에바 마을에서 마이를 낳았던 일도 다시 끄집어내 새로운 해석을 내리는 바람에 라오판은 소련의 스파이가 되고 말았다. 당시 그가 서명한 문서도 매국의 증명으로 간주되었다. 경영소 소장의 자리에서 쫓겨난 그는 사람들에 의해 카이쿠캉으로 끌려가 비판을 받은 다음 배에서 잡역부로 일하게 되었다. 추이따린에게도 덩달아 불운이 닥쳤다. 그는 카이쿠캉에 있는 식량창고로 배치되어 경비를 맡게 되었다. 나중에 라오판이 나서 모든 책임을 자기에게 돌리면서, 자신이 주도적으로 아내를 소련으로 보낸 것이며 서명도 자신이 한 것이 맞다고 해명했다. 그러면서 추이따린은 아무런 책임이 없으니 그를 샤오차허에 남게 해달라고 사정했다. 추이따린이 카이쿠캉에 있으면서 아내와 떨어져 지내게 되면 아이를 낳을 수 있는 기회를 놓치게 된다는 설명도 잊지 않았다. 모든 사람들이 추이따린에게 아이가 없다는 사정을 잘 알고 있었기 때문에 그를 샤오차허로 돌려보내게 되었다. 하지만 그는 더 이상 사무실에 앉아서 일을 할 수 없게 되었고 대신 노동자들처럼 산에 올라가 벌목을 해야 했다. 그러나 추이따린이 샤오차허로 돌아오고 얼마 지나지 않아 청잉이 죽고 말았다.

 청잉을 죽게 만든 것은 바로 그 에메랄드 반지였다.

 청잉이 결혼한 이후로 그 반지는 그녀의 손에서 떨어진 적이 없었다. 그녀는 수업을 할 때도 반지를 끼고 있었고 물을 길 때도 끼고 있었으며 강변에서 옷을 빨 때도 끼고 있었다. 줄곧 아이가 생기지 않아서 그런지 청잉은 얼굴색이 예전 같지 않고 살도 많이 빠지게 되었다. 그러던 어느 날 그녀는 강가로 빨래를 하러 갔다가 집으로 돌아와서야 반지를 잃어버렸다는 사실을 알게 되었다. 살이 빠지다보니 손가락도 따라서 가늘어진 데다 비누거품 때문에 반지가 스르륵 미끄러져 강물 속으로 빠져버린 것이었다. 샤오차허 사람들 모두가 청잉을 도와 반지를 찾으러 나섰다. 사람들은 청잉이 빨래를 하던 강가에 흩어져 물이 얕은 곳에서는 조리를 가지고 건져내려 애썼고 물이 깊은 곳에서는 수영을 잘하는 사람들이 잠수해 들어가 여기저기 헤집어 가며 찾아보았다. 이렇게 이틀을 노력해봤지만 끝내 찾지 못했다.

 청잉은 반지를 잃어버린 뒤로 완전히 넋이 나간 것 같았다. 사람들을 바라볼 때도 눈빛이 불안정했고 길을 가다가 그녀와 마주치게 되어 인사를 건네도 마치 못 들은 것처럼 행동하곤 했다. 학생들에게 수업을 할 때는 설명을 하다가 중간에 막히기 일쑤였다. 그녀는 원래 아주 단정한 편으로 옷에 주름이 진 적이 없었고 양복바지도 항상 칼처럼 곧게 줄이 서 있었다. 머리도 항상 단정하게 땋고 다녔다. 하지만 반지를 잃어버린 뒤로는 마치 호신부를 잃어버리기라도 한 것처럼 옷장도 단정하지 않았고 머리는 항상 부스스했으며 이 사이에 낀 음식물을 빼내는 것도 잊고 다녔다. 그녀의 이런 태도를 본 사람들은 입을 모아 당시 그녀가 추이따린에게 시집갔던 것이 사람이 좋아서가 아니라 재물 때문이었던 것이 분명하다고 수군거렸다.

그러던 어느 날 저녁, 청잉이 집에 돌아오지 않았다. 추이따린은 샤오차허 전역을 뒤져봤지만 그녀의 모습을 찾을 수 없었다. 나흘 후에야 그녀는 헤이룽강 하류에 있는 '란위컹(爛魚坑)'이라 불리는 곳에서 발견되었다. 시신은 강기슭에 있는 버드나무 숲까지 쓸려가 있었고 이미 심하게 부패되어 있었다. 사람들은 청잉이 반지를 찾으러 갔다가 급류에 휩쓸려갔거나 아니면 자살한 것일 거라고 말했다. 그렇게 아끼던 물건이 사라져버려 더는 살 수가 없었다는 것이다.

나는 문득 마이가 추이따린의 집에서 '압상'을 할 때 복통을 앓았던 일이 떠올랐다. 동자가 너무 영험해서 그들의 새 침대가 새 부부에게 행운을 가져다주지 않을 것이라는 사실을 예감한 것이 아닌가 하는 생각이 들었다.

이때부터 추이따린은 허리가 구부러지기 시작했다. 하루 종일 머리를 푹 숙인 채 아무하고도 말을 주고받지 않았다. 아직 마흔도 채 안 된 사람이 초로의 노인 같아 보였다. 그의 집에서 더 이상 약을 달이는 냄새도 나지 않았다.

추이따린이 아내를 잃은 데다 라오판의 액운에 연루되었던 것 때문에 나는 늘 그가 안쓰러웠다. 마이가 집에 있을 때면 나는 자주 그의 집에 가서 장작을 패거나 마당을 쓸고 물을 기어다 주는 등 집안일을 돕게 했다. 가끔씩 맛있는 음식을 하는 날에는 그에게 한 그릇 가져다주곤 했다. 샤오차허 사람들역시 그를 딱하게 여기며 종종 그의 집에 음식과 건량을 보내주었다.

그 무렵 이미 다 큰 마이는 아빠가 자신 때문에 힘든 일을 겪는다는 사실을 알고는 몹시 우울해했다. 녀석은 무단결석을 하기 시작했고 난로에 불을 피우러 학교에 일찍 가는 일도 없었다. 때로는 붉은 술이 달린 창을 들고 몇 십 리를 걸어서 카이쿠캉까지 아빠를 만나러 가기도 했다. 누구든지 아빠에게 무력을 쓰기만 하면 자신이 칼로 찔러버리겠다고 말하기도 했다. 마이는 열네 살에 벌써 키가 170센티미터나 됐고 몸무게도 50킬로그램이 넘었다. 수염도 제법 나서 덩치가 큰 청년 같아 보였다. 카이쿠캉 사람들은 마이가 찾아올 때마다 항상 위풍당당한 모습을 하고 있었던 것을 모르는 사람이 없었다. 라오판에게 비판투쟁을 가했던 사람들도 이런 훌륭한 아들을 두었으니 살 만한 가치가 있겠다고 말했다.

마이는 학교를 그만둔 뒤로 겨울이 되면 산에 올라가 벌목을 했고, 여름에는 사람들을 따라 헤이룽강에서 강물을 이용하여 목재를 샤오차허에서 헤이허 항구까지 운송하는 뗏목 띄우기 작업을 했다. 한 번 뗏목을 띄울 때마다 여드레에서 열흘이 걸렸다. 뗏목을 띄우는 일은 아주 위험한 작업이었기 때문에, 마이가 뗏목을 띄우는 일을 하러 갈 때마다 나는 헤이룽강의 수많은 급류와 위험한 여울이 떠오르면서 혹시 사고라도 나면 어떻게 하나 하는 생각에 제대로 잠을 이룰 수 없었다.

마이가 뗏목을 띄우는 일에 참여할 때마다 나는 항상 십장에게 술을 대접하면서 마이를 잘 보살펴달라고 부탁하곤 했다. 뗏목 위에서 노를 관리하는 십장을 '물 보는 사람'이라고 불렀다. 노는 배의 상앗대에 해당하는 장치로 방향을 잡는 기능을 했다. 뗏목이 무사히 떠내려가느냐의 여부는 노를 잡고 있는 십장의 손재주에 달려 있었다. '물을 보는' 십장도 마이를 무척 좋아해서 마이가 뗏목을 띄우기만 하면 가는 내내 바람도 잔잔하고 물결도 일지 않는다고 말했다. 마이는 행운아였다. 일반적으로 뗏목으로 엮은 목재는 길이가 백 미터가 넘었고 너비는 삼십 미터나 되었다. 그리고 그 위에 이백 평방미터의 목재를 적재할 수 있어야 했다. 이런 뗏목을 한 번 띄우는 데 보통 일고여덟 명의 장정이 필요했고 뗏목 위에는 취사도구와 천막도 실려 있어 그 위에서 숙식을 해결했다. 십장은 마이가 뗏목에 서서 강물 위로 오줌을 갈기는 것이 가장 통쾌하다고 말했다고 전했다. 달빛이 좋은 밤이면 뗏목 위에서 술을 마시기도 한다고 했다. 이럴 때면 마이가 쾌판서(快板書)[5] 솜씨를 뽐내기도 한다고 했다. 마이가 이들에게 들려주는 이야기들은 대부분 자신이 지어낸 것들로 하나같이 영웅과 미인에 대한 이야기라, 함께 뗏목을 타는 사람들 모두 좋아한다고 했다.

1974년에 마이는 집에서 세는 나이로 열여덟 살이 되었다. 아주 많은 사람들이 그에게 배우자감을 소개해주었지만 마이는 사내대장부는 천하를 집처럼 여기면서 떠돌아다녀야 하기 때문에 아내를 맞으면 짐만 될 뿐이라고 말했다. 그해 여름, 마이는 또 뗏목을 띄우러 갔다. 이번에 뗏목 작업이 마이의 운명을 바꿔놓았다.

수로로 샤오차허에서 헤이허까지 가려면 진산(金山)이라는 지역을 지나야 했다. 진산 맞은편 기슭에는 소련의 작은 마을이 자리 잡고 있었다. 일반적으로 뗏목을 띄우는 일은 낮에 항행하고 밤에는 잠을 자야 하기 때문에 매일 저

---

5 대쪽 2개로 이루어진 리듬 악기와 2개의 동판을 작은 대쪽 4개 사이에 끼워 넣어 만든 리듬악기를 두드리며 이따금 대사도 넣어가며 노래하는 중국의 민간 기예.

녁마다 정박할 곳을 찾아야 했고, 이튿날 아침이면 다시 뗏목을 몰아야 했다. 이 진산 구간의 수로에는 돌과 큰 바위들이 많기 때문에, 당일 바람이 세게 불고 물을 보는 십장이 뗏목을 정박하면서 노를 단단히 고정시키지 않으면, 뗏목으로 엮은 목재가 소용돌이를 일으키면서 바람을 따라 곧장 소련 쪽으로 흘러가게 되고, 한순간에 남의 땅으로 넘어가기 십상이었다. 당시에는 소련 역시 헤이룽강에 대한 방어를 강화하고 있던 터라 우리가 '강토끼(江▨子)'라고 부르는 순시선들이 항상 강 위를 돌아다니고 있었다. 뗏목으로 엮은 목재가 강안에 접근하기만 하면, '강토끼'들이 쏜살같이 쫓아와 소련 병사들이 들고 있던 총을 뱃사람들에게 들이대면서 알아들을 수 없는 말로 고함을 지르곤 했다. 말이 안 통하다 보니 십장은 하늘을 가리키는 수밖에 없었다. 하늘이 뗏목을 이리로 보낸 것이지 의도적으로 국경을 넘은 것은 아니라는 뜻이었다. 이때 마이가 볼을 불룩하게 부풀려 휘리릭- 하고 큰 바람 소리를 흉내내자 소련 병사들은 일제히 웃음을 터뜨렸다.

해가 질 무렵이라 작은 마을에 사는 사람들 모두 저녁을 짓느라 분주했고 리에바를 굽는 냄새가 진동했다. 십장은 강가 마을에 어망을 짜는 아가씨들이 몇 명 있었는데, 그 가운데 파란 블라우스를 입고 금발 머리를 한 갈래로 땋은 아가씨가 다른 사람은 거들떠보지도 않고 오로지 마이만 뚫어지게 쳐다보고 있었다고 말했다. 아가씨는 크고 초롱초롱한 눈망울에 희고 깨끗한 피부를 가졌으며 계란형 얼굴형에 입술은 마치 방금 팥을 먹은 것처럼 붉었고 풍만한 몸매에 화려한 자태를 뽐냈다고 했다. 십장은 소련 사람들이 술을 좋아한다는 것을 알고는 뗏목에 실려 있던 소주 몇 병을 가져다가 그들에게 선물했다. 소련 병사들은 강가에 있던 아가씨들에게 마을에 들어가 오이절임과 리에바를 가져오라고 지시했다. 이리하여 소련 병사들과 뗏목꾼들은 강가에 둘러앉아 함께 먹고 마셨다. 십장이 말한 그 아가씨는 마이 등 뒤에 서서 마이에게 빵도 떼어 주고 술도 따라주었다. 마이 역시 그녀가 마음에 들었는지 그녀를 보자마자 얼굴이 온통 붉어졌다. 먹고 마시기를 마치자 어느새 날이 어두워졌고 바람도 멎어 있었다. 달이 떠오르기 시작하자 십장은 뗏목을 다시 진산 쪽으로 되돌리려 했다. 마이가 뗏목에 오르는 것을 바라보고 있던 아가씨가 눈물이 그렁그렁한 얼굴로 호주머니에서 나무 국자 한 개를 꺼내 마이에게 건넸다. 나무 국자는 자루와 바닥이 금색이고 윗부분에는 단풍잎 두 개와 팥 여섯 알이 그려져 있었다. 마이는 나무 국자를 받아 상의 깊숙이 쑤셔 넣었다.

이번에 뗏목을 띄우고 돌아온 후 마이는 예전의 마이가 아니었다. 혼자서 나무 국자를 손에 들고 마당에 넋을 놓고 앉아있기 일쑤였다. 하루에 한 번씩 물고기를 잡으러 간다느니, 멱을 감으러 간다느니, 신발을 빨러 간다느니 하는 명분으로 강가에 나갔지만 사실은 그가 강 건너편을 바라보기 위해 나간다는 사실을 누구나 다 알고 있었다.

어느 날, 마이는 그물에 무게가 열 근은 족히 되어 보이는 붉은 배의 열목어를 한 마리 잡아가지고 왔다. 물고기는 집안으로 들고 들어올 때에도 여전히 머리와 꼬리를 휘젓고 있었다. 나는 장즙어(醬汁魚)[6]를 만들어 단지에 담아 카이쿠캉에 있는 라오판에 가져다주기로 마음먹었다. 생선 비늘을 다 벗겨내

6 기름에 통째로 튀긴 생선 위에 걸쭉한 양념장을 친 음식.

고 칼로 속을 가를 때 이 생선의 배가 이상할 정도로 크다는 생각이 들었다. 큰 물고기의 부레는 아주 구하기 힘든 별미라 부레를 잘라내기 위해 물고기의 배를 가르는 순간 희미하게 초록색 물건이 눈에 들어왔다. 놀랍게도 물고기 뱃속에 반지가 들어 있는 것이었다! 꺼내서 자세히 살펴보니 뜻밖에도 청잉이 잃어버린 바로 그 반지였다. 나는 아예 내 눈을 믿을 수 없었다! 내 눈이 침침해진 것이 아닌가 의심하면서 큰 소리로 마이를 불렀다. 마이는 반지를 보자마자 "청선생님이 끼고 계시던 반지네요!" 라고 말했다.

우리는 반지를 대야에 넣고 비누로 씻고 또 씻었다. 반지에 묻어 있던 생선 기름과 물풀들을 깨끗이 씻어냈다. 반지는 시집가는 색시처럼 아름다워 보는 사람의 가슴을 뛰게 하기에 충분했다. 문득 이 물고기가 조금만 더 일찍 잡혔더라면 청잉이 그렇게 죽지도 않고 좋았을 것이라는 생각이 들었다. 그녀가 빨래를 하고 있을 때 손가락에서 미끄러져 강물에 빠진 것이 사실임을 반지가 확실하게 설명해주고 있었다. 나는 마이와 함께 반지를 손수건으로 잘 싸서 서둘러 추이따린의 집으로 찾아갔다. 그에게 돌려주기 위해서였다. 그러나 추이따린은 반지를 보자마자 울면서 뜻밖의 반응을 보였다.

"이건 운명이네요, 운명이에요. 저는 이 반지를 가질 수 없습니다."

나는 그가 청잉이 그리워서 괴로워하는 것이라고 생각하고는 좋은 말로 타일러주었다.

"지금은 받아들이기 힘들겠지만 반지를 장롱에 잘 보관해두도록 해요. 남은 반평생을 이렇게 혼자서 보낼 수는 없지 않겠어요. 적당한 사람을 못 만나면 찾아 나서도록 해요. 밤에 불을 끄고 좋은 얘기를 나눌 수 있는 그런 사람

말이에요."

추이따린은 갑자기 내 손을 부여잡고 눈물로 범벅이 된 얼굴로 말했다.

"판형수님, 이 반지는 형수님 차지가 될 운명이에요. 더 이상은 드릴 말씀이 없습니다. 반지가 또다시 저의 집으로 돌아온다면 전 죽는 수밖에 없어요!"

내가 말했다.

"이 물건이 그렇게 진귀한 건데, 내 것일 리가 있겠어요. 나도 가질 수 없어요."

뜻밖에도 추이따린은 내 앞에 무릎을 꿇고는 자기를 좀 살려달라고 하면서 제발 반지를 가지고 있어 달라고 했다. 내가 말했다.

"그럼 이 반지를 마이에게 줄게요. 물고기를 잡은 사람이 마이이니 마이가 주운 것이나 마찬가지니까요. 이 반지를 마이가 보관하고 있다가 아내를 맞을 때 쓰라고 하면 되겠네요."

마이가 추이따린을 부축해 일으키면서 거리낌 없이 말했다.

"저도 이 반지가 맘에 들어요. 제가 갖을게요!"

그러고는 반지를 받아 호주머니에 집어넣었다.

그때까지도 나는 추이따린의 마음속에 감춰진 비밀을 알지 못했다. 단지 그가 아내를 잃고 나서 아내가 쓰던 물건을 보게 되는 걸 두려워하는 것이라고만 생각했다.

나는 그 물고기를 기름에 완전히 지진 다음 된장을 한 공기 넣고 약한 불로 세 시간을 졸였다. 생선이 뼈까지 흐물흐물해지자 그릇에 가득 담아 트랙터를 타고 카이쿠캉으로 갔다. 그때는 이미 샤오차허에서 카이쿠캉까지 간이

도로가 닦여 가는 길이 훨씬 쉬워져 두 시간이면 도착할 수 있었다. 선착장에 있는 사람들은 라오판을 아주 잘 대해줬고 그에게 힘든 일도 시키지 않았다. 또한 내가 찾아갈 때마다 라오판에게 하루 휴가를 주어 나와 함께 공급 수매 합작사를 구경할 수 있게 해주었다. 나는 라오판에게 반지가 물고기 뱃속에 들어가 있었던 이야기를 해주었다. 라오판이 말했다.

"정말 신화 같은 이야기구려. 마이 녀석이니까 뱃속에 에메랄드 반지가 든 물고기를 잡을 수 있었던 걸 거요!"

내가 카이쿠캉에서 샤오차허로 돌아왔을 때 마이는 이미 떠나고 없었다. 정말 상상도 할 수 없는 일이었다. 녀석은 세 통의 편지를 남기고 떠났다. 그 가운데 한 통은 카이쿠캉의 조직에 보내는 것이었다. 편지에서 녀석은 자신이 소련에서 태어나는 바람에 아버지가 소련 스파이로 몰리게 됐다면서, 이제 자신은 중국을 떠나 영원히 집과 관계를 끊을 테니 아버지를 샤오차허로 돌려보내야 한다고 썼다. 또 한 통은 자기 형과 누나들에게 쓴 것으로, 자신은 불초자식이니 남은 형제들이 부모님을 잘 모셔주고 죽을 때까지 효도를 다해 달라고 당부하는 내용이었다. 마지막 한 통은 나와 라오판에게 쓴 것으로, 자신은 이번에 떠나면 영원히 돌아오지 않을 것이지만 그렇다 하더라도 절대로 슬퍼하지 말고 몸 건강히 잘 계시라는 인사였다. 우리에게 보낸 편지 맨 밑에는 고두의 예를 올리는 남자 아이를 하나 그려놓았다. 그러면서 매년 섣달 그믐날 밤마다 자신이 살아 있는 한 어디에 있든지 샤오차허 방향을 향해서 우리에게 고두로 세배를 올릴 것이라고 썼다.

마이는 그 반지와 붉은 팥이 그려져 있는 나무 국자를 가지고 떠났다. 나는 그가 강 건너편으로 헤엄쳐 갔다는 것을 모르지 않았다. 라오판은 강인하고 굳센 사람이라 이제껏 그가 눈물을 흘리는 모습을 한 번도 본 적이 없었다. 하지만 마이가 떠나자 더 살고 싶지 않을 정도로 슬퍼했다. 그 뒤로는 누군가 이 얘기를 꺼내기만 하면 눈물을 보였다. 나도 칼로 가슴을 찌르는 것처럼 괴로웠지만, 라오판을 위해 애써 마음을 추스르면서 결국에는 아이가 태어난 곳으로 돌려보내야 한다고, 그것이 운명이라고 말해주었다.

우리는 감히 편지의 내용을 공개하지 못하고 단지 마이가 실종되어 어디로 갔는지 알 수 없다고만 말했다. 그러지 않을 경우 라오판은 나라를 배신하고 적에게 투항한 아들을 둔 셈이 되어 죄가 더 가중되기 때문이었다. 그 세월 동안 우리는 하루 종일 마음을 졸이며 살았다. 어느 날 갑자기 마이가 송환되어 돌아오지나 않을까 두려웠다. 송환되었다는 소식이 없으면 우리는 또 녀석이 밀입국하다가 익사한 것은 아닌지 걱정되었다. 헤이룽강 어디에서라도 시신이 발견되었다는 말만 들어도 우리는 몸을 부들부들 떨다가 그 시신의 주인이 마이가 아닌 것을 확인하고서야 비로소 안도의 숨을 내쉴 수 있었다. 겨울이 되어 강이 봉쇄되자 우리도 점차 마음의 안정을 되찾기 시작했다. 마이가 틀림없이 마음에 드는 처자와 함께 편안한 생활을 하고 있을 것이라고 생각했다.

문화대혁명이 끝나면서 라오판은 샤오차허로 돌아오게 되었다. 당시 경영소는 이미 임장으로 확장되어 있었고 상부에서 장장(場長)이 파견되어 있었다. 장장은 라오판에게 부장장을 맡아달라고 부탁했지만 라오판이 이를 거절했다. 라오판은 자신은 곧 예순 살이 되는 사람인 데다 류머티즘을 앓고 있기 때문에 일을 할 만한 능력이 없다고 말했다. 나는 마이가 떠난 것이 그의 기름등에서 심지를 **빼낸** 것과 마찬가지라는 것을 모르지 않았다. 그의 마음속에는 빛이 얼마 남아 있지 않았다.

1989년, 라오판이 세상을 떠났다. 칠십 세까지 살았으니 호상인 셈이었다. 세상을 뜨기 직전에 그는 내가 샤오차허로 올 당시 돼지기름 항아리를 가지고 오느라 정말로 힘들었겠다고 말했다. 나는 그가 마이를 생각하고 있음을 알고는 마이가 우리에게 남기고 간 편지를 가져다 보여주었다. 그는 그 고두의 예를 올리는 남자 아이를 뚫어져라 쳐다보다가 웃으면서 세상을 떠났다.

라오판의 장례식에서 추이따린은 내게 자신을 반평생 동안 괴롭혔던 비밀을 말해주었다. 그는 그 반지가 정말로 내 것이었다고 말했다. 그는 나를 카이쿠캉에서 샤오차허까지 데리고 오는 길에 돼지기름 항아리가 깨지자 나를 도와 그릇 안에 돼지기름을 긁어모으다가 기름 항아리에서 나온 에메랄드 반지를 발견했다. 그리고 순간적으로 재물이 탐나 반지를 훔쳐 자기가 가졌던 것이다. 처음에는 그도 내가 그 항아리 안에 반지를 숨긴 것으로 알고는 감히 반지를 꺼내지 못하다가 나중에 내게 몇 번 슬쩍 물어보고 그 돼지기름 항아리가 집과 맞바꾼 것이라는 걸 알게 되었고, 내가 반지에 관해 아무것도 모른다는 사실을 알고는 그제야 감히 꺼내볼 수 있었다고 했다.

그는 또 청잉을 자기 곁에 둘 수 있었던 것도 확실히 그 반지 때문이었다고 말했다. 사실 그는 청잉이 자신을 쫓아다니던 기술자를 훨씬 좋아했다는 것도 알고 있었다. 결혼하고 나서 그는 그 반지를 볼 때마다 다리에 힘이 빠져 남자가 해야 할 일을 제대로 할 수 없었다고 했다. 이에 그는 청잉에게 그 반지를 끼지 말아줄 것을 부탁했었지만 그녀는 말을 듣지 않았고, 이 때문에 자주 말다툼을 했다고 했다. 나는 추이따린에게 왜 라오판이 죽은 뒤에야 내게 이런 얘길 해주는 거냐고 물었다. 그는 라오판은 사내대장부라 이런 사실을 알았다면 자기를 쳐다보는 눈빛만으로도 죽일 수 있었을 것이라고 말했다.

이제야 나는 당시 훠따옌이 왜 다른 사람들에게 그 돼지기름을 먹게 하지 말라고 당부했었는지를 알게 되었다. 알고 보니 그는 남몰래 나를 좋아해 내게 그 반지를 선물하려 했던 것이다. 라오판의 동생이 형의 장례를 위해 고향인 허위안에서 달려오자마자 나는 그에게 훠따옌의 소식을 물었다. 훠따옌은 뇌출혈로 육칠 년 전에 죽었다고 했다! 죽기 전에 그는 라오판의 동생을 보기만 하면 형과 형수에게서 편지는 오는지, 두 사람은 그곳에서 잘 살고 있는지 자주 물었다고 했다. 라오판의 동생은 또 한 번은 자기가 훠따옌에게 내가 아들을 낳았고 이름을 마이라고 지었다고 얘기해주자, 훠따옌은 빈대라고 부르는 것보다는 낫다고 말하고는 화가 나서 씩씩거리며 가 버렸다고 말했다. 훠따옌의 부인은 거칠고 드센 여자라 두 내외가 평생 사이가 좋지 않았다고 했다. 훠따옌의 병이 위급했을 때에도 그의 아내는 신발가게에 들어가 검은 가죽 구두를 신어보고 있었고, 사람들이 그녀에게 빨리 집으로 돌아가라고 재촉하는데도 조급해 하거나 당황하는 기색도 없이 신발가게 주인에게 빨간 신발로 바꿔달라고 말했다는 것이다. 그가 죽었다고 하자 그녀는 자신은 액땜을 한 셈이니 늙은 개자식의 혼귀가 달라붙는 일은 없을 것이라고 악담을 했다고 했다.

아, 나는 이 반지의 내력을 한 발 늦게 알게 된 것이 너무나 안타까웠다. 라오판이 살아 있을 때 그에게 한껏 뽐낼 수 있었을 텐데 말이다.

"이것 봐요. 나를 좋아하는 남자가 또 있다고요."

하지만 라오판의 성격으로 미루어볼 때 그는 이런 얘길 듣고도 큰 소리로 웃으며 이렇게 말했을 것이 분명했다.

"눈이 꼭 소 눈처럼 생긴 백정이 당신을 좋아한다는 걸 가지고 뭘 그리 잘난 척이오?"

라오판이 세상을 떠나고 나서 2년 후에 추이따린도 세상을 떠났다. 나는 아직 살아서 자식과 손주들이 집안에 가득하다. 내 평생에 가장 잊을 수 없는 일은 허위안에서 샤오차허까지 오는 길에 만났던 비와 바람이다. 나의 운명은 그 돼지기름 항아리와 뗄 수 없는 것이었다. 여름철 저녁 무렵이면 나는 자주 헤이룽강 강변을 거닐면서 국경 너머 강 저편을 바라보곤 한다. 날개를 활짝 펴고 강 양안 사이를 날아다니는 새들의 울음소리가 그렇게 듣기 좋을 수가 없다. 어떤 새는 쑤엉 쑤엉 하고 우는 것 같다. 이런 울음소리를 들으면 더욱더 고개를 쳐들게 된다. 눈이 이미 침침해져 새 그림자를 분명하게 볼 수는 없지만 새의 등 뒤로 보이는 하늘은 아주 분명하게 볼 수 있다.

지은이

레 민 쿠에 Lê Minh Khuê 베트남

———

본명은 브우 티 미엥. 1949년 베트남 하노이 남쪽의 송꼬이 강 삼각주에 있는 타인
호아에서 태어났다. 1950년대 초 토지개혁운동의 여파로 일찍 부모를 여의고, 베트
남 독립과 문학에 열정적이었던 삼촌 부부의 손에 자랐다. 1964년에 베트남 인민군
유소년 자원군(지뢰조사반)으로 참전했다. 1969년에 군 복무를 마치고 하노이에 돌아갔
지만, 도시 생활에 적응하지 못하고 다시 정글로 돌아가 1975년 종전될 때까지 다낭
근처의 정글에서 부대 생활을 수행했다.

참전 중 군사 기관지 《선발대》와 《해방》지의 전쟁 통신원으로도 활동했다. 1973년에
단편소설 「멀리 있는 별들」을 발표하며 작가로 데뷔하였다. 전쟁에 참전했던 자신의
사춘기 시절 경험을 담고 있지만 단순히 애국적인 감정에 호소하거나 전쟁의 참상을
보고하는 데에 그치지 않고, 이후의 소설에서도 특징적으로 나타나는 현실에 대한
풍자적 태도와 인간 내면에 대한 신랄한 천착의 맹아를 보인 것으로 평가된다.

1986년에는 「도시를 벗어났던 어느 날 오후」를 발표하였고, 이 소설로 1987년에 베
트남작가협회가 선정한 최고의 단편소설상을 수상했다. 이 밖의 주요 작품으로 『여
름 한철』(1978), 『결말』(1982), 『도시를 벗어났던 어느 날 오후』(1986), 『나는 죽지 않았
다』(1991), 『작은 비극』(1993), 『레 민 쿠에 단편집』(1994), 『가을 바람결에』(1999), 『강,
오후, 비』(2002), 『혼자서 거리를 걷다』(2006), 『별, 지구, 강』(2008), 『열대풍』(2012) 등
이 있다. 여러 작품이 영어와 불어, 독어, 이탈리아어 및 한국어로 번역 소개되었다.
2008년 한국에서 이병주문학상을 수상했다. 베트남을 대표하는 여성작가로서 현재
하노이에서 활발히 작품 활동을 하는 한편, 베트남작가협회출판사의 소설 부문 편집
장으로 젊은 작가를 발굴하고 현대 베트남 소설을 영어권에 소개하는 작업도 병행하
고 있다.

옮긴이

정영목

———

서울대학교 영문학과를 졸업학고 동 대학원을 졸업했다. 전문번역가로 활동하며 현
재 이화여자대학교 통역번역대학원 교수로 재직 중이다. 필립 로스, 알랭 드 보통,
주제 사라마구 등 유명 작가들의 작품 대부분을 번역했으며, 옮긴 책으로 『죽어가는
짐승』『왜 나는 너를 사랑하는가』『눈먼 자들의 도시』『에브리맨』『프로이트』『철학
이야기』『제국의 눈물』『불안』『내셔널 지오그래픽의 과학, 우주에서 마음까지』 등
이 있다. 『로드』로 제3회 유영번역상을, 『유럽문화사』로 제53회 한국출판문화상(번역
부문)을 수상했다.

07

골목 풍경

레 민 쿠에
Lê Minh Khuê

계간《아시아》 9호 수록
이 작품은 베트남어로 쓰였다. 박 호아이 짠과 데이나 삭스가 공동영역하였고 정영목이 한역하였다.

예전에 선량한 사람들은 밤이면 이 어둡고 냄새 나는 골목으로 선뜻 들어오지 못했다. 그 시절에 이 골목에는 전기가 들어오지 않았다. 이곳은 사람들이 쓰레기를 버리는 곳이었으며, 불법 거주자들이 버려진 나뭇조각이나 쌀부대를 가져다 움막을 짓고 사는 곳이었다. 그런데 지난 2~3년 동안 이 골목길은 갑자기 마취에서 깨어난 것 같았다. 나무와 꽃이 있는 집들이 가득 들어차면서 활기를 띠었다. 사람들 얼굴도 변했다. 이제는 전처럼 야생이 아닌 인간의 얼굴이었다.

골목 깊숙한 곳에 꾸잇의 2층짜리 집이 있었다. 꾸잇의 아버지는 예전에 사람을 죽여 사형을 당했다. 그의 어머니는 재혼을 하는 대신 쓰레기를 주워 자식을 키웠다. 그러다가 누군가에게 뇌물을 써서 꾸잇이 위대한 나라 독일에 노동자로 가서 일하도록 했다. 꾸잇은 5년 뒤에 돌아와 그들의 궁상맞은 움막을 2층짜리 별장 같은 집으로 바꾸어놓았다. 서구의 화폐가 요정의 마법보다더 강력한 마법을 발휘했던 것이다. 몇 층짜리 집을 원하면 바로 눈앞에 나타났다. 경비견이나 관상용 식물을 원하면 눈 깜짝할 사이에 내 것이 되었다. 심지어 꿈에서 본 것처럼 어여쁘고, 똑똑하고, 영어도 잘하는 부인을 얻을 수도 있었다. 꾸잇 부부는 매일 왕자 부부처럼 오고 갔다. 그들에게는 아버지를 쏙 빼닮은 아들이 있었다. 입은 삐죽 튀어 나왔고, 눈은 쭉 찢어졌으며, 코는 비뚤어졌고, 팔다리는 자라다 만 것 같았다. 그러나 이 아들은 늘 최신 유행의 옷을 입고 늘 외제 향수를 발랐기 때문에 별로 눈에 거슬리지 않았다.

부부와 아들은 1층에서 잤다. 넓디넓은 2층은 증기롤러만큼이나 우람한 서양인에게 세를 주었다. 이 서양 남자는 도심의 한 외국 회사에서 무슨 일인가를 했다. 골목 사람들은 그가 차를 몰고 다니는 모습을 보았으며, 아침이면 골목에서 긴팔원숭이처럼 털이 많은 몸을 드러내고 운동을 하느라 씩씩대는 소리를 들었다. 그는 매일 위스키 냄새를 풍기며 늦게 들어왔으며, 매춘부를 자신의 전용 층계로 데리고 올라갔다. 꾸잇 부부가 그런 것을 허용하는 대가로 집세 외에 따로 받는 돈이 있다는 소문도 돌았다. 돈이 돈을 번다, 그런 말도 있지 않은가.

꾸잇이 독일에 노동자로 일을 하러 가기 전에는 그의 집은 싸우는 소리로 시끄럽지 않은 때가 없었다. 그러나 이제 말소리는 부드럽기 그지없었다. 꾸잇의 부인이 아들을 두고 이웃들에게 털어놓는 불만이라면 집에 소시지며 우유며 수입 사과나 배가 널렸는데도 손도 대지 않으려 한다는 것뿐이었다. 그녀는 여왕처럼 차려입었으며 외국 회사에서 일을 했다. 가끔 눈가에 주름이 잡힐 때까지 웃음을 터뜨리며, 집에 세 든 서양인에게 영어로 "웰! 웰!" 하고 말하는 모습을 볼 수 있었다.

그 서양인은 엄청난 술고래였다. 밤에 집에 올 때마다 골목 어귀에서 자동차 속도를 높여 쏜살같이 치고 들어왔다. 조금만 늦게 길을 비켰다가는 참사가 일어날 판이었다. 한동안 사람들은 겁을 먹어 밤 열시만 되면 감히 얼굴을 내밀지 못했다. 멀리서 그의 차 소리가 들리면 노인들은 귀를 틀어막고 담요 속으로 파고들었다. 차가 그다지 시끄러운 소리를 내지 않는 밤, 그러니까 그가 술이 별로 취하지 않은 밤에도 사람들은 차 안에 틀림없이 여자가 타고 있다는 것을 알았다. 그의 버릇을 알았기 때문이다. 그는 매달 마지막 날, 술이 최고로 취하는 날 하루만 혼자 들어왔다. 서양인도 이때는 돈이 바닥나 술 외에 다른 것은 엄두를 낼 수가 없었다. 그는 일단 방에 들어가면 발코니로 나와 목이 터져라 노래를 불렀다. 멀리서 그의 목소리만 들려도 아이들은 엄마한테 바싹 달라붙고, 개들은 대문으로 달려가 짖어대느라 온 동네가 소란스러웠다.

꾸잇의 집 근처에 시내의 유명한 회사에서 고위직으로 막 승진한 어떤 남자의 집이 있었다. 그의 성은 또였으며, 어렸을 때 어머니와 함께 이 동네에서 쓰레기를 주웠다. 또는 부지런한 어머니 덕분에 고등학교까지 갈 수 있었으며, 1975년 4월에 군인이 되었다. 군대에 들어가기 좋은 때였다. 그달에 전쟁이 끝났기 때문이다. 아주 많은 사람들이 이미 죽었고, 앞으로 죽을 일은 없을 것 같았다. 또는 베트남 중부의 한 도시로 가서 군정에 참여하여 자본가들의 저택에서 잡초를 제거하는 일을 맡았다. 북으로 돌아왔을 때는 돈을 하도 많이 벌어 더 벌 필요가 없는 사람처럼 보였다.

또가 일하던 회사에서는 그를 아주 양심적이라고 생각하여 최고위직까지 승진시켰다. 또는 출세를 하자 농민의 이름을 버리고 더 세련된 이름을 구했다. 이제 그의 성은 또안이었다. 또안은 비서를 두었으며, 함께 차를 타고 갈 때마다 먼저 내려 그녀를 위해 문을 열어주었다. 또안은 서양 위스키로 고객을 접대했다. 그러나 높은 자리에 올라 큰 재산을 모으기는 했어도 교양은 없었다. 또안은 퇴근 후면 기사에게 곧장 클럽으로 가라고 지시하곤 했다. 그는 마사지라면 사족을 못 썼다. 마치 꿈을 꾸는 듯한 은밀한 분위기에서 자신의 무릎에 앉은 젊은 여자의 보드라운 허벅지를 주무르는 것도 좋아했다. 그의 동료들도 마찬가지였다. 남자들은 양쪽 무릎에 여자를 하나씩 앉힌 다음 두 팔로 허리를 감싸 안고 입을 벌렸다. 아기처럼 젖을 먹여주기를 기다리는 것이었다. 사실 이것이야말로 우리나라 남자들이 특별히 즐기는 향락이었다.

몇 달 전부터 그에게 정부가 있다는 소문이 났다. 이로써 고위층에 올라간 농민이 마지막으로 갖추어야 할 것마저 갖춘 셈이었다. 또안은 정부에게 집을 한 채 사주고, 즐기고 싶을 때마다 그곳으로 갔다. 또안의 영리한 부인은 남편의 평판을 걱정하여 사람들이 있는 데서는 절대 다투지 않았지만, 둘이만 있을 때는 자주 물고 때렸다. 어느 날 또안은 이마에 구아바 열매만 한 혹을 달고 나타났다. 그는 집의 층계가 너무 미끄러워 넘어졌다고 핑계를 댔다.

또안의 아버지는 아흔이 넘었다. 귀도 멀고 걸음도 느렸지만, 식욕은 여전히 왕성했다. 노인은 사람들의 입술이 움직이는 것이 보일 때마다 눈을 반짝거렸다. 앉아서 사람들의 입을 물끄러미 바라보기를 좋아했는데, 아직 뒤집기를 배우지 못한 아기 같은 표정이었다. 또안이 아내와 좀처럼 다투지 않는 것은 아버지 때문인지 몰랐다. 그래도 이 며느리는 여전히 노인의 손발을 씻겨주고, 밥이 식으라고 불어주고, 국을 끓여주었다. 아들이 그래 주기를 기다렸다가는 아마 굶어 죽었을 것이다. 아들은 늘 회의 중이었고, 퇴근 후면 마사지나 맥주나 여자를 찾아갔기 때문이다.

"별 볼일 없는 집안에서 태어나 논물에 발 담그고 살아가던 것이 염병, 이제 돈 좀 있다고 온갖 욕심을 내고 원숭이처럼 남들 흉내만 내고 있으니." 부인은 입에서 나오는 대로 남편 욕을 했고, 귀머거리 시아버지는 당나귀처럼 귀를 쫑긋거렸다.

가끔 아들은 분을 이기지 못하고 아버지를 쳐다보며 생각하곤 했다. "어서 죽지 않고 뭐 하쇼?"

*

어느 날 저녁, 꾸잇의 집에 세를 든 서양인은 완전히 고주망태가 되어 평소보다 일찍 차를 몰고 집에 왔다. 차가 골목길 어귀에 들어서는 순간 뭔가와 부딪치는 바람에 서양인은 화들짝 놀라 브레이크를 밟았다. 술이 확 깼다. 골목길 거주자들이 밖으로 몰려나와 순식간에 골목은 사람들로 꽉 찼다. 저게 누구네 집 애지? 벌써 죽었잖아. 어서 일으켜 봐! 이런 끔찍한 일이!

차는 머리를 치었다. 부러진 목이 한쪽으로 기울었고, 피가 내를 이루어 골목을 흘렀다. 띳 부인의 딸인 벙어리 띠 깜이었다. 이들 모녀는 함께 이곳에 살러 왔지만, 아무도 그들이 어디서 왔는지 알지 못했다. 사람들은 이들이 밤이면 골목 어귀 사우 나무 밑에서 불을 피우고 밥을 짓는 모습을 보곤 했을 뿐이다. 벙어리인 데다가 정신도 약간 오락가락하는 띠 깜은 어머니를 기다리며 멍하니 앉아 있곤 했다. 띳 부인은 쓰레기를 뒤지러 다녔으며, 주워온 플라스틱 조각들을 씻어서 보도에 널어놓고 말리곤 했다. 그녀는 빈 깡통도 모았고, 고철도 사들였다. 한 마디로, 딸을 키우기 위해서라면 무슨 일이든 했다.

벙어리인 데다가 정신이 약간 오락가락했던 띠 깜은 어느 날 발 닿는 대로 걷다가 기차역까지 갔다. 그곳에서 불량배들이 그녀를 뒤쪽 구석으로 끌고 갔다. 청년들이 괴롭히는 동안 띠 깜은 가만히 누워 있었다. 지나가던 사람들은 띠 깜의 신음과 뒤섞인 짐승들의 거친 웃음소리를 듣고 머리카락이 쭈뼛 서는 느낌을 받았다. 띠 깜은 발정기의 암캐 같은 소리를 냈다. 그 소리는 역 뒤편에서 나왔다. 죄악의 소리였다. 그러나 밤의 소음이 가엾은 띠 깜의 흐느낌을 덮어버렸다. 지난 석 달 동안 띠 깜의 배가 불러오자 띳 부인은 늘 건드리기만 하면 울음이 터질 듯한 표정이었다. 띠 깜은 임신을 하자 정신이 좀 돌아오는 듯했다. 이제 혼자 웃으며 왔다 갔다 하지도 않았다. 대신 나무 밑동에 맥없이 앉아 있곤 했다. 몇 번인가 자선 기관에서 차를 몰고 와 이들 모녀를 본부로 데려갔다. 정부에서 돌봐주겠다는 것이었다. 그러나 며칠 뒤면 이들 모녀는 어김없이 원래 자리로 돌아오곤 했다. 그들은 들판에서 사는 데 익숙한 잡초 같았다. 그런데 어떻게 우리 안에서 사는 것을 견딜 수 있단 말인가?

띳 부인은 띠 깜의 몸 위로 자기 몸을 던졌다. "아이고, 이년아, 거지처럼 태어나 얼마 살지도 못하고 이렇게 간단 말이냐!"

또안 부부도 밖으로 나와 벌어진 일을 보았다. 또안의 표정이 아주 묘했다.

뭔가 대단한 발견을 한 것처럼 얼굴이 순간적으로 밝아졌던 것이다.

꾸잇 부부는 겁에 질린 표정이었다. 이 사고 때문에 세입자를 잃게 될까 봐 걱정이었던 것이다. 이런 사고가 났는데 그대로 살 수 있을까? 이곳에서 계속 눌러 살려면 엄청난 돈을 뇌물로 써야 할 것 같았다.

띠 깜의 주검은 아직 따뜻했다. 사람들은 저마다 이해득실을 따지느라 바빴다. 동네 전체가 벌집을 건드린 것처럼 어수선했다. 서양인은 두 팔을 휘젓다가 어깨를 으쓱하며, 닳아버린 바늘 밑에 놓인 낡은 레코드판처럼 귀에 거슬리는 소리를 냈다. 입에서는 여전히 알코올 냄새가 났다.

며칠 지나지 않아 사람들은 계산을 끝내고 책임을 돌릴 사람을 정했다. 결국 띠 깜이 서양인의 차 밑으로 뛰어든 것이 되었다. 서양인은 술에 취해 제때 브레이크를 밟을 수가 없었다. 그 점만 아니라면 아무런 규칙도 어기지 않은 셈이었다. 이렇게 해서 서양인은 기소를 당하지 않았으며, 대신 띳 부인에게 장례비용과는 별도로 천만 동[1]의 배상금을 주기로 했다.

띳 부인은 자식을 묻었다. 실감은 나지 않았지만, 이제 그녀에게는 천만 동이라는 거금이 생겼다. 서양인이 그녀에게 서 돈이나 나가는 금 목걸이를 주었다는 말도 있었다. 어쨌든 띳 부인은 하루아침에 갑부가 되었다. 부인은 당장 골목길에 집을 하나 사서 부엌을 들이고 집을 개조했다. 모두 삼백만 동이 들어갔다. 부인은 이제 고철 장사를 하지 않았다. 작은 유리 진열장을 집에 들여놓고 사람들에게 팔 잡동사니를 전시했다. 부인은 이제 막 쉰을 넘긴 나이에, 돈과 가게가 있고, 목에는 서 돈짜리 금 목걸이를 하고 있었다. 물론 목

---

1 약 천 달러.

은 여전히 농민의 목이었지만, 이제는 부자의 목이기도 했다. 종종 남자 몇이 그녀에게 말을 걸려고 진열장 앞에 스쿠터를 세우곤 했다. 누가 알랴, 곧 그녀가 신부의 차를 타게 될지. 이웃들은 그녀를 두고 이마를 맞대고 수군거리고 있었다. 얼마 전까지만 해도 딸과 함께 나무 밑에서 뭔가를 끓이다가 잘못해서 연기를 너무 많이 내면 지나가다 침을 뱉어주곤 했는데 말이야……. 핏 부인도 변했다. 말도 부드럽게 했고, 욕도 줄었다. 하루는 꽃이 달린 모자를 사기도 했다.

또안 부부는 머릿속에 있는 이야기를 서로 하지는 않았지만, 귀머거리 노인이 전용 의자나 다름없는 등나무 의자에 앉아 있는 것을 볼 때마다 똑같은 생각에 사로잡혔다. 여름이 왔다. 동네사람들은 밖에 의자를 내놓고 바람을 쐬곤 했다. 이 무렵 또안 부부는 갑자기 노인에게 정성을 쏟는 모습을 보이기 시작했다. 사람들은 그들이 노인을 의자에 앉힌 채로 밖으로 내와 대문 옆에 두는 것을 볼 수 있었다. 노인은 이미 잠들어 있는 경우가 많았다. 또안의 부인은 노인을 잊어버리고 집안에 선풍기를 틀어놓고 잠이 들었다가 자정이 다 되어서야 바깥의 의자에 노인이 앉아 있다는 사실을 기억하기도 했다.

이 무렵 또안의 사업은 번창했다. 그는 회사 일이 너무 잘되자 자신을 도와줄 비서를 하나 더 고용했다. 미니스커트를 자주 입는 그녀는 좋은 집안 출신에 조신한 처녀였던 첫 번째 비서와는 달랐다. 또안이 오후에 중역실에서 졸고 있으면 새 비서는 뒤에서 다가가 손으로 또안의 이마를 짚으며 젖가슴을 그의 등에 바싹 갖다 대곤 했다. 그녀의 손이 너무 서늘해서 또안은 심장이 멈추는 느낌이었다. 그녀가 귀에 소곤거리는 소리를 들으면 몸이 물처럼 녹

아버릴 것 같았다. 또안은 우울한 마음으로 아이들과 아내 생각을 했다. 부인은 의무적으로 부엌 구석에서 또안의 몸을 만져 주곤 했다. 또안은 아내를 떠날 수 없었다. 아내가 필요했기 때문이다. 빨리 죽고 싶어 하지 않는 것 같은 늙은 귀머거리 아버지의 간호사로서 아내가 필요했다. 아, 이 무슨 끔찍한 운명이란 말인가.

남편과 아내는 매일 밤 띳 부인을 생각했다. 그들도 그녀처럼 되고 싶었다. 끔찍한 짐을 없애는 동시에 호주머니에 몇 백만 동을 더 챙기고 싶었다. 그들은 이미 부자였다. 그렇다고 몇 백만이 더 들어온다는 데 마다할 사람이 어디 있겠는가? 운이 좋아 술 취한 서양인이 아흔 살 먹은 아버지에게 돌진한다면 그들은 천만으로 끝내지 않을 작정이었다. 그 이상이 되어야 했다. 두 배는 되어야 했다. 서양인들은 큰 부자였다. 어쨌든 가장 중요한 것은 합법적으로 호적에서 노인의 이름을 지워버리는 것이었다. 이 멋진 집이 노인의 악취 나는 오줌으로 더럽혀지다니! 우리의 운명은 어찌 이리 끔찍할까!

강박감이 이 수준에 이를 때면, 부부는 서로 한 마디도 하지 않았지만 각자 귀를 곤두세웠다. 아직 여름이었다. 여름에만 시원한 바람을 쐬게 한다는 구실로 아흔 먹은 사람을 바깥에 재울 수 있었다. 그런데 왜 요즘은 그 서양인이 그렇게 술을 안 마시는 거지? 그는 이제 골목으로 쏜살같이 차를 몰고 들어오지도 않았다. 아주 천천히 차를 몰았다. 하지만 틀림없이 언젠가는 과거 일을 잊고 전처럼 차를 몰 거야. 띠 깜을 치던 날처럼!

부부는 마주보았다. 똑같은 생각을 하고 있었기에 숨도 제대로 쉴 수가 없었다. 함부로 말을 꺼낼 수도 없었다.

*

　골목길 깊숙한 곳에 자리 잡은 꾸잇의 집은 덩굴로 덮인 담장 너머에 있었다. 서양인의 창에는 아직도 불이 환하게 켜져 있었다. 꾸잇의 부인은 서양인을 쓰다듬으며 영어로 말을 하고 있었다. 전처럼 무모하게 빠른 속도로 골목길로 들어오지 말라고 주의를 주었다. 서양인은 여러 번 "오케이" 하고 말했다. 부인의 손에 입을 맞추는 것도 잊지 않았다. 그의 두툼한 입술이 그녀의 새끼손가락에 끼인 루비 반지 위에서 미적거렸다.

　꾸잇은 그 어느 때보다 자신의 집에 세 든 서양인에게 헌신적이었다. 그를 위해 집으로 매춘부를 데려오기도 했고, 위스키를 가져오기도 했다. 어느 날은 심지어 아내가 침대에서 사라지기도 했지만 그것도 모른 체했고 앞으로도 모른 체할 터였다. 서양인이 자신의 집에 계속 세 들어 사는 한, 그가 과거의 사건을 되풀이하지 않는 한, 그에게 계속 뇌물을 먹이고 그 뇌물이 효과를 보장받는 한. 아, 이 파란 눈에 코가 큰 남자는 금광이었던 것이다.

　매일 밤 또안 부부는 밖으로 나와 노인이 앉아 있는 등나무 의자를 다시 집 안으로 옮겼다. 밤새도록 자게 놔두면 남들 눈에 좋아 보이지 않을 터였기 때문이다.

*

　어느 날 밤 아홉시쯤이었다. 골목길에는 이미 인적이 끊겼다. 늦은 오후에 바람이 세게 불었지만 비는 오지 않았다. 사람들은 찬바람 때문에 일찍 잠자리에 들었다. 또안의 아버지는 다른 여느 날 밤과 다를 바 없이 바깥의 등나무 의자에 앉아 아기처럼 쌕쌕 숨을 쉬고 있었다. 띳 부인의 집 옆에 쭈그리고 앉아 있던 노름꾼 패거리 사이에서 갑자기 소란이 일었다. 불량배 두 명이 서로의 돈을 움켜잡았고, 한 명이 다른 한 명을 쫓아 골목을 달려 내려갔다. 한 명은 쏜살같이 달렸다. 다른 한 명은 소리를 지르며 그 뒤를 따랐다. "야, 이 새끼야! 대갈통을 부숴버릴 거야!"

뒤쫓던 불량배가 벽돌을 던졌다. 벽돌은 호를 그리며 바닥에 떨어졌다가 나무 밑동에 맞고 튕겨 잠자고 있던 아흔 살 노인의 머리를 쳤다. 불량배 두 명은 자취를 감추었다.

노인은 튼튼했기 때문에 심하게 다치지는 않았다. 그냥 기절했을 뿐이었다. 또안 부부는 노인을 집안으로 데리고 갔으나, 노인은 그날부터 자리보전을 했다. 먹기는 잘 먹었지만 화장실 출입은 하지 못했다.

의사는 환자를 진찰하더니 며느리에게 말했다. "걷지는 못하시지만 아직 튼튼하십니다. 잘 돌봐드리면 백 살까지도 사시겠는데요!"

또안 부부는 망연자실하여 마주 보더니 갑자기 둘 다 서양인 욕을 해댔다. 빌어먹을 놈! 왜 그렇게 운전을 조심스럽게 하는 거야? 대체 어쩌다 이렇게 되고 만 거지?

지은이

마하스웨타 데비 Mahasweta Devi 인도

—

1926년 인도의 동벵골 지역(현 방글라데시)의 다카에서 태어났다. 청소년 시절에 전 가족이 서벵골 지역으로 이사했다. 문인 집안에서 태어난 그녀는 1930년대와 1940년대 벵골의 농촌 마을에 사회정치극을 도입하려고 노력했던 집단인 가나나티야의 영향도 받았다. 캘커타대학에서 영문학 석사 학위를 받은 뒤 교사 겸 언론인으로 활동했다. 1956년 처녀작인 장편소설 『잔시의 여왕』을 출간한 이후, 단편소설집 20여 권, 장편소설 100여 권을 벵골어로 출판했고, 그중 다수가 영어를 포함한 외국어로 번역되었다. 그녀는 또한 인도 내 피억압 공동체의 권익을 옹호하고 대변하는 잡지인 《보르티카》 등의 문예지에 정기적으로 기고해왔다. 주요 작품으로 『1084번의 어머니』(1975), 『숲의 점령』(1977), 『불의 자궁』(1978), 『우리의 비채식주의자 암소』(1998), 『사냥꾼 이야기』(2002), 『추방』(2002) 등이 있다.

그녀의 작품은 국가와 가부장제, 계급 등에 의해 이중 삼중으로 고통을 받으면서도 목소리조차 내지 못하는 처지의 서발턴을 대변했다는 이유로 탈식민주의의 교과서로 평가받기도 했다. 특히 같은 지역 출신의 탈식민주의 이론가 가야트리 스피박이 그녀의 몇몇 작품들(『젖어미』, 『드라우파디』 등)을 영어로 직접 번역한 것은 물론, 그것들을 제3세계에 대한 서구 지식인들의 왜곡된 시선을 비판하는 이론적 근거로 삼아 커다란 화제를 불러 모았다.

마하스웨타 데비는 1984년 캘커타대학 영문과 강사직에서 은퇴한 뒤 캘커타에 거주하면서 작품 활동에 전념해왔다. 1979년 인도 샤하티야 아카데미 문학상, 1995년 즈난피스상을 비롯하여 여러 문학상을 수상했고, 1996년에는 라몬 막사이사이상, 2006년에는 인도 정부가 주는 파드마 비부샨상을 수상했다. 2009년에는 맨부커상 인터내셔널 부문 후보에 오르기도 했다. 그는 작가로서 뿐만 아니라 정치적 사회적 부조리를 개선하려는 노력을 끊임없이 기울여 왔으며, 고령인 현재까지도 지역 활동가로서 꾸준히 자기 목소리를 내고 있다.

옮긴이

김석희

—

서울대학교 인문대학 불문과를 졸업하고 동 대학원 국문학과를 중퇴했으며, 1988년 《한국일보》 신춘문예에 소설이 당선되어 작가로 등단했다. 영어 · 프랑스어 · 일어를 넘나들면서 R. K. 나라얀이 편역한 『마하바라타』와 『라마야나』, 존 파울즈의 『프랑스 중위의 여자』, 허먼 멜빌의 『모비 딕』, 스콧 피츠제럴드의 『위대한 개츠비』, 알렉상드르 뒤마의 『삼총사』, 쥘 베른 걸작선집(20권), 시오노 나나미의 『로마인 이야기』 등 많은 책을 번역했다. 역자후기 모음집 『번역가의 서재』, 제주도 귀향살이 이야기를 엮은 『이 또한 즐겁지 아니한가』 등을 펴냈으며, 제1회 한국번역대상을 수상했다.

08

곡쟁이

마하스웨타 데비
Mahasweta Devi

계간《아시아》 10호 수록
이 작품은 벵골어로 쓰였다. 안줌 카트얄이 영역하였고 김석희가 한역하였다.

하드 마을에서는 '간주'와 '두샤드'가 다수파였다. 사니차리가 속해 있는 카스트[1]는 간주였다. 다른 사람들과 마찬가지로 사니차리의 살림도 찢어지게 가난했다. 시어머니는 사니차리가 천벌을 받아서 그렇다고 말하곤 했다. 그때만 해도 사니차리는 젊은 며느리였다. 그래서 자기 생각을 터놓고 말할 수가 없었다. 시어머니는 사니차리가 아직 젊을 때 세상을 떠났다. 사니차리는 말대꾸할 기회를 영원히 잃어버렸다. 그 노파의 말이 이따금 사니차리의 마음에 되살아났다. 그러면 사니차리는 혼잣말로 중얼거리곤 했다. "흥! 나는 토요일에 태어났고, 그래서 토요일이라고 이름을 지었기 때문에 재수 없는 며느리가 됐어요! 당신은 월요일에 태어났는데, 그래 당신의 인생은 더 행복했나요? 솜리, 부두아, 몽그리, 비슈리…… 이 사람들은 더 행복하게 살고 있나요?"

시어머니가 죽었을 때 사니차리는 울지 않았다. 그때 노파의 두 아들—사

---

1 계급.

니차리의 남편과 시동생 – 은 둘 다 '말리크-마하잔'[2]인 라마바타르 싱 때문에 감옥에 갇혀 있었다. 밀이 조금 없어진 데 격분한 라마바타르 싱은 마을 남자들 중에서 두샤드와 간주 계급에 속하는 젊은이들을 모두 감옥에 가두었다. 사니차리의 시어머니는 자기가 싼 똥오줌 속에 누워서 "먹을 것을 다오! 먹을 것 좀 줘!" 하고 외치며 전신 부종으로 고통스럽게 죽었다. 그날 밤에는 비가 억수같이 쏟아졌다. 사니차리는 동서와 함께 노파를 땅 속에 내려놓았다. 밤이 새기 전에 장례를 치르지 않으면 밤새 송장을 집에 놔둔 대가로 회개식 비용을 부담해야 할 터였다. 그런데 집에는 곡식 한 줌 없었다! 그래서 사니차리는 쏟아지는 비를 맞으며 이웃집을 돌아다녀야 했다. 이웃 사람들을 집으로 데려오고 화장 준비를 도맡아 하느라 너무 바빠서 울 겨를도 없었다. 울 시간이 있었다면 어땠을까? 노파는 사니차리를 너무 못살게 굴었기 때문에, 사니차리가 울려고 애썼다 해도 눈물 한 방울 쥐어짜지 못했을 것이다.

생전에 노파는 혼자 있는 것을 참지 못했다. 그런데 죽은 뒤에도 혼자 있는 것을 참지 못했다. 3년도 지나기 전에 시동생 부부도 세상을 떠났다. 그때 라마바타르 싱은 두샤드와 간주들을 마을에서 쫓아내려고 야단법석을 떨기 시작한 참이었다. 사니차리는 쫓겨날까 두려워서 조심하고 있었다. 그래서 시동생과 동서가 죽었는데도 울지 않았다. 눈물을 흘리며 슬퍼할 것인가, 아니면 송장은 어떻게 화장하고 사령제에서 이웃 사람들을 어떻게 하면 값싸게 먹일지를 걱정할 것인가? 이 마을 사람들은 모두 불행했다. 그들은 고통을 이해했다. 그래서 시큼한 우유와 설탕과 볶은 쌀만 주어도 만족했다. 사니

2   말리크는 지주, 마하잔은 돈놀이꾼.

차리와 남편이 눈물 한 방울 흘리지 않는 것을 다들 이해해주었다. 3년 사이에 세 번이나 장례를 치러야 했는데 어떻게 울 수 있겠어? 그들의 슬픔은 마음속에서 돌처럼 단단해졌을 거야! 사니차리는 속으로 안도의 한숨을 내쉬었다. 말리크의 밭에서 일하고 얻어온 음식 찌꺼기로 어떻게 그 많은 입을 먹일 수 있단 말인가? 두 사람이 죽은 것은 오히려 잘된 일이었다. 이제는 적어도 굶주리는 일은 없을 테니까.

하지만 사니차리는 남편이 죽었을 때도 울지 않을 거라고는 생각해본 적이 없었다. 그런데 사니차리의 운명이 그랬기 때문에 바로 그런 일이 일어났다. 그때 외아들 부두아는 여섯 살이었다. 사니차리는 어린 아들을 집에 남겨두고 가족의 안전을 위해 열심히 일했다. 말리크의 집에 가서 장작을 패고, 암소들에게 꼴을 주고, 추수철에는 남편과 함께 밭에서 일했다. 시아버지가 시동생에게 남겨준 작은 땅뙈기가 있었는데, 부부는 함께 그 땅에 작은 오두막을 지었다. 사니차리는 벽에 무늬와 그림을 그렸다. 남편은 텃밭에 울타리를 두르고 고추와 채소를 기르고 싶어 했다. 사니차리는 말리크의 아내한테 송아지를 한 마리 얻어서 키울 계획이었다. 그것은 모두 정해져 있었다.

하루는 남편이 말했다.

"토리에서 열리는 바이사키 멜라[3]에 갑시다. 시바 신에게 예배를 드릴 수도 있어. 어쨌든 우리는 7루피나 저축했으니까."

멜라는 중요한 행사였다. 부자들이 기증한 우유로 시바 신상을 목욕시켰다. 이 우유는 지난 며칠 동안 커다란 통에 모인 것이었다. 우유는 시큼한 냄

---

3 벵골에서 열리는 신년 축제. 벵골에서는 새해가 그레고리력으로 4월 14~15일에 시작된다.

새를 풍겼고, 윙윙거리는 파리 떼로 뒤덮여 있었다. 사람들은 판다에게 돈을 내고 이 우유를 마시고는 당장 콜레라에 걸려 쓰러졌다. 많은 사람이 죽었다. 부두아의 아버지도 그렇게 죽었다. 영국의 지배를 받던 시절이었다. 정부 관리들은 환자들을 임시로 세운 천막 병원으로 끌고 갔다. 천막은 다섯 개뿐이었다. 환자는 예순 명 내지 일흔 명이었다. 천막들은 철조망으로 격리되어 있었다. 사니차리는 아들 부두아와 함께 철조망 밖에 앉아서 기다렸다. 결국은 남편이 죽은 것을 알았다. 정부 관리들은 사니차리에게 눈물을 흘릴 시간도 주지 않고 서둘러 송장을 불태웠다. 그리고 사니차리와 부두아를 끌고 가서 예방주사를 맞혔다. 주사가 너무 아파서 그들은 악을 쓰며 울부짖었다. 사니차리는 여전히 울면서 쿠루다 강가에서 머리의 신두르[4]를 씻어내고, 팔찌를 깨뜨리고, 마을로 돌아왔다. 그것은 새로 산 셸락[5] 팔찌였다. 사니차리는 장에서 그 팔찌를 샀다. 토리에 있는 시바 신전의 판다는 마을로 돌아가기 전에 신전에 제물을 바치라고 사니차리에게 요구했다. 남편이 거기서 죽었으니까…….

……비크니는 어릴 적 소꿉동무였다. 비크니는 언제나 검은 누비로 만든 가그라[6]를 입었기 때문에 다들 비크니를 '칼리캄블리 비크니'라고 불렀다. 비크니는 어깨에 꾸러미를 둘러메고 서둘러 걷고 있었다. 그러다가 사니차리

---

4 인도에서 결혼한 여자들이 머리에 바르는 붉은색 가루.

5 천연수지의 일종으로, 인도에 많이 사는 락깍지 벌레의 분비물에서 얻는다.

6 인도 여성이 착용하는 치마.

를 미처 보지 못하고 서로 부딪쳤다.

"뭐야? 눈깔이 삐었냐?"

"눈깔이 삔 건 네 아비다."

"뭐라고?"

"귀가 먹었냐?"

한바탕 싸움이 벌어질 판이었다. 사니차리는 즐길 준비가 되어 있었다. 신나게 치고받고 나면 머리가 개운해지고 많은 덤불이 사라졌다. 다투아의 어머니가 말 그대로 까마귀들과 싸운 것은 그 때문이다. 싸움은 몸과 마음을 좋은 상태로 유지해주고, 총에서 발사된 총알처럼 피가 혈관을 빨리 돌게 해준다. 하지만 그들이 서로 노려보고 있을 때 비크니가 물었다.

"너 사니차리 아니냐?"

"넌 누군데?"

"비크니야. 칼리캄블리 비크니."

"비크니?"

"그래!"

"하지만 넌 로하르다가로 시집갔잖아."

"나 주주브하투에서 산 지 오래됐어."

"주주브하투에서? 나는 줄곧 타하드에 살았어. 네가 사는 곳에서 걸어가도 한나절밖에 안 걸려. 그런데 어째서 우리가 한 번도 만나지 못했을까?"

"우리 어디 가서 좀 앉자."

그들은 보리수 그늘에 앉았다. 그리고 서로를 찬찬히 살펴본 뒤, 상대가 자기보다 형편이 안 좋다는 것을 알아차리고는 안심했다. 사니차리와 마찬가지로 비크니의 손목과 목과 이마에는 푸른 문신 자국만 있을 뿐, 보석이 박힌 장신구는 하나도 보이지 않았다. 둘 다 귀에는 귀고리 대신 코르크 조각을 달았고, 머리카락은 전혀 손질되어 있지 않았다. 사니차리는 비크니에게 '비디'차 한 잔을 건네주었다.

"장보러 왔니?"

"아니, 손자를 찾으러 왔어."

사니차리는 손자인 하로아에 대해, 자기 자신에 대해, 모든 것에 대해 이야기했다. 비크니는 열심히 듣고 나서 말했다.

"이 세상에 너를 돌봐줄 사람이 아무도 없나 보구나. 그게 너와 나의 운명인가?"

사니차리는 씁쓸하게 웃으면 대답했다.

"남편도 없고 아들도 없어. 손자 녀석이 어디 있든지 간에 제발 무사했으면 좋으련만."

"나는 딸 셋을 낳고 나서 아들을 낳았지. 애들 아버지는 오래전에 죽었고, 나 혼자 아들놈을 키웠어. 송아지를 맡아서 키우기 시작했는데, 차츰 규모가 커져서 나중에는 암소 네 마리와 염소 두 마리를 키우게 됐지. 아들을 결혼시키고, 마하잔에게 돈을 빌려서 온 마을 사람들한테 '다히-치브다-구르'[7]를 먹였어."

"그래서?"

---

7 다히는 요구르트, 치브다는 쌀로 만든 바삭바삭한 과자, 구르는 사탕수수로 만든 설탕 덩어리.

"지금 마하잔은 그 빚을 못 갚겠으면 내 집을 넘기래. 아들놈은 처갓집으로 이사할 거야." 비크니는 이렇게 말하면서 침을 뱉었다. 그리고 말을 이었다. "그 녀석의 장인은 아들이 없어. 내 아들은 그 집에서 동서와 함께 머슴으로 살 거야. 나는 아들놈한테 말했어. 암소를 팔아서 마하잔의 빚을 갚자고. 그런데 아들놈은 암소와 송아지를 몽땅 처갓집으로 끌고 가 버렸어. 하지만 나는 누가 뭐래도 비크니야. 방금 장에서 염소 두 마리를 팔았어. 아들놈은 몰라. 나에겐 20루피가 있어. 나는 떠날 거야."

"어디로 갈 건데?"

"그건 나도 몰라. 네 아들은 이제 이 세상에 없고, 내 아들은 죽은 거나 마찬가지야. 나는 아마 달톤간지나 보카로나 고모로 갈 거야. 어느 역에서 구걸이나 하게 되겠지."

사니차리는 한숨을 쉬고 말했다.

"나랑 같이 가자. 내 오두막에는 방이 두 개인데 비어 있어. 빙마다 침상이 하나씩 있지. 내 손자가 손수 만든 거야. 텃밭에서는 아직 가지와 고추가 나."

"내 돈이 다 떨어지면 어떡해?"

"그건 그때 가서 생각해. 네 돈은 네 거야. 나는 아직 그럭저럭 먹고살 만한 돈은 벌 수 있어."

"그럼 가자. 그런데 너희 마을에는 물이 부족하지 않니?"

"강이 있어. 판차야티 샘도 있고. 그 샘물은 맛이 쓰지만."

"잠깐만 기다려."

비크니는 장에 갔다가 잠시 후에 돌아왔다.

"머릿니 없애는 약을 사 왔어. 이 약을 등유에 타서 머리에 바르고 문지른 다음 물로 씻어내는 거야. 머릿니는 어떤 걱정거리보다도 사람을 성가시게 괴롭힐 수 있잖아."

나란히 걸으면서 비크니가 말했다.

"내 손녀딸은 아마 나 때문에 울 거야. 그 애는 늘 내 곁에서 잠을 잤거든."

사니차리가 말했다.

"우는 건 며칠뿐이야. 며칠만 지나면 까맣게 잊어버릴걸."

비크니는 사니차리의 집에 만족했다. 그 자리에서 당장 비크니는 집에 물을 뿌리고 말끔히 씻어냈다. 그리고 강에 가서 물을 한 동이 길어왔다.

"오늘 밤에는 풍로에 불을 피울 필요가 없어. 나한테 로티[8]와 아차르[9]가 좀 있으니까."

비크니는 집안일을 좋아했다. 며칠도 지나기 전에 비크니는 집안의 바닥과 마당에 진흙을 새로 바르고, 사니차리와 자기 옷을 깨끗이 빨고, 모든 거적과 이불을 공기에 쐬어 말렸다. 집에 있을 때는 며느리가 살림을 맡으면서 비크니는 차츰 집안일에서 손을 떼었다. 상처받은 자존심 때문이었지만, 며느리는 비크니가 게으르다고 생각했다. 살림을 꾸려나가는 것은 중독성을 갖는다. 그것은 비크니처럼 불행한 사람조차도 비현실적인 꿈을 꾸게 할 수 있다. 비크니가 그 집에서 얼마나 오래 살지는 알 수 없었다. 그곳은 사니차리의 집

8 밀가루 빵.

9 채소 절임.

이었다. 어느 날 비크니는 텃밭을 일구어 채소를 키우기 시작했다.

"조금만 노력하면 많은 채소를 얻게 될 거야." 비크니가 말했다.

머릿니 약은 사니차리의 머리에 들끓던 이를 몽땅 없애주었다. 편안히 잠을 잔 뒤, 사니차리는 그동안 잠 못 이루는 밤을 보낸 것이 정신적 고통 때문이 아니라 머릿니 때문이었다는 것을 깨달았다. 사람이 아무리 비탄에 빠져도 일에 지친 몸은 잠을 잘 자야 한다.

며칠 동안 두 여자는 비크니의 돈을 거의 다 써버렸다. 그 돈이 바닥나자 사니차리는 하늘이 머리 위로 무너져 내린 듯한 기분을 느꼈다…….

……그래서 사니차리는 비크니에게 말했다.

"둘란을 만나러 가자. 둘란은 약삭빠른 사기꾼이지만 머리가 좋아. 우리가 살 길을 가르쳐줄 거야."

그들의 이야기를 다 들은 뒤, 둘란이 말했다.

"돈을 벌 방법이 있는데 왜 굶어죽나?"

"무슨 돈벌이인데요?"

"부두아 어머니! 미리 마련된 돈벌이 방법이란 세상에 없어. 마하잔들에게는 그런 게 있을지 모르지만, 두샤드와 간주들한테도 그런 게 있을까? 우리는 스스로 기회를 만들어야 돼. 당신 친구는 돈을 얼마나 가져왔지?"

"20루피요."

"20루피!"

"예. 하지만 식량을 사느라 벌써 18루피를 써버렸어요."

"나 같으면 그 돈이 바닥나기 오래전에 꿈에서 마하비라[10]를 보았을 텐데."

"도대체 무슨 말씀을 하시는 거예요, 라투아 아버지?"

"왜? 내 말을 이해할 수 없나?"

"그래요, 그 말이 무슨 뜻이죠?"

"나 같으면 돈이 바닥나기 전에 쿠루다 강둑에서 예쁜 돌을 하나 주울 거야. 그 돈에 기름과 신두르를 바르고, 마하비라가 내 꿈에 나타났다고 선언할 거야."

"하지만 나는 꿈을 꾸지도 않아요!"

"아아, 일단 마하비라를 찾으면 꿈은 실컷 꾸게 될 거야."

"어머 그래요?"

"이곳엔 당신을 모르는 사람이 없으니까, 당신이 그래봤자 먹혀들지 않을 거야. 하지만 당신 친구는 여기서 낯선 사람이니까, 우리 모두 그 여자 말을 믿을 거야. 그러면 당신은 토리 장터에 당신 자신과 마하비라를 내놓을 수 있어. 그리고 독실한 신자한테 헌금을 받는 거야."

"신을 가지고 사기를 치라고요? 하긴 마하비라의 원숭이 부하들은 내 나무에 열매 하나도 남겨놓지 않아요!"

"사기라고 생각하면 사기지만, 그렇게 생각하지 않으면 사기가 아니야. 당신은 죄인의 마음을 갖고 있어서 그걸 사기라고 생각하는 거야."

"아니, 왜요? 네? 라투아 아버지."

"왜냐하면…… 내가 설명해주지."

10 인도의 자이나교 창시자.

"해보세요."

"라치만의 어머니는 류머티즘 환자잖아?"

"그렇죠."

"그 여자가 차스에서 성유를 좀 갖다 달라면서 나한테 10루피를 주었어. 나는 차스에 가지도 않고, 며칠 뒤 집에 있던 기름을 그 여자한테 갖다 주었지. 하지만 나는 그걸 사기라고 생각지 않았으니까 그건 사기가 아니었어. 그 여자는 어제 그 기름으로 제 몸을 마사지했는데, 오늘 제 발로 걸어서 들판으로 똥을 싸러 나왔더군. 사람들이 뭐라고 말하는지 당신도 알지? 당신 마음이 순수하면 강가[11]는 숲을 지나서도 흐른다고 하잖아. 이것 봐요, 부두아 어머니. 세상에 자기 배보다 중요한 신은 없어. 배를 채우기 위해서라면 어떤 짓도 허용돼. 람지 마하라지가 그렇게 말했어."

둘란의 아내가 큰 소리로 말했다.

"우리 영감은 말리크의 밭에서 호박을 훔칠 때도 그게 람시 마하라지의 조언이라고 주장하지!"

"우리는 형편이 어려워요. 영감님은 어떻게 우리를 도와줄 수 있나요? 우리 두 늙은이한테 조언을 좀 해주세요." 비크니가 말했다.

"바로히 마을의 바이라브 싱이 얼마 전에 죽었어."

"예, 아들이 죽였죠."

"그게 무슨 상관이야? 부잣집에서는 아들이 어머니를 죽이고 어머니가 아들을 죽여. 누가 누구를 죽였는지는 잊어버려. 우리 사이에서는 누군가가 죽

11 갠지스 강.

으면 모두 슬퍼하지. 부잣집에서는 누군가가 죽으면 가족들은 금고 열쇠를 찾느라 바빠. 그래서 눈물을 까맣게 잊어버리지. 우리 말리크는 성대한 장례식을 치르라고 지시했어. 장례 행렬은 내일 오후에 벌어질 거야. 그래서 고인을 위해 울어줄 곡쟁이가 필요해. 그 집에선 갈보 두 명을 확보했어. 갈보들은 주인집에서 고인을 위해 눈물을 흘리지. 두 여자는 아마 한때 바이라브 싱의 첩이었을 테지만 지금은 쭈그러든 추녀야. 그 여자들은 아무 쓸모도 없을 거야. 당신들이 가서 곡을 해주고 송장과 동행해. 그러면 돈과 쌀을 받게 될 거야. 그리고 다비식[12]을 치르는 날에는 옷과 음식을 얻게 될 거야."

사니차리는 몸 안에서 지진이 일어나는 것을 느꼈다. 이윽고 사니차리는 폭발하고 말았다.

"울라고요? 나더러? 내가 눈물을 흘리지 못한다는 걸 모르세요? 내 눈은 바싹 말라버렸다고요!"

둘란은 냉정하고 무표정한 어조로 말했다.

"부두아 엄마, 나는 당신이 부두아를 위해 흘리지 못했던 눈물을 흘리라는 게 아니야. 내가 흘리라는 눈물은 당신의 생계 수단이야. 당신도 이제 알게 될 거야. 밀을 베고 땅을 갈듯이 눈물도 흘릴 수 있게 돼."

"하지만 그 집에서 우리를 고용할까요?"

"내가 뭣 하러 여기 있겠어? 그 집에서 좋은 곡쟁이를 구하지 못하면 바이라브 싱의 체면이 손상될 거야. 말리크-마하잔은 송장이 되어도 명예를 갖출 것을 요구해. 바이라브 싱의 아버지 세대도 갈보를 첩으로 삼았지만, 첩들을

---

12 시신을 화장하여 유골을 거두는 의식.

알뜰히 보살펴주었어. 주인이 죽으면 갈보들은 진심에서 우러나온 애정과 고마움 때문에 주인의 죽음을 애도했지. 하지만 요즘 세상의 바이라브 싱과 다이타리 싱, 마칸 싱, 라치만 싱은 첩들을 자기네 일꾼과 똑같이 취급해. 마구 짓밟아서 진흙탕 속으로 밀어 넣지. 그래서 갈보들은 그럴듯한 곡쟁이가 되지 못해. 그놈들은 정말 나쁜 새끼들이야! 제일 나쁜 건 감비르 싱인데, 그놈은 갈보 하나를 첩으로 두었고 그 첩한테서 딸을 하나 얻었지. 첩이 살아 있는 동안은 아이를 잘 돌봐주었어. 그런데 애 엄마가 죽자 놈은 딸에게 말했지. '갈보의 딸은 갈보니까 갈보로 일해서 네 힘으로 먹고 살아.'"

"쯧쯧!"

"그 딸은 지금 토리의 사창가에서 썩어가고 있어. 처음에는 5루피를 받는 갈보였지만, 지금은 겨우 5파이사[13]를 받는 갈보로 전락했지. 부두아의 마누라도 거기 있어. 그 여자도 같은 처지야."

"누가 그 애 소식을 듣고 싶대요?"

"검은 옷을 입고 있어."

"우리는 어떤 경우에도 항상 검은 옷을 입어요."

둘란은 그들을 데리고 나갔다.

가는 길에 비크니가 친구에게 말했다.

"이런 일거리가 이따금 들어오면, 그리고 우리가 말리크의 밭에서 일하거나 돌을 깨는 일거리를 찾으면 그럭저럭 먹고살 수는 있을 거야."

"마을 사람들이 뭐라고 하지 않을까?" 사니차리가 말했다.

13 1파이사는 100분의 1루피.

"멋대로 지껄이게 내버려둬!"

바이라브 싱의 마름인 바츠한은 둘란을 알고 있었다. 라치만은 그에게 장례 준비를 맡겼는데, 그것은 결코 쉬운 일이 아니었다. 그때 그는 자기 집에서 필요한 삽 두 자루와 옷걸이와 놋쇠 기구를 어떻게 하면 장례식에 필요한 물건으로 처리할 수 있을까 하는 생각에 열중해 있었다. 두 여자를 보자마자 그가 말했다.

"한 사람당 3루피씩 주지."

"그렇게 대단한 분이 돌아가셨는데, 그분을 위해 곡을 해주는 비용이 고작 3루피라고요? 적어도 1인당 5루피는 줘야 합니다, 나리." 둘란이 말했다.

"왜?"

"이 여자들은 일을 아주 잘할 테니까 나리께선 팁을 주고 싶어질 겁니다. 라치만 싱은 10루피가 들든 20루피가 들든 좋은 곡쟁이를 고용하라고 하셨잖아요. 곡쟁이 비용으로 책정된 예산이 200루피라고요."

바츠한은 둘란이 어떻게 그것까지 알고 있을까 하고 의아해하면서 한숨을 내쉬었다.

"좋아. 그럼 한 사람당 5루피씩 주지. 밖에 나가서 앉아 있어."

"그리고 이 여자들은 쌀도 받아야 합니다, 나리."

"밀을 주지."

"쌀을 주세요."

"좋아."

"그리고 잘 먹여야 합니다. 빈속으로는 제대로 곡을 할 수 없어요."

"둘란! 자네를 낳으려고 얼마나 많은 개새끼가 죽었지? 밖에 가서 기다려. 잘 먹여줄 테니까."

바이라브 싱의 두 번째 아내는 곡쟁이들에게 치브다와 구르를 아낌없이 먹이라고 지시했다. 프라사드의 아버지는 그들이 부족한 것이 없게 해주었다.

사니차리는 치브다와 구르로 배를 채우자, 눈물을 팔아서 먹고살아야 할 때를 위해 눈물이 따로 비축되었을지도 모른다고 생각했다.

처음엔 갈보들도 마을에서 온 두 노파한테 아무 관심도 기울이지 않았다. 하지만 사니차리와 비크니가 너무 큰 소리로 울부짖고 바이라브 싱을 칭송하는 구절을 잘 골라서 읊어댔기 때문에 갈보들도 패배를 인정할 수밖에 없었다. 사니차리와 비크니는 화장터로 가는 동안 내내 구슬프게 곡을 했고, 돌아오는 길에도 줄곧 곡을 했다. 그들은 각각 5루피와 쌀 2.5시어[14]를 벌었다.

바츠한이 그들에게 말했다.

"다비식 때 다시 와야 돼."

"그럼요. 틀림없이 오겠습니다, 나리."

다비식 때 그들은 옷을 받았고, 푸리[15]와 카차우리[16]와 베산라두[17]를 실컷 먹었다. 그들은 음식을 싸서 집으로 가져갔다. 사니차리는 둘란의 아내에게도 음식을 나누어주었다. 둘란은 그들의 이야기를 모두 들은 다음 욕을 했다.

---

14 1시어는 약 0.933킬로그램.

15 밀가루 빵.

16 호떡 비슷한 빵.

17 콩가루에 설탕을 섞어 걸쭉하게 만든 시럽.

"그 바츠한이라는 개새끼는 이 일에 200루피를 할당받았는데, 20루피만 쓰고 나머지는 몽땅 집어삼켰군."

"그런 일은 늘 있게 마련이에요, 라투아 아버지."

"당신 친구한테 말해. 시장에 갈 때는 항상 귀를 열어두라고. 가게들은 모두 지주와 돈놀이꾼들 거야. 당신 친구한테 말해. 누가 병들었고 누가 죽어가고 있는지 알아내라고. 안 그러면 제때에 정보를 얻을 수 없게 돼. 그리고 당신 친구는 자기가 더 많은 곡쟁이를 구할 수 있다고 사람들한테 말해야 해."

"어떻게요?"

"토리에 가는 거야. 사창가에."

"맙소사!"

"당신 친구는 갈까?"

"가겠어요." 비크니가 말했다.

"갈보가 항상 그렇게 많았다고 생각해? 그렇게 많은 갈보를 만들어낸 건 바로 라지푸트족[18] 말리크-마하잔들이야."

"갈보들은 늘 거기에 있었어요." 둘란의 아내가 말했다.

"아니, 전에는 거기에 없었어. 여기에도 없었고. 나쁜 것은 모두 그년들이 가져왔어."

"여기에도 항상 있었어요."

"아니야. 전에 초타나그푸르의 왕이 이 지역을 다스렸을 때만 해도 이곳은 대부분 밀림과 산지였고, 원주민이 살고 있었어. 이건 아주 오래전이었지. 읍

---

18 인도 북서부에 여러 왕조를 세웠던 아리아족. 크샤트리아의 주류인 귀족·무사 계급을 이룬다.

내에 사는 콜족은 아직도 그 이야기를 해."

둘란이 해준 이야기는 매우 중요했다. 그는 부족민들이 사는 이 외딴 지역에 무자비한 라지푸트족이 어떻게 침투했고, 세리에서 출발하여 마름과 돈놀이꾼이 되고 결국 이 지방의 주인으로 기반을 잡은 과정을 분명히 설명해주었다. 라지푸트족은 초타나그푸르 왕의 군대에 소속된 전사들이었다. 약 200년 전, 콜족이 잔인한 억압에 항거하여 반란을 일으켰다. 왕은 봉기를 진압하기 위해 당장 군대를 보냈다. 반란이 진압된 뒤에도 라지푸트족 전사들의 공격성은 충족되지 않았다. 그들은 미친 듯이 날뛰면서 무고한 부족민을 죽이고 마을을 불태웠다. 그래서 하르다와 동카 문다는 화살을 갈기 시작했고, 부족민의 봉기가 다시 임박했다. 그러자 왕은 라지푸트족 사령관들을 사람이 별로 살지 않는 타하드 지역으로 보냈다. 왕은 그들에게 말했다.

"너희 칼을 공중에 던져서 칼이 닿는 데까지 땅을 차지해라. 동이 틀 때 출발해서 해가 질 때까지 계속해라. 너희 일곱 명이 이런 식으로 최대한 낡은 땅을 차지해서, 그 땅에 의존하여 먹고 살아라."

라지푸트족은 그렇게 해서 타하드에 정착했고 이 지역의 주인이 되었다. 그들의 재산과 권력은 세월이 갈수록 늘어났다. 이제 그들은 공중에 칼을 던지는 방법이 아니라 주민들에게 총을 쏘고 마을을 불태우는 방법으로 땅을 차지했다. 한때 그들은 모두 친척이었고, 이제 혈연관계는 약해졌지만 지금도 모두 똑같은 지위와 명예를 요구하고 있다.

그보다 낮은 카스트들은 흙벽에 찌그러진 흙기와로 지붕을 이은 낡아빠진 오두막들로 이루어진 마을에서 산다. 부족민들의 마을도 똑같이 가난해 보인다. 이런 마을 한복판에는 말리크들이 사는 저택이 높이 솟아 있는데, 그들에게는 몇 가지 공통점이 있다. 소금과 등유와 우편엽서를 제외하면 말리크들은 아무것도 살 필요가 없다. 그들은 코끼리와 말과 가축, 사생아와 첩과 성병을 갖고 있고, 총을 가진 사람이 땅을 소유한다는 철학을 갖고 있다. 그들은 모두 제 집안의 수호신을 숭배하고, 그 신은 그들의 숭배에 충분히 보답한다. 어쨌든 그들은 세금과 농지개혁을 면제받는 넓은 땅을 신의 이름으로 소유하고 있다. 물론 그들 사이에도 차이점은 있다. 아이타리 싱은 발가락이 여섯 개이고, 반와리 싱의 아내는 낮은 카스트인 그왈라 출신이고, 나투니 싱의 집에는 박제된 호랑이가 한 마리 있다.

둘란은 이 모든 것을 그들에게 상기시킨 뒤, 이렇게 말했다.

"이 사람들은 자기 체면을 세우기 위해 곡쟁이를 필요로 해. 이제 내가 길을 가르쳐주었으니까 계속 열심히 싸워봐."

사니차리와 비크니는 고개를 끄덕였다. 그들이 쉽게 얻은 것은 지금까지 하나도 없었다. 묽은 옥수수죽과 소금을 조금 얻으려고 날마다 아등바등하는 것은 심신을 지치게 했다. 그들은 남편도 없이 아이들을 키우느라 돈놀이꾼한테 의지했지만, 그 사람들은 단지 체면을 차리려고 장례식에 엄청난 돈을 썼다. 그 돈의 일부가 우리 집으로 들어오게 하자!

그래서 사니차리와 비크니는 열심히 싸웠다. 이 생활에서는 모든 것이 전투다. 비크니는 이 마을 여자가 아니었지만 놀랄 만큼 쉽게 이 마을 생활의 일부가 되었다. 씨를 뿌리고 거두는 철에는 라치만 싱의 밭에서 일했고, 다른 때는 장에 가거나 버스 정류장 근처에 있는 가게에 가서 정보―누가 병석에서 죽어가고 있는지, 어느 말리크의 집에서 누가 마지막 숨을 몰아쉬고 있는지—를 가져왔다. 그러면 그들은 기다란 검은 천을 빨았다. 그 천을 몸에 걸치고 추란 몇 개를 안찰에 묶었다.

추란 하나를 우적우적 씹으면서 그들은 큰 저택으로 서둘러 가곤 했다. 사니차리는 말리크의 마름과 협상을 했다. 그들의 협상은 일정한 방식을 따랐다.

"우리는 울면서 곡을 할 거예요. 우리는 라마[19]의 이름을 외치는 소리조차 지워버릴 만큼 큰 소리로 곡을 할 거예요! 5루피와 쌀을 얻기 위해서 말이에요. 다비식 날에는 옷감과 음식을 받겠어요. 더도 덜도 말고 딱 그것만 주시면 돼요. 그리고 곡쟁이가 더 필요하다면 우리가 해결할게요."

마름은 모든 요구에 동의하곤 했다. 그가 달리 어떻게 할 수 있겠는가? 바이라브 싱의 장례 때 그들이 곡하는 것을 본 뒤로는 누구나 그들을 원했다. 그들은 전문적인 곡쟁이였다. 이제 세상은 아마추어가 아니라 프로의 것이다. 마름 자신도 밭에서 일하는 일꾼들의 장부를 조작하고 빚을 진 농부들이 내야 할 이자를 늘리는 전문가다. 사실 그는 너무 전문적이어서, 매달 10루피밖에 안 되는 쥐꼬리만 한 봉급을 받으면서도 밭과 소를 사고, 원하기만 하면 마누라도 여럿 얻을 수 있다. 애도해줄 사람이 없는 고인을 전문적으로 애도하는 것은 정식 사업이다. 대도시에서는 번창하고 있는 갈보들이 서로 그런 일을 하려고 경쟁했다. 이 지역에서는 사니차리가 이 사업을 시작했다. 뭐니뭐니 해도 이곳은 대도시가 아니다. 이곳에는 토리에 우글거리는, 잘 나가는

19 비슈누 신의 일곱 번째 화신.

갈보 따위는 한 사람도 없다. 그래서 마름은 사니차리의 요구를 들어줄 수밖에 없다.

"곡에도 몇 종류가 있는데, 한 가지는 그냥 곡만 하는 거예요.

곡을 하면서 땅바닥에 뒹굴면 5루피와 1시카.

곡과 함께 땅바닥에 뒹굴면서 머리를 찧으면 5루피와 2시카.

송장을 따라 화장터까지 가면서 곡을 하고 가슴을 치고, 화장터에서 땅바닥을 이리저리 뒹굴면 6루피.

다비식 때는 천이 필요해요. 되도록이면 무늬 없는 검은 천이 좋아요.

이게 요금이에요. 이것 외에, 나리들은 왕이나 마찬가지니까 쌀과 함께 콩과 소금과 기름을 조금 나누어줄 수 없나요? 나리들은 락슈미 여신을 집에 가두었으니까, 그게 없어서 아쉽지는 않을 거예요! 그리고 사니차리는 어딜 가든 나리들을 열렬히 찬양할 거예요."

사업은 날이 갈수록 번창했다. 바이라브 싱의 장례 때 곡을 한 두 곡쟁이를 찾는 사람이 너무 많아서, 거의 세력 다툼 같았다. 오래지 않아 지주와 돈놀이꾼만이 아니라 랄라와 사후 계급의 사람들까지도 사니차리를 찾기 시작했다. 실제로 랄라인 고쿨은 제 아버지가 죽었을 때 이렇게 말했다.

"다비식 때까지 날마다 와줘, 사니차리."

고쿨은 날마다 그들에게 사투[20]와 구르를 주면서 이렇게 말했다.

"우리는 당신들을 먹여서 덕을 쌓는 거야."

고쿨은 또한 그들을 속여서 제일 값싼 천을 안긴 말리크-마하잔들과는 달

---

20 여러 가지 곡식 가루를 섞은 것.

리 고급 천을 그들에게 주었다. 사니차리와 비크니는 그 천을 장에 내다 팔았다.

둘란은 그들이 고쿨의 집에서 어떤 대우를 받았는지를 듣고 나서 말했다.

"좋아. 앞으로는 다비식 때까지 날마다 고객의 집을 방문해야 돼. 고객은 반드시 곡쟁이한테 무언가를 줄 거야. 그럴 때는 아무도 지출을 까다롭게 따지지 않아."

"무언가를 줄 건 확실해요." 사니차리는 경멸하는 태도로 담배 연기를 내뿜으며 말했다. "그 사람들은 형제와 아버지가 죽어도 눈물을 흘리지 못하는데 다비식에 드는 비용을 계산하겠어요? 강가다르 싱 같은 부자가 삼촌을 화장하는 장작더미에 진짜 기[21] 대신 달다[22]를 부을 만큼 인색했다는 걸 아세요?"

"그 사람들이 스스로 울 수 있다면 당신들이 무슨 필요가 있겠어?"

"그래도 최소한 눈물 한 방울쯤은 흘릴 수 있을 텐데."

"어쨌든 이제 쓸모 있는 이야기를 하자고."

"해보세요."

"부자들이 하는 짓거리에 대해서 이야기하지. 나투니 싱의 어머니가 오늘내일 하고 있는데, 나투니의 집은 아주 멀어. 나투니는 당신들을 고용하고 싶다고 말했어."

"그 할머니는 죽어가고 있는 거지, 아직 죽지는 않았잖아요."

"나투니의 이야기를 들으면, 그 사람들이 얼마나 지독한 죄인들인지 당신

---

21 우유로 만든 액체 버터.

22 수소화 처리된 기름.

들도 알게 될 거야. 나투니 싱의 땅과 재산은 모두 어머니한테 받은 거야. 그 할망구가 어떤 사람인지 알고 있나?"

"아뇨, 영감님처럼 모든 사람의 일을 기억하고 있는 사람은 없어요."

"그 할망구는 파라크람 싱의 외동딸이었어. 그놈이 우리를 얼마나 억압했는지 몰라! 내가 어렸을 때 그놈이 소작인인 하티람 마하토를 어떻게 쫓아냈는지는 지금도 기억이 생생해. 그놈은 그 노인네를 말에 묶어놓고, 말을 전속력으로 달리게 했지."

"그 이야기는 나도 들은 적이 있어요."

"파라크람의 딸은 아버지 재산을 모두 물려받았어. 나투니의 재산은 모두 제 어머니한테 받은 거야. 그 할망구는 한동안 소모성 열병에 시달렸고 새빨간 피를 토했지. 그 병은 전염성이 강한 게 분명해."

"아니에요. 부두아도 같은 병을 앓았어요."

"부두아는 좋은 녀석이었어. 하지만 나투니의 어머니는 정말로 못된 여자야."

"어쨌든 무슨 말씀을 하고 계셨죠?"

"나투니는 아주 훌륭한 아들이라서, 제 어머니를 울안 구석에 있는 독방에 격리시켰어. 어머니 침대에 염소 한 마리를 묶어놓은 것 말고는 아무 치료도 하지 않았지. 하킴[23]도, 의사도 부르지 않았어. 약도 먹이지 않고 주사도 맞히지 않았어. 그 할망구는 그래도 아직 살아 있지. 그러는 동안 아들놈은 멋들어진 화장용 장작더미를 만들려고 백단과 삼나무를 비축하고 있어. 다비식

---

23 지역 행정 당국 책임자.

때 사람들한테 나누어줄 천도 도착하고 있어. 나투니는 브라만들을 먹일 준비를 하느라 버터와 설탕, 콩과 밀가루를 잔뜩 사들이고 있지. 브라만들한테 줄 기구도 사들이고 있어."

"맙소사! 어머니가 아직 죽지도 않았는데!"

"나투니의 어머니는 온종일 자기가 싼 똥오줌 속에 누워 있지. 저녁마다 모티라는 두샤드 여자가 그 할망구를 씻기고 옷을 갈아입혀. 이제는 사회적 체면 따위는 아무도 걱정하지 않는 것 같아. 그 집에서는 밤에 할망구 옆에서 잘 하녀를 한 명 고용했어. 나투니는 어머니 치료비로는 1파이사도 쓰기 싫어하지만, 어머니 장례식에는 무려 3만 파이사를 쓸 작정이야!"

"설마!"

"나투니는 지붕 꼭대기에서 그렇게 외치고 있어. 그들의 태도가 완전히 거꾸로라고 내가 말하는 건 그 때문이야. 그 집에서는 산 사람한테는 신경을 안 쓰지만, 일단 죽으면 성대한 장례식을 치러서 자기네 위신을 세우려고 애쓰지. 이 추운 계절에 나투니는 어머니의 따뜻한 누비이불을 빼앗고 그 대신 얇은 담요를 주었어. 나투니는 어머니가 빨리 죽기를 바라고 있지. 당신들은 다 비식 때까지 날마다 그 집에 가야 돼."

"그 집에서 우리한테 아무것도 안 주면 어떡하죠?"

"걱정하지 마. 줄 테니까. 나투니는 고쿨한테 지고 싶지 않을 거야. 그러면 자기네 사회에서 체면을 잃게 될 테니까."

혹한기인 10월[24]에는 호랑이도 추위에 떤다는 말이 있다. 추위와 함께 노

---

24 그레고리력의 1~2월.

파는 세상을 떠났다. 사니차리는 다비식 때까지 날마다 그 집에 갔다. 나투니는 아내가 셋이다. 나이가 제일 많은 첫째 아내는 투덜거리면서 마지못해 밀가루와 구르를 나누어준다. 어쨌든 시어머니는 늙어 죽었다. 그런데 무엇 때문에 그 할망구의 다비식에 그렇게 많은 돈을 쓴단 말인가?

나투니의 둘째 아내는 엄청나게 돈이 많은 마름의 딸이다. 나투니 자신도 아버지가 부잣집 외동딸과 결혼한 덕분에 부자가 되었고, 자기도 똑같이 하고 싶어 했다. 첫째 아내나 셋째 아내가 아니라 가운데인 둘째 아내가 가장 사랑받는 아내로 대우받는 것은 불운이다. 둘째 아내는 시댁을 친정에 비해 가난하다고 얕보고, 남편의 다른 아내들은 아들을 낳았는데 자기는 딸 하나만 낳아서 남들이 보기에 자신의 지위가 낮아지기 때문에 다른 아내들을 원망한다. 둘째 아내는 남들의 말을 귓결에 듣고 비웃는다.

"다비식에 겨우 3만 루피라니? 한 푼도 안 쓰는 거나 마찬가지야. 우리 아버지는 오래 사셨으면 좋겠지만, 아버지가 돌아가시면 나는 다비식을 어떻게 치러야 하는지, 세상 사람들한테 그 본을 보여줄 거야!"

첫째 아내가 날카롭게 대꾸한다.

"물론 그래야겠지! 뭐니 뭐니 해도 자네 고모가 천한 이발사의 핏줄이라는 사실을 감추어야 할 테니까."

"웃기지 마! 내 고모가 이발사의 핏줄이라고? 가야에서는 내 고모부를 모르는 사람이 없어. 하지만 과부가 돼서 시동생과 함께 사는 당신 여동생은 어떤데? 어째서 자기 여동생 이야기는 하지 않을까?"

이 말 때문에 대판 싸움이 벌어진다. 하지만 둘째 아내는 정말로 덕이 높은 게 분명하다. 신들이 그 여자의 말을 들었고, 오래지 않아 그 여자의 아버지가 천연두에 걸렸기 때문이다. 그녀는 사람을 보내서 사니차리를 불렀다.

"불길한 화요일에 죽는 사람은 살아 있는 사람들을 잡아당긴다는 말이 사실인가 봐. 그렇지 않다면 왜 시어머니가 죽자마자 친정아버지가 천연두에 걸리겠어? 사니차리, 팁으로 1루피를 줄게."

"천연두에 걸렸다고요?"

"그래."

"하지만 높은 카스트는 천연두에 걸리지 않는다고 들었는데요?" 사니차리는 천진한 태도로 묻는다. "천연두는 가난하고 낮은 카스트가 걸리는 병이라고 들었는데요? 우리가 신들을 달래려고 정부에서 놓아주는 예방주사를 맞는 것은 그 때문이에요."

"정부에서 놓아주는 예방주사는 소의 피나 마찬가지야." 이렇게 말하고 나서 나부니의 둘째 아내는 화제를 바꾸었다. "우리 남편의 첫째 마누라와 내가 싸울 때 자네도 거기 있었지? 아버지가 떠나버리면 나한테는 아무도 없어. 여기서 나는 적들에 둘러싸여 있지. 다른 마누라들은 아들이 있어서 존경을 받지만, 나는 딸 하나밖에 못 낳았어."

"사람들은 마님도 존경해요."

"그들은 나를 존경하는 게 아니라 우리 아버지의 재산을 존경하는 거야. 우리 아버지는 나를 멀리 보내고 싶지 않아서, 이미 마누라가 있는 남자한테 시집을 보냈지. 그렇지 않다면 차우한 라지푸트인 우리가 이런 집안과 혼인했겠어?"

"그게 다 운명이지요."

"그건 사실이야. 내 말 잘 들어. 나는 친정집으로 갈 거야. 자네와 비크니 말고도 갈보 스무 명이 필요할 거야. 그년들한테는 100루피와 쌀을 주고, 자네와 비크니한테는 50루피와 쌀을 줄게. 자네들은 다비식 때까지 거기에 머물면서 식사도 하고, 다비식 때 천을 받고 나서 돌아오면 돼."

"마님의 아버지는 아직 돌아가시지 않았어요."

"부패증이 시작되었어. 우리 아버지는 우유와 버터를 많이 먹어서 몸이 아주 건강하기 때문에 영혼이 좀처럼 육신을 떠나고 싶어 하지 않나 봐. 우리 시어머니가 죽었을 때 자네는 싸라기 쌀과 케사리 콩을 받았지?"

"기름이랑 소금이랑 고추도 받았어요."

"그때 자네한테 뭘 줬는지 내가 모르겠어? 우리 남편의 첫째 마누라가 얼마나 인심이 좋은지, 나는 정확히 알고 있다고! 나는 자네한테 쌀과 콩, 기름, 소금, 감자와 구르를 줄게."

"마님은 가난한 사람들에게 은혜를 베푸는 인정 많은 분이세요!"

"그리고 잘 들어. 자네는 곡을 정말로 잘해야 돼."

"물론이죠. 그리고 땅바닥에서 뒹굴기도 할까요?"

"그래, 땅바닥에서 뒹굴어."

"땅바닥에서 뒹굴고, 우리 머리를 찧기도 할까요?"

"그래, 머리도 찧어."

"그러면 이마가 찢어질 텐데……."

"자네와 비크니한테는 추가로 5루피씩 더 줄게. 돈은 문제가 아니야. 우리

아버지의 장례식과 다비식은 전설이 될 거야. 모든 사람이 그 이야기를 하게 될 거야. 나는 우리 남편과 다른 마누라들이 질투심에 불탔으면 좋겠어. 나는 우리 아버지의 무남독녀 외동딸이야. 우리 아버지의 장례식은 아버지가 나한테 남겨줄 유산에 어울리게 호화로워야 돼. 아버지는 날마다 은잔으로 우유를 마셨고, 젊었을 때는 갈보들을 첩으로 두었고, 늙을 때까지 그 여자들을 먹여 살렸고, 양주가 아니면 손도 대지 않았어. 아버지는 후처가 나를 못살게 굴까봐 재혼하는 것도 마다했지."

"저한테 돈을 주세요. 시장에 가서 갈보들한테 선금을 주어야 할 거예요. 그 여자들은 정말로 파렴치한 년들이에요."

"자, 받아."

모든 상황이 정말 복잡했다. 말리크-마하잔의 집안에서 누군가가 죽으면, 장례에 쓰는 돈은 당장 그 집안의 명성을 높여주었다. 곡쟁이들의 지위도 올라갔다. 이 대가를 치르는 것은 두샤드와 간주와 콜이었다. 군주들은 자신들이 과소비한 돈을 빼내려고 부족민들의 가죽을 벗겼다. 모하르 싱의 호화로운 장례는 많은 이야깃거리가 되었고, 브라만들이 가장 많은 이익을 얻었다. 나투니의 둘째 아내는 끝내 남편에게 돌아가지 않았고, 남편이 자기 아버지 재산에 손을 못 대게 하려고 딸의 결혼식 준비에 아낌없이 돈을 쓰기 시작했다. 하지만 딸이 결혼한 것은 몇 년 뒤였다.

사니차리는 자신의 행운을 둘란에게 보고했다. 둘란은 교활한 미소를 지으며 말했다.

"광부들은 조합을 갖고 있어. 당신도 곡쟁이 조합을 만드는 게 어때? 당신은 피시텐이 될 수 있어."

"그거 괜찮군요!"

"지금 시장으로 갈보들을 찾으러 갈 텐가?"

"내가 데려오겠어요. 갈보가 되는 건 말리크-마하잔들이 망쳐놓은 여자들이에요." 비크니가 대답했다.

"말도 안 돼. 갈보는 별개의 카스트야."

"천만에. 넌 거기에 대해서 아무것도 몰라."

"토리 장터에는 갈보들이 떼로 모여 있어."

이때 갑자기 둘란이 물었다.

"사니차리, 나와가르의 감비르 싱을 기억해?"

"잊을 리가 있나요! 코끼리를 타고 디왈리 멜라[25]를 돌아다니던 사람이잖아요. 코가 크고 목에 커다란 혹이 달린 사람."

"그 사람이 지독한 짓을 했어."

"또 뭔데요?"

"그 사람은 모티야라는 여자를 첩으로 두었는데, 아내처럼 부양했지. 모티야가 낳은 딸 굴바단에게는 은으로 만든 발찌를 채워주고 자기 무릎 위에서 놀게 했어. 모티야가 죽으면 그 딸을 어엿하게 시집보내겠다고 맹세했지. 오늘 나는 굴바단이 울어서 눈이 빨개진 채 토리 쪽으로 걸어가는 것을 보았어. 굴바단이 그러더군. 사람들이 애를 낳을 줄은 알지만 자식을 돌볼 줄은 모른다면서, 감비르 싱이 자기를 쫓아냈대. 그래서 내가 왜냐고 물었지. 그러자

25 빛의 축제.

굴바단이 이러는 거야. '저는 아버지한테 아버지 조카가 나를 괴롭힌다고 불평했을 뿐이에요. 그랬더니 아버지는 저를 노려보면서 이렇게 말했어요. 네 어미는 석 달 전에 죽었는데 왜 너는 아직도 여기서 얼쩡거리고 있는 거냐? 내 조카의 말을 듣든가, 아니면 집에서 나가. 너는 결국 갈보의 딸이야.'라고."

"정말 야비한 놈이군요!" 사니차리가 말했다.

그러자 둘란은 헛기침을 하고 말을 이었다.

"나는 기분이 더러웠어. 굴바단은 말했지. '어떻게 자기 친딸한테 자기 조카와 자라고 말할 수가 있죠? 더구나 나는 그 사람 자식까지 낳았는데. 그들은 언젠가 그 아이도 나처럼 쫓아낼 거예요. 나는 시장에서 일해야겠죠.'라고."

사니차리는 한숨을 내쉬었다.

"굴바단은 얼굴이 에쁘장하니까 돈 많은 상인이 당장 첩으로 삼을 거에요."

비크니가 날카롭게 말했다.

"굴바단은 어머니의 운명을 보고 배웠을 테니까, 한 남자한테 매이지는 않을 거야."

비크니는 토리에 갔다가 돌아와서 말했다.

"맙소사! 돈벌 기회가 생기자 수많은 여자들이 떼 지어 모여들더군!"

"그 여자들을 잘 살펴봤겠지?"

"그럼."

"어때?"

"이제는 모두 늙어서 몇 아나[26]에 몸을 파는 싸구려 갈보들이야. 힘든 생활이지. 그 여자들은 아직도 눈가에 화장먹을 칠하고 손에 등잔을 들고 길거리에 서 있어야 돼. 영감이 죽은 것을 알면 당장 달려올 거야. 한 가지 좋은 소식이 있어!"

"뭔데?"

"부두아의 마누라를 보았어. 네 며느리 말이야."

"토리에서?"

"그래, 너보다 더 늙어 보이더라."

"그년 이야기는 하지 마."

"그쪽에서 나한테 다가왔어. 거기서 일한 지 10년 됐대. 아들이 어떻게 지내느냐고 묻더라."

"그래서 뭐라고 했어?"

"내가 무슨 말을 하겠어? 그리고 내가 왜 말을 해줘야 하지? 나는 아무 말도 하지 않았어."

"잘했어."

사니차리는 밥을 먹으면서 며느리와 그녀의 왕성한 식욕을 생각했다. 그 애가 언제 떠났지? 그것은 코끼리들이 기관차를 뒤엎은 해였다. 부두아가 죽은 해. 그때는 망고나무가 어린 묘목이었지만, 지금은 그 나무에 열매가 열리고 있다. 토리에서 10년. 하로아가 달아난 게 다행이었다. 적어도 그 아이는

---

26 16분의 1 루피.

어머니가 어떻게 되었는지 알지 못했다.

식사를 끝낸 뒤 두 여자는 담배를 피웠다.

"그게 그년 팔자였어. 나는 부두아가 죽은 뒤에도 며느리를 쫓아내지는 않았을 거야." 사니차리가 말했다.

"그래, 물론 너는 쫓아내지 않았겠지."

"가난해 보였니?"

"아주."

사니차리는 입을 다물었다.

이윽고 모하르 싱이 죽었다.

다비식은 화려하고 성대하게 거행되었다. 다비식이 끝나자 늙은 갈보들은 작별 인사를 하면서 사니차리와 비크니에게 공손하게 말했다.

"우리가 또 필요하면 전갈만 보내요. 당장 올 테니까."

사니차리와 비크니는 천 이외에 놋그릇 하나와 대나무 우산을 받았다. 비크니는 그것을 장에 내다 팔았고, 그 돈으로 벌레 먹은 옥수수를 한 자루 샀다.

"이걸 갈아서 밀가루에 섞거나 죽을 쑤어 먹으면 돼." 비크니가 말했다.

세월이 흐르자 그들의 생활에도 리듬이 생겼다. 누군가가 죽으면 그들은 곡쟁이로 일한다. 나머지 시간에는 반쯤 주린 배를 안고 연명한다. 먹을거리가 전혀 없을 때는? 문제없다. 죽는 사람은 일 년에 두세 명을 넘지 않는다. 나머지 시간에는 그들도 다른 사람과 마찬가지로 먹고살기 위해 말리크의 밭에서 일하거나 땅을 개간하거나 숲에서 뿌리를 캔다.

비크니는 모든 사람을 놀라게 했다. 비크니는 한 번도 아들을 찾아가지 않았다. 비크니는 사니차리네 집 안마당에 고추를 길러 판 뒤에 말했다.

"마늘을 키워봐야겠어. 마늘은 잘 팔려."

그들의 평판은 차츰 올라갔다. 모두 그들을 곡쟁이로 고용하고 싶어 했다. 물론 그들을 고용하는 비용이 싸지 않았지만, 그들은 받은 돈만큼의 값어치를 했다. 정말로 눈물을 흘리며 울부짖고 흙바닥에 머리를 찧으며 통곡했다. 이 두 여자가 고인을 칭송하는 노래를 부르면, 고인의 일가친척까지도 고인이 악마의 부하로 죽은 게 아니라 그들을 위해 지상에 태어난 신 같은 존재라고 여기게 될 정도였다.

만사가 순조로웠다. 중간에 2년은 별로 좋지 않았다. 나투니의 첫 아내의 오라비가 오늘내일 하는 상태였는데, 병원에서 치료를 받고 회복되었다. 라치만 싱의 계모는 사실상 사망 선고를 받았는데, 위험한 돌팔이 의사가 나타나서 치료해주었다.

사니차리는 안도의 한숨을 내쉬며 말했다.

"운명이야."

마을 이발사인 파라시나트도 역시 불행했다.

"이 모든 것이 다르마[27]를 거스르는 겁니다."

"왜요?"

"이것 보세요, 부두아 어머니. 전에는 사람들이 병에 걸리면 대개 죽었어요. 태어나는 사람이 있으면 죽는 사람도 있어야 합니다. 그러지 않으면 세상

---

27 우주의 법칙과 인간의 질서를 이르는 말.

이 어떻게 되겠어요? 노인이 병들면 죽어야 합니다. 의사와 돌팔이와 하킴들이 병든 노인의 목숨을 구하는 게 과연 옳은 일인가요?"

사니차리는 한숨을 내쉬었다.

"그래도 당신은 아직 나보다 잘 살잖아요. 뭐니 뭐니 해도 당신은 수요가 많으니까요. 죽음만이 아니라 출생과 결혼에도 이발사는 필요해요. 사람들은 결혼식에 대해 의논하자마자 당신을 부르잖아요. 그런데 나는 어떻게 될까요?"

비크니는 절망하지 않았다.

"그 사람들은 아직 죽을 때가 되지 않아서 안 죽은 거야. 운명으로 정해진 수명보다 더 오래 사는 사람은 아무도 없어."

둘란이 말했다.

"걱정할 거 없어. 일이 잘못될까 봐 걱정하는 건 당신들이 전보다 잘 먹고 있으니까 그런 거야. 말리크-마하잔이 어떤 마음보를 갖고 있는지 몰라서 그래? 라치만 싱의 계모는 올해 수확이 좋은 걸 보고도 눈물을 흘리지. 내년에는 올해만큼 못 벌지도 모르니까!"

사니차리가 말했다.

"설마 그럴 리가! 영감님은 모든 걸 농담으로 바꿀 수 있다고 생각하세요?"

그 후 사니차리는 더욱 운이 좋아졌다. 어느 날 비크니가 웃으면서 돌아왔다.

"기막히게 좋은 소식이야!"

"뭔데?"

"너한테 말하기 전에 우선 편안히 앉아야겠어."

"무슨 소식인데?"

"안달이 나?"

"빨리 말해봐!"

"감비르 싱이 죽어가고 있어."

"누가 그래?"

비크니는 사니차리에게 자초지종을 말해주었다. 비크니는 믿을 만한 소식통인 이발사한테서 직접 이야기를 들었다면서, 나투니의 어머니가 소모성 열병과 천식에 걸린 것을 기억하느냐고 사니차리에게 물었다.

"그래, 그래. 물론 기억하지. 계속해, 비크니."

나투니가 어머니를 다룬 방식은 이제 그들 사회에서 규범이 되었다. 그 병은 시바 신의 기술로도 고칠 수 없는 병으로 여겨진다. 어떤 치료나 약물도 시바 신에 대한 중대한 모독으로 여겨진다. 감비르 싱은 가까운 친척이 하나도 없다. 조카가 그의 상속인이다. 조카는 감비르 싱을 마당의 오두막에 격리시키고, 흑염소 한 마리와 함께 놓아두었다. 염소를 보고 감비르 싱은 "내가 죽을 거라는 뜻이구나" 하고 말했다. 그는 자신의 다비식을 모든 사람이 깜짝 놀랄 만큼 성대하게 준비하라고 지시했다. 그러면 대단한 사람이 죽었다는 것을 모두 깨닫게 될 것이다.

"그래서?"

"감비르 싱은 정말 이상한 사람이야! 약을 먹는 것도 거절하고 온종일 기도만 하고 있어. 부인은 의사를 부르자고 주장했지. 그런데 의사도 전혀 희망을 주지 못했어.”

“아직 안 죽었잖아?”

“틀림없이 죽을 거야! 조카는 어떻게도 할 수 없어. 노인은 변호사를 불러서, 자기 다비식에 적어도 1라크[28]를 쓰라고 명령했지.”

“왜?”

“자기 돈을 몽땅 써버릴 작정이라고 감비르 싱은 말했대. 조카는 땅에서 수익을 얻을 수 있다는 거야. 감비르 싱은 자식이 없으니까 조카한테 돈을 남겨주지 않을 작정이야.”

“그래서?”

“오늘이나 내일은 틀림없이 죽을 거야.”

“그동안은 뭘 하지?”

“그동안 나는 얼른 여행을 다녀오겠어.”

“어디 가고 싶은데?”

“란치.”

“란치라고? 거긴 왜?”

“장에서 내 남편의 조카를 만났는데, 딸이 결혼한다고 나더러 와 달래.”

“딸이 결혼한다고?”

비크니는 한숨을 내쉬었다.

“조카가 그러는데, 어쩌면 내 아들놈도 올지 모른대. 아들놈이 보고 싶으면 그놈 처갓집으로 찾아가면 되지 않느냐고 너는 말하겠지만, 그렇게는 못해.

28 10만 루피.

하지만 조카네 집에 갔다가 우연히 마주치면 아무도 뭐라고 못하겠지. 아들 놈도 내가 자기를 보러 갔다는 걸 눈치 채지 못할 거야."

"네가 그런 식으로 말하니까 나는 아무 말도 않겠어. 아들을 보고 싶다는데 내가 무슨 말을 하겠어? 그런데 곧 돌아올 거야? 아니면 거기서 계속 지낼 거야?"

"어떻게 내가 그럴 수 있겠어? 그날 나는 내 집을 내 발로 걸어 나와서 우연히 너를 만났어. 네가 그날 거기에 없었다면 나는 어떻게 됐을까?"

"감비르 싱은 잊어버려."

"나흘 안으로 돌아올 거야."

버스 정류장까지는 5킬로미터를 걸어가야 했다. 사니차리는 비크니와 함께 가서 비크니가 버스에 타는 것을 보고 말했다.

"좌석에 앉으면 8루피고, 통로에 쭈그려 앉으면 2루피만 내면 돼."

집으로 돌아오면서 사니차리는 지금 일어나고 있는 흥미진진한 일들을 곰곰 생각했다. 걸어 다니는 좁은 길밖에 몰랐던 친구가 지금 버스를 타고 먼 란치까지 가고 있다. 친척 결혼식에 참석하려고 그 먼 길을 가고 있는 것이다! 친척은 란치처럼 멀리 떨어진 대도시가 아니라 가까이에 사는 법이다!

사니차리는 도중에 마주친 사람들과 잡담을 나누면서 천천히 집으로 걸어 갔다. 사람들은 모두 말했다.

"사니차리는 너무 힘들고 불행하게 살았어. 하지만 비크니를 만난 건 축복이었지. 그 노파는 정말 열심히 일해! 사니차리네 집은 완전히 달라졌어! 이거야말로 사람들이 '팔자'라고 부르는 거야. 멀리서 온 이방인도 피붙이만큼 가까워질 수 있어. 다른 나무에 접붙인 나무의 껍질처럼."

집에 돌아온 사니차리는 안절부절못했다. 습관 때문에 숲으로 땔나무를 주우러 가서 마른 삭정이를 한 묶음 갖고 돌아왔다. 비크니는 절대 빈손으로 돌아오지 않았다. 반드시 무언가를 가져왔다. 하다못해 시든 나뭇가지, 길에서 발견한 밧줄이나 쇠똥 한 덩어리라도 가져왔다. 가장 최근에 비크니가 세운 계획은 송아지를 키우는 것이었다. 사니차리는 비크니가 어떻게 그 나이에도 가사 문제에 그렇게 관심을 가질 수 있는지 이해할 수가 없었다.

며칠이 지났다. 감비르 싱의 상태는 예상했던 대로 나빠졌다. 사니차리는 어느 날 그 집에 가서 마름과 모든 것을 의논했다. 그 과정에 사니차리는 감비르 싱이 결핵에 걸린 것으로 되어 있지만 실제로는 다른 병으로 죽어가고 있다는 것을 알았다. 그는 헤아릴 수 없이 많은 여자들과 무절제하게 관계를 맺어서 성병에 걸렸고, 그 때문에 살이 썩어가고 있었다. 감비르 싱이 약을 거부하고 죽음을 자초하면서 그렇게 기도만 드리고 있는 이유는 바로 그것이었다.

"감비르 싱은 달이 보름달에 가까워질 때 죽기로 결심했어." 마름이 말했다.

"왜요?" 사니차리가 물었다. 그녀는 속으로 생각했다. '원하는 것은 무엇이든 할 수 있는 말리크-마하잔들은 죽을 때도 자기가 죽고 싶을 때 죽을 수 있나?'

"그걸 누가 알겠어?" 마름은 초연한 태도로 대답했다. "달이 보름달에 가까워질 때 죽으면 영혼이 곧장 하늘로 올라가고, 그러지 않으면 유디스티라[29]처럼 지옥을 먼저 방문해야 돼."

사니차리는 힌두교 성전에 등장하는 인물들을 잘 알지 못하지만, 그들의 위대함에 대해서는 조금도 의심하지 않는다. 영웅적이고 거룩한 인물들의 이미지는 달력 그림을 통해 영화에서 그들 역을 맡은 배우들과 뒤섞인다. 트릴록 카포르와 유디스트라, 아비 바타차리아와 크리슈나[30] 등등. 사니차리는 깜짝 놀라서 묻는다.

"뭐라고요? 말리크-마하잔이 유디스티라인가요?"

마름은 이 무식한 여자한테 참을성 있게 설명한다.

"말리크-마하잔이 말하는 건 모두 실제로 일어나지. 옳은지 그른지는 어떤 관점에서 보느냐의 문제야. 심술궂은 사람들은 말리크가 아버지 생전에, 그러니까 영국인들이 지배하던 시절에 강도짓을 했고, 라치만 싱의 아버지네 말을 훔쳤고, 자기 손으로 많은 두샤드 마을을 불태웠고, 처녀 수백 명의 몸을 망쳐놓은 중대한 죄인이라고 말할지도 몰라. 하지만 말리크는 그런 식으로 생각하지 않아. 그래서 말리크는 자기가 어떤 죄 때문에 이 무서운 병에 걸렸는지 결정하려고 점쟁이와 학자들을 불러 모았어."

"그 사람들이 알아냈나요?"

"뭘 알아내?"

"그게 무슨 죄였는지."

---

29 인도의 고대 서사시 『마하바라타』에 나오는 영웅. 판다바 5형제의 맏이.

30 『마하바라타』에 나오는 영웅. 비슈누 신의 여러 화신 중 하나.

"물론이지. 말리크는 어렸을 때 새끼 밴 암소를 막대기로 때려서 새끼를 죽였어. 그게 말리크의 유일한 죄야."

"정말로 그분은 자기가 원하는 대로 달이 보름달에 가까워질 때 죽을까요?"

"그렇고말고. 지금까지 그분은 원하는 것을 모두 손에 넣었어. 그리고 그분은 옳은 일을 했어. 돈이 조카 손에 들어가면 오래가지 못할 거야."

"왜요?"

"말리크의 여자들은 모두 힌두교였어. 하리잔[31]들까지도 힌두교야. 하지만 조카의 갈보는 무슬림이야."

"어머 그래요?"

"각오하고 있으라고. 나는 아주 오랫동안 이 집에서 일했지만, 다비식이 끝난 뒤에는 여기 있지 않을 거야. 다비식이 끝나면 떠날 거야. 말리크는 자신의 다비식을 성대하게 치르라고 지시했어. 모든 사람들이 모하르 싱의 장례식을 잊어버릴 만큼 성대하게. 우리 모두 여기서 나갈 거야."

사니차리는 그 집을 나왔다.

그녀는 걱정하면서 집으로 돌아왔다. 엿새가 지났다. 비크니는 어떻게 됐을까? 그들은 바깥세상과 별로 왕래가 없는 외딴 마을에서 살고 있다. 아무도 버스를 타고 어딘가에 가지 않는다. 그런데 누가 란치에서 비크니의 소식을 가져올 수 있겠는가? 사니차리는 한숨을 내쉬고 이불을 햇볕에 쬐었다. 옥수수를 조금 갈았다. 그런 다음 마을회관 수리 공사에서 자기한테 의무적

---

31 인도 카스트에서 최하층 신분인 불가촉천민.

으로 할당된 몫의 일을 하러 갔다. 진흙으로 지은 이 오두막은, 정기적으로 손을 보지 않으면 흰개미들한테 파 먹혔다. 사니차리는 나뭇가지를 한 다발 머리에 이고 집으로 돌아와 몸을 똑바로 편 순간, 낯선 사람을 보았다.

처음 보는 사람. 면도한 머리. 맨발. 사니차리는 한눈에 모든 것을 이해했다.

"비크니가 죽었나요?" 그녀가 물었다. "댁은 비크니 남편의 조카인가요?"

"예."

사니차리는 마음속에서 산사태가 일어나는 것을 느꼈다. 하지만 지금까지 겪은 수많은 죽음과 속임수와 부정이 그녀의 인내력과 자제력을 단련시켰다. 사니차리는 낯선 사람에게 앉으라고 권했다. 그리고 자기도 앉아서 한동안 조용히 입을 다물고 있다가 물었다.

"며칠 전에 죽었죠?"

"나흘 전입니다."

사니차리는 날짜를 거꾸로 헤아려보고 나서 말했다.

"내가 감비르 싱의 집에 간 날이군. 어떻게 죽었어요?"

"천식이 목감기로 악화되었습니다."

"감기는 여기서 걸렸나요? 아니면 거기서?"

"도중에 차가운 주스 한 잔을 마셨답니다."

"그래서요?"

사니차리는 비크니가 화려한 색깔의 과일 주스와 소화제와 설탕 절임 과일에는 사족을 못 쓴다는 것을 기억해냈다.

"그래서 점점 더 심하게 씨근거리고 숨을 헐떡였습니다. 병원에서 일하는 제 처남이 의사를 불렀고, 우리는 약과 주사로 치료를 하기 시작했죠."

"나는 한 번도 그러지 않았어요."

사니차리는 바퀴벌레를 몇 마리 잡아서 물에 넣고 끓인 뒤, 그 물을 비크니에게 먹이곤 했다. 그러면 당장 호흡 곤란이 누그러졌다.

"비크니는 아들을 만날 수 있었나요?"

"아들은 오지 않았습니다. 저는 이제 아들한테 가서 소식을 전할 겁니다. 우리 숙모님은 여기다 물건을 남겨놓고 가셨나요?"

"아니, 아무것도 없어요. 맥은 비크니를 숙모라고 부르고 비크니는 당신 집에서 죽었지만, 그동안 우리는 비크니한테 가족이 있는 줄도 몰랐어요. 비크니는 집도 없이 혼자 시골을 떠돌아다니고……."

"저는 몰랐습니다. 알았다면 진작 와서 숙모님을 모셔갔을 텐데."

"이제 그만 떠나는 게 좋을 거예요. 버스를 타야 하는데, 정류장이 여기서 아주 멀어요."

그는 떠났다. 사니차리는 혼자 앉아서 상황을 이해하려고 애썼다. 사니차리가 느낀 감정은 무엇일까? 슬픔? 아니, 그것은 슬픔이 아니라 두려움이었다. 남편도 죽고, 아들도 죽고, 손자는 떠났고, 며느리는 달아났다. 그녀의 삶에는 항상 슬픔이 함께 있었다. 하지만 이렇게 강렬한 두려움은 이제껏 느껴본 적이 없었다. 비크니의 죽음은 그녀의 생계와 직업에 영향을 주었다. 사니차리가 이런 두려움을 느끼는 것은 그 때문이다. 결국 왜냐고? 왜냐하면 사니차리는 늙었기 때문이다. 그들은 할 수만 있다면 죽을 때까지 일한다. 나이를 먹는다는 것은 늙어간다는 뜻이다. 늙어간다는 것은 일을 할 수 없다는 뜻이다. 그리고 그것은 곧 죽음을 뜻한다. 사니차리의 고모는 너무 오래 살았기 때문에 가족들은 노파를 무슨 짐짝이나 되는 것처럼 집안이나 집밖으로 옮겼다. 겨울에 가족들은 모두 일하러 나가면서 노파를 밖에 내버려두었고, 집에 돌아와 보니 노파는 죽어서 장작처럼 딱딱하게 굳어 있었다.

사니차리는 그렇게 죽고 싶지 않았다. 그리고 왜 죽어야 하는가? 남편이 죽고 아들이 죽었지만, 사니차리는 슬픔 때문에 죽지 않았다. 슬퍼서 죽는 사람은 아무도 없다. 지독한 재난을 당한 뒤에도 사람들은 차츰 목욕을 하고 밥을 먹고, 마당에서 고추를 물어뜯고 있는 염소를 쫓아낸다. 사람들은 무엇이든 할 수 있지만, 먹지 못하면 죽는다. 사니차리가 그렇게 많은 슬픔을 겪고도 살아남았다면, 비크니를 잃고도 살아남을 것이다. 사니차리는 슬픔에 넋을 잃었지만 울지는 않을 것이다.

돈, 쌀, 새 옷, 이런 것들을 대가로 얻지 않는다면, 눈물은 쓸모없는 사치다.

사니차리는 둘란을 만나러 갔다.

둘란은 사태의 중대성을 당장 파악하고 말했다.

"부두아 어머니, 자기 땅을 포기하는 건 옳지 않아. 장례식에서 곡을 하는 일은 당신에게 땅이나 마찬가지야. 그러니 절대로 포기하면 안 돼. 그 모든 게 얼마나 재미있는지 모르겠어? 사람들은 하나씩 죽어가고, 당신은 곡을 할 테고, 사람들은 장례식의 성대함과 화려함을 너무 진지하게 받아들이고 그걸 체면 문제로 만들어서 호화로운 장례식으로 자기 위신을 세우려고 기를 쓰지. 감비르 싱을 예로 들자면, 그 사람은 얼마든지 의사를 불러서 병을 치료할 수 있지만 거기에는 관심이 없어. 그보다는 어마어마한 장례식 소동에 더 사로잡혀 있지."

"그들이 무엇 때문에 기를 쓰든, 무엇으로 위신을 세우든, 그건 그 사람들 일이에요."

"당신 일이기도 해."

"그런 걸 알아봤자 나한테 무슨 도움이 되겠어요?"

"부두아 아버지가 죽었을 때 당신은 남편이 말리크의 밭에서 하던 일을 이 어받지 않았나?"

"물론 이어받았죠."

"그것과 마찬가지로 당신은 비크니가 하던 일을 이어받아야 돼."

"어떻게요?"

둘란은 성난 얼굴로 힘주어 말했다.

"당신이 직접 가야 돼. 이건 생존이 달린 문제야. 당신이 직접 가야 돼."

"토리에 말인가요?"

"그래, 토리에 가야 돼. 그곳에 가서 갈보들을 찾아서 결말을 지어. 그러지 않으면 감비르 싱의 조카와 마름이 돈을 몽땅 차지할 거야."

"가겠어요."

"가야 돼."

"하지만 만약……."

"당신 며느리가 거기 있으면 어떡하냐고?"

"알고 있었군요?"

"물론이지. 하지만 그래서 어쨌다는 거지? 당신 며느리도 다른 여자들처럼 타락한 갈보잖아? 당신 며느리도 끼워줘."

"그 애도?"

"그럼. 당신 며느리도 다른 사람들처럼 먹어야 하고 돈을 벌 필요가 있어. 갈보들한테 곡을 시키는 이 사업은 정말 재미있지. 말리크들의 재산은 부정한 돈이야. 거기에는 한계가 없어. 장터 갈보들이 말리크들의 장례식에 오게 하자고. 그 여자들을 갈보로 만들어 타락시켜놓고 쫓아낸 건 말리크들이야. 안 그래?"

"그건 그래요."

사니차리는 그 여자들이 어떻게 갈보가 되었는지는 잘 모른다. 사니차리는 굶주림 때문에 며느리가 집을 나갔고, 굴바단의 아버지와 그 조카는 굴바단을 갈보로밖에 생각지 않았지만 굴바단은 제 아버지의 조카를 오빠로 생각했던 것을 회상한다. 사니차리에게는 그 모든 것이 너무 혼란스럽게 여겨진다. 사니차리는 그 문제를 곰곰 생각하지만 생각의 방향을 결정할 수가 없다. 둘란은 뭐라고 할까?

"옳고 그름을 너무 깊이 생각하지 마. 그런 일은 부자들한테 맡기라고. 그건 그 사람들이 더 잘 이해하니까. 하지만 우리는 굶주림을 이해하지."

"그건 사실이에요."

"그럼 계속해."

"마을 사람들이 나를 나쁘게 말하지 않을까요?"

둘란은 씁쓸하게 웃었다.

"사람이 먹고살기 위해 어쩔 수 없이 하는 일은 아무도 나쁘게 생각하지 않아."

사니차리는 둘란이 말하고자 하는 것을 이해했다.

감비르 싱은 열이레째 되는 날 죽었다. 그가 마지막 숨을 몰아쉬고 있을 때 마름은 사니차리에게 전갈을 보냈다. 사니차리는 곡쟁이를 몇 명 데리고 가겠다는 전갈을 보냈다.

사니차리는 검은 옷을 입고 토리에 갔다. 사창가로 가는 길을 물어보는 일이 조금도 곤혹스럽게 느껴지지 않았다. 배를 채우는 문제를 생각하는 것이 다른 무엇보다도 중요하다. 사니차리는 "루파, 부두, 솜리, 강구, 어디 있어요? 갑시다. 곡쟁이 일거리가 있어요." 하고 외치면서 걸었다.

알려진 갈보들이 하나씩 모여들었다. 곧 5루피를 받는 갈보에서부터 1시카를 받는 갈보에 이르기까지 수많은 군중이 모였다.

"비크니가 안 오고 왜 당신이 왔지?" 누군가가 물었다.

"비크니는 죽었어." 사니차리는 미소를 지었다. 그리고 군중 속에서 낯익은 얼굴을 보고 말했다. 부두아의 마누라, 즉 그녀의 며느리였다. "바후, 너도 와. 굴바단, 너도 와. 감비르 싱이 죽었어. 네가 감비르 싱을 위해 곡을 하고 돈을 받으면 그 사람들의 상처에 소금을 뿌리는 거나 마찬가지일 거야. 망설이지 마. 네가 받을 수 있는 건 뭐든지 다 받아. 자, 자. 1인당 5루피. 다비식 때는 모두 쌀과 천을 받게 될 거야."

갈보들 사이에서 술렁거림이 일어났다. 젊은 갈보들이 물었다.

"우리는요?"

"너희들도 모두 와. 어쨌든 너희들도 늙으면 이 일을 해야 할 거야. 그러니까 내가 마침 여기 온 김에 너희들한테 이 일의 기초를 가르쳐주마."

모두 엄청나게 즐거워하고 있었다. 강구는 사니차리가 앉을 방석을 가져왔다. 루파는 '비디'차 한 잔을 가져왔다. 들뜬 분위기가 감돌았다. 이어서 그들은 모두 나와가르로 출발했다.

감비르 싱의 조카와 마름만이 아니라 다른 사람들도 모두 그 광경을 보고 깜짝 놀랐다. 마름은 사니차리를 비난했다.

"사창가의 갈보들을 몽땅 데려왔나? 갈보가 적어도 백 명은 되겠군!"

"왜 안 돼요?" 사니차리가 말했다. "말리크는 사람들의 화젯거리가 될 만큼 떠들썩하게 야단법석을 떨라고 말했어요. 겨우 열 명밖에 안 되는 갈보로 그런 법석을 떨 수 있겠어요? 비켜요, 비켜. 우리가 일을 시작할 수 있게. 말리크는 이제 우리 거예요."

감비르 싱의 송장은 살이 썩는 악취를 풍겼다. 갈보 곡쟁이들은 퉁퉁 부어오른 송장을 둘러싸고 바닥에 머리를 찧으며 통곡하기 시작했다. 마름은 슬픔의 눈물을 흘리기 시작했다. 이러다가는 아무것도 남지 않겠어! 교활한 사니차리! 그들이 머리를 바닥에 찧는 것은 요금을 두 배로 주어야 한다는 뜻이었다! 마름과 감비르 싱의 조카는 무력한 구경꾼 신세가 되었다. 굴바단은 바닥에 머리를 찧고 큰 소리로 곡을 하면서 눈물 한 방울 나오지 않는 눈알을 감비르 싱의 조카 쪽으로 굴리고, 그에게 추파를 던지며 히죽 웃었다. 그러다가 사니차리의 곡소리를 듣고 다시 갈보들의 합창에 끼어들었다.

지은이

유다 가쓰에 湯田克衛 일본

—

1935년 일본 홋카이도 루모이 시에서 태어났다. 루모이 고등학교를 졸업한 후 중학교 국어교사로 근무하면서 고학으로 호세대학 통신교육을 이수했다. 루모이 펜클럽 대표, 홋카이도문인협회 회원이며 《루모이문학》《창원》의 동인으로 활동하고, 극단 활동을 계속하며 희곡을 쓰고 연출을 하고 있다. 시집 『침묵의 층』 『고통의 바다』 등이 있고 단편집 『모래는 모래가 아니다』가 있다.

옮긴이

김경원

—

서울대학교 국문과를 졸업하고 동 대학원에서 박사 학위를 받았다. 일본 홋카이도대 객원연구원을 지냈으며, 인하대학교 한국학연구소와 한양대학교 비교역사연구소에서 전임연구원을 역임했다. 지은 책으로는 『국어실력이 밥 먹여준다』(공저)가 있으며, 옮긴 책으로는 우치다 타츠루의 『하루키 씨를 조심하세요』 『일본변경론』 『청년이여, 마르크스를 읽자』 『혼자 못 사는 것도 재주』가 있고, 그밖에도 『마르크스 그 가능성의 중심』 『우리 안의 과거』 『가난뱅이의 역습』 『론리 하트 킬러』 『경계 위에 선 여인들』 『왜 지금 한나 아렌트를 읽어야 하는가?』 『파스타로 맛보는 후룩후룩 이탈리아 역사』 『과자로 맛보는 와삭바삭 프랑스 역사』 『기다린다는 것』 등이 있다.

09

모래는 모래가 아니고

유다 가쓰에
湯田克衛

계간《아시아》26호 수록
이 작품은 일본어로 쓰였고 김경원이 한역하였다.

'저건 틀림없이 다이토마루(泰東丸)[1]일거야.'

남자는 그렇게 생각했다. 잠수부 머리에 매달린 헤드라이트 빛을 통해 바닷속 거대한 철조물이 비쳤다. 통한의 흔적도 원망의 감정도 깃들어 있지 않은 철골 구조물. 마치 태곳적부터 그곳에 꿈쩍 않고 있었던 바위처럼, 깜깜한 바다 밑 세계의 한 부분처럼 보였다. 잘생긴 우럭 한 마리가 천천히 지느러미를 움직이다가 카메라를 향해 다가온다. 그놈 낯짝이 꼭 기시 노부스케(岸信介)[2]와 닮았다.

화면은 동굴처럼 컴컴한 침몰선에서 빠져 나오는 잠수부의 어색한 모습으로 바뀌었다. 손에는 긴 장화를 늘어뜨리고 있었다. 물속의 완만한 움직임조차 마치 중요한 실마리가 될 물건을 찾았다는 흥분을 전하는 듯했다. 마린 스

---

1 삼선(三船) 조난 사건 당시 침몰한 배 중 하나.

2 1896~1987. 일본의 정치가, 관료. 만주국 총무청 차장, 상공대신, 중의원 의원, 자민당 간사장, 외무대신, 및 내각 총리대신 등을 역임했다.

노(Marine snow)³ 너머에도 물고기 떼가 유유히 지나갔다. 그러다가 갑자기 화면은 밝은 빛이 넘쳐나며 갑판으로 끌어올린 부품이나 유품을 비추었다. 그 뒤편에는 7월임에도 반항기에 가득 차 무표정하게 몸부림치는 것처럼 북방의 바다가 검푸르게 으르렁거리고 있었다.

남자는 텔레비전을 껐다. 배 위에서 카메라가 흔들리는 영상의 여진이 그대로 남아 마치 배 멀미라도 하는 것 같았다. '어떻게 되든지 말든지…….' 남자는 중얼거렸다. 가슴 속 깊은 억울함은 이미 풍화 작용에 사그라져버렸다. 어머니와 다섯 살 손윗누이는 이 배와 운명을 함께 했고, 생후 15개월이었던 남자는 기적적으로 구조되었다. 그러나 남자는 이 사실에 대해 여드름을 짤 때만큼의 아픔도 느껴지지 않았다. 다만 쓸쓸한 마음뿐. 몇 번이나 볼을 타고 내리는 눈물의 강물을 거슬러 올라가보려고 했다. 어렴풋한 기억을 더듬어보고 싶었다. 그러나 38년 동안, 남자는 홀씨처럼 살아가는 것 말고는 어찌 해볼 도리가 없었다……. 고독했다…….

분명 다이토마루의 선실에 아직도 유골이 남아 있을 터였다. 어떻게 해서든 침몰한 위치를 확인하여 선체를 발견해 유해를 인양해달라는 가라후토연맹(樺太聯盟)⁴의 진정을 받아들여 후생성은 마침내 1975년 방위청에 조사를 의뢰했

---

3 육안으로 관찰 가능한 바닷속 미생물을 가리킨다. 바닷속을 촬영한 영상이나 사진에 보이는 하얀 입자가 바로 그것이다. 마린 스노는 바닷속으로 가라앉아 해저에 쌓인다. 지상에 내리는 눈과는 달리 다양한 형태와 크기가 동시에 존재한다.

4 가라후토는 사할린의 일본식 표기로 유라시아 대륙의 동쪽, 오호츠크 해 남서부, 홋카이도의 북쪽에 있다. 가라후토연맹은 1948년 사할린에서 귀환한 사람과 그들의 자손을 중심으로 상호 부조 및 일본의 사할린 통치 시절을 후세에 전승하는 활동을 벌이는 사단법인이다. 2004년에 사할린 관계 자료를 모아 홋카이도 도청(구 본관) 안에 자료관을 설립했다.

고, 그 결과 그해 9월에 수색이 이루어졌다. 그러나 레이더는 배의 그림자 같은 것도 포착하지 못했고, 허무하게도 일주일 만에 수색은 중도하차했다.

9년이 지난 올해 여름, 이번에는 가라후토연맹의 주관으로 '다이토마루' 수색 작업이 엿새 동안 계속되고 있었다. 이 지역의 어부가 어군 탐지기로 발견해낸 침몰선이 다이토마루라는 확증을 얻기 위해 수색 작업은 열기로 후끈 달아올랐다. 가라후토연맹은 배의 모양이나 닻의 특징을 비롯하여 침몰선에서 끌어올린 부품이나 유품 28점을 들어, 이것이야말로 다이토마루임을 증명해주는 부정할 수 없는 증거라고 자신감을 내보였다. 그러나 가라후토연맹의 주장에도 불구하고 후생성은 꼼짝도 안 했다.

'어떻게 되든 내 알 바 아니지…….' 남자는 생각했다. 하지만 요즘 매일같이 신문이나 텔레비전에서 떠들어대는 것을 보고 있자니 유쾌하지는 않았다. 그때마다 시간의 역류가 일어나 고요히 잠자고 있는 일상을 거슬러버리는 것은 참을 수 없었다. 이제 슬슬 이 마을을 떠나야겠군. 어딘가 낯선 땅에서 과거에 얽매이지 않는 삶을 살아가야지…….

전화벨이 울렸다. 위장이 쿡쿡 쓰리기 시작했다. 철공장을 쉰 지 벌써 사흘째였다. 수화기를 들었다. 사무를 보는 여자였다.

"주인장한테는 쉬겠다고 얘기해두었는데……."

"알고 있어요……. 점심시간이라 그냥 전화해본 거라고요. 어때요? 몸은……."

"괜찮아. 오늘밤 나갈 거야."

"그렇게 해요……."

여자는 세 살 배기 딸내미와 둘이서 항구가 보이는 작은 방을 빌려 살고 있다. 기가 세 보이고 말이 없는 여자였다. 몸매가 잘 빠진 늘씬한 몸은 힘껏 붙잡아 흔들고 싶은 충동이 일어날 만큼 매력이 있었다. 여자는 남자 품에 안겼을 때 오른손 엄지손가락을 빠는 버릇이 있었다. 하는 짓이 귀여웠다.

"이렇게 안아줘요."

헐떡거릴 만큼 요란하지는 않았지만 열정적이었다. 남자는 부드럽게 여자의 몸을 뒤집었다. 딱 벌어진 체격에 근육질을 갖춘 남자의 몸 아래서 마치 울음을 삼키려는 듯 여자는 가무잡잡하고 날씬한 몸을 엎드린 채 손가락을 빨았다.

벌레가 와글와글 모여드는 가로등 불빛이 어슴푸레한 뒷골목에서 여자와 헤어졌다.

"당신, 담백한 사람인 것 같아요."

"그런가?"

"그래서 좋아하지만……. 그럼 언제 또 만나요……."

"당신이야말로 담백한 사람이군 그래……."

여자는 보일 듯 말 듯 웃었다. 볼에 약간 홍조를 띠었다. 이 여자와 헤어질 수 있을까. 남자는 어느 쪽으로 내달려야 좋을지 몰라 멍하니 서 있다가 어두운 밤길을 걷기 시작했다. 비눗방울 같은 아롱아롱한 공백감 때문에 남자 속은 몹시도 부대꼈다.

남자는 늘 다니던 술집 문을 밀고 들어갔다. 취기만 오르면 갑자기 독설을 내뱉는 마담이 조용히 카운터에서 손님을 상대하고 있다. 군감자를 파는 포

장마차의 피리 소리가 멀리서 들려온다. 유선방송에서는 야시로 아키(八代亞
紀)[5]의 〈사랑의 종착역〉이 흘러나오고 있다. 남자는 잠자코 차게 희석한 청주
의 술잔을 붙잡았다. 쩽하고 차가웠다. 술잔을 볼에 갖다 대니 후끈 달아오른
입김이 기분 좋게 식는 것 같았다.

"다이토마루 수색을 위한 모금 활동을 시작했나 봐요……."

남자 손님이 그 말을 받았다.

"아무리 다이토마루라는 것을 확실히 알았다고 해도 그렇게 간단하게 인정
하려고 들지는 않을 걸…… 나라에서는……."

더러운 티셔츠에 점퍼 차림을 한 남자와는 대조적으로 회색 양복에 회색
구두를 신은 단정한 신사였다.

"유골 같은 게 남아 있을까요?"

마담이 사근사근하게 받아준다.

"아마 물고기 밥이 되어 벌써 모래가 되었겠지……."

남자의 뒤통수를 보고 있자니 낮에 텔레비전 뉴스에서 봤던 바닷속이 떠올
랐다.

"이보쇼! 왜 나라에서 유골 수집을 주저할 거라고 말하는 거요?"

냉정하게 마음을 가라앉히고자 하지만 남자의 목소리에는 온당치 못하다
는 반응의 울림이 섞여 있었다.

"확실히 다이토마루라고 밝혀진다면 그건……."

"생각 좀 해보쇼." 남자의 말을 가로막고 손님은 자기 말을 계속했다.

5   1950년 출생. 구마모토(熊本) 현 야시로(八代) 시 출신으로 일본의 여성 엔카 가수이자 화가.

"남쪽의 격전지, 그러니까 사이판이나 이오 섬(硫黃島)[6]에 가보시지……. 침몰선을 찾기는커녕 전사한 병사의 유골이 산처럼 쌓여 그대로 있다고. 루모이(留萌)[7] 바다를 수색할 정도라면 거기에 쌓여 있는 유골부터 수습을 해야 할 일이 아니겠어? 그렇지? 마담……."

남자는 어쩐지 슬슬 울화가 치밀기 시작했다. 다이토마루 같은 것은 어찌 되든 상관없다고 한 주제에……. 괜히 낯모르는 손님한테까지 억지로 화제로 삼을 필요도 없는데 말이다. 그러나 남자는 벌써 자리를 박차고 일어나 있었다.

"당신 같은 사람을 두고 인식이 부족하다고 하는 거요……."

"지금 무슨 소릴 하는 거야? 당신!"

손님의 표정이 일순 파랗게 질리며 남자를 노려봤다.

"사이판도 이오 섬도 오키나와도 분명 지옥이었을 테지……. 모두 미쳐버리지 않고는 어쩔 수 없는 게 전쟁이었으니까. 하지만 그건 그렇다 치더라도 말이야, 루모이의 삼선 조난 사건[8]은 전쟁이 끝나고 일어난 일이오. 전쟁이

---

6   일본 남동쪽에 있는 화산섬으로, 이름은 '황'을 뜻하는 일본어 낱말 '이오(硫黃)'에서 왔다. 19세기 후반까지 무인도였으나 1887년 탐사가 진행되어 1889년부터 일본인이 살기 시작하여 1891년 현재의 섬 이름으로 정해졌다. 태평양전쟁의 격전지(이오지마 전투)로 알려져 있다. 당시 주민은 천 명 정도였다. 1945년 2월에 미군이 상륙하려 하자 3월까지 전투 상태가 지속되었다. 이때 일본의 전사자는 20,129명, 미국의 전사자는 약 5,000명, 부상자는 21,865명이라고 한다. 전후에는 미국에 속했다가 1968년 6월 26일 일본에 반환되었다. 현재는 해상자위대와 항공자위대의 기지가 있으며, 옛 섬 주민의 위령제나 기지 건설공사와 관계한 사람 외에는 민간인의 상륙이 금지되어 있다.

7   홋카이도 서쪽에 있는 항구 도시로 이 작품의 배경이다. 도시의 이름은 아이누어로 썰물과 밀물이 깊이 들어오는 강이라는 뜻의 '루루못뻬'에서 왔다. 옛날과는 비교할 수 없지만 지금도 청어의 어획량이 많다. 현재는 일본 최내의 청어 일 가공지이다. 주요 산입은 무역, 도목입, 수신가공업이다.

8   제2차 세계대전이 끝나고 일본이 항복문서를 조인하리라는 예고와 더불어 군대에 정전(停戰) 명령이 내려진 이후인 1945년 8월 22일, 홋카이도 루모이 해상에서 사할린으로부터 귀환하는 부녀자를 태운 일본의 배 세 척이 소련군 잠수함의 공격을 받고 그 중 두 척이 침몰한 사건. 이에 1,708명 이상이 희생당했다고 한다.

끝나고 겨우 고국으로 돌아온 사람들이 고향을 눈앞에 두고 재난을 당했단 말이오. 본질적으로 다르게 봐야 할 사건이 아니오?"

손님은 순간 당황한 표정을 지었고 다시는 입을 열지 않았다. 남자는 코끝이 찡해지며 울고 싶은 지경이었다. 하지만 슬퍼해야 할 정체가 무엇인지 분명하지 않았다. 도대체 자기 안의 어디에서 이런 기운이 솟아 나온 것일까? 남자의 마음은 혼탁의 도가니로 변하기 시작했다. 뜨거운 기운에 가위를 눌리듯 가슴속에서 엄청난 소용돌이가 일었다. 그리고 소용돌이는 차츰 해수면으로 변했다. 거기에는 바다 안개가 자욱한 물결 사이로 나뭇조각을 붙잡고 비명을 지르는 두 사람의 그림자가 어른거렸다. 어머니와 누나였다. 서로 부둥켜안고 소리를 지르는 모습이 생생하게 떠올랐다. 이제까지 아무리 기억을 더듬으려고 해도 희미하기 짝이 없던 어머니와 누나……. 그들이 얼굴에 미소마저 머금은 채 자신을 향해 소리를 치고 있다. 그것은 2, 3초가 될락 말락 한 환영에 지나지 않았다.

갑자기 출몰한 거대한 고래처럼 잠수함은 포격을 퍼부었고 오니시카(鬼鹿)[9]의 바다에서는 지옥도(地獄圖)가 그려지고 있었다. 그때, 남자는 몇 겹이나 되는 옷에 싸여 문고리에 붙들어 매여 목숨을 건졌다. 처음에는 문짝 하나에 여자와 아이들 십여 명이 매달려 있었다. 그러나 파도가 밀려올 때마다 한 사람씩 숫자가 줄어들었다. 힘이 다 빠져 나간 엄마와 누나도 손을 맞잡고 짙푸른 바다 속으로 사라져버렸다.

남자는 청주 술잔을 한 번에 죽 들이키고는 손님에게 고개를 까딱하고 밖

9   옛날 홋카이도 루모이 군에 있었던 마을. 1956년 9월에 루모이 군 오다이라 촌(小平村)에 편입되면서 없어졌다.

으로 나갔다. 근처 네거리에 군감자 노점이 있었다. 그을음을 묻힌 부부가 말없이 싸준 감자의 따스한 온기를 품에 안고 걸으면서 이대로 이 마을을 떠날 수는 없다는 기분이 밀려오기 시작했다.

다음날 아침, 남자는 철공장으로 갔다. 어두운 공장 구석의 유리문을 열고 들어가자 주인장이 심각한 표정으로 나무랐다.

"일할 생각이 없으면 무리해서 나오지 않아도 돼…….."

"알았어요. 오늘로 그만둘게요."

남자는 간발의 틈도 두지 않고 조용히 대꾸하고는 손에 든 점퍼를 어깨에 둘러멨다. 사실 오늘 당장 그만둘 생각은 없었다. 주인장도 불평이나 해볼 생각에 그리 말했을 뿐이어서 "뭐라고?" 하며 입을 벌린 채 남자의 얼굴을 바라보기만 했다.

"아저씨, 여러 가지로 폐를 끼쳐 미안했수다…….."

남자는 어안이 벙벙해 말을 못 잇는 주인장 얼굴에 대고 씁쓸한 웃음을 날렸다. 그는 주변을 한 번 돌아본 다음 오른쪽으로 돌아 걸어 나갔다. 가랑가랑하게 쉰 목소리가 뒤통수를 향해 날아왔지만, 남자는 뒤를 돌아보지 않았다. 인적이 많지 않고 이미 용광로처럼 뜨거워진 도로에 태양은 있는 힘껏 열기를 냅다 꽂아대고 있었다. 경사가 완만한 아스팔트 언덕길을 남자는 휘파람을 불며 걸어갔다. 바싹 마른 입술에서는 갈라진 휘파람 소리가 새어나왔다. 무슨 급한 볼일이라도 있는지 발걸음을 재촉하는 흰 개 한 마리와 딱 마주쳤다. "이 새끼!" 그 개는 소리를 지른 남자에게 한눈파는 일 없이 오로지 앞을 향해 달려갔다.

남자는 오니시카 쪽으로 방향을 잡았다. 그곳에 다이토마루 수색 작업에 집념을 불태우는 어부가 있다는 소식을 들었기 때문이다. 이 마을을 떠나기 전에 그 어부와 한 번 만나보고 싶었다.

버스는 배 그림자가 어른거리지 않는 일본해를 따라 달렸다. 한쪽 다리를 저는 그 어부는 마을에서 떨어진 외딴집에서 살고 있었다. 희멀건 모래 색깔에 군데군데 칠이 벗겨진 판벽의 널빤지가 노인의 옹고집을 말해주고 있었다. 이윽고 잿빛 눈에서 경계의 빛이 사라졌다.

"내 눈으로 보고 말았제. 기울어진 배의 갑판에서 사람들이 떨어지지 않으려고 안간힘을 쓰는 걸 말이여……."

"육안으로 보이던가요?"

"아니, 쌍안경이 있었제. 마침 절벽 위에 있는 밭에 가려던 참이라……. 여하튼 제대로 찾아내기 전에는 속이 더부룩할 거여……. 그래도 내가 본 건 틀림없어……."

어부는 바람에 일렁이는 물결처럼 한숨을 내뱉었다.

"더 이상 소란 떨 것은 없제. 뭐, 다 끝났으니께. 이걸로……."

어부는 쓸쓸한 여운이 남는 듯 남자의 얼굴을 응시했다.

"자네, 다이토마루의 생존자인 거여? 자네한테는 이런 말 허기가 뭣허지만, 시체 인양이 본격적으로 시작되믄 바다 밑은 엉망이 될 거구먼. 모두들 쉬쉬하면서 고기를 잡아오던 황금어장을 망칠 테니까. 침몰선 자체도 지금은 물 좋은 어장이니께……. 가만히 놔두길 바라는 게 우리 어부들의 본심이제……. 나도 이젠 나이도 먹을 만큼 먹었고 말이여……."

남자는 다시 한 번 소리 없이 무너져 내리는 폐허 같은 마음을 안고 집 밖으로 나왔다. 갈매기가 하늘을 가르는 늦여름의 하늘을 올려다본다. 가벼운 현기증이 일어났다. 습기가 마르는 모래에서 냄새가 났다. 남자는 모래사장으로 내려갔다. 회색빛 모래사장은 끝없이 구불구불 펼쳐져 있다. 큰 모래 알갱이를 손바닥에 올려놓고 들여다본다. 자세히 들여다보니 손바닥 안에 있는 모래는 그냥 모래가 아니었다. 그 속에서 한 알 한 알 색깔이 다른 예쁜 돌 알갱이가 반짝거리고 있었다. 하얀 조개껍질이나 유리조각도 동글동글하게 날카로운 빛을 뿜어내고 있었다. 다만 손가락 사이에 끼어 윤기를 잃은 흰 모래 한 알은 어쩐지 유골처럼 보였다.

남자는 올해 삼선 조난 위령제에 참가해볼까 생각했다. 이런 감정은 처음이었다. 누가 하라고 해서가 아니라 자기 의지로 바다에 꽃을 바칠 수도 있을 것 같았다. 이 바다와 육지의 중간에 서서 이승과 저승을 달리한 어머니와 누나를 큰 소리로 불러보고 싶었다. 흘러내리는 눈물 저편에 연보랏빛 쇼칸다케(暑寒岳)[10]가 꿈속처럼 울렁거렸다. 남자는 자신이 무언의 분노와 싸워왔음을 깨달았다. 마음속 깊은 곳에 가라앉아 있던 응어리가 거품을 내며 사라져가는 것을 느꼈다. 문득 속이 헛헛해졌다. 어쩌면 정직한 쓸쓸함이었다.

철공장으로 돌아가자. 여자에게도 그렇게 이르고 혼인 신고서를 제출하자……. 남자는 이런 생각을 했다. 어수선한 소리가 귓전을 맴돌아 뒤를 돌아보니 관광버스 두 대가 때깔 옷을 입고 환성을 지르는 아이들을 모래사장에

---

10 홋카이도 소라치(空知) 지방과 루모이(留萌) 지방의 세 개 군(郡) 네 개 정(町)에 걸쳐 있는 산. 산 이름은 아이누어로 '폭포 위에 있는 강'이라는 뜻에서 왔다.

풀어놓는 참이었다.

더할 바 없이 자연스러운 풍경이 차츰 남자의 시야 속에서 되살아났다. 남자는 다시 한 번 발밑에서 서걱거리는 모래를 힘주어 움켜쥐고는 버스 정류장 쪽으로 발길을 움직였다. 남자의 발걸음은 씩씩했다.

지은이

사다트 하산 만토 Saadat Hassan Manto 인도

—

1912년 파키스탄과 분리되기 이전 인도의 펀잡지방 삼랄라의 무슬림 가정에서 태어났다. 1933년 스물한 살의 나이로 당시 학자이자 논쟁적인 작가였던 압둘 바리 알리그를 만난 것을 계기로 문학의 길로 접어들었다. 암리차르에서 발간되던 주간지에 단편소설 「웃음거리」를 발표하며 작품 활동을 시작했다. 곧이어 빅토르 위고의 소설 『사형수 최후의 날』을 우르두어로 번역했다. 일간신문의 편집부에서 근무했다. 1941년 전인도라디오 방송국의 우르두어 방송일을 맡으면서부터는 정력적으로 방송극 대본을 썼다. 1942년부터는 봄베이(현 뭄바이)에서 시나리오 작업에 참여하기도 했다. 1948년 인도와 파키스탄 간에 정치적 종교적 분쟁이 일어나 두 국가가 분리될 때까지 봄베이에 머물렀지만, 그 후 파키스탄행 열차에 몸을 실었다. 신생 파키스탄의 라호르에서는 파크 파이즈 아흐마드 파이즈, 나시르 카즈미, 아흐마드 라히, 아흐마드 나딤 카스미 등과 같은 문인들과 어울려 열정적인 문학토론을 이끌어갔다. 인도와 파키스탄 양쪽에서 모두 검열 당국과 잦은 마찰을 빚었으며, 1955년 42세를 일기로 세상을 떴다.

그는 항상 사회적으로 짓밟힌 사람들에 대한 관심과 애정을 작품으로 형상화했으며, 왜곡된 정치체제에 대한 분노도 가감 없이 표출했다. 거기에는 힌두교도와 무슬림 간의 종교 갈등에서 희생당하는 여성의 문제도 포함되었다. 첫 창작집 『불꽃』(1935)을 비롯하여 22권의 단편소설집, 세 권의 수필집과 수십 편의 희곡, 한 편의 장편소설, 십여 편의 영화 시나리오를 출판했다. 파키스탄에서는 그를 20세기 우르두어 최고의 소설가로 간주한다.

옮긴이

전승희

—

서울대학교와 하버드대학교에서 영문학과 비교문학으로 박사 학위를 받았으며, 하버드대학교 한국학연구소의 연구원을 지냈다. 현재 연세대학교 연구교수로, 아시아 문예 계간지 《아시아》 편집위원으로 활동 중이다.

10

모젤

사다트 하산 만토
Saadat Hassan Manto

계간《아시아》 20호 수록
이 작품은 우르두어로 쓰였다. 타히라 나크비가 영역하였고 전승희가 한역하였다.

티얼로천이 하늘을 쳐다보기는 사 년 만에 처음이었다. 안절부절못하던 그가 바깥바람을 쐬면서 냉정하게 생각을 가다듬어 보려고 아드와니 체임버스의 옥상으로 올라갔기 때문에 가능한 일이었다.

봄베이 전역에 구름 한 점 없이 맑은 새벽하늘이 팽팽한 회색빛 천막처럼 펼쳐져 있었다. 지평선 위에서는 불빛이 한 점 두 점 명멸하고 있었다. 별들이 반딧불처럼 하늘에서 건물 꼭대기로 내려와 빛났다. 밤의 어둠속에 잠긴 건물들은 마치 커다란 나무 기둥들 같았다.

티얼로천에게는 툭 터진 하늘 아래 서 있는 것이 완전히 새로운 경험이자 느낌이었다. 그는 자신이 거주하고 있는 아파트에서 지낸 사 년간 자연의 위대한 축복들 중 하나를 박탈당한 채 살고 있었다는 사실을 그제야 깨닫고 있었다. 시간은 새벽 세 시가 거의 다 되어 가고 있었다. 공기는 가볍고 상쾌했다. 티얼로천은 선풍기의 기계적인 바람에 익숙했다. 선풍기 바람은 몸을 짓누르는 바람이었다. 아침에 잠에서 깨면 밤새도록 흠씬 매를 맞은 것 같은 느낌이었다. 하지만 지금은 상쾌한 새벽 공기 속에서 몸에 있는 땀구멍 하나하나가 희열에 차서 신선함을 흡수하고 있는 것처럼 느껴졌다. 옥상으로 올라가는 동안 그의 마음은 언짢은 생각들로 짓눌려 있었다. 하지만 단 반시간 만에 두뇌 속의 열이 식었고, 따라서 이제 합리적으로 사고할 수 있게 되었음을 깨달았다.

키르팔 카우어와 그녀의 가족이 사는 동네는 신앙심 깊은 이슬람교도가 주민들의 다수를 차지하고 있는 곳이었다. 하지만 그곳은 이미 몇몇 집들이 화재로 잿더미가 되었고, 수많은 사람들이 목숨을 잃었다. 상황이 그러하니 티얼로천은 키르팔 카우어와 그녀의 가족을 벌써 자신이 사는 동네로 피신시켰음직도 하다. 그러나 그 동네에는 이미 24시간 통행금지령이 내려져 있었고, 이슬람교도들이 동네 구석구석을 지키고 서 있었다. 그런 위험한 사람들 속에 둘러싸여 있었기 때문에 티얼로천조차도 어떻게 손을 써야 할지 모르고 있었던 것이다. 설상가상으로 시크교도들이 펀자브 지방에서 이슬람교도들을 마구잡이로 죽이고 있다는 뉴스가 쏟아져 들어오고 있었다. 손 하나, 이슬람교도의 손 하나가 어느 순간 키르팔 카우어의 연약한 손목을 낚아채 그녀를 죽음의 우물 속으로 밀어 넣어 버릴지도 모르는 긴박한 상황이었다.

키르팔의 어머니는 장님이었고 아버지는 다리가 불구였으며, 유일한 오빠는 새로 계약한 사업을 감독하느라 데블랄리에 있었다.

티얼로천은 키르팔의 오빠인 니란잔이 원망스러웠다. 매일같이 신문을 읽던 티얼로천이 소요가 급격하게 번져 나가고 있다는 사실을 니란잔에게 경고해준 게 벌써 일주일 전이었다. "당분간 계약이고 뭐고 다 집어치우세요." 이렇게 니란잔에게 말하면서 다음과 같이 자신의 솔직한 의견을 덧붙였다. "지금 상황이 심상찮게 돌아가고 있습니다. 가족과 함께 머무르셔야 하는 것은 알지만 가족 모두 저희 집으로 오셔서 함께 지내시는 편이 훨씬 더 나을 것 같습니다. 뭐, 그리 큰 집은 아니지만 어려운 시기를 그럭저럭 넘기실 수는 있을 겁니다." 니란잔은 그 경고를 무시했다. 그리고 티얼로천의 설교가 끝나자 두터운 콧수염 아래로 미소를 띠며 말했다. "자네는 걱정이 너무 지나쳐. 난 그런 소요 사태를 벌써 여러 차례 겪었지. 하지만 여긴 암리트사르나 라호르가 아니고 봄베이일세…… 봄베이. 자네가 여기 산 건 고작 사 년이지만, 난 십이 년이나 여기서 살았네. 십이 년."

니란잔이 생각하는 봄베이란 어떤 곳인지? 아마도 소요 사태가 발생하더라도 이곳에선 마치 요술처럼 감쪽같이 사라질 거라고 생각했던 것인지도 모르겠다. 아니면 봄베이가 파국과는 전혀 무관한, 이야기 책 속의 성(城)과 같은 곳이라고 생각했든가. 하지만 그 동네가 전혀 안전하지 않다는 사실은 티얼로천의 눈에는 너무나 뻔히 보였다. 실제로 다음 날 조간신문에 키르팔과 그녀의 부모가 살해되었다는 기사를 읽는다 해도 전혀 놀랍지 않을 상황이었다.

키르팔의 눈먼 어머니나 절름발이 아버지에 대해서는 그다지 걱정되지 않았다. 그에겐 그 두 분이 돌아가신다 해도 키르팔만 생명을 건진다면 괜찮았다. 그녀의 오빠마저 살해된다면 더 나을 수도 있었다. 그러면 그의 앞길에 아무런 장애물도 없을 테니까 말이다. 니란잔은 티얼로천의 앞길에 놓인 돌멩이 정도가 아니라 캉가르, 즉 커다란 바위와 같은 존재였다. 때문에 티얼로천은 그를 니란잔 어른이라고 부르는 대신 캉가르 어른이라고 불렀다.

아침 공기는 느릿느릿 움직였다. 티얼로천은 터번을 쓰지 않고 있었기 때문에 머리께가 적당하게 시원했다. 하지만 머릿속에서는 오만 가지 생각이 이리저리 오락가락 하고 있었다……. 키르팔 카우어가 그의 삶에 나타난 지는 얼마 되지 않았다. 그녀의 오빠는 탄탄한 체격을 가진 남자, 캉가르 어른이었지만 그녀의 체구는 매우 작고 가냘팠다. 그녀는 시골에서 자라 육체노동에 종사하는 대부분의 시크교 여인들과는 다르게 딱딱하며 거칠고 남성적인 면이 전혀 엿보이지 않았다.

생김생김이 자그마해서 마치 아직 다 자라지 않은 어린아이 같은 모습이었다. 가슴은 조그마해서 훨씬 더 여러 겹의 지방층이 필요했다. 피부는 대부분의 시크교 여인들보다 흰 편이었다. 얼굴빛은 손질하기 전의 목화와 같았고, 피부는 실크 가공 처리를 한 옷감같이 부드러웠다. 무엇보다 극도로 수줍음을 타는 성격이었다.

그녀와 같은 고향 마을 출신이지만, 티얼로천은 그 마을에 오래 살지 않았다. 초등학교를 마친 뒤 곧장 도시로 와서 학업을 계속했고, 결국 도시인이 되었다. 고향 마을을 자주 방문하기는 했지만 한 번도 키르팔 카우어라는 이름을 가진 인물에 대해 들어본 적이 없었다. 아마도 항상 서둘러 도시로 돌아갔기 때문이리라.

대학 시절은 이제 먼 과거가 되었다. 대학교 건물과 아드와니 체임버즈의 옥상 사이에는 십 년이라는 세월이 존재하고 있었고, 티얼로천의 삶은 그 세월을 특별한 일들로 채우는 것으로 구성되어 있었다. 버마, 싱가포르, 홍콩…… 그리고 다시 봄베이. 봄베이로 돌아온 후 지난 사 년 동안을 지금 살고 있는 건물에서 살아왔다.

사 년 만에 처음으로 밤에 하늘을 쳐다보는 중이었다. 밤하늘은 그리 나쁘지 않았다. 수천 개의 빛이 반짝이고 있었고, 공기는 가볍고 상쾌했다.

키르팔에 대해 생각하고 있는 동안 문득 그에게 아드와니 체임버즈에 사는 한 유태인 처녀가 머리에 떠올랐다. 티얼로천은 그녀와 깊은 사랑에 빠졌었다. 사람들이 흔히 하는 표현을 빌리자면 무릎까지 깊숙이 사랑에 빠졌었는데, 그것은 삼십오 년을 살아오는 동안 그가 한 번도 경험해 보지 못한 그런 종류의 사랑이었다.

그가 처음 모젤을 만난 것은 기독교인 친구의 도움으로 아드와니 체임버즈에 있는 아파트를 얻어 이사한 다음이었다. 모젤은 첫눈에 보아도 위험할 정도로 광적인 여자 같아 보였다. 머리카락은 짧은 갈색에, 성마른 입술에는 새빨간 립스틱이 칠해져 있었는데, 여기저기 뭉치고 터진 양이 피가 말라붙은 것 같은 인상을 주었다. 그녀는 목이 깊게 파인 길고 헐렁한 드레스를 입고 있어서 푸른 기가 도는 풍만한 가슴이 상당히 많이 드러나 보였다. 맨살을 드러낸 팔에는 솜털이 보송보송 나 있어, 마치 미용실에서 막 머리를 자르고 걸어 나온 듯한 인상을 주었다.

입술이 두텁지는 않지만 진한 립스틱 때문에 두툼하고 풍만하다는 인상을 주었다.

그녀는 그의 아파트 바로 맞은편 아파트에 살고 있었다. 두 아파트 사이에는 아주 좁다란 통로만이 가로 놓여 있을 뿐이었다. 티얼로천이 막 자기 아파트의 문에 이른 바로 그 순간 모젤이 자신의 아파트에서 나오고 있었다. 그녀가 신고 있던 나막신 소리에 주의가 끌린 그가 자리에 멈춰 서서 그녀를 바라

보았다. 모젤은 눈 위로 흘러내려 헝클어진 머리카락 사이로 그를 빤히 바라
보면서 웃음을 지었다. 당황한 티얼로천이 재빨리 열쇠를 꺼내 들고 자기 아
파트의 문을 향해 돌아섰다. 거의 동시에 모젤의 나막신이 미끈하면서 그녀
가 그를 향해 시멘트 바닥 위로 넘어졌다.

티얼로천은 몸을 일으키려다가 모젤이 자기 위로 넘어질 때 드레스 자락이
끌려 올라가는 바람에 그녀의 맨다리가 자신의 몸 위에 걸쳐져 있다는 사실
을 깨달았다. 몸을 빼어내려다가 그와 그녀의 몸이 얽혔고, 그의 몸은 그녀의
몸 전체를 마치 비누거품처럼 덮게 되었다.

티얼로천이 숨찬 목소리로 사과를 하는 동안 모젤은 미소를 지으며 옷매무
새를 가다듬었다.

그녀는 "이 나막신이 정말 말썽이네요"라고 말한 뒤 다시 발에 신발을 꿰고
는 성큼성큼 걸어갔다.

티얼로천이 모젤과 친한 사이가 되기는 힘들 거라고 생각한 것과는 반대로
그들은 곧 아주 절친한 친구 사이가 되었다. 하지만 모젤의 고집이 워낙 셌기
때문에 티얼로천은 골머리깨나 썩여야 했다. 그녀는 그와 함께 식사도 하고
술도 마시고 영화도 보러 가고 주후에 있는 해변에서 함께 종일을 보내기도
했지만, 그가 키스와 포옹 이상을 시도하면 그녀는 완강히 거부했다. 그럴수
록 그의 열정은 콧수염과 턱수염까지 치솟았다.

티얼로천은 그녀를 만날 때까지 한 번도 사랑에 빠져 본 일이 없었다. 라호
르와 버마와 싱가포르 등지에서 더러 돈을 주고 몇 시간씩 여자를 산 일은 있
었지만, 그가 봄베이에서 망나니 같은 유태인 처녀와 떼어 낼 수 없는 사랑에

빠지리라고는 상상조차 하지 못했다. 그녀는 신기할 정도로 경솔하고 배려가 부족했다. 그가 영화를 보러 가자고 제안하면 즉시 그와 함께 영화를 보러 갈 차비를 하고 나섰다. 하지만 그들이 극장에 가서 자리를 잡고 나면 이내 두리번거리며 주변을 둘러보기 시작했고, 그러다 아는 사람이 눈에 띄면 즉시 미친 듯이 손을 흔들면서 티얼로천에게는 말 한 마디 없이 그 사람 곁으로 달려가 앉았다.

호텔 식당에서도 마찬가지, 티얼로천이 오직 모젤을 위해 특별한 음식을 주문한 후라도 그녀는 아는 사람이 눈에 띄면 즉시 그 사람에게 달려가 옆자리에 앉곤 했다. 그러면 티얼로천은 화가 머리끝까지 치솟았다.

그녀가 다른 친구들과 자리를 함께하기 위해 티얼로천을 혼자 버려두고 불쑥 자리를 뜨는 일이 잦았기 때문에 화가 나는 일도 잦았다. 때로는 여러 주 동안 그녀를 만나지 못하기도 했다. 두통이나 소화불량이 핑계였지만, 티얼로천은 그게 말도 안 되는 수작이라는 것을 잘 알고 있었다. 그녀는 무쇠처럼 단단한 위장을 가지고 있어서 결코 배탈이 날 수 없는 사람이었으니까 말이다. "당신은 시크교도니까." 얼마 뒤 그들이 만났을 때 그녀는 말하곤 했다.

"이렇게 미묘한 문제들은 이해 못할 거예요."

"미묘한 문제라니, 무슨 소리요? 당신 옛날 애인들 말이오?" 화가 난 티얼로천이 씁쓸하게 묻곤 했다.

그러면 그녀는 자신의 넙적한 엉덩이에 손을 대며 가죽 끈으로 묶은 다리를 벌리고 선 채 쏘아 붙였다. "왜 내 옛날 애인들을 가지고 나를 조롱하는 거예요? 그래요, 그 사람들 다 내 애인이에요. 그리고 난 그 사람들이 좋아요.

당신이 질투를 하건 말건 나한텐 상관없다고요."

"당신이 계속 그렇게 나오면 우리가 어떻게 잘 지낼 수 있겠소?" 티얼로천은 이렇게 반어적으로 질문하곤 했다.

그러면 모젤은 큰 소리로 웃음을 터뜨렸다.

"당신은 결국 시크교도를 못 벗어나요, 이런 바보 같으니!" 그녀가 외쳤다. "누가 당신더러 나하고 잘 지내라고 그랬어요? 잘 지내고 싶으면 고향 마을로 가서 시크교도 여인을 만나 결혼하세요. 나하곤 항상 이런 식일 테니까."

티얼로천은 이내 마음을 누그러뜨렸다. 모젤은 실제로 그의 가장 큰 약점이었다. 그는 어떤 대가를 치르더라도 그녀를 붙잡고 싶었다. 그녀 때문에 모욕감을 느끼는 일이 많은 건 사실이었다. 별 볼일 없는 평범한 기독교도인 젊은이들 앞에서 얕잡아 보일 때가 많았다. 하지만 사랑을 위해서라면 그 어떤 수모도 참을 것이라고 결심했다.

정상적인 상황이라면 모욕과 멸시는 앙심을 낳게 마련이다. 하지만 티얼로천의 경우는 달랐다. 그는 아주 많은 것들을 듣지도 보지도 않기 위해 귀를 막고 눈을 감았다. 그는 모젤이 좋았다. 아니, 그가 자주 친구들에게 말했던 것처럼 단지 좋아하는 정도가 아니라 무릎까지 흠뻑 사랑에 빠져 있었다. 몸의 나머지 부분마저도 진흙탕 속에 담근 채 끝장을 보는 것 외에 다른 선택이라곤 없다는 게 그의 솔직한 느낌이었다.

그가 이렇게 온갖 수모를 참아 가며 그녀에게 순정을 바치는 사이에 이 년이라는 세월이 흘렀다. 그러던 어느 날 티얼로천은 모젤의 기분이 좋은 틈을 타 그녀를 껴안으면서 물었다. "모젤, 나를 조금이라도 사랑하기는 하는 거요?"

모젤은 그의 포옹에서 빠져 나와 의자에 앉으며 치마 가장자리를 멍하니 바라보고 있었다. 그러고는 유태인 특유의 두터운 눈꺼풀 아래 눈을 들고는 짙은 속눈썹을 깜박거리며 말했다. "시크교도를 사랑할 순 없어요."

티얼로천은 누가 자신의 터번 아래에 있는 머리채에 불붙은 석탄을 올려놓기라도 한 것 같았다. 몸 전체가 후끈 달아올랐다.

"모젤!" 그가 외쳤다. "당신은 항상 날 놀리기만 해. 말이야 바른 말이지, 단순히 날 놀리는 데 그치는 게 아니라 내 사랑을 공격하고 있지 않소. 이건 당신도 잘 알고 있는 일이요."

모젤은 자리에서 일어나 그녀의 짧은 머리를 매력적으로 흔들면서 말했다. "만약 당신이 턱수염을 밀어 버리고 머리를 자연스럽게 내려뜨린다면 젊은이들이 줄줄이 낭신의 꽁무니를 쫓아다닐 거예요, 내가 장담한다고요. 당신은 정말 아름다우니까요."

불붙은 석탄이 티얼로천의 머리 위로 다시 한 번 쏟아져 내린 듯 그의 머리 전체가 후끈 달아올랐다. 그는 모젤 쪽으로 다가가 그녀를 자신 쪽으로 끌어당기며, 두툼한 콧수염 아래 있는 입술을 그녀의 짙은 핑크빛 입술 위에 포개었다.

그녀는 그의 포옹으로부터 빠져 나가며 말했다. "저 오늘 아침 이 닦았거든요. 당신이 신경 안 쓰셔도 된다고요." 그녀가 조용히 말했다.

"모젤!" 티얼로천이 다시 외쳤다.

그녀는 손가방에서 작은 손거울을 꺼내 들고 자신의 입을 살펴보았다. 두

텁게 바른 립스틱에 금이 가 있었다.

"하느님 맙소사, 당신은 콧수염 사용 방법을 잘 모르고 있어요. 내 감색 스커트를 빠는 데 쓰면 딱 알맞겠는데. 휘발유만 조금 있으면 된다고요."

절정에 달했던 그의 화가 사그라들었다. 그는 소파 위에 조용히 앉았다. 모젤이 곁에 앉아서 그의 턱수염에서 핀을 하나하나 꺼내 자신의 이 사이에 물면서 그의 턱수염을 풀어 내렸다.

티얼로천은 미남이었다. 얼굴에 수염이 나기 전에 그가 머리카락을 내려뜨리고 있으면 사람들이 종종 그를 여자아이로 오인하곤 했다. 하지만 지금은 두터운 수염이 그의 이목구비를 감추고 있었다. 그것은 그도 잘 알고 있는 사실이었다. 하지만 그는 책임감이 강한 젊은이로서, 가슴 깊이 신앙에 대한 존중을 간직하고 있어 종교적 의식의 일부로부터 자신을 소외시키고 싶지 않았다.

수염이 완전히 풀려서 그의 가슴께로 내려뜨려졌을 때 그가 모젤에게 물었다. "뭘 하고 있는 거요?"

아직도 입에 핀을 문 채 그녀가 미소를 지었다. "당신 수염은 정말 부드러워요. 그걸로 내 감색 치마를 빨 수 있을 거라던 내 말은 틀렸어요. 티얼로천, 이 수염 나한테 주세요. 따서 일류 핸드백을 만들어 가질래요."

티얼로천의 수염 속에서 불꽃이 일었다.

그는 진지한 목소리로 모젤에게 말했다. "난 한 번도 당신의 종교를 조롱한 적 없소. 그런데 왜 당신은 내 종교를 조롱하는 거요? 이봐요, 다른 사람의 신앙을 조롱하는 건 좋지 않은 일이오. 다른 사람이 그랬다면 난 절대로 용납하지 않았을 거요. 내가 지금 참고 있는 건 당신을 사랑하기 때문이오. 그걸 모르오?"

모젤은 티얼로천의 턱수염에서 손을 떼고 말했다. "알고 있어요."

"그렇다면?" 티얼로천은 자신의 턱수염을 따기 시작하면서 모젤의 입에서 핀을 뺐다. "내 사랑이 장난이 아니라는 건 당신도 잘 알고 있소. 당신과 결혼하고 싶소."

"알고 있어요." 그녀가 특유의 머릿짓을 하며 말했다. 그러고는 몸을 일으켜 벽에 걸린 그림을 쳐다보았다. "나도 당신과 결혼하기로 마음먹었어요."

"진정이오?" 티얼로천이 흥분한 나머지 벌떡 일어섰다.

활짝 미소 짓는 모젤의 핑크빛 입술 사이로 튼튼하게 생긴 하얀 치아가 잠시 반짝였다. "예."

티얼로천은 턱수염을 따다 말고 그녀를 가슴 쪽으로 당겨 꽉 끌어안았다. "언제? 언제?" 그가 그녀에게 물었다.

모젤은 그의 포옹으로부터 몸을 빼내었다. "당신이 이 턱수염을 짧게 자른 다음에요."

티얼로천은 그 순간 그녀가 무슨 말을 하든 그 말에 동의했을 것이었다, "내일 당장 자르겠소." 그는 자신이 무슨 말을 하고 있는지 거의 의식조차 못하고 있었다.

모젤이 자신의 발로 마룻바닥을 탁탁 치고 있었다.

"터무니없는 소리예요, 티얼로치. 당신한텐 그럴 용기가 없어요!"

하지만 그녀의 이 말은 티얼로천의 정신과 마음속에 조금이라도 남아 있었을 종교심을 완벽히 제거하는 데 성공했다. "이제, 두고 보라고." 그가 선언

했다.

"그래요, 두고 봐요." 그녀가 그를 향해 재빨리 달려가 그의 턱수염에 입맞춤을 하며 말했다. "푸, 푸……." 그리고 그녀가 자리를 떴다.

그날 밤 티얼로천의 마음속에 어떤 고민스런 생각들이 오갔는지, 그가 어떤 심적 고통을 겪었는지를 새삼 언급할 필요는 없을 것이다. 다음 날 아침 그는 포트 지역의 이발소로 가서 머리를 깎고 수염을 밀었다. 내내 눈을 꼭 감은 채. 마침내 수염과 머리가 다 깎이고, 그는 눈을 떠 거울 속 자신의 얼굴을 오래오래 바라보았다. 그것은 봄베이의 가장 어여쁜 아가씨들조차 감탄하며 바라볼 정도로 잘생긴 얼굴이었다.

그날 이발소를 떠나는 순간 그의 몸에 엄습했던 것과 똑같은 오한이 지금 티얼로천에게 찾아들었다. 그는 파이프와 물탱크가 얼키설키 놓여 있는 옥상을 벗어나기 위해 발걸음을 재촉했다. 이후의 이야기를 기억하고 싶지는 않았다. 하지만 그것을 피하는 건 불가능한 일처럼 보였다.

머리를 깎은 다음 그는 하루 종일 자신의 집에 머물러 있었다. 그리고 다음 날 하인을 시켜 모젤에게 메모를 전했다. 자신은 몸이 좋지 않으며, 모젤을 만나고 싶어 한다고. 모젤이 찾아왔다. 수염과 머리를 깎은 그의 모습을 보고 그녀는 한순간 제자리에 얼어붙은 것처럼 보였다. 이어 큰 소리로 "내 사랑!"이라고 외치며 그를 향해 달려와 얼굴에 키스를 퍼부었다.

그녀는 그의 부드러운 뺨을 쓰다듬다가, 영국식으로 다듬은 머리카락 속에 손가락을 집어넣으면서, 목청껏 아랍어로 탄성을 내질렀다. 그녀가 너무 오래 소리를 지르는 바람에 코에서는 콧물이 흘러내렸고, 그 사실을 깨달은 그녀가 치맛자락을 들쳐 코를 닦았다. 티얼로천은 얼굴을 붉혔다. 그는 황급히 치맛자락을 내리며 그녀를 나무랐다. "밑에 속옷을 입어야지."

모젤은 개의치 않는 듯했다. "이게 편해요." 입가에 미소를 지으며 그녀는 대답했다. 립스틱 여기저기가 갈라지고 뭉쳐져 있었다.

티얼로천은 문득 그들이 처음 만난 순간이 기억났다. 복도에서 그와 그녀의 몸이 부딪치면서 기묘하게 얽혔던 그 순간이. 그가 그녀를 껴안았다.

"내일 당장 결혼합시다."

"그래요." 모젤은 그의 부드러운 턱에 자신의 손등을 대고 문질렀다.

그들은 푸나에서 결혼식을 올리기로 결정했다. 민법상 결혼이었기 때문에 열흘의 게시 기간이 필요했다. 그리고 법원에서 식을 올릴 것이었기 때문에 푸나를 선택하는 것이 가장 합리적이었다. 그다지 먼 곳이 아닌 데다 티얼로천의 친구들도 많이 살고 있는 지역이었기 때문이다. 다음 날 둘은 푸나를 향해 떠나기로 계획을 세웠다.

모젤은 포트 지역에 있는 가게들 중 한 곳에서 점원으로 일하고 있었다. 그 가게에서 그다지 멀리 떨어지지 않은 곳에 택시 정류장이 있었는데, 그녀가 티얼로천에게 그 정류장에서 기다리라고 일렀다. 그는 약속한 시간에 정류장에 도착해 무려 두 시간 반 동안이나 그녀를 기다렸다. 그러나 그녀는 끝내 나타나지 않았다. 다음 날 그는, 그녀가 얼마 전 자가용 자동차를 구입한 한 옛 친구와 함께 돌아올 날을 기약하지 않은 채 데블랄리로 떠났다는 사실을 알게 되었다.

티얼로천이 겪은 마음의 고통이 어떠했는지? 그걸 얘기하려면 길다. 요점만 간단히 말하자면 그는 마음을 다부지게 먹고 모젤을 잊기로 했다. 그로부터 얼마 지나지 않아 키르팔 카우어를 만나 사랑에 빠졌다. 모젤은 돌의 심장을 가진 여자, 한 곳에서 다른 곳으로 떠돌아다니는 철새 같은 여자, 경멸해 마땅한 여자라는 결론에 도달했다.

하지만 이따금씩 모젤의 기억이 되살아나서 그의 심장을 사납게 움켜쥐었다가 놓아 주곤 했다. 그녀는 파렴치하고, 무정하며, 배려가 부족했다. 하지만 그는 그녀가 좋았다. 그리고 가끔씩 그녀를 생각하지 않을 수 없었고, 그녀가 지금 어디에 있을까, 데블랄리에서 무엇을 하고 있을까, 아직도 자가용 자동차를 구입한 그 남자와 함께 있을까, 아니면 다른 사람과 함께일까 궁금해 하지 않을 수 없었다. 그녀의 사람됨에 대해 잘 알고 있었으면서도, 그녀가 자신을 버렸다는 생각을 하면 너무나 마음이 쓰라렸다.

그는 그녀와 사귀는 동안 수백, 아니 수천 루피를 썼지만 그것은 모두 자진해서 한 일이었다. 모젤은 값비싼 것들을 좋아하지는 않았다. 오히려 값싼 물건들에 잘 끌렸다. 한 번은 티얼로천이 자신의 마음에 꼭 드는 금 귀걸이 한 쌍을 그녀에게 사주고 싶어 했지만, 그녀는 번쩍번쩍 하는 싸구려 귀걸이를 보는 즉시 마음에 꼭 든다면서 그것을 사달라고 졸랐다.

티얼로천은 그녀가 진정 어떤 부류의 여자였는지, 그녀의 사람됨이 어떤 것이었는지 짐작할 수 없었다. 그녀는 그의 곁에 오래 누워서 그가 입 맞추도록 허락했다. 그가 비누거품처럼 그녀의 몸 전체를 감싼 적도 있었지만 그녀는 그 이상은 허락하지 않았다. "당신은 시크교도잖아요. 난 당신이 미워요."라고 놀리는 듯한 목소리로 말하면서.

티얼로천은 그녀가 자신을 미워하는 것은 아니라고 확신하고 있었다. 만일 그녀가 정말로 자신을 미워했더라면 그와 어울리지 않았을 것이었으니까 말이다. 그녀는 참을성 없는 사람이기 때문에 만약 그를 싫어했다면 이 년 동안이나 그와 어울리지는 않았을 것이고, 티얼로천에 대해 어떤 감정을 가지고 있는지 솔직하게 터놓고 이야기했을 것이다. 그녀는 속옷을 싫어했고 불편해했다. 그래서 티얼로천이 속옷을 입어야 할 필요성에 대해 되풀이 얘기하면서 그녀가 정숙하고 기품 있게 행동하도록 설득하려고 애를 썼지만, 그의 말을 따르기를 거부했다.

그가 정숙함에 대해 이야기를 할라치면 짜증부터 냈다.

"정숙함이라니, 무슨 말도 안 되는 소리예요? 그렇게 정숙함이 중요하면 차라리 당신 스스로 눈을 감고 살지 그러세요? 당신의 눈길이 꿰뚫지 못할, 따라서 정숙을 유지할 수 있게 해주는 그런 옷이 이 세상 어디에 있다고 그러세요? 말도 안 되는 소리 하지도 마세요. 당신은 시크교도예요. 당신이 바지 속에 반바지처럼 생긴 우스꽝스러운 속옷을 입고 있는 건 알고 있다고요. 그 옷도 턱수염이나 머리채처럼 당신 종교의 일부이지요. 창피한 줄이나 아세요. 어른이 되어 가지고 아직도 종교가 자기 속옷 속에 있다고 믿고 있다니!"

티얼로천은 처음에는 그녀의 말에 무척 화가 났다. 하지만 시간을 두고 심사숙고해 본 뒤 그녀의 주장에 진실의 편린이 섞여 있다는 사실을 깨닫기 시작했다. 수염을 밀어 버리고 머리를 깎은 뒤엔 자신이 그때까지 아무런 의미도 없는 짐을 지고 다닌 것이라고 확신하게 되었다.

티얼로천은 물탱크에 다다랐을 때 발길을 멈췄다. 속으로 모젤을 향해 거친 욕설을 퍼부으면서 그녀를 마음속으로부터 쫓아냈다. 키르팔 카우어, 자신이 현재 사랑하고 있는 정숙한 여자가 위험에 처해 있다. 그녀는 신앙심이 투철한 이슬람교도들이 주류인 동네에 살고 있고, 그 동네에선 이미 몇몇 사건들이 발생했다. 통행금지가 다 무슨 소용인가? 같은 서민아파트에 살고 있는 이슬람교도들이 마음먹고 키르팔 카우어와 그녀의 부모를 죽여 버리기로 한다면 그건 식은 죽 먹기나 마찬가지였다.

티얼로천은 생각에 잠겨 송수관으로 다가가 걸터앉았다. 그의 머리카락은 꽤 많이 자라 있었다. 그는 일 년 안에 자신의 머리가 다시 예전의 길이를 회복할 거라고 확신했다. 수염도 자랐지만, 계속해서 수염을 기를 계획은 없었다. 포트 지역에는 마치 손질을 안 한 것처럼 자연스럽게 보이도록 손질해 주는 이발사가 있었다.

티얼로천이 자신의 길고 부드러운 머리카락 속으로 손을 집어넣어 쓸어내린 뒤 한숨을 쉬며 일어나려고 할 때 갑자기 거친 나막신 소리가 들려왔다. '도대체 누구일까?' 그 건물에는 유태인 여자들이 몇 명 살고 있었고, 그녀들은 건물 안에서 모두 나막신을 신고 있었다. 소리는 아주 가까이에서 들려왔다. 모젤이 유태인 여성들이 입는 길고 헐렁한 드레스를 입은 채 다른 물탱크 옆에 서 있는 모습이 눈에 들어왔다. 그녀는 나른한 몸짓으로 한껏 기지개를 켜고 있었는데, 그 모습이 워낙 탐스러워서 티얼로천은 주변의 공기가 금방이라도 폭발할 것 같은 느낌이 들었다.

'어디서 갑자기 그녀가 나타났을까?' 티얼로천은 궁금하게 여기며 송수관에서 몸을 일으켰다. '한밤중에 옥상에 올라와 대체 뭘 하려는 것일까?'

모젤은 다시 기지개를 켰다. 이번에는 티얼로천의 뼈가 덜커덕 덜커덕 소리를 내는 듯한 느낌이었다.

그녀의 풍만한 가슴이 헐렁한 드레스 안에서 둥실 솟아올랐다. 티얼로천의 눈앞에 평평하고 동그란 젖가슴 자국이 떠올랐다. 그가 헛기침을 했다. 모젤이 몸을 돌려 그를 알아보았다. 그다지 놀라지 않는 모습이었다. 소란스레 발을 끌며 다가와 그의 자그마한 턱수염을 응시했다.

"다시 시크교도가 되셨군요. 티얼로치?"

얼굴에 난 수염이 따갑게 느껴지기 시작했다.

모젤이 더 가까이 다가와 자신의 손등으로 그의 턱을 문질렀다.

"이 수염은 이제 제 감색 스커트를 빠는 데 쓰기에 딱 적당하게 자랐군요." 그녀가 미소를 지으며 말했다. "하지만 그 스커트는 데블랄리에 놔두고 왔어요."

티얼로천은 아무 말도 하지 않았다.

모젤은 그의 팔을 꼬집었다. "왜 아무 말도 안 하세요, 사르다르 어른?"

과거의 실수를 되풀이하고 싶지 않았음에도 불구하고 티얼로천은 안개 낀 새벽빛 속에서 모젤의 얼굴을 찬찬히 바라보고 있었다. 살이 좀 빠져 보이는 것 외에는 별다른 변화가 눈에 띄진 않았다.

"그동안 아팠소?" 티얼로천이 물었다.

"아니요." 모젤이 손으로 머리를 부풀리면서 대답했다.

"전보다 말라 보이는군."

"다이어트를 하는 중이에요." 그녀는 송수관 위에 걸터앉아서 나막신으로 바닥을 치며 소리를 내고 있었다. "그러니까 당신은, 당신은 다시 시크교도로 되돌아가고 있는 중이시군요?"

"그렇소." 티얼로천이 퉁명스럽게 대꾸했다.

"축하드려요!" 모젤이 신고 있던 나막신 한 짝을 벗어서 그것으로 송수관을 치면서 말했다. "다른 여자 하고 사랑에 빠지셨나 봐요?"

"그렇소." 티얼로천이 조용히 인정했다.

"축하드려요! 그 아가씨도 이 건물에 살고 있나요?"

"아니오."

"그건 별로 친절하지 않으신 처사네요." 모젤은 이제 손가락에 신발을 낀 채 뱅글뱅글 돌리고 있었다. "우린 항상 우리 이웃을 생각해야 하는 것 아니에요?"

티얼로천은 아무런 대꾸도 하지 않았다. 모젤이 자리에서 몸을 일으켜 가까이 다가온 다음 손가락을 들어 그의 수염을 만지작거렸다.

"그 아가씨가 수염을 기르라고 했나요?"

티얼로천은 불편했다. 빗질을 하는 동안 수염이 엉키는 듯한 느낌이 들었다.

"아니." 그가 딱딱하게 대답했다.

모젤의 입술에 칠해진 립스틱을 보고 그는 썩어 가는 고깃덩어리를 연상했다. 그녀가 미소를 지을 때 티얼로천은 자트카 식으로 단칼에 도살한 고기를 팔고 있는 푸줏간을 연상했고, 푸주한이 단칼에 대동맥을 동강 내는 모습을 구경하고 있는 자신의 모습을 상상했다.

그녀는 다시 미소를 짓다가 소리 내어 웃었다. "만일 당신이 지금 이 수염을 밀어 버리고 내게 청혼을 한다면 내가 승낙할 거라고 그 누구에게라도 대고 맹세할 수 있어요."

티얼로천은 자신은 점잖고 정숙하며 순수한 마음씨를 가진 처녀를 사랑하고 있으며 그녀와 결혼할 것이라고, 그녀에 비하면 모젤은 음탕한 여자이며 못생기고 어리석으며 남을 배려할 줄 모르는 여자라고 쏘아 주고 싶었다. 하지만 그는 심술궂거나 속 좁은 남자가 아니었다. 대신 그는, "모젤, 나는 내 고향 마을 출신의 단순하고 신앙심 깊은 처녀와 결혼하기로 결심했소. 그녀를 위해 다시 수염을 기르기로 했고."

모젤은 심사숙고하는 성격이 아니었지만 잠시 동안 생각에 잠긴 모습이었다. 그리고 티얼로천을 향해 몸을 돌리면서 말했다. "만일 그녀가 신앙심이 깊은 여자라면 어떻게 당신을 받아들일 수 있지요? 당신이 수염을 밀어 버리고 머리를 잘랐었다는 걸 모르는 건가요?"

"아직 모르고 있소. 당신이 데블랄리로 떠난 후 곧 당신한테 복수한다는 심정으로 다시 수염과 머리를 기르기 시작했소. 그 후에 키르팔 카우어를 만나게 되었고, 터번 아래 내 머리가 짧다는 것을 알아볼 수 있는 사람은 아마 백 명 중에 한 명도 될까 말까 할 거요. 무엇보다 내 머리는 곧 예전처럼 자라게 될 거요." 티얼로천은 길고 부드러운 자신의 머리카락 속으로 손가락을 집어넣어 쓸어내리면서 말했다.

모젤은 길고 헐렁한 자신의 드레스를 끌어 올린 채, 새하얗고 탐스러운 살을 드러내 보이며 허벅지를 벅벅 긁었다. "참 다행이네요……. 이 싸가지 없는 모기새끼들, 여기도 있네. 저놈들이 문 이 자국 좀 보라고요!"

티얼로천은 눈길을 돌렸다. 모젤은 손가락에 침을 발라 모기가 문 곳에 대고 문질렀다. 그런 후 치마를 내리고 자리에서 일어섰다.

"언제 결혼하실 거예요?"

"아직 날짜를 정하진 않았소." 티얼로천이 대답하며 시름에 잠긴 표정을 지었다.

그들은 몇 분 동안 말없이 서 있었다. 모젤은 그가 안절부절못하고 있다는 것을 알아채고는 큰 소리로 웃기 시작했다.

티얼로천은 모젤이든 누구든 자기 이야기에 공감하며 들어 줄 상대가 필요했다. 그래서 그녀에게 자초지종을 모두 이야기하기 시작했다. 모젤은 다시 큰 소리로 웃기 시작했다.

"당신 같은 바보는 정말 처음 봐요! 어서 가서 그 아가씨를 데리고 와요. 도대체 뭐가 문젠데 그러고 있어요?"

"문제? 모젤, 당신은 이런 사안이 얼마나 복잡한지, 아니 어떤 사안이든지 거기 어떤 복잡성이 깃들어 있는지 결코 이해하지 못할 사람이요. 뭐든 되는 대로 하는 여자니까. 그렇기 때문에 우리 관계도 지속되지 못했던 거고, 그 때문에 나는 일생 동안 회한으로 마음이 아플 거요."

모젤은 송수관을 발로 냅다 들이찼다.

"회한 좋아하시네……. 바보 멍청이 같은 인간. 당신이 지금 생각해야 하는 건 어떻게 하면 당신의 명예, 그녀의 명예가 바로 당신의 명예니까 말이에요. 그 명예가 훼손되지 않도록 할까라고요…… 여기 앉아서 과거의 관계들에 대한 회한의 눈물이나 흘리고 있을 겨를이 도대체 어디 있어요……. 우리 사이에 지속적인 관계가 절대로 불가능한 이유는 당신이 멍청한 인간, 비겁자이기 때문이라고요. 내가 원하는 건 용감한 사람이에요……. 하지만 지금 그 얘기는 관두지요. 어서 와요. 어서 가서 당신의 카우어를 데리고 오자고요."

그녀는 티얼로천의 팔을 움켜잡았다.

"그녀를 어디서 데리고 온단 말이오?" 티얼로천이 어리둥절한 표정으로 물었다.

"그 여자 집이지 어디겠어요. 그 동네 내가 잘 알아요. 저만 따라 오세요."

"하지만 잠깐만, 그 사람들 통행금지를 내려놓았다고!"

"저한테는 해당 안 돼요. 빨리 오세요."

그녀는 그의 팔을 잡아끌면서 아래층으로 내려가는 계단 쪽 문으로 다가갔다. 문을 열려다가 멈칫 제자리에 서서 그의 수염을 바라보았다.

"왜 그러오?" 티얼로천이 물었다.

"그 수염." 모젤이 말했다. "흠, 괜찮을 것 같네요. 아주 길진 않으니까……. 터번을 풀고 걸어가면 아무도 당신이 시크교도인지 모를 거예요."

"터번을 풀다니? 거길 가기 위해 터번을 풀 수는 없소." 티얼로천이 당황하며 말했다.

"왜요?" 모젤이 물었다.

티얼로천은 이마로부터 머리 한 가닥을 잡아 자신의 머리채 밑으로 밀어넣었다.

"당신은 이해 못할 거요. 그녀는 내가 터번을 안 쓴 모습을 단 한 번도 본 적이 없단 말이오……. 내가 시크교도 식으로 머리를 기르고 있는 것으로 알고 있어요. 내 비밀을 들키고 싶진 않소.”

화가 난 모젤이 문턱을 발로 쾅 내리쳤다. “당신 진짜 멍청이군요! 이 바보 멍청이 같은 인간, 이건 그 아가씨의 목숨, 그녀의 명예, 당신이 사랑하는 그 카우어의 목숨이 달린 문제란 말이에요.”

티얼로천은 설명하려고 했다. “모젤, 그녀는 아주 신앙심이 깊은 아가씨예요. 내가 터번을 안 쓴 모습을 보면 그녀가 나를 미워할 거란 말이오.”

모젤은 화가 머리끝까지 치솟아 길길이 날뛰고 있었다. “어이구, 사랑 좋아하시네! 한 마디만 물어 보겠어요. 시크교도들은 모두 당신 같은 멍청이들뿐이에요? 그 아가씨의 생명이 오락가락 하고 있는데, 당신은 터번 타령만 하고 있으니……. 반바지처럼 생긴 속옷도 꼭 입어야 한다고 우길 테지.”

“그 속옷은 항상 입고 다니고 있소.” 티얼로천이 고백했다.

“참 잘됐군요! 하지만 생각 좀 해 봐요. 지금 문제는 그 동네에 심술궂고 무자비한 무뢰배들이 득시글거리고 있다는 거예요. 당신이 터번을 쓰고 그 동네로 가게 되면 당장 그 자리에서 도살될 거라고요.”

“상관없소.” 티얼로천이 말했다. “당신과 함께라면 터번을 쓰고 가야 하오. 내 사랑을 망칠 순 없소.”

화가 난 모젤이 펄펄 뛰었다. 화로 부글부글 끓고 있는 그녀의 양 가슴이 서로에게 부딪히며 압박하고 있었다. “나쁜 놈 같으니라고! 당신이 더 이상 이 세상에 없다면 당신의 사랑은 어디에 있을 거냐고? 당신의, 그 바보의 이름이 뭐지, 그 여자가 이 세상에 없다면, 그 여자의 가족이 이 세상에 없다면? 하느님 맙소사, 당신은 뼛속까지 시크교도야. 그리고 그 시크교도 중에서도 가장 멍청한 바보 천치라고!"

"입 닥쳐!" 티얼로천이 더 이상 참지 못하고 말했다.

모젤은 큰 소리로 웃음을 터뜨렸다. 그러고 나서 자신의 팔을 치켜들었다. 솜털이 보송보송 나 있는 그 팔을. 그리고는 티얼로천의 목에 그것을 둘렀다. 그의 몸에 매달린 채 대롱거리며 그녀가 말했다. "어서 가요, 여보. 당신 하고 싶은 대로 하세요. 가서 터번을 쓰고 오세요. 내가 아래층에서 기다리고 있을 테니." 그녀는 몸을 돌려 내려가려는 몸짓을 했다.

"하지만 잠깐만." 티얼로천이 그녀를 막으며 말했다. "당신 옷 안 갈아입을 거요?"

"이 옷이 어때서요?" 그녀가 머리채를 강하게 흔들며 대답했다. 그리곤 딸깍딸깍 나막신 소리를 내며 계단 아래로 사라져 갔다. 그녀가 1층에 도착할 때까지도 그 나막신 소리가 티얼로천에게 들려왔다. 그는 자신의 머리를 손으로 계속 쓸어 넘기면서 자기 아파트로 돌아갔다. 거기서 재빨리 옷을 갈아입은 다음 미리 감아 놓았던 터번을 쓰고, 아파트 문을 잠갔다.

모젤은 튼튼한 다리를 쫙 벌리고 보도에 서서 담배를 피우고 있었다. 그 모습이 마치 건장한 사내처럼 보였다. 티얼로천이 다가오자 약이라도 올리듯 그의 얼굴을 향해 담배 연기를 훅 내뿜었다.

"정말 역겹군!" 그가 짜증난 목소리로 말했다.

모젤이 미소를 지었다. "뭐, 처음 듣는 얘기도 아니에요. 저보고 역겹다고 한 사람이 한둘이 아니거든요." 그리고는 티얼로천의 터번을 흘낏 올려다보았다. "터번을 아주 감쪽같이 두르셨네요. 그 아래 머리채가 있는 것처럼 보이네요."

상점가에는 인적이 완전히 끊겨 있었다. 바람조차도 통행금지를 두려워하는 듯 잔잔히 소심하게 불고 있었다. 가로등에서 새어나오는 빛조차도 희미했다. 전차들이 운행을 시작하고 사람들이 거리에 나타나기 시작할 무렵이었다. 곧 거리가 북적거릴 것이었다. 하지만 지금 당장은 아무도 이곳에 온 적이 없고 앞으로도 오지 않을 것만 같이 사방이 괴괴했다.

모젤이 앞장섰다. 그녀의 나막신이 보도에 부딪혀 나는 소리가 사방으로 울려 퍼졌다. 그 소리로 인해 거리의 정적이 깨졌고, 티얼로천은 그녀가 길을 나서기 전에 신발을 갈아 신지 않은 것을 두고 속으로 욕을 뇌까렸다. 그녀에게 나막신을 벗어 들고 맨발로 걸으라고 말하고 싶은 충동을 강하게 느꼈다. 하지만 그가 말을 한다고 해서 들을 사람이 아니라는 것을 너무나 잘 알고 있었기 때문에 잠자코 있었다.

티얼로천은 바짝 겁에 질려 있었다. 잎사귀 하나가 부스럭거리기만 해도 심장이 우뢰와 같이 박동 쳤다. 하지만 모젤은 아무런 겁도 없이, 마치 한가한 산보라도 나온 사람처럼 천천히 담배 연기를 내뿜으며 계속 걸어갔다.

건널목에서 순경 하나가 으르렁거렸다. "어이, 어디 가는 거야?"

티얼로천은 겁에 질려 몸을 움츠렸다. 모젤이 대담하게 순경에게 다가가 머리채를 건들대며 말했다, "아이, 저 모르시겠어요? 모젤이에요." 그리고는 도랑 쪽을 향해 손가락질을 하며 덧붙였다. "저쪽, 언니가 저쪽 동네에 살고 있는데, 몸이 안 좋거든요. 제가 의사 선생님을 모시고 가는 중이에요."

순경이 그녀의 얼굴을 살펴보고 있는 동안 그녀는 어딘지 알 수 없는 곳에서 순식간에 담배 한 갑을 꺼내들고 순경에게 건네며 말했다. "이거…… 담배 좀 태우세요." 그녀가 말했다.

순경은 담배를 받아들었다. 모젤은 자기가 피우고 있던 담배를 입에서 꺼내 순경에게 건네주면서 말했다. "여기 있어요, 불 붙이세요."

순경은 담배를 빨아들였다. 모젤은 왼눈으로는 순경에게, 오른눈으로는 티얼로천에게 찡긋하며 눈짓을 보낸 뒤, 나막신을 요란스레 끌면서 키르팔의 동네로 가는 길목에 있는 도랑을 향해 걸어갔다.

티얼로천은 잠자코 있었다. 하지만 그는 지금 모젤이 통행금지를 무시하고 거리를 활보하고 있다는 사실로부터 기묘한 쾌감을 느끼고 있음을 알 수 있었다. 그녀는 위험한 장난을 즐겼다. 그와 함께 주후 해변에 갔을 때는 정말 골치가 아팠다. 그녀가 익사라도 하면 어쩌나 하고 조마조마하게 바라보는 그를 뒤로하고, 대양의 거대한 파도와 싸우며 아주 먼 바다까지 나갔다 돌아온 그녀의 몸은 시퍼런 멍투성이였지만 그녀는 전혀 개의치 않는 것 같았다.

모젤이 앞장서 걸었다. 그는 누가 단검을 손에 움켜쥐고 갑자기 앞으로 뛰어 나올지도 몰라 기대 반 공포 반으로 주변을 둘러보고 있었다. 그녀가 멈춰섰다. 그리고 다가온 그를 설득하기 시작했다.

"이봐요, 티얼로치. 당신, 그렇게 잔뜩 겁에 질려 있는 건 현명한 일이 못돼요. 겁에 질려 있으면 꼭 무슨 일인가 벌어지게 되어 있다고요. 장담해요. 내가 뭘 좀 알고 하는 말이거든요."

티얼로천은 아무 말도 하지 않았다.

그들이 도랑 하나를 건넌 뒤 키르팔 카우어가 사는 동네 바로 코앞의 또 다른 도랑에 다다랐을 때 모젤이 발길을 멈췄다. 머지않은 곳에 자리 잡고 있던, 마르와리 사람 소유의 가게 하나가 철저하게 약탈당하고 있었다. 그녀는 잠시 주위를 둘러보고 상황을 판단한 뒤 말했다. "괜찮겠어요." 그들은 다시 발걸음을 옮겼다.

머리 위에 커다란 쟁반을 이고 가던 남자 하나가 티얼로천과 부딪혔다. 그는 티얼로천이 시크교도인 게 분명하다고 판단하고 재빨리 자신의 혁대 안쪽으로 손을 집어넣었다. 하지만 모젤이 술에 취한 척 몸을 비틀거리며 그 남자의 앞으로 가서 그를 가로 막으며 밀어냈다.

"아이, 왜 그러세요?" 그녀가 술 취한 목소리로 말했다. "형제를 죽이시려고 그러세요? 저하고 결혼할 사람이라고요." 그런 다음 그녀는 티얼로천을 향해 돌아섰다. "카림, 쟁반을 들어서 저분 머리 위에 올려놓아 드리세요."

남자는 벨트에 넣었던 손을 빼내면서 음탕한 눈길로 모젤을 바라보았다. 그러고 나서 그녀 쪽으로 몸을 기울이고 모젤의 가슴을 자신의 팔꿈치로 쿡쿡 찔렀다.

"재미 보쇼. 처제, 재미 봐." 그가 말했다. 그가 쟁반을 집어 들고 떠났다.

모젤이 자신의 가슴을 매만졌다. "까짓것 메스꺼울 거 없어요. 그딴 짓이 무슨 상관이에요. 가요."

그녀가 다시 걸음을 옮기기 시작했다. 발걸음이 빨라졌다. 티얼로천도 그녀의 뒤를 따라 빠른 걸음으로 걸어갔다.

도랑을 건너자 키르팔 카우어가 살고 있는 동네가 나타났다. "어느 쪽으로 가야 돼요?" 모젤이 물었다.

"세 번째 도랑. 모서리 건물이오." 티얼로천이 초조한 목소리로 대답했다.

모젤이 그쪽으로 방향을 돌렸다. 사방이 괴괴했다. 인가가 밀집해 있는 지역이었지만 아무런 소리도, 심지어 아기의 울음소리조차도 들려오지 않았다.

도랑에 도달한 그들은 한창 진행 중인 폭동을 맞닥뜨렸다. 한 남자가 모서리 건물에서 도망쳐 나와 그 옆 건물로 사라졌다. 몇 초 후 같은 건물에서 세명의 남자가 나와 주변을 잠시 둘러보다가 옆 건물을 향해 돌진해 들어갔다. 모젤은 꼼짝하지도 않고 서 있었다. 그녀는 티얼로천에게 그늘진 곳으로 몸을 숨기라는 뜻으로 손짓을 보냈다. "티얼로천, 당신." 그녀는 그에게 조용조용 속삭였다. "터번 벗어요."

"무슨 일이 있어도 터번을 벗을 순 없소." 그가 조용히 대답했다.

"좋을 대로 하세요. 하지만 저기서 벌어지고 있는 일 안 보이세요?" 짜증난 목소리였다.

거기서 지금 무슨 일이 벌어지고 있는지는 두 사람 눈에 아주 잘 보였다. 소동, 아주 기묘한 성격의 소동이 벌어지고 있었다. 왼쪽 건물로부터 두 남자가 보따리를 등에 지고 나오는 모습을 본 모젤이 몸서리를 쳤다. 온몸에 소름이 쭉 끼쳤다. 보따리에서 검붉은 빛깔의 액체가 뚝뚝 떨어지고 있었다. 그녀는 초조한 태도로 입술을 자근자근 깨물며 어떻게 하는 게 좋을지 곰곰 생각하고 있었다. 두 남자가 도랑 끝을 넘어 사라지고 난 뒤 그녀가 티얼로천을 향해 돌아섰다.

"자, 이제 제 말대로 하세요. 제가 모서리 건물로 뛰어갈 테니까, 당신은 마치 저를 잡으러 쫓아오는 것처럼 재빨리 제 뒤를 쫓아 뛰어와야 해요. 알겠죠? 하지만 서둘러야 해요."

티얼로천이 계획을 이해했다는 표시로 고개를 끄떡이자마자 모젤이 쏜살같이 모서리 건물을 향해 뛰어갔다. 보도에 나막신이 부딪쳐 나는 소리가 요란스럽게 울려 퍼졌다. 그는 숨이 차서 헐떡였지만, 그녀는 멀쩡해 보였다.

"몇 층이죠?"

"2층이오." 티얼로천이 초조한 혀로 입술을 적시며 대답했다. 그가 그녀의 뒤를 따라갔다. 계단 여기저기에 커다랗게 말라붙은 핏자국들이 보였다. 그는 그 핏자국들을 목격하고 정신이 아득해지기 시작했다.

그들이 2층에 도착했을 때 그가 복도를 따라가다가 가만히 문 하나를 두드렸다. 모젤은 층계 쪽에 머물렀다.

그가 다시 문을 두드렸다. 문 곁에 입을 바짝 대고 황급하게 속삭였다. "멩가 싱 님, 멩가 싱 님."

"누구세요?" 문 안쪽으로부터 작고 가느다란 목소리가 들려왔다.

"티얼로천입니다."

천천히 문이 열렸다. 티얼로천이 모젤에게 손짓했다. 그녀가 그를 향해 뛰어간 뒤, 두 사람 다 재빨리 집안으로 들어갔다. 모젤의 눈앞에 있는 것은 바짝 겁에 질려 있는 연약한 처녀였다. 그녀를 찬찬히 살펴본 모젤은 그녀가 섬세한 이목구비에 아름다운 코를 소유하고 있음을 알 수 있었다. 추위 때문에 코가 발그레해져 있었다. 모젤은 그녀를 포옹한 뒤 자신의 치맛자락을 들어 처녀의 코를 닦아 주었다.

티얼로천은 얼굴을 붉혔다.

"겁내지 마세요. 티얼로천이 당신을 구출해 주기 위해 온 거예요." 그녀가 키르팔 카우어에게 말했다.

"사르다르 님께 빨리 나갈 준비를 서두르시라고 말씀드리세요." 티얼로천이 말했다. "그리고 어머님께도. 하지만 서둘러야 해요."

갑자기 위층으로부터 큰 소리가 들려왔다. 의기양양한 고함소리와 공포에 질린 비명소리가.

키르팔 카우어의 목구멍으로부터 가느다란 비명소리가 빠져 나왔다. "그 사람들이 그분들을 잡아갔어요."

"누가?" 티얼로천이 물었다.

"지금 그런 것 따질 겨를 없어요." 키르팔 카우어가 대답하기 전에 모젤이 그녀의 팔을 움켜쥐었다. "차라리 잘됐어요. 자, 어서 옷을 벗어요."

키르팔 카우어가 대답노 하기 전에 모젤이 그녀에게 다가가 그녀의 상의를 단 한 번의 손놀림으로 재빨리 벗겨냈다. 놀라고 당황한 키르팔 카우어가 벌거벗은 자신의 상체를 팔로 둘렀다. 티얼로천이 얼굴을 돌렸다. 이어 모젤이 자신이 입고 있던 드레스를 벗어 그것을 키르팔 카우어의 머리 위로 씌웠다. 이제 모젤 자신이 완전한 나신이 되었다. 그녀는 키르팔 카우어의 바지 허리띠를 늦춘 뒤 그것을 벗겼다.

"가세요, 어서 그녀를 데리고 가세요." 그녀가 티얼로천에게 지시했다. "하지만 잠깐." 하고 덧붙였다. 그리곤 키르팔 카우어의 딴 머리를 풀었다. "가요, 어서 여길 벗어나세요."

"어서 와요." 티얼로천이 서둘러 말했다. 막 떠나려던 찰나 그가 갑자기 멈쳐 서서 모젤을 바라보았다. 그녀의 팔에 보송보송 난 솜털이 추위 때문에 모조리 곤두서 있었다.

"안 가고 뭐해요?" 모젤이 짜증난 목소리로 물었다.

"그녀의 부모는 어떡하고?" 티얼로천이 더듬거리며 말했다.

"우리가 알 게 뭐예요! 어서 그냥 저 아가씨를 데리고 가라고요."

"당신은 어떡하고?"

"나도 갈 거예요."

바로 그때 계단 쪽에서 사내들의 목소리가 들려왔다. 그리곤 이내 문을 쾅쾅 두드리는 소리가 들려왔다. 문을 부숴 버리기로 작정이라도 한 것 같았다.

키르팔 카우어의 절름발이 아버지와 눈먼 어머니가 다른 방에서 신음소리를 내고 있었다.

모젤이 잠깐 생각하더니 머리채를 흔들면서 말했다. "이제 방법은 단 한 가지예요. 내가 문을 열 테니……."

키르팔 카우어의 마른 목구멍으로부터 숨죽인 비명소리가 새어나왔다. "문……." 그녀가 숨을 헐떡였다.

"내가 문을 열 테니." 모젤이 말을 이었다. "당신이 내 뒤를 따라 달려 나오세요. 그런 다음 내가 계단 위로 뛰어 올라갈 테니까……. 당신이 따라 오세요……. 문 저쪽에 있는 남자들은 만사 제쳐 놓고 우리 뒤를 쫓아올 거예요……."

"그런 다음엔 어떻게 하고?" 티얼로천이 불안한 목소리로 물었다.

"당신의, 이름이 뭐였지, 하여튼 그 아가씨가 그 틈을 타서 빠져나가는 거예요. 옷을 저렇게 입고 있으니까 사람들이 그냥 놔둘 거예요."

티얼로천이 빠른 말로 키르팔 카우어에게 상황을 설명했다. 모젤이 큰 소리로 비명을 지르면서 문을 열어젖힌 다음 바깥에 있는 남자들을 향해 몸을 던졌다. 놀란 그들이 길을 내어주는 사이에 그녀가 계단을 뛰어 올랐고, 티얼로천이 그 뒤를 쫓아 달려갔다.

모젤은 앞뒤 안 보고 무작정 계단을 올라가고 있었다. 그녀는 아직도 나막신을 신고 있었다. 몇 초 전까지 해도 당장이라도 문을 부술 듯 사납던 사내들이 방향을 틀어 그녀와 티얼로천을 쫓아갔다. 모젤이 발을 헛디디면서 계단에서 굴러 떨어졌다. 그녀의 몸은 돌계단 하나하나, 철제 난간과 시멘트로 된 층계참 여기저기에 마구 부딪혔다.

티얼로천은 서둘러 계단을 내려갔다. 그의 두 눈에는 입과 귀가 찢기고 코피가 흐르는 그녀의 모습이 비쳤다. 사내들은 그녀 주위를 둘러쌌다. 모두들 모젤의 새하얀 나신, 이제 멍투성이가 된 그 몸을 구경하고 서 있었다.

"모젤, 모젤!" 티얼로천이 그녀의 팔을 잡고 흔들면서 외쳤다.

모젤은 유태인 특유의 커다란 눈을 뜨고 미소를 지었는데, 그 눈은 붉게 충혈 되어 부풀어 올랐다.

티얼로천은 터번을 풀어 모젤의 몸을 덮어 주었다. 모젤은 다시 미소를 지으며 그를 향해 눈을 찡긋하더니 피가 부글부글 개어 나오는 입으로 말했다, "가서 내 속옷이 아직 거기 있는지 봐주세요. 그러니까……."

티얼로천은 그녀 곁을 떠나 키르팔의 아파트로 들어갔다. 모젤은 자기를 둘러싸고 있는 사내들을 쳐다보려고 애쓰면서 말했다.

"저이는 좋은 사람[1]이에요……. 하지만 정말 성질이 못되고 잔인한 데가 있어요……. 그래서 전 저이를 시크교도라고 부른다고요……."

티얼로천이 돌아왔다. 키르팔 카우어가 안전하게 대피했다는 뜻의 눈짓을 보냈다. 모젤은 안도의 한숨을 내쉬었고, 동시에 그녀의 입에서 피가 철철 쏟아져 내렸다.

"오, 제기랄……." 그녀가 속삭이는 소리로 말하며 솜털이 보송보송한 손목을 들어 입술을 닦았다. 그런 뒤에 티얼로천을 향해 말했다. "이젠 됐어요. 내 사랑, 잘 있으세요."

티얼로천은 뭐라고 말하고 싶었지만 목소리가 목에 걸려 나오지 않았다.

모젤은 티얼로천의 터번을 자신의 몸으로부터 밀어냈다. "치우세요……. 당신의 종교 따위." 그러고 나서 풍만한 가슴 위로 힘없이 팔을 떨어뜨렸다.

---

1 좋은 사람이라는 말의 원어인 '미얀 바이'는 이슬람교도를 지칭할 때 쓰는 표현이다. 따라서 간접적으로 티얼로천이 이슬람교도라고 알려주고 있는 셈이다.

지은이

야샤르 케말 Yaşar Kemal 터키

—

1923년 터키 아다나 시 작은 마을 헤르미테의 쿠르드족 가정에서 태어났다. 본명은 케말 사득 괵첼리. 네 살 때 사고로 오른쪽 눈을 잃고 다섯 살 때 모스크에서 함께 기도하던 아버지가 살해당하는 현장을 목격했다. 그 충격에 12세까지 말을 더듬었다. 어려운 가정 형편 때문에 중학교 3학년 때부터는 학업을 중단한 채, 목화 농장 일꾼, 도서관 사서, 탈곡 기계 기술자, 트랙터 운전수 등 갖가지 생업에 종사해야 했다. 젊은 시절부터 좌파 성향이 강했던 케말은 적극적으로 정치적 신념을 피력해 왔는데, 17세 때 노동자 권익을 옹호하다 붙잡힌 것을 시작으로 수차례 체포·구금되었으며 작가노조를 설립하거나 쿠르드족 반체제 인사를 지지하는 등의 행보로 터키 정부로부터 끊임없이 핍박을 받아 왔다. 1951년부터는 급진적 성향의 《줌후리예트》 신문의 기자로 일했다. 소외되고 억압받는 민중의 고통을 문학으로 대변해 온 케말은 자국인 터키에서보다 프랑스, 독일 등 해외에서 더 높이 평가를 받았다. 1982년 국제 델 두카 상을 받았고, 마다라르 소설상, 오르한 케말 소설상, 독일 도서협회상, 프랑스 비평가협회상 등을 받았다. 1987년에는 한림원 추천으로 노벨문학상 후보에 오르기도 했으며 2011년에는 프랑스 레지옹도뇌르 2급 훈장을 받았다.

1945년 「추잡한 이야기」로 본격적인 작품 활동을 시작한 이후, 『의적 메메드』(1955), 『바람 부족의 연대기』, 『땅은 쇠 하늘은 구리』(1963), 『불멸초』(1968), 『신의 병사들』(1978), 『둔덕 위의 석류』(1982), 『새벽의 수탉』(2002) 등의 장편과 「독사를 죽였어야 했는데」 「아으르 산의 신화」 「아기」 「가게 주인」 등의 중단편을 다수 출간했다. 1991년에는 터키정부로부터 정부 예술가로 선정되었으나 터키의 민주화가 실행되지 않는다는 이유로 수상을 거부했다. 1994년에는 필화사건에 휘말려 구속되어 2년간 수감 생활을 했다. 터키 작가노조 위원장, 작가협회 회장을 역임했다. 2015년 2월 28일 92세를 일기로 별세했다.

옮긴이

오은경

—

한국외국어대학교를 졸업하고, 터키 정부 장학생으로 초청받아 국립 하제테페대학교에서 터키문학과 비교문학으로 문학박사 학위를 받았다. 한국학중앙연구원에서 박사후과정을 마쳤으며, 우즈베키스탄 알리셰르나보이 국립학술원에서 우즈벡 구비문학과 민속학, 비교문학으로 우즈베키스탄 최초로 인문학 국가 박사 학위를 취득했다. 문화방송 MBC 터키 통신원, 터키 국립 앙카라대학교 외국인 전임교수, 우즈베키스탄 니자미사범대학교 한국학 교수를 역임했다. 현재 동덕여자대학교 교양교직학부에 재직하며 동덕여자대학교 유라시아투르크연구소 소장을 겸하고 있다. UNESCO Category 2기관인 아태무형문화센터 자문위원, 한국연구재단 학술지 평가위원 등을 맡고 있다. 터키·유라시아 투르크 전문가로 활약 중이다.

터키어로 『터키 문학 속의 한국 전쟁』, 『20세기 페미니즘 비평』을, 우즈베크어로 『주몽과 알퍼므쉬의 비교연구』를, 우리말로 『베일 속의 여성 그리고 이슬람』, 『이슬람에서 여성으로 산다는 것』을 썼으며 다수의 공저가 있다. 우리말로 옮긴 책으로는 야샤르 케말의 『독사를 죽여야 했는데』 『바람 부족의 연대기』 『의적 메메드 1,2』, 무라트 툰젤의 『이난나』, 하칸 귄다이의 『데르다』가 있으며, 『고은의 만인보』 『고은 시선』을 터키어로 옮겼다. 계간 《아시아》의 〈터키문학 특별호〉, 〈이스탄불 특별호〉를 공동 기획했다.

11

하얀 바지

야샤르 케말
Yaşar Kemal

계간《아시아》7호 수록
이 작품은 터키어로 쓰였고 오은경이 한역하였다.

아주 더운 날이었다. 꼬마 무스타파는 땀에 절어 있었다.

무스타파는 다 해진 구두를 꿰매다 말고 우두커니 들고만 있었다. 그렇게 멍하니 있을 뿐이었다. 밖에는 아스팔트가 뜯겨나간 구불구불한 마을 신작로 위로 해가 지고 있었다. 건너편 때가 탄 담장 구석에는 이파리가 두꺼운 무화과나무가 있었고, 그 그림자 밑에서 개 한 마리가 혀를 축 늘어뜨린 채 헐떡거리고 있었다. 아이는 잠시 동안 개를 바라보았다. 얼마나 기운이 없는지 들고 있던 운동화도 떨어뜨릴 뻔했다. 아이는 구두 수선공 아저씨가 눈치 채지 못하게 곁눈질로 그를 훔쳐보았다. 수선공 아저씨는 언제나처럼 일하는 데에만 열중했다.

아이는 구두를 올려놓고 못 하나를 박았다. 해진 굽도 기우기 시작했다. 그러다가 도저히 내키지 않아 하던 일을 그만두었다.

이 구두야말로 지금까지 신었던 구두 중에서 가장 낡은 것이었다. 여기저기 떨어질 대로 떨어졌다. 이 구두를 꿰맨다 한들 전부 다 기울 수도 없는 일이었다.

"더는 못하겠어."

아이는 말했다.

수선공 아저씨가 그제야 고개를 들어 무스타파를 바라보았다.

"뭔데 그래?"

아저씨가 물었다.

"뭔데 그렇게 아침부터 이리 만지고 저리 만지고 있는 거야?"

무스타파가

"아저씨."

하고 불렀다.

"여기저기 전부 다 해졌어요. 기울 수도 없게……."

아저씨가 다그쳤다.

"그래도 한번 해 봐."

무스타파가 대답했다.

"안 된다니까요, 아저씨."

아저씨는 더 대꾸하지 않았다.

무스타파는 저녁이 될 때까지 꿰맸다 풀었다 하기를 반복하며 애를 썼다. 그러나 결과는 허사였다. 땀방울이 콧잔등을 타고 흘렀다.

건너편 무화과나무 그림자가 동쪽으로 길게 펴졌다. 해도 건너편 언덕으로 떨어지고 있었다. 바로 그때 아저씨 친구 중에서 부자로 소문난 하산 베이가 왔다. 그는 주인아저씨와 악수를 나누었다.

하산의 눈길이 잠시 땀에 전 아이에게 머물렀다. 그리고는 대뜸 구둣방 주인에게 물었다.

"이 아이를 사흘만 보내주게. 벽돌 가마에서 일 좀 시켜도 될까?"

구둣방 주인이 물었다.

"일해 볼래? 하산 아저씨 벽돌 공장이 있는데……."

하산이 말했다.

"사흘 밤낮을 일해야 해. 그러나 일당을 주마. 일당은 1리라 반이란다. 주말리라고 있지? 왜, 그 사브른 마을에서 온 주말리 말이다. 그 사람을 도와주는 일이야. 좋은 사람이지. 너를 아주 혹사시키거나 하지는 않을 게야."

무스타파는 기뻤다.

"알았어요, 하산 아저씨. 엄마한테 여쭤 보고요……."

하산이 대답했다.

"그러렴. 말씀드리고 내일 우리 농상으로 오거라. 오후에 일을 시작하도록 하지. 나는 거기 없을 게다. 네가 직접 주말리를 찾아가 보거라."

주인아저씨는 일주일에 한 번 25쿠루쉬 씩을 주었다. 지금은 7월. 한 달을 일해야 1리라를 벌 수 있었다. 여름용 구두는 2리라였다. 하얀 바지는 3리라……. 두 가지를 다 장만하려면 5리라가 필요했다. 7월, 8월, 9월…… 꼬박 일한들 얼마나 벌 수 있을까? 3리라……. 말하자면 여름 구두도 하얀 우윳빛 바지도 일치감치 포기해야 한다.

만세, 하산 아저씨……. 하산 아저씨 같은 사람만 있어라. 하산 아저씨 같은 사람이 또 어디 있겠어? 일당이 얼마라고? 1리라 반이라고 했어. 그러면 사흘 일하면 4리라 반이네…….

손을 깨끗이 씻고, 그래, 아주 깨끗하게 비누로 잘 씻어야지. 그리고 하얀 리넨 구두를 포장지에서 조심스레 꺼내 한 번 싹싹 문질러서 신어 봐야지. 양말도 새하얀 걸로 신어야 해. 바지는 절대 아무도 손대지 못하게 할 거야. 금방 때가 탈 테니까…….

다리 입구였다. 다리 입구 쪽에는 여자아이들이 모여 쏘다녔다. 바람은 여자아이들이 입은 치마를 들치기도 하고, 하얀 바지 속 허벅지를 휘감기도 했다.

무스타파는 엄마에게 뛰어갔다.

"엄마! 엄마, 엄마. 나 하산 아저씨 벽돌 가마에서 주말리 아저씨와 함께 일하게 됐어."

엄마가 대꾸했다.

"안 돼."

무스타파는 화가 나서 물었다.

"왜 안 된다는 거야?"

엄마가 대답했다.

"너, 벽돌 가마에 불 때 보았니? 벽돌 가마가 뭐 하는 데인 줄 알기나 해? 사흘 밤낮을 뜬눈으로 새워야 한다고. 네가 그 일을 감당할 수 있겠어?"

무스타파가 대답했다.

"당연하지."

엄마가 다시 말을 이었다.

"아이고, 내가 널 몰라? 아침마다 널 깨우느라고 얼마나 진을 빼는데!"

무스타파가 말했다.

"그건 그거고, 이건 달라."

엄마가 "행여나!" 하고 말을 받았다.

무스타파는 여전히 막무가내였다.

"절대 안 잔다니까!"

엄마도 막무가내였다.

"네가 안 잔다는 말을 어찌 믿어. 넌 배겨 내지도 못해."

무스타파가 말했다.

"자, 엄마, 봐요. 왜, 테브픽 아저씨 아들, 사미라고 있지……?"

엄마가 "에, 그런데……?" 하고 묻자, 무스타파의 눈동자에 희망의 빛이 어렸다. 엄마 성격을 잘 알고 있기 때문이었다.

"왜, 그 하얀 바지만 입는 아이 있잖아……. 새하얀 우윳빛, 새하얀 고무장화……."

"그래서?"

"예뻐……. 우윳빛 하얀색은…… 정말 예뻐……. 눈빛 같아. 비단 저고리 있지? 그것도 입을 거야. 잘 어울리겠지?"

엄마가 고개를 떨어뜨렸다. 얼굴이 창백했다.

무스타파가 말을 쏟아냈다.

"말해 봐. 말해 보라니까. 안 어울릴까? 때도 안 묻힐 거야. 사흘 동안 일 열심히 해서 돈을 받아야지……. 그래서 산다니까. 양복점 바이으스 아저씨한테도 가고, 하즈 메흐메드에서 2리라짜리 고무장화도 사야지. 비단 저고리는 옷장에 있으니까. 말해 봐, 어울리겠지?"

엄마가 고개를 들었다. 두 눈에 눈물이 고여 있었다. 그리고 조용히 아들에게 다가가 아들을 품에 안았다.

"애야, 애야. 네게 뭔들 어울리지 않겠니……."

"양복점 바이으스 아저씨는 바느질 솜씨도 좋지만 박음질도 튼튼하대……. 엄마, 엄마…… 가도 되지?"

엄마는 된다는 뜻인지 안 된다는 뜻인지 알 수 없는 미소를 살짝 지었다.

"난 모르겠다. 네가 하고 싶은 대로 하렴."

무스타파는 이 말을 듣자마자 좋아서 이리 깡충, 저리 깡충 뛰었다. 먼지가 풀썩풀썩 날렸다. 아이는 엄마에게 매달려 입을 맞추었다.

"내가 크면……." 하고 말했다.

"네가 크면…… 일을 많이 하렴."

"그래서?"

"개울가에 있는 밭을 농장처럼 꾸미 거라. 그리고 아다나에 있는 양복점에 가서 남색 옷도 맞추고, 말도 사서 타고 다니렴."

"그 다음엔?"

"우리 집에 붉은 기와지붕도 올리려무나."

"또?"

"아버지처럼 되어야지."

"아버지가 계셨다면 어땠을까?"

"넌 고등 교육을 받았겠지. 공부를 많이 해서 훌륭한 사람도 되고."

"지금은 어때서?"

"아버지가 계셨다면…….."

무스타파가 말을 잘랐다.

"내가 크면 금시계도 찰 수 있을걸. 그렇지 않아?"

무스타파는 먼동이 트기도 전에 벌떡 일어났다. 벽돌 가마가 있는 농장은 치과의사의 밭이 있는 그곳에 있었다. 길을 떠났다. 먼지가 풀풀 날렸다. 발이 땅에 닿자 흙먼지가 양옆으로 흩어졌다.

언덕 뒤편으로 갈수록 물줄기가 세졌고, 물이 넘쳐흘렀다. 벽돌 가마에 도착했을 때는 해가 벌써 숯처럼 까맣게 되어 언덕 위에 빠져 있었다. 모든 게 타 들어가듯 말라 있었다.

아이는 벽돌 가마 안을 둘러보았다. 안은 어두웠다. 가마 앞에 작은 언덕처럼 장작이 쌓여 있었다. 정오가 될 때까지 그 주변을 눌러보며 시간을 보냈다. 하얀 바지를 살 수 있다는 기쁨과 사흘 밤을 꼬박 지새워야 한다는 두려움이 동시에 마음속에서 생생한 공포를 만들어냈다.

정오가 되자 먼지와 땀으로 뒤범벅된 주말리가 왔다. 덩치가 큰 남자였다. 그는 팔을 휘저으며 무겁게 한 발짝 한 발짝 떼었다. 그는 가마 옆에서 걸음을 멈추었다. 무스타파는 주말리를 보자 두려움이 한층 더 크게 몰려왔다. 주말리는 다시 무거운 걸음걸이로 가마 입구로 다가갔다. 화가 난 듯해 보이는 얼굴이었다. 단 한 번도 뒤돌아서 무스타파의 얼굴을 쳐다보지 않았다. 무겁게 몸을 굽히더니 머리를 가마 안쪽으로 밀어 넣었다. 얼마 동안 그렇게 시간이 흘렀다. 그가 다시 일어섰다. 그러더니 무스타파 쪽으로 두 걸음 다가왔다. 고개를 들지도 않고 성난 목소리로 물었다.

"네 놈은 여기서 뭘 하고 있는 게냐?"

무스타파는 말을 더듬거리며 대답했다.

"아무것도요."

마음속으로 모두 팽개치고 도망쳐 버릴까 하는 생각이 스치기도 했지만, 그렇게 하지는 않았다.

주말리가 다시 물었다.

"여기서 뭐하는 거냐니까?"

무스타파는 간신히 대답했다.

"하산 아저씨가 보내서 왔어요. 가서 아저씨를 도와드리라고 하셨어요."

주말리는 화를 내며, 그 몸무게로는 도저히 상상할 수 없는 속도로 아이를 향해 몸을 돌리며 말했다.

"뭐라고? 이런, 이 망할 놈의 하산! 하는 짓 좀 보게! 이렇게 엄청난 가마를 손바닥만 한 어린아이에게 맡긴단 말이야?"

그는 커다란 손을 펼쳤다.

"손바닥만 한 놈."

그러고는 무스타파에게 욕을 했다.

"이런 망할 자식, 너 가마에 불 땔 줄이나 알아?"

"알아요."

"개자식, 사흘 밤낮을……."

"안다니까요……."

"이런 오라질 녀석, 네 엄마 뱃속에서 배웠단 말이냐? 사흘 밤낮을 버틸 수 있어?"

무스타파는 대답하지 않았다.

"애야, 이건 네가 할 수 있는 일이 아니란다. 공연히 남의 일까지 망치지 말란 말이야. 저기 보이는 가마는 사흘 밤낮 불을 때야 해. 사흘 밤, 사흘 낮을 쉬지 않고 장작으로 때야 한단 말이다. 한두 시간은 내가, 또 한두 시간은 네가 불을 때야 해. 그런데 네가 감당이나 할 수 있겠어? 엄마한테 가거라. 그리고 하산 아저씨에게 가서 말해. 너는 이 일을 못하니까 너 대신에 다른 사람을 찾아서 보내라고!"

무스타파는 꼼짝도 하지 않다가 마침내 마을을 향해 몇 걸음 내디뎠다. 발이 뒷걸음치는 것만 같았다. 걷던 걸음을 멈추었다. 눈앞에는 하얀 바지-무슨 일이 있어도 하얀색이어야 했다-하얀 구름, 하얀 빨래들, 솜딜 더미, 온갖 하얀색들이 흩날리고 있었다. 울음보가, 가눌 수 없이 울고 싶은 마음이 솟구쳤다. 금방이라도 눈물이 주르르 쏟아질 것만 같았다.

무스타파가 애원하듯이 부드럽게 말했다.

"주말리 아저씨, 나는 덩치가 큰 어른보다도 일을 더 잘 할 수 있어요. 정말 안 잘 수 있다니까요."

금방 무슨 생각이 떠올랐다.

"내가 지금 간다고 해도 하산 아저씨는 나를 다시 돌려보낼 거예요. 일당을 먼저 받았거든요. 그 돈으로 벌써 고무장화랑 하얀 바지를 사 버렸어요. 네? 주말리 아저씨."

주말리는 무겁게 다그쳤다.

"가라니까. 일만 망치지 말고!"

무스타파는 꼿꼿하게 따졌다.

"왜 남의 돈벌이를 망치시는 거죠? 아이라고 그러셔도 돼요? 그럴 수 있냐고요! 나는 누구보다도 일을 잘 할 수 있어요. 돈도 벌써 받았고요. 내가 돌아가도 하산 아저씨가 다시 돌려보낸다니까요."

"그래? 그랬단 말이지?"

주말리는 믿지 못하겠다는 듯이 말했다.

"돈도 미리 받았어요."

주말리가 말했다.

"그렇다면, 알았다. 만일 네가 일을 못해서 중간에 그만두게 되면, 알지? 내가 네게 쓴맛을 보여 줄 게다……."

무스타파는 깡충깡충 뛰어서 주말리에게 다가갔다. 기뻐서 어쩔 줄을 몰랐다. 주말리의 커다란 오른손을 붙잡았다.

"잘 할게요……. 불을 잘 땐다고요. 저는 돈을 미리 받았거든요. 그 돈으로 하얀 바지를 샀어요. 바이으스 아저씨가 그러셨어요. "네 바지를 제일 잘 만든 것 같다"라고요. 그리고 "너, 돈을 미리 받았다며? 일을 잘 해라" 그러셨어요."

주말리는 어루만지는 듯한 목소리로 말했다.

"그래, 한 번 보자. 미친놈 같으니."

주말리는 날라 온 소나무 장작 하나에 불을 붙여서 아궁이 안으로 던져 넣었다. 잠시 후 안쪽에 있는 장작이 탁탁 소리를 내더니 불이 붙었다. 곧 불이 번졌다. 창문만큼이나 커다란 불덩이가 나왔다 들어갔다 하며 아궁이를 핥기 시작했다.

주말리가 욕설을 퍼부었다.

"이 오라질 놈아, 이것들은 전부 상것이라니깐. 아궁이에 이렇게 처음부터 장작을 가득 채우면 어떻게 해?"

주말리는 무스타파를 아궁이 앞으로 오라고 하더니, 장작을 어떻게, 어떤 형태로 던져야 하는지 오랫동안 설명을 하고 또 했다. 욕이 반, 설명이 반이었다. 아궁이 밖으로 불길이 번진 모습은 마치 날름날름 아궁이를 핥는 것처럼 보였다. 아궁이 안쪽은 컴컴한 동굴처럼 어두웠다. 무스타파는 주말리에게 물어 보지도 않고 장작을 한 아름씩 안아다 날랐다. 한 아름 더, 한 아름 더……. 정오가 가까워지자 더위는 뽀얀 먼지가 가득한 신삭로며, 커다랗고 두꺼운 나뭇잎이며, 짙은 그림자를 드리운 무화과나무, 양 둑이 무너져 버린 손가락만 한 개울, 잿빛 호수, 언덕에 걸친 구름, 나무들, 폴짝이는 새들, 먼지를 가득 인 채 고개 숙이고 선 풀, 말라빠진 잔디 위에 핀 꽃들, 마른 장작더미, 모든 사물에 손길이 뻗치지 않은 곳이 없어 보였다. 더위는 세상 모든 것, 살아 있는 것이든 아니든 모든 것을 휘감았다. 무스타파는 더위에도 아랑곳없이 땀을 뻘뻘 흘리며 쉴 새 없이 장작더미에서 아궁이로 장작을 날랐다. 가마에 다가가서 아궁이로 장작을 던지는 일은 거의 죽음이었다. 머리 위에는 태양이, 앞에는 불길이…… 무스타파의 까맣고 맑은 눈동자…… 웃을 때 드러나는 하얀 이…… 무스타파의 얼굴은 붉게 익어 아궁이의 불꽃처럼 되어

버렸다. 옷도 땀에 흠뻑 젖었다.

남쪽 지중해 위 흰 구름들이 두둥실 하늘 위로 떠오르면 지중해에는 서늘하고 축축한 바람이 불어올 것이다. 그러면 더위에 익어 버린 사람들도 한기에 떠는 몸을 젖은 수건으로 감쌀 것이다.

서늘한 바람이 신작로의 먼지를 날리며 불어오기 시작했다. 무스타파는 피곤과 배고픔에 몸을 떨었다. 저쪽 무화과나무 그늘에서는 잠을 자고 깨어난 주말리가 담배를 피우다가 무스타파에게는 관심도 없다는 듯 무심하게 일어났다.

그는 무스타파에게 성난 듯한 어조로 말했다.

"자, 가서 저기 보따리를 가져와라. 알았냐?"

무스타파는 손에 쥐고 있던 마지막 장작을 던져 넣었다.

해가 호박 덩굴이 가득한 언덕 위에서 아래로 빠지고 있었다. 호박이 어둠 속에 커튼처럼 드리워졌다.

"자, 이리 와라, 무스타파. 와서 먹자."

주말리가 무스타파를 불렀다.

두 사람은 하산이 보낸 보따리를 풀었다. 안에는 치즈, 양파, 유프카 빵이 들어 있었다. 무스타파는 위가 등가죽에 붙은 것만 같았다. 두 사람은 음식을 다 먹을 때까지 한 마디도 하지 않았다. 무스타파는 주전자에 차를 담아 왔다. 물이 피만큼이나 미지근했다. 음식을 먹고 난 후라 그들은 오랫동안 차를 마셨다. 주말리는 떨면서 주전자를 들더니, 오랫동안 턱수염을 만지작거렸다.

무스타파는 얼른 일어나서 일을 시작했다. 주말리는 물가로 가더니, 잠시 후 무거운 걸음으로 몸을 흔들며 다가와서는 말했다.

"무스타파야, 나는 좀 자야겠다. 피곤하거든 나를 깨워라. 알겠냐?"

"그러세요, 아저씨."

자정이 지난 지도 한참이 된 것 같다. 곰이 호박 덩굴 뒤로 내려와 나무에 몸을 숨기고 있는 게 보였다.

아궁이에서 번져 나오는 불꽃 때문에 무스타파는 얼굴이 따가웠다. 뼈만 남을 만큼 마른 얼굴은 불꽃 때문에 더욱 빨갛게 익었다. 붉은 얼굴에는 땀이 송송 맺혔다. 땀이 번득였다. 아궁이 안쪽에서 불꽃이 서로 얽히고설키고 했다. 오른쪽 옆에서 번진 커다란 불길은 어느새 뒤쪽에서 번진 가느다란 불길과 합쳐져서는 서로 부둥켜안고 하나가 되어 아궁이 밖으로 번져 나왔다. 밖으로 나오자마자 어둠 속에서 한 번 번득이더니 곧 꺼지고 말았다.

무스타파는 들려오는 소리에 집중했다. 장작을 던질 때마다 나는 타닥대는 소리, 웅웅거리는 소리, 신음 소리, 안쪽에서는 아이 울음 같은 소리도 들렸다.

저 안에서

"애야."

하는 소리가 들렸다.

"장작도 우는 거란다."

주말리가 말하는 소리가 들려왔다. 잠에 취한 소리였다.

"주말리 아저씨, 뭐라고요?"

하고 물었다.

주말리가 다시 물었다.

"피곤하니? 내가 갈까?"

무스타파는 머리끝에서 발끝까지 공포에 질렸다. 차가운 땀방울이 흐르고, 몸이 부르르 떨렸다. 그래도 간신히 산더미같이 커다란 장작을 쇠스랑으로 가마 안쪽 끝까지 밀어 넣었다. 무스타파가 대답했다.

"아니에요. 난 피곤하지 않아요. 더 주무세요, 아저씨."

주말리는 아무 말도 하지 않았다.

얼마나 힘이 들고, 얼마나 땀을 흘렸는지, 마침내 완전히 익어 버렸다. 이제는 가마에 가까이 갈 기운도 남아 있지 않았다. 쇠스랑마저 없었다면 어땠을까.

장작을 한 아름씩 안아다가 가마 앞에 쌓아 놓고, 쇠스랑으로 있는 힘껏 아궁이 안으로 밀어 넣었다. 아궁이에 다가갈 때마다 무섭도록 뜨겁게 타오르는 불길 때문에 얼굴이 터질 것만 같았다. 그럴 때마다 무스타파는 맞은편 언덕으로 뛰어가서 가슴을 열고 바람을 쐬곤 했다.

물만큼이나 무거운 공기가 숨통을 조여 왔다.

언덕 뒤에 있는 호수에 불빛이 보였다. 반짝였다.

무스타파는 이제 거의 실신 상태였다. 더는 언덕까지 뛰어갈 기운도 없었다. 해진 바지도, 셔츠도 벗어던진 지 오래였다.

새벽녘이 되자 새가 지저귀었다. 작은 새였다. 울음소리가 길고 날카로웠다. 지금, 그 새가 운다.

주말리가 눈을 뜨더니 또 한 번 물었다.

"피곤하니?"

무스타파는 대답했다.

"아니요, 전혀 피곤하지 않아요."

이 말을 하는데도 숨이 막혔다. 질식할 것만 같았다. 울 것만 같은 말소리였다. 주말리는 기지개를 켜면서 일어났다. 눈을 비비더니 장작 밑에다 길게 소변을 보았다.

무스타파는 이를 악물었다. 휘청거렸다. 억지로 몸을 가누고 서 있었다. 휘청휘청 하면서도 가슴에 장작을 안아다 나르는 일을 멈추지 않았다.

주말리가 말했다.

"자, 이제 가서 좀 쉬어라."

하산이 왔을 때 무스타파는 아직도 자고 있었다.

하산이 주말리에게 물었다.

"이 아이 어때? 일 잘 하지?"

주말리가 입술을 삐죽거리며 나무 밑에서 자고 있는 무스타파를 가리켰다.

"어린애 같으니라고."

하산은,

"잘해 봐, 나중에 보자고."

하더니 가 버렸다.

무스타파가 깼을 때는 얼굴에 햇볕이 들이쳐서 따가웠다. 한 손으로 땅을 짚고 일어섰다. 땅은 붉은 철광석처럼 변해 있었다. 기지개를 켜고 싶어도 얼마나 녹초가 되었는지 켜지지가 않았다. 뼈마디가 전부 부러진 것 같았다. 온몸이 아팠다. 있는 힘을 다해 이를 악물고 벌떡 일어섰다.

숨을 헐떡이며 말했다.

"주말리 아저씨, 죄송해요. 잠이 깊게 들었나 봐요."

얼른 장작을 안아다 아궁이에 던져 넣기 시작했다. 장작이 가마 안에서 새처럼 날고 있었다. 사방에 씁쓸하고 젖은, 그러면서 쏘는 것 같은 냄새가 번졌다.

주말리가 말했다.

"내가 그랬지? 잠들어 버릴 거라고……."

무스타파는 못 들은 척했다.

일을 좀 하니 정신이 들었다.

"야, 하루가 무사히 지났네."

그 후 눈앞에 지옥같이 펼쳐질 이틀 밤이 어른거렸다. 사람의 등골을 빼먹을 것처럼 숨 막히는 밤이 될 것이다. 갑자기 희망이 사라졌다.

무스타파는 생각에 잠겼다. 이틀이나 더? 솜이 그렇게 하얗지만은 않아. 솜을 탈 때 당연히 약을 칠거야. 약을 치지 않는다는 게 말이나 돼? 정오가 지난 오후. 슐레이만 언덕, 언덕 옆에 놓인 길, 사부룬 개울, 통통하고 갈색 피부의 마을 처녀들, 다리 위……. 사부룬 개울은 새하얀 색이다. 꼬리에 꼬리를 물고 물 위로 튀어 오르는 물고기를 보렴. 물 바닥에 놓인 자갈돌을 세어봐. 자갈돌 위에 햇볕이 드네…….

그렇다. 무스타파는 일하고, 또 일했다. 고단했다. 죽을 것만 같았다. 그래도 젖 먹던 힘을 다해 일을 했다. 주말리는 돼지같이 늘어지도록 깊은 잠을 자고 일어나 물었다. "피곤하냐?" 불길에 익어버린 아이는 허리를 구부리고 대답했다.

이제 오늘이 마지막 밤이다. 밝은 달이 호박 덩굴 위에서 빛났다. 무스타파는 다리도 움직일 기운이 없었다. 자, 이제 하루 남았다. 하룻밤만 지나면 돼!

주말리는 언제나 그랬듯이 성난 것처럼 말했다.

"뭘 그리 꾸물거려? 자, 이리 와."

"왔어요. 왔다고요."

"네가 지치면 날 깨우라고."

불길이 조금이라도 죽어 버리면 벽돌이 익지 않는다. 지금까지 일한 게 전부 허사가 되어 버린다. 단 1초라도 가마에 장작이 떨어지면 안 되는 것이다. 불길이 가마 밖으로 쏟아져 나오게 해서 밤을 핥도록 해야 한다.

팔도 더는 쓸 수가 없었다. 가마 밖으로 쏟아지는 불기둥이 역겨울 뿐이었다. 몸을 식히려고 맞은편 언덕배기로 뛰어갈 기운도 남아 있지 않았다. 이제 어떻게 하지? 아이는 장작을 가져다 아궁이에 던져 넣고는 땅바닥에 엎어져 버렸다. 밤이라 땅이 서늘했다. 한 번 엎어지고 나니, 더는 일어날 수가 없었다. 고개는 자꾸 아래로 떨어지고, 잠이 쏟아졌다. 순간적으로 힘을 모아 벌떡 일어났다.

불길이 휘감기면서 치솟았다. 붉은색에서 노란색으로 변하더니 금세 까맣게 되었다. 불길이 머리부터 검게 흩어졌다.

안간힘을 다해서…… 두 눈으로 동쪽을 쏘아보았다. 불 마개도 없어졌다.

주말리는 드르렁 드르렁 코를 골았다.

주말리가 있는 쪽을 향해서 일부러 침을 뱉었다. 혀도, 침도 마른 것 같다.

"저어…… 여기요오…… 주말리 아저씨……."

아이는 간신히 장작을 한 아름 안아다가 가마에 넣었다.

손도 가슴도 찢어질 것처럼 쓰렸다. 피가 떡처럼 온몸에 엉겼다.

불 마개는 어디 있는 거야? 동이 트기에는 아직도 어둡기만 하다. 갑자기 무스타파의 두 눈이 휘둥그레졌다. 몸이 떨려 왔다. 어둠 속에서 새까만 천막 같이 늘어진 호박 덩굴, 언덕, 불기둥, 아궁이, 장작더미, 동이 트는 곳 저 멀리 있는 언덕, 코를 골며 자고 있는 주말리, 모두 한데 뒤엉켰다. 세상이 한 바퀴 돌더니, 품안으로 들어왔다.

"주말리, 주말리 아저씨! 주말리 아아저어어씨이……."

무스타파는 정신을 잃었다.

왜인지는 모르지만 주말리가 잠에서 깼다. 기지개를 켰다. 누운 채로,

"무스타파, 피곤하냐?"

하고 소리를 질렀다.

아무 대답이 없었다. 다시 한 번 소리를 질렀다. 몇 번이나 소리쳤지만 대답이 없자 불끈 화가 나서 벌떡 일어났다. 둘러보니 가마 안이 컴컴했다. 화가 머리끝까지 치밀었다. 그는 아이를 무지막지하게 발로 걷어찼다.

"이놈의 자식, 나를 골탕 먹였구나! 벽돌 값을 내가 다 물어내게 생겼군."

아궁이 안을 들여다보니 조금은 희망이 생겼다. 불길이 완전히 꺼진 것 같지는 않았다. 불꽃이 가늘게, 가늘게 벽을 핥고 있었다.

아이는 동이 틀 무렵에야 정신을 차릴 수 있었다. 공포에 질린 눈으로 사방을 둘러보았다. 주말리가 피와 땀으로 범벅이 되어, 털이 가득 난 가슴을 풀

어헤친 채 가마에 장작을 던져 넣고 있는 모습이 보였다. 이제 죽었다. 앉은 자리에서 아이는 다 죽어 가는 소리로 말했다.

"주말리 아저씨, 아이고, 주말리 아저씨……."

주말리가 힐끗 뒤를 돌아다보았다.

"이런 때려죽일 놈! 꺼져! 가서 잠이나 자! 지옥에나 떨어져라!"

아이는 신음하듯 말했다.

"아이고, 주말리 아저씨……."

"꺼져! 자빠져 잠이나 자라니까!"

해가 맞은편 언덕 위로 떠오를 때까지 무스타파는 앉은 자리에서 고개를 숙인 채 누가 밧줄로 동여매기라도 한 것처럼 꼼짝도 하지 않았다. 해가 언덕 위에서 중천으로 떠오르자 고개가 더 아래로 떨어지더니 제대로 잠이 들어 버렸다.

벽돌 가마는 만만한 크기가 아니다. 땅 밖으로 솟아 있는 우물과도 같다. 벽돌 가마 위를 지붕 같은 뚜껑으로 덮고 흙으로 가린다.

가마에 불을 때면 벽돌은 처음에는 흑갈색이었다가 이틀 정도 지나면 새까만 색이 된다. 삼 일째 되는 날 아침까지는 그대로 간다. 그러다가 사흘이 지난 아침이 되면 뻘겋게 바뀐다.

정오가 채 되지 않은 오전이었다. 무스타파는 공포에 질려 눈을 떴다. 갑자기 지난밤 일이 떠올랐다. 일어나려고 했지만 일어나지지가 않았다. 억지로 눈을 떠서 가마를 바라보니 하산 아저씨가 와 있었다. 가까스로 천천히 일어나 두 사람 곁으로 다가갔다. 가마 주변을 돌아본 다음 안으로 들어갔다. 벽돌은 수정처럼 보였다. 붉은색 수정이 얼마나 예쁘게 반짝이는지…….

무스타파는 도저히 하산 아저씨를 쳐다볼 수가 없었다. 하산은 무스타파에게 다가가서 머리를 만지더니 웃으면서 말했다.

"애, 무스타파야. 우리가 너를 잠이나 자라고 여기에 데려온 줄 알아?"

무스타파가 대답했다.

"아이고, 아저씨, 매일 밤……."

주말리가 무섭게 노려보았다.

더웠다. 벽돌 가마에서는 얼마나 더운 열기가 끓고 있는지 몰랐다. 그들은 이제 아궁이 입구를 닫았다.

무스타파는 햇볕이 잘 드는 개울로 뛰어갔다. 물에 몸을 담그자 장작 때문에 상처 난 곳이 쓰라렸다. 그래도 깨끗하게 상처를 씻고 나왔다. 집에 빨리 도착하기 위해 뛰는 중이었다. 온몸으로 기쁨을 느낄 수 있었다.

아이는 집에 도착하자마자 소리를 질렀다.

"엄마, 엄마……."

엄마가 밖으로 뛰어 나왔다. 무스타파를 보자 비명이 터져 나왔다. 엄마는 무릎을 치며 말했다.

"아이고, 내 새끼. 아이고, 내 새끼. 꼴이 이게 뭐란 말이냐?"

무스타파는 얼어붙었다. 그 자리에서 피가 마른 것처럼 우두커니 서 있었다. 무스타파의 얼굴은 마르고, 뜨고, 찢겨 있었다. 눈은 충혈 된 상태였다.

"아이고, 애야, 아이고, 내 새끼…… 누가 널 이렇게 만들었단 말이냐!"

엄마는 아이를 안아서 안으로 데려갔다.

아침이 되자 아이는 엄마에게 안겨서 "하얀 바지……." 하고 외쳤다.

엄마도 "그래, 왜 안 되겠니……." 하고 받아주었다.

무스타파는 "어울리겠지?" 하고 물었다.

엄마가 무스타파를 품에 안고 입을 맞추었다.

잠시 후 하즈 메흐메드에 가서 하얀 고무장화와 하얀 양말을 봐두었다. 그리고 바이으스 양복점으로 갔다.

양복점 아저씨가 말했다. "무스타파야, 네게 가장 멋진 옷을 만들어 주마."

무스타파는 곧장 구둣방으로 갔다. 주인아저씨는 일찍 나와서 일을 시작한 것 같았다. 작업대 위로 몸을 숙이고 일을 하고 있었다.

주인아저씨는 눈썹 숱이 많았다. 허리는 조금 굽었고, 꼽추였다. 턱수염은 아주 길었다. 거미줄같이 여기저기가 얽히고, 먼지가 뿌연데다가 반쯤은 무너진 것 같은 가게에서는 오래된 생가죽 냄새가 났다.

아이가 말했다. "아저씨, 바이으스 아저씨가 제 바지를 멋지게 지어 주신댔어요."

주인아저씨가 대답했다. "그러겠지, 좋은 사람이야."

사흘이 지나고, 나흘이 지나고, 일주일이 지났다. 하산에게서는 아무 소식도 없었다. 좀 더 정확히 말하면, 하산은 아이가 안중에 없는 것 같았다. 무스타파는 애가 타서 미칠 것 같았지만, 엄마에게도, 주인아저씨에게도 아무 말 하지 않았다.

어느 날 하산이 양복점 앞을 지나가는 것을 보고 주인아저씨가 불렀다. "어이, 하산. 여기 이 아이 일당을 줘야지."

하산은 멈춰 서서 뭔가 생각했다. 머리를 흔들었다. 그러더니 갑자기 말했다. "그럼, 줘야지."

종이돈 1리라짜리와 25쿠루쉬짜리 동전 두 개를 꺼내더니 테이블 위에 놓았다.

주인아저씨는 돈을 쳐다보고 또 쳐다보았다.

"이보게, 하산. 이건 하루 일당이지 않나. 이 아이는 사흘 일했어."

하산은,

"잠만 잤는걸, 뭐. 매일 밤, 잠만 잤다고……. 아이 일당은 대신 주말리에게 줘버렸소. 이건 기념 삼아 주는 거요."

하고 말하더니 가 버렸다.

무스타파는,

"아이고, 아저씨. 매일 밤……."

하고 몇 마디 내뱉더니 더는 아무 말도 하지 못했다. 목이 메어 말이 나오지 않았다. 풀이 죽어 고개가 아래로 떨어졌다.

오랫동안 저주 같은 침묵을 깨고 주인아저씨가 입을 열었다.

"얘야, 보거라. 무스타파야, 너는 이제 일을 많이 배웠다. 너는 구두 터진 것도 아주 잘 꿰맨단다. 이제부터는 내가 네게 매주 1리라씩을 주마."

무스타파는 조심스럽게 고개를 들었다. 눈물에 젖은 두 눈동자가 흔들렸다. 기쁨에 가득 차 주인아저씨를 보고 웃었다. 그도 따라 웃었다.

무스타파는 생각했다.

"오늘이 7월 15일이지……. 일주일, 이 주일, 삼 주일 뒤에…… 됐다."

주인아저씨가 말했다.

"자, 이걸 받아라. 바이으스 양복점으로 가거라. 가서 내 안부도 전하고. 가장 좋은 옷감으로 바지를 지어 달라고 해. 잔돈은 너 갖고. 나머지 돈으로는 신발을 사렴. 1리라 반은 내가 갖는다. 이제 너는 내게 3리라 반, 빚을 진 거야."

그 당시에는 푸른색 5리라를 쥐어 든 채 나는 듯 뛰어가는, 혀를 밖으로 쭉 뺀 늑대 그림이 있었다.

지은이

고팔 바라담 Gopal Baratham 싱가포르

—

1953년 출생한 그는 자부심 강한 싱가포르인이자 탁월한 작가이며 뛰어난 신경외과 전문의였다. 아버지는 의사, 어머니는 간호사였다. 청년시절은 일본의 식민 치하에서 보내야 했다. 1954년 말라야대학 의학부에 입학했고, 졸업 후에는 영국에 건너가 왕립런던병원, 에딘버러 대학병원 등에서 연구생활을 했다. 1972년부터 싱가포르에서 전문의로 활동했다. 그는 바쁘고 고된 의학수업을 받는 동안에도 문학에 대한 열정을 잃지 않아 1974년 싱가포르국립대학에서 발행하는 잡지에 단편소설을 발표하기도 했다. 1950년대와 1960년대의 격동기를 이겨내고 1990년대에 들어와서야 창작을 위한 안정기를 누렸다.

그의 첫 장편 『촛불, 혹은 태양』은 1991년 남아시아작가상을 수상했으며 1992년 영연방 북 어워드의 최종후보로 선정되었다. 해외 출판사에 의해 작품이 출판된 최초의 싱가포르 작가 중의 한 사람으로서 그의 책들은 국제적인 명성을 얻었다. 주요작품으로 『경험의 허구』(1981), 『사람들이 당신을 울게 만든다』(1988), 『러브레터』(1988), 『어둠 속에서 빛나는 기억들』(1995), 『망각의 도시』(2001) 등의 창작집과 『사양』(1991), 『월출 일몰』(1996) 등의 장편소설이 있다.

옮긴이

전승희

—

서울대학교와 하버드대학교에서 영문학과 비교문학으로 박사 학위를 받았으며, 하버드대학교 한국학연구소의 연구원을 지냈다. 현재 연세대학교 연구교수로, 아시아 문예 계간지 《아시아》 편집위원으로 활동 중이다.

12

궁극적 상품

고팔 바라담
Gopal Baratham

Marshall Cavendish International (Asia) Pte Ltd for the usage

계간《아시아》 39호 수록
이 작품은 영어로 쓰였고 전승희가 한역하였다.

그 일은 모두 전화 한 통에서 비롯되었다. 아주 많은 일이 그렇듯이. 내 직업은 경정(警正)이고, 나는 그런 만큼 새벽 여섯 시에 걸려오는 전화에 대해서는 경계하는 습관이 있다. 그래서 곁에서 자고 있던 아내의 몸에서 풍기던 따스한 여성의 냄새를 즐기며 전화가 계속 울리도록 놔두고 있었다. 리와 내가 결혼한 지는 이십 년도 더 되었지만 그녀의 잠자는 모습을 볼 때마다 동하던 내 욕정은 조금도 줄어들지 않았다. 자다가 몸을 뒤척이던 리는 내 몸의 구부린 곳으로 파고들었다. 리와 나는 무척 달랐다. 색깔도 질감도 맛도 냄새도. 나는 우리를 단단히 결합해주는 그 차이를 음미하며 그녀를 안았다. 하지만 전화기는 조금도 기세를 누그러뜨리지 않고 계속 울리고 있었다. 그래서 하는 수 없이 수화기를 들었다.

"자넨가, 비니?"

퀠이었다. 우리는 이미 중년이 다 된 뒤에도 사춘기 때 얻었던 별명을 그냥 쓰고 있었다. 우리가 아직 청소년이었을 때에도 퀠이 천재로 태어났다는 것은 분명했다. 그 스스로 그 사실을 의식하고 있었기 때문에 지적인 야망을 품은 친구들에게 그는 참을 수 없는 존재였다. 그가 그들을 여지없이 깔아뭉갰기 때문이다. 그래서 깔아뭉갠다는 뜻의 퀠이라는 별명이 붙게 된 것이었다.

"여보세요, 여보세요. 자넨가, 비니?"

"퀠, 아침 이 시간에 리 옆에서 자고 있는 사람이 나 말고 누구겠나?"

"실험실로 올 수 있나?"

"지금?"

"그래, 비니. 자네한테 긴히 할 이야기가 있거든."

"알았네."

나는 그의 괴짜 같은 성격을 그의 천재성의 일부로 받아들이고 있었다. 퀠이 엉뚱한 시간에 엉뚱한 장소에서 나를 불러낸 일은 한두 번이 아니었으니까 말이다. 나는 기술적이거나 지적인 면에서 내가 그에게 도움을 줄 게 별로 없다는 사실을 잘 알고 있었다. 내가 그의 전공분야인 생화학과 면역학에 대해서 가진 쥐꼬리만 한 지식이라는 것도 그동안 퀠에게서 얻어들은 것이 전부였다. 나는 그의 요구에 대해 자주 짜증이 나는 척 행동했지만, 솔직한 심정을 말하자면 그 친구가 자신의 흥분과 딜레마를 나와 공유하고자 한다는 사실에 기분이 우쭐해졌다고 해야 맞을 것이다. 한 번은 퀠이 "자네는 경찰관에게서 마땅히 기대되는 그런 성격을 지닌 사람이야, 비니. 보통사람." 그 정도면 내게는 충분한 칭찬이었다.

퀠의 실험실에서는 쥐똥과 정체불명의 화학약품 냄새가 섞여 났다. 그의 모습에서는 며칠 동안 쉬지 않고 연구를 강행한 사람의 티가 났고 무척 흥분되고 상기되어 보였다. 나는 그가 보이는 모든 표정에 익숙했지만 이 정도까지 흥분한 모습은 처음이었다.

"전에 면역학에 대해서 논의한 적이 있지. 기억나나, 비니?"

"별로. 그러니까 하고 싶은 얘기를 하려면 처음부터 다시 시작하는 게 좋을 거야."

"좋아. 각 개인은 자신의 몸에 들어온 낯선 세포를 알아보고 파괴하는 기재를 타고나지."

"계속해, 퀠. 이해가 안 되면 내가 중단시킬 테니까."

"그것은 어떤 유기체를 구성하고 있는 세포 하나하나가 그 유기체 특유의 배열을 가진 단백질로 둘러싸여 있기 때문이야. 어떤 유기체가 내부에서 자신의 것과 다르게 배열된 단백질을 가진 세포를 발견하게 되면 이 '낯선' 세포를 파괴하려고 하지. 균이나 바이러스, 병을 일으키는 유기체들은 우리 몸 내부의 것과는 다른 단백질 막으로 둘러싸여 있기 때문에 침입자로 인식되어 파괴된단 말이야. 그렇지. 더 중요한 것은 세포로 이루어져 있는 우리 몸의 장기들을 이식시키는 과정에서 그것들의 세포에 있는 '낯선' 단백질의 유형을 우리 몸속의 세포들이 알아차리고 파괴하기 때문에 그것들을 이식시킬 수 없다는 거야. 몸속의 세포들이 나르는 표지는 유전자에 의해서 결정되지. 유전자들은 크로모좀이 실어 나르고. 우리는 크로모좀 6번이 어떤 세포의 정체를 결정하는 유전자를 담고 있다는 사실을 알고 있지."

퀠은 내 얼굴을 자세히 들여다보고 나서 내가 자신의 말을 이해하고 있다고 판단하고 말을 계속했다.

"장기 이식 분야의 모든 연구자는 그동안 어떻게 하면 이식된 장기를 받아들이는 사람의 반응을 변화시키는가에 집중해서 연구해왔어.”

“그래서 장기 이식을 받은 사람들이 엑스레이와 항암제 치료를 받는 건가?”

“맞아. 그런 약들을 쓰면 낯선 단백질 패턴을 가진 세포에 대한 거부반응을 줄이거나 없앨 수 있지.”

“그리고 만일 내 기억이 맞다면 이런 기술들은 완전히 성공적이지는 않아서 다소 불쾌한 부작용이 따르지.”

“역시 맞았어, 비니. 그래서 나는 이 문제를 풀기 위해 정반대의 관점에서 접근해 보았어. 받아들이는 사람의 반응을 변경시키는 대신 이식되는 장기의 세포를 둘러싼 단백질을 바꿔 보기로 한 거지.”

“그렇지만 세포에 있는 단백질의 패턴은 개인의 유전자에 의해 결정된다고 하지 않았나…….”

“맞아. 나는 크로모좀 6번에 있는 유전자의 기능을 차단함으로써 세포가 장기를 받아들이는 사람으로부터 거부반응을 이끌어내는 단백질 표피로 둘러싸이지 않도록 하는 데 성공했어. 전문적인 용어로 말하자면 내가 유전학적으로 장기를 이식했을 때 숙주 동물에게 면역반응을 일으키지 않을 제공자를 만들 수 있게 된 거라고 할 수 있지.”

“그러니까 자네에 의해서 특수 처리된 동물들에게서 떼어낸 장기는 어떤 동물에게든지 자유롭게 이식될 수 있다…….”

“종이 같다면 말이지.”

“그러니까 그런 보편적인 장기 제공자를 만들어 내기 위해서는 그 동물들의 부모 단계에서 어떤 처리를 시작하거나, 아니면 수정된 직후의 태아에 개입하거나 해야 하겠지."

"전혀 그렇지 않네. 내가 합성해 낸 건 성인의 유전자에 침투해서 지금 내가 설명한 것 같은 방식으로 그들의 기능을 막을 수 있는 화학물질이거든. 이 물질을 그 동물에게 먹이기만 하면 되네. 그렇게 그 물질을 조금 복용하고 나면 그 동물의 장기 중 어떤 것도 종만 같으면 다른 동물에게 이식시킬 수 있는 거지."

"그래서 이 물질은……."

"아무 맛도 냄새도 없고, 내가 보기에는 아무런 해도 없네. 비니, 만일 내가 그 물질을 일정 기간 자네에게 먹이면 자네는 자신도 모르는 사이에 장기가 모두 이식 가능한 것으로 변하게 되는 거야."

"면역반응이라는 것이 바이러스나 박테리아가 일으키는 병으로부터 나를 막아주는 것이 아닌가? 그런데 만일 자네가 나한테 그 물질을 먹이게 되면 나는 그것을 먹고 난 뒤 내 몸에 처음으로 들어오는 균의 희생자가 될 것이 아닌가?"

퀠은 고통스러운 표정을 지었다.

"내가 걱정한 대로 자네도 제대로 이해를 못하는군. 자네는 다른 유기체가 자네의 일부를 낯선 것으로 취급하지 않는다고 해서 자네 스스로 자네 몸속에 침입하는 유기체에 대응을 못 하게 될 것이라고 가정하고 있지. 그 두 현상 사이에는 전혀 아무런 관계도 없네. 자네의 상인다운 도덕관념에 아무리 불공평하게 느껴지더라도 자신의 장기를 보편적으로 이식시킬 수 있는 사람은 다른 사람으로부터 장기를 받아들이는 사람이 아니니까. 내 과학자 동료들조차도 자네 같은 도덕관념에 입각한 가정 때문에 신경을 쓰더라고. 모든 이점에는 불리함이 마땅히 따른다고 믿는 전형적인 부르주아적 사고지. 훔치거나 속이는 것이 아니라면 어떤 식으로든 비용을 지불해야 한다 그거지."

나는 퀠에게 진압 당했다.

"내가 어떻게 하면 좋겠나?"

"그냥 입만 다물고 있으면 되네."

나는 가만히 있었다.

*

퀠을 거의 만나지 못한 채 이 년이 지나갔다. 그 사이에 그는 작은 대학 실험실에서 나와 커다란 정부 실험실로 옮겼다. 이건 좀 골치 아픈 일이었다. 나처럼 고참 경찰관도 그를 만나려면 기밀사항 취급 허가를 통과해야 했다. 그건 그가 하는 일이 정부의 강한 후원을 받고 있다는 뜻이기도 했다. 몇 번 만나지도 못했지만 만났을 때도 그는 자기 일에 대해 이야기하기를 피했다.

"극비인가?" 내가 물었다.

"기밀이지." 그가 미소 지었다.

*

좀처럼 텔레비전을 보지 않는 내가 어쩌다가 뉴스를 흘려듣게 되었다.

나토(NATO)에서 대대적인 정보 캠페인을 시작했습니다. 최대한 많은 사람이 기증하도록 설득하려는 희망에 따라…….

"세상에! 왜 북대서양조약기구가 이곳에서 작전을 수행하도록 허용된 거지?"

"무슨 조약기구라고요, 아빠?" 딸 릴리가 대답했다. "나토는 장기 이식을 위한 국가기관이라는 뜻인데요. 들어 보셨을 거예요. 모든 읍의 피시에서 그 프로그램에 대해서 광고를 하고 있잖아요……."

"피시라니, 그러니까 경찰 간부들, 내 경찰서 순경들이 지금 그러고 있다는 말이냐……?"

"오, 아빠!" 그 아이가 한숨을 쉬면서 말했다. "누가 아빠 밑의 순경 얘기를 하고 있어요? 제 말은 피시, 그러니까 주민센터에서 하고 있다는 말인데요."

나는 무참해졌다.

"장기 이식 하는 사람들이 우리에게서 바라는 게 뭔데?"

"죽은 다음에 자신의 장기가 사용되기를 원치 않는다면 그 사실을 서약과 함께 진술해야 해요. 만일 해놓지 않으면 장기가 이식되는 거예요. 간단해요, 아빠."

나는 가만히 있었다.

*

우리는 장기 이식의 기술에 관한 의견에 둘러싸여 있다. 텔레비전과 라디오, 신문, 공청회 등. 지금은 재활용의 시대이다. 인간의 장기는 화장이나 매장 같은 낡은 의식으로 낭비되어서는 안 된다. 재활용되어야 한다. 버리지 말고 활용하자. 의사들과 그들의 팀들은 이미 장기 이식을 위한 훈련을 받았다. 그 외에도 현재 다른 사람들이 더 훈련을 받고 있는 중이다. 의학전문인들은 그들대로 자신의 몫을 하고 있다. 거리의 사람들도 자신들의 몫을 해야 한다. 그러니까 그들의 장기는 재활용할 가치가 있어야 한다. O.S.C.(장기 표준화 센터)가 세워졌다.

공적인 정신에 투철한 사람들이 그곳에서 해마다 자신들의 장기를 점검하고 등급을 받아야 한다. 자신들의 장기를 완벽한 상태로 보존하는 사람들에게는 세금 혜택이 주어진다.

자신들의 장기 상태가 가장 인기 있는 화제가 되었다. "끔찍하지 않은가! 내 왼쪽 신장은 겨우 B 마이너스를 받았어. 자네의 장기는 어떤가, 비니?"

"모르겠네."

"그렇지만 알아봐야지. 세상이 변하고 있는데, 비니. 자네도 뭔가 해야지!"

나는 가만히 있었다.

*

　먼저 내가 딸을 아내로 착각하는 일이 발생했다. 흔히 있을 수 있는 일이었다. 그다지 밝지 않았으니까. 혹은 나 스스로 그렇게 믿고자 했다. 그러다가 사무실의 사람들을 혼동하기 시작했다. 누가 누군지 구별이 가지 않았다. 나는 안과에 가서 시력검사를 했다. 시력에는 이상이 없었다. 그렇지만 밝은 데서도 사람들이 모두 똑같아 보였다. 그들의 몸짓과 목소리가 너무나 비슷했다. 내 두뇌에 무슨 문제가 있는 게 틀림없었다. 나는 신경과 의사와 상의를 했다. 그는 나에 대해 몇 가지 검사를 해보았고, 아무 문제도 없다고 말했다.

*

　퀠이 나를 자신의 실험실로 불러낸 것은 자정이 넘은 뒤였다. 기구들이 무시무시해 보였고, 조명이 지나치게 밝았다. 벽 높은 곳의 반침들 위에 등이 놓여 있었고 작은 텔레비전 카메라가 감춰져 있었다.

　"모니터는 신경 쓰지 말게." 퀠이 말했다. "나는 저 친구들한테 비밀이 없네."

　"무슨 일이 그렇게 급해서?"

　"내가 자네에게 장기에 면역반응을 일으키지 않도록 하는 물질을 발견했다고 말한 것 기억하지?"

　"맛도 없고 해도 없다는 물질……."

"그래. 그것을 사용했지."

"쥐에게⋯⋯."

"아니. 사람들에게. 약 이 년 전에 식수원에다가 첨가했어."

"우리에게 알리지도 않고!"

"그렇게 하는 편이 나을 것으로 판단했지. 결국, 모든 사람이 이득을 보는 일이니까."

"위험한 화학물질을 공중과 상의도 하지 않고 우리 식수에 넣었다는 거⋯⋯."

"내 말을 들어 봐, 비니."

"그래 설명해 봐."

"우리는 그 화학물질을 물질-큐라고 명명했네." 그는 자신의 별명 머리글자를 땄다는 사실에 미소를 지었다. "나는 내 발견이 장기 이식 기술에 어떤 효과가 있는지 깨닫자마자 금광을 발견했다는 사실을 깨달았지. 우리는 우라늄 광산이나 해양 석유보다 더 가치 있는 물질을 소유하게 된 거야."

"무슨 말인지 모르겠네, 퀠. 물질-큐의 성질에 대해서 과학계에 발표할 작정 아닌가?"

"아니지, 비니. 우리는 자원이 절대적으로 결핍된 작은 국가야. 우리는 산업 국가들과 경쟁할 수 있을 만큼 발전되지도 않았고, 엄청난 자연 자원을 가진 저개발 국가와 경쟁할 처지도 못 되지. 우리는 항상 우리의 국민이야말로 유일한 자원이라고 주장해왔어. 그런데, 물질-큐를 발명함으로써 그 말이 문자 그대로 진실이 된 거야."

"그러니까 인간의 여분의 장기를 팔겠다는 거군."

"제발 그런 식의 감정적인 언어를 사용하지 말게. 내가 제안하는 것은 우리가 장기 이식의 세계적인 중심이 되자는 거야."

"다른 나라들에서도 물질-큐에 대해 알아내서 자신들의 산업을 시작하지……."

"그러니까 극비인 거지." 그가 텔레비전 카메라를 향해서 손을 흔들었다. "자네는 특수부의 친구들을 알고 있지. 하지만 나는 비밀이 새나가는 것에 대해서 크게 걱정하고 있지는 않아. 그러니까 말이야, 비니, 우리는 장기 이식의 중심지가 되기에 이상적인 조건을 갖추고 있어. 지리적으로 어디서나 쉽게 접근할 수 있지. 기본적인 모든 의학적 기술을 가지고 있고 다른 개발도상국의 사람들을 괴롭히고 있는 전염병으로부터도 자유롭다고. 그들의 장기는 물질-큐를 쓰더라도 이식하는 데 적합하지 않아. 아무도 기생충 투성이의 간을 사지는 않을 거라고."

"그러면 서양은?"

"소위 선진국이라는 나라들은 복잡한 법적 절차를 따라야 하고 압력집단들도 있고, 인권위원회니 뭐니 해서……." 그가 경멸하듯이 어깨를 으쓱했다. "이런 프로젝트에 착수하려면 몇 년은 걸릴걸. 그때쯤에 우리는 한참 앞서 가 있는 거지. 우리는 선진국에서 필요하다고 아우성치는 상품을 제공하게 될 거야. 나라의 발전으로 말하자면 물질-큐는 우리에게 사우디아라비아의 원유나 마찬가지가 될 거야."

"우리 국민이 이 사실을 알게 되면 어떻게 반응하리라고 생각해?"

"국민들은 괜찮을 거야. 우리는 훈련이 잘 되어 있기 때문에 집단의 생존과 자식들의 미래를 위해서 몇 가지 정도의 편견은 포기할 수 있지." 그가 말을 멈췄다. "뭔가 걱정되는 것이 있는 모양이군, 비니."

"그래, 퀠. 사람들을 구별하기가 점점 힘들어지고 있어. 딸 릴리를 아내로 잘못 봤다고."

"그래서 뭐? 십 대 딸들은 어머니를 닮게 마련이지……. 그리고 이중초점 안경 쓰기를 거부하는 중년 사내의 시력이란……."

"내 시력에는 아무 문제도 없네, 퀠. 하지만 사람들이 잘 구별이 안 되고 있어."

"차이를 다 없애고 나라를 일으키자고."

"그렇게 가볍게 말하지 마, 퀠. 물질-큐하고 그 현상 사이에 관계가 있을 수 있을까?"

"물질 큐는 무척 단순한 화학적 구성물이야. 그래서 크로모좀 6번 외에 다른 곳에도 침투할 수 있지. 그렇게 되면 눈에 띄는 외모의 차이를 가져오는 다른 유전자에도 영향을 미칠 수 있어."

"그것이 우리가 모두 똑같은 장기 기부자가 되고 있기 때문이 아니라고 확신할 수 있나? 생산물이 모두 일정하게 높은 수준을 유지하도록 보증하기 위한 노력 때문이 아니라고 말이야."

"자네는 공연한 소란을 피우고 히스테리를 부르는 것 같군, 비니."

"퀠, 만일 내가 지금까지 우리가 나눈 대화를 모두 공표해 버린다면 어떻게 되지?"

"우리는 부인할 거야. 자네가 언론에 가도록 놔두지도 않을 거야. 그리고 만일 자네가 문자 그대로 옥상에 올라가서 소리를 지른다면 우리는 자네를 정신병원에 가둬야 하겠지."

퀠은 내 어깨에 다정하게 팔을 올렸다. "자네가 할 수 있는 일은 아무것도 없네, 비니."

후기

이제 우리나라 사람들이 모두 서로 너무나 비슷해져서 한 사람과 그 옆 사람을 구별하는 것이 거의 불가능하다는 것은 모두가 인정하는 사실이다. 우리의 수많은 병원에 모여드는 건강한 관광객들은 우리의 장기 표준화 센터가 얼마나 잘 통제되어 있는가에 대해서 칭찬할 때 암묵적으로 언급히는 외에는 그 사실에 대해서 더 이상 언급조차 하지 않는다. 차이를 제거하는 것은 사람들을 더 가깝게 한다는 것이 일반적인 믿음이었고 모든 종류의 선동가들이 활용하는 논법이었다. 획일성은 응집력과 평화, 협력, 그리고 다양한 다른 바람직한 목적을 달성할 것이라고들 주장했다.

그것은 희대의 거짓말이었다. 나는 다른 사람들과 비슷하게 생겼을지 모르지만 내가 여기 앉아 있는 동안 나는 나 자신만을 의식하고 있다. 나의 밖에는 획일적인 그들이 있다. 그 이상 더 자기중심적이 되는 것이, 혹은 더 외로워지는 것이 가능한 일일까?

해설

정은경

문학평론가. 1969년 서울에서 태어나 고려대학교 독어독문학과와 동 대학원 국어국문학과를 졸업했다. 2003년 《세계일보》에 평론 「웃음과 망각의 수사학」으로 등단했다. 2005년 고려대학교에서 「한국 근대소설에 나타난 악의 표상」으로 문학박사 학위를 취득했다. 현재 계간 《아시아》 편집위원으로 활동하고 있으며, 원광대학교 문예창작학과 교수로 재직 중이다. 저서로 『디아스포라 문학』『한국 근대소설에 나타난 악의 표상 연구』『지도의 암실』 등이 있다.

강물은 모래를 품고

정은경

집안 정리를 하고 나면, 꼭 다시 주워오는 물건이 있게 마련이다. 다시 주워오지 못하는 물건 중에는, 꼭 마음에 그 존재를 각인시키는 물건이 있게 마련이다. 계간《아시아》의 베스트 컬렉션을 준비하면서 해설을 쓰는 순간까지 나를 괴롭히는 것은, 여기 담긴 작품이 아니라 여기 담지 못한 작품들이다. 그 작품에 관한 미안함과 애정을 아무래도 먼저 털어놓고 시작하지 않으면 안 될 것 같다.

평생을 남의 집 운전사로 일하다가 어디로 가는지, 왜 가는지도 모르는 타인의 행로에서 빠지기로 결심한 「운전사」(M. 무쿤단), 어린 아들에게 총을 들려야 하는 팔레스타인의 비극을 그린 「난민촌의 총」(갓산 카나파니), 인도와 파키스탄의 분단, 힌두교와 회교도의 갈등이 한 아이의 운명을 갈기갈기 찢어놓는 비극 「팔리」(비샴 사니), 전쟁 중인 이란을 떠나 자식들이 살고 있는 런던과 파리, 캐나다 등으로 전전하느라 '비행기'가 집이 되어버린 노파의 이야기 「공중 저택」(골리 타라기), 세계적인 작가들을 '약'으로 분류해놓는 대담한 재치의 「약」(알리세르 파이줄라에브) 등은, 문 밖에 내놓고도 오래 잊히지 않는 작

품들이다. 냉큼 '내 서재'에만 다시 꽂고는 아쉬움에 두고두고 만지작거리게
되는 작품들.

이 책에 선한 12편은 이러한 작품들을 제치고 꼽혔다. 애초에 한순간의 망
설임 없이, 척하니 자리를 차지한 소설들. 이 빛나는 소설들이 왜 '베스트'인
지는 군말이 필요 없다. 읽는 순간 고개를 끄덕이게 되리라, 나는 확신한다.

계간《아시아》40권에 실린 100여 편의 소설들을 읽으면서, 한국문학 전공
자인 나의 '아시아 문학'에 대한 무지가 어떤 점에서는 좋은 출발점이었다,
는 생각이 든다. 어떤 선입견도 없기에 해당 국가에서의 위상이라든가 작가
의 명성, 번역과 상관없이 지금 여기 '나'에게 당도한 '그것'과 만날 수 있기
때문이다.

남들이 꼭 읽어야 한다는 '명작' '고전'을 들출 때, 반드시 그것이 내게도
재미있는 경우는 많지 않다. 진입 장벽이 높을 때는 '나하고 무관한 이야기로
군' 하고 덮어버리곤 한다. 이름도 낯설고 표정도 읽히지 않는 이들. 여기에
실린 작품들은, 그 나라의 역사와 문화풍토에 대해 알지 못한다 하더라도 단
박에 마음 어딘가에 와 닿는다. '보편'이란 이런 경우를 뜻한다는 것을 깨닫
게 해주는 글들. 두말이 필요 없는, 이 작품들에 한 마디의 췌사를 붙인다.

계간《아시아》창간호에 실린 바오 닌의 「물결의 비밀」은 여러모로 '아시
아'를 대표하는 작품이다. "강물은 시간처럼 흐르고, 시간처럼 강물 위에서는
또 얼마나 많은 일들이 일어났던가. 그 어느 때보다 밤이면 내 고향 강물은,
그 표면은 셀 수 없이 많은 신비한 반점들로, 내 생애 은밀한 비밀들로 반짝
반짝 빛났다"로 시작하는 이 짧은 소설은, 이 두 문장에 아시아의 역사와 비

극, 수많은 생의 곡절들을 다 담아내고 있다.

시적이지만 결코 관념이나 감상 따위와는 먼 이 단편은 한 남자가 홍수로 아내를 잃은 이야기이다. 미군 폭격으로 제방이 터지고 홍수가 나자, 경비초소를 지키던 남자는 출산한 아내에게 달려간다. 떠내려가는 집에서 간신히 아내와 아기를 구하지만, 거센 물결 속에 잠긴 채 나뭇가지를 간신히 붙들고 있던 이들은 낯선 여인의 손길에 갓난아이를 떨어뜨리고 만다. 아기를 구하기 위해 물속에 뛰어든 아내, 뒤를 잇는 남자. 남자는 혼신의 힘을 다해 아이를 구했으나 아내를 잃고 만다. '물의 아이'라고 불리는 딸과 함께 여전한 생을 살아가지만, 매일 강물을 찾아가는 남자는 자신을 올려다보는 '아내, 아이, 이름 모를 여인'의 얼굴을, 아물지 않는 아픔을 본다. 아내를 잃은 한 남자의 비극은 보편적인 비극일 수 있으나, '각각의 사연이 품은 슬픔은 강물보다 깊고 대지보다 단단하다'는 것을 처연하게, 담담하게 그리고 있다. 소설은 여전히 어둠속에 버려진 아시아의 굴곡진 역사와 민중의 얼굴을 우리 앞에 돌려세우는 듯한, 섬뜩한 충격과 슬픔을 담고 있다.

'물결의 비밀'은 식민과 전쟁에 희생된 베트남에만 있는 것은 아니다. 제국이었던 일본에도 침략과 수탈의 시간은 숱한 비극을 낳고, 그 슬픔은 여전히 남은 자들의 내면으로 흘러들기도 한다. 유다 가쓰에의 「모래는 모래가 아니고」는 삼선 조난 사건[1]에서 생존한 남자의 내면 풍경을 그리고 있다. 몇 겹의 포대기에 싸여 문고리에 매달린 생후 15개월의 아이, 바다 물결 속으로 떠밀

---

1   제2차 세계대전이 끝나고 일본이 항복문서를 조인하리라는 예고와 더불어 군대에 정전 명령이 내려진 이후인 1945년 8월 22일, 홋카이도 루모이 해상에서 사할린으로부터 귀환하는 부녀자를 태운 일본의 배 세 척이 소련군 잠수함의 공격을 받고 그 중 두 척이 침몰한 사건. 1,708명 이상이 희생을 당했다고 한다.

려 간 엄마와 누나, 그리고 사람들. 영문도 모르고 살아남아 분노도, 고독도 모르는 척 살아야했던 그는 어느 날 자신이 살아나온 바닷가로 달려가고, 애써 외면했던 유골처럼 빛나는 수많은 '모래들'을 본다. 바오 닌과 유다 가쓰에의 강물과 모래에는 국적도, 이념도, 이름도 새겨져 있지 않다. 그것은 그저 보통 사람들처럼 무명이고, 무결하다.

한편 프란시스코 시오닐 호세와 찻 껍찟띠의 작품은 강물의 깊은 슬픔보다는 대지의 현실지형의 문맥을 날카로운 풍자와 강렬한 이미지로 묘파한다. 이들 리얼리즘과 풍자는 서구 소설의 그것과도 다르고, 남미의 마술적 리얼리즘과도 다른 독특한 아시아적 전통 위에 있다. 샤머니즘과 주술, 미신 그리고 설화적 차원에서의 초월적 그림을 보여주는 듯하지만, 핏빛 대지를 한 치도 벗어나고 있지 않다는 데 이들 소설의 새로움과 놀라움이 있다.

필리핀을 대표하는 작가 프란시스코 시오닐 호세는 마르코스 독재 정권에 맞서 싸웠던 소설가로, 「불 위를 걷다」를 통해 스페인의 식민통치를 겪은 필리핀 현대사의 아픔을 보여준다. 주인공 알프레도 루이즈는 광고 회사를 소유한 성공한 기업인이다. 그는 마닐라에서 멀리 떨어져 있는 별장에 갔다가 미국인 고객의 연락을 받고 한밤중에 급히 마닐라로 향하던 중 기이한 일을 겪게 된다. 고속도로를 달리던 중 갑자기 타이어에 펑크가 나 도로 바깥으로 나간 그는 사탕수수밭에서 한 무리의 마을 사람들을 만난다. 그들은 모닥불을 피우고 그 모닥불에 달궈진 돌 위를 걷는 특이한 의식을 행했는데, 알프레도도 함께 뜨거운 돌 위를 걷는다. 바짓단에 불이 붙기도 했으나, 축제처럼 기분 좋은 의식을 마친 그는 와인과 흡사한 술을 마시고 그곳을 빠져나온다. 후에 다시 그곳을 찾아가지만 그날의 흔적도, 사람들도 발견하지 못하고 농가의 한 노인으로부터 오래 전 일을 듣는다. 이 땅을 개척하여 일구며 살아가던 선조들의 땅을 빼앗은 스페인 수도사가 세금을 요구하자 마을 사람들은 수도사의 어린 딸을 납치한다. 수도사는 세금을 물리지 않겠다고 약속하고 딸을 돌려받았으나 곧 마을에 불을 지르고 사람들을 죽인다. 그 뒤 수도사의 딸이 원인도 모르게 갑자기 죽게 되었다는 것. 그리고 불 위를 걷는 사람들에 관한 이상한 이야기가 떠돌기 시작했다는 것이다. 알프레도는 신문에서 현재 그 땅의 소유주인 세자르 코벨로의 딸이 돌연사 했다는 기사를 보고, 되풀이되는 비극적 역사에 대해 생각한다. 절대 빈곤의 토착인과 탐욕의 침입자, 그 오래 전의 참극이 빚어놓은 고통이 여전히 현재적 사건으로 남아있음을 강렬한 실감으로 보여주고 있는 놀라운 작품이다.

「발로 하는 얼굴마사지」는 주로 태국 사회 풍자와 비판을 주제로 심는 찻껍띠 소설이다. 이 작품은 고위 관료인 피탁타이 차관이 특별한 마사지를 받는다는 이야기인데, 그 마사란 커다란 발로 얼굴을 짓밟히는 것이다. 피탁타이는 선뜻 마음 내켜하지 않지만, 그가 맞닥뜨린 어떤 곤경에서 벗어나기 위해 이 마사지를 받는다. 마사지를 받고는 그 곤경에서 벗어난다. 곤경이란 곧 그와 연루된 부정부패 사건인데, 명예를 중시했던 피탁타이는 마사지를 받은 후 아무런 양심의 가책도 없이 기자들에게 거짓말을 늘어놓는 '철면피'로 변한다. '발로 하는 마사지'와 '철면피'라는 비유가 분명한 주제의식을 보여주고 있어 다소 작위적일 듯싶지만, 마사지사 혹은 주술사인 '또 띤보란'의 미스터리한 곡절(캄보디아인으로, 그는 사람 잡아먹는다는 여자에게 키워진다)은

이 도식성을 분쇄한다. 태국 마사지에 대해 세계인이 갖는 웰빙의 산뜻한 이미지를 태국의 두터운 삶의 실감으로 바꾸는 주술 같은 소설이다.

「돼지기름 한 항아리」는 읽자마자 단번에 매료되었던 작품이다. 별스럽지 않고 심상하게 늘어놓는 듯한 츠쯔젠의 문체에 끌려 산길 걷듯 따라가다 보면, 소설 곳곳에서 사랑스런 풍경과 인물을 만나게 된다. 그 구불구불 촌스러운 길 끝에서 '돼지기름 항아리'에 숨겨진 비밀을 알게 되고 그 길을 다시 돌아보게 된다. 돌아보는 동안 '돼지기름 항아리'가 금 항아리로 바뀌는 놀라운 순간을 경험하게 될 텐데, 이런 마술을 보여주는 작가를 사랑하지 않을 수 없다.

이야기는 세 아이의 엄마인 주인공이 임업노동자로 산림에서 일하는 남편이 있는 곳으로 거처를 옮기기 위해 집을 처분하면서 시작한다. 주인공은 토방 두 칸짜리 집을 백정에서 넘기는 대신 '돼지기름 한 항아리'를 받고 중국의 최북단 따싱안령으로 험난한 여정길에 오른다. 기차와 배를 거쳐 말을 타고 가던 길에서 돼지기름 항아리가 떨어져 깨지고 마중 나온 남편의 직장 후배 추이따린이 이를 수습한다. 시간이 흘러 '나는 넷째 마이를 낳고 추이따린은 결혼하고 아내를 잃고 마이가 가족을 떠나는' 일련의 일들이 일어난다. 이야기가 펼쳐지는 동안 돼지기름 항아리는 모습을 감추지만, 놀랍게도 구슬 같은 이 이야기를 꿰고 있는 것은 돼지기름 항아리이다. 아무도 눈치 채지 못하게 이 복선을 처리하는, 헤이룽장 성의 거대한 산림 같은, 뭐라 표현할 수 없는 '슬픔과 사랑, 회한'의 비밀을 직접 확인해보길.

남 까오 「지 패오」의 주인공 지 패오는 루쉰 「아Q정전」의 '아Q', 김동인 「붉은 산」의 '삵' 같은 인물이다. 부잣집 머슴살이를 하던 성실한 지 패오가 구제불능의 불량배, 건달, 망나니로 변전하는 과정과 지주계급에 맞서는 반영웅적 행위, 그 파국이 가져다주는 강렬한 파토스는, 남 까오가 베트남 문학의 "별똥별 같은 존재"[2]라는 수사가 과장이 아님을 확인할 수 있게 해준다.

리앙의 「꽃피는 계절」은 나무를 사러 꽃장수를 따라 나선 젊은 처녀의 설렘과 두려움을 탁월하게 그리고 있는 소설이다. 영화에서 그렇듯 반전이 항상 '괴물'을 돌려세우는 것은 아니다. 반전 뒤에는, 때로 찬란하게 빛나는 꽃 풍경이 있다는 사실에 나도 모르게 두근거리게 만드는 소설. 야샤르 케말의 「하얀 바지」 또한 작가의 세계적 명성이 어떤 이념에서 나온 것이 아니라, '꼬마 무스타파'의 기대와 절망을 고스란히 독자에게 이입시키는 작가의 생동감 넘치는 필치에서 나온 것임을 확인하게 하는 단편이다.

마하스웨타 데비의 「곡쟁이」는 벵골지역 빈민들의 삶을 냉정하면서도 곡진하게 그리고 있는 작품이다. 갈보들의 연대, 곡쟁이들의 연내와 저항이라는 측면에서 통쾌함까지 아우르고 있다. 이 소설의 주인공은 상류층의 장례식에서 '곡'을 해주는 일로 생계를 이어가는 가난한 여인들인데, 이들에게 '눈물'이란 사치스런 감정이 아니라 '돈, 쌀, 옷' 같은 것이다. 정작 남편, 아들이 죽었을 때는 울지 않던 사니차리는 부자의 초상집에서 대신 울어주는 전문 곡쟁이가 된다. 장터의 갈보들과 장례식에서 뒹굴며 곡하는 이들의 슬픔이 가짜 슬픔이고 노동이기만 할까. 한 톨의 감정도 그들 자신을 위해 쓰지 못하고, 소유하지 못하는 이들의 가짜 울음에 가슴 먹먹하지 않을 수 없다.

레 민 쿠에의 「골목 풍경」은 〈화양연화〉나 〈중경삼림〉 같은 왕가위 영화

<hr />

2   응우옌 티 탄 쑤언, 「남까오와 〈지 패오〉」, 계간 《아시아》 32호, 284쪽.

를 떠올리게 한다. 한없이 퇴폐적이고 쓸쓸한, 여름의 어느 저녁 같은. 그것은 아마도 「골목 풍경」의 문체에서 비롯된 듯하다. 비극과 부조리를 이야기하되, 분노가 느껴지지 않는 담담한 필체가 오히려 비정하게 느껴진다. 이 작품의 주인공은 인물이라기보다는 '골목'이다. 불법 거주자들의 움막과 쓰레기가 넘쳤던 이 골목은 꾸잇과 또안이라는 두 인물에 의해 변한다. 살인자의 아들인 꾸잇이 독일 노동자로 5년을 다녀온 후 멋진 2층 집을 짓자, 쓰레기 골목은 활기를 띠기 시작한다. 꾸잇은 졸부답게 사치를 즐기고 2층에 서양인 남자를 세입자로 '모시면서' 그 술고래 서양인의 방탕한 생활을 위해 최선을 다한다. 또 다른 인물인 또안은 베트남 종전 후 군인이 되어 자본가 저택의 잡초를 제거하는 일 등을 하면서 승승장구, 어느 회사의 고위직에 오르자 향락을 일삼는다. 수많은 여자를 전전하는 또안은 아내를 버리고 싶어 하지만, 아내가 아흔의 귀머거리 아버지를 돌보고 있기 때문에 그러지 못한다.

골목은 한 편에 벙어리 소녀와 그의 어머니를 품고 있다. 정신박약의 벙어리 소녀는 골목 어딘가에서 집단 강간을 당하고 서양인 세입자의 음주차량에 치어 죽고 만다. 그 후 골목에는 또안의 귀머거리 아버지가 날마다 그 자리에 나와 있게 되지만, 술고래 서양인은 '좀처럼' 질주하지 않고, 또안의 골칫거리인 노인은 여전히 건강하고, 아내와 서양인의 불륜까지도 눈감아주는 꾸잇의 부유 또한 안녕하다.

이 작품은 쓰레기 골목이 또 다른 쓰레기 골목(퇴폐)으로 바뀐 풍경을 애상적으로 그린 것으로 이해해도 충분하지만, 두 인물의 축재와 허위, 향락과 범죄에서 베트남 현대사의 부침을 떠올릴 수 있다. 오랫동안 베트남전쟁에 참

가했던 레 민 쿠에의 이력을 생각해보면 이런 역사적 메타포로 해석하는 것은 오히려 자연스러운 일일 수 있다. 프랑스와 미국과의 전쟁, 서구문물의 난립 등으로 어질러진 베트남이라는 골목. 만일 그렇더라도 어떠한 작위성이 느껴지지 않는 탁월한 작품이다.

「모젤」은 42세의 젊은 나이로 삶을 마감한 인도 작가 사다트 하산 만토의 작품이다. 외설 혐의로 시달리기도 했던 사다트 하산 만토는 더러 'D. H. 로렌스'에 비견되는 작품을 쓰기도 했는데, 그의 금기를 초월한 글쓰기는 인도의 분할 분쟁에서도 빛을 발한다. 그의 마지막 작품 「토바 텍싱」(계간《아시아》26호 수록)은 인도-파키스탄 분리로 고향을 잃은 한 비극적 영혼을 담은 이야기이다. 「모젤」은 종교를 초월한 사랑을 그렸다. 주인공 티얼로천은 독실한 시크교도이다. 같은 아파트에 사는 유대인 처녀 '모젤'을 만나 '무릎 깊숙이 사랑에 빠지고 만' 그는, 자유분방한 그녀의 요구대로 시크교의 계율인 '디번과 수염'을 버리지만, 모젤은 결혼식 당일 말도 없이 그를 떠나버린다. 분노와 절망에 찬 티얼로천은 다시 터번과 수염을 되찾고 같은 시크교도인 '키르팔 카우어'를 사랑하게 된다. 그러던 중 새 애인이 살고 있는 곳에 이슬람교도들이 시크교도 집을 약탈, 살해하는 폭동이 일어난다. 새 애인을 구출하는 문제를 놓고 고심하던 중, 티얼로천은 다시 아파트로 돌아온 모젤과 맞부딪힌다. 티얼로천의 고민을 알게 된 모젤은 서슴지 않고 그의 애인을 구해내는 일에 착수한다. 터번을 고집하는 티얼로천을 이끌고 아수라장에 입성한 그녀는 마을의 이슬람교도들을 따돌리고 나체를 감행하면서까지 티얼로천의 애인을 구하지만, 결국 계단에서 굴러 떨어져 죽고 만다. 티얼로천의 터번은 벌거벗은 채 죽어가는 모젤 몸을 감싸기 위해 벗겨지고, 시크교와 유대교, 이슬람교를 둘러싼 이들의 갈등과 반목은 남녀의 사랑을 넘어 인류애적 차원으로 승화된다. 종교전쟁을 남녀의 사랑을 통해 유머러스하면서도 아름답게 그리고 있는 감동적인 작품이다.

고팔 바라담의 「궁극적 상품」은 '아시아 베스트 컬렉션'에서 가장 모던하고 첨단적인, 그리고 유일한 SF이다. 고팔 바라담은 싱가포르를 대표하는 작가로, 생전 신경외과의로 일했다. 그는 영국에서 의학을 공부하면서 영어소설을 발표하여 많은 호응을 얻기도 했는데, 「궁극적 상품」은 그의 국제적 감각과 과학적 상상력이 한데 어우러진 작품이다. 이 소설의 배경은 장기이식이 보편화된 세상이다. '모든 인간의 장기는 버려져서는 안 된다'는 재활용 시대가 열린 미래의 싱가포르. 사람들은 자신의 장기를 정기적으로 점검하고 최상급으로 판명되면 각종 혜택을 받는다. 특이한 것은 '싱가포르인'만이 혈액형 O형처럼 모든 사람들에게 이식이 용이해진 것인데, 여기에는 국가와 자본이 결탁한 거대한 음모가 있다. 자국민이 '보편적 장기제공자'가 되도록 특정 화학물질을 몰래 주입한 것이다. 그 특정물질이란, 그들의 장기가 타인에게 이식될 때 낯선 세포로 인식되지 않도록 처리해주는 것. 그 결과 싱가포르 사람들은 보편적 장기제공자로 상품가치가 높아지나, 자신의 '차이'를 지우고 동일제품처럼 닮게 된다. 이러한 디스토피아적 상상력은 국적불명이라 생각되기 쉽지만, 여기에는 물적자원도 인적자원도 많지 않은 '싱가포르'라는 작은 나라, 인권보다는 경제발전을 우선시하는 개발도상국라는 아시아적 운명이 드리워져 있다.

계간《아시아》에 실린 100여 편은 모두 아시아 각국을 대표하는 작가들의 뛰어난 작품들이다. 그리고 여기 실린 12편은 그 작품들 중에서 꼽힌 작품들이다. 12편에 얽힌 역사와 전통이 때론 낯설지만, 반드시 어떤 지점에서 우리와 같은 사람들이, 우리와 같은 삶이 있음을 보여준다. 길이 나 있지 않아도, 저쪽에도 사람과 삶이 있다는 믿음으로 찾아가다 보면 반드시 어떤 지혜와 곡절과 감동을 만나게 된다. 계간《아시아》의 10년은 그런 '길닦기'였다고 생각한다. 이 책은 그 척박한 길 위에서 만난 보석 같은 이야기들이다. 우리가 꿈꾸는 아시아의 푸른 바다, 청량한 바람을 이 책에서 만날 수 있으리라 확신한다.

〈아시아 문학선〉을 펴내며

우리는 무엇보다 언어에 주목한다.

지난 오 백 년 동안, 우리에게 알려진 세계의 언어들 중 거의 절반이 사라졌다고 한다. 에트루리아어, 수메르어, 컴브리아어, 메로에어, 콘월어, 음바바람어……지금 이 순간에도 지구 곳곳에서 수많은 언어들이 사라지고 있다. 소멸의 속도도 점점 빨라진다. 대신 그 자리를 영어와 또 하나의 언어, 그러나 기왕에 존재했던 어떤 언어와도 전혀 다른 종류의 기계어 '비트'가 메워 나가는 중이다.

한 가지 언어가 사라진다는 것은 무슨 뜻일까. 그것은 한 집단의 기억이 최후를 맞이한다는 뜻이다. 물론 성실한 언어학자들의 노력으로 운 좋게 몇몇 단어가 살아남을 수도 있다. 그렇지만 엄밀한 의미에서 그것은 살아 있는 언어가 아니다. 언어는 언어학자의 노트에 적히는 것만으로 생명을 보장받을 수 없다.

이제 우리는 이와 같은 일방통행의 역사에 작으나마 흠집을 내고자 한다. 그 출발이 바로 〈아시아 문학선〉이다.

우리는 서구가 주도했던 지난 시기의 근대화 과정에서 수많은 문명의 유전자가 흔적도 없이 사라졌고, 지금도 아시아 어딘가에서 어떤 기억의 보살핌도 받지 못한 채 속절없이 사라져가는 것들이 많다는 사실을 잘 알고 있다. 그러나 우리는 겸손해야 한다. 소멸은 대개 슬프지만, 때로는 자연스럽게 권장되어야 할 어떤 것이기도 하다. '불멸의 신화'가 지닌 폭력성을 흔히 목격하지 않았던가. 우리는 서구 근대의 가치를 대체하는 아시아 담론을 창출하겠다는 다부진 야심을 갖고 있지 않다. 우리는 다만 아시아의 수많은 언어가 제각기 품어 온 기억의 서사들을 존중하려 할 뿐이다.

특히 문학에 관한 한, 아시아는 이른바 세계화가 가장 덜 진척된 영토로 존재한다. 아시아 문학은 대다수 서구인들에게 여전히 낯설고 어색하면서도 이따금 신기하고 흥미로운 존재다. 가상공간과 더불어, 빈약한 서사를 보충해 줄 최후의 영토로 간주되기도 한다. 그런 시선 속에서, 지난 몇 세기 동안, 아시아는 수없이 발명되고 발견되었다. 그 결과 논과 밭, 구릉과 숲으로 이루어진 아시아의 주름진 대지는 이차원의 매끈한 평면으로 아주 쉽게 왜곡되었다. 거기에서 소수와 은유는 묵살되고, 틈과 사이는 간단히 메워졌다.

이제 우리는 다시 주름들을 기억하려 한다. 고속도로와 지름길이 길의 다가 아니듯, 표준어와 다수만 아시아의 입체를 구성하지는 않는다. 그러나 놀랍게도, 서구인에게 낯설고 어색한 것 이상으로, 우리 스스로 아시아를 얼마나 낯설고 어색하게 생각하고 있는지! 불행히도 우리 주변에는 읽고 싶어도 읽을 아시아조차 많지 않다. 우리의 기획은 이런 경이로운 무관심과 태만을 반성하는 데서 출발한다. 동시에 우리는 혹 '미지의 세계' 아시아를 또 하나의 개척영역, 흔히 말하듯 '미래의 먹거리' 쯤으로 상정하는 것은 아닌가, 우리 안의 유혹을 끊임없이 경계한다.

이렇게 경계선을 넘으려 한다.

바라건대, 저 너머에는 새로운 세계문학이!

<아시아 문학선> 기획위원회

〈아시아 문학선〉 기획위원

전승희(문학평론가·연세대학교 교수·미국 하버드대학교 한국학연구소)
김남일(소설가·아시아문화네트워크·전 실천문학사 대표)
자카리아 무함마드(팔레스타인, 시인·편집자·신화 연구)
A. J. 토마스(인도, 시인·번역가·영문학자·전 《인도문학》 편집장)
자밀 아흐메드(방글라데시, 연극연출가·평론가·다카대학교 교수)
하리 가루바(나이지리아, 문학평론가·남아프리카 케이프타운대학교 교수)

아시아 베스트 컬렉션

물결의 비밀

2016년 6월 27일 초판 1쇄 펴냄
2017년 11월 10일 초판 2쇄 펴냄

지은이 바오 닌, 프란시스코 시오닐 호세, 리앙, 남 까오, 찻 껍찟띠, 츠쯔젠, 레 민 쿠에
마하스웨타 데비, 유다 가쓰에, 사다트 하산 만토, 야샤르 케말, 고팔 바라담
옮긴이 구수정, 임 옥, 김태성, 하재홍, 김영애, 정영목, 김경원, 김석희, 전승희, 오은경
기획·엮음 정은경 | **펴낸이** 김재범 | **편집장** 김형욱
편집 신아름 | **관리** 강초민, 홍희표 | **디자인** 나루기획
인쇄 AP프린팅 | **종이** 한솔PNS

펴낸곳 (주)아시아 | **출판등록** 2006년 1월 27일 | **등록번호** 제406-2006-000004호
전화 02-821-5055 | **팩스** 02-821-5057
주소 경기도 파주시 회동길 445(서울 사무소: 서울시 동작구 서달로 161-1 3층)
이메일 bookasia@hanmail.net | **홈페이지** www.bookasia.org
페이스북 www.facebook.com/asiapublishers

ISBN 979-11-5662-194-2 04800
       978-89-94006-46-8(세트)

*값은 뒤표지에 표시되어 있습니다.

이 도서의 국립중앙도서관 출판예정도서목록(CIP)은 서지정보유통지원시스템 홈페이지(http://seoji.nl.go.kr)와
국가자료공동목록시스템(http://www.nl.go.kr/kolisnet)에서 이용하실 수 있습니다.(CIP제어번호 : CIP2016013064)